15세기 국어 통어론

15세기 국어 통어론

허 원 욱 지음

KSI 한국학술정보[주]

머 리 말

박사학위를 받은 이듬해에 「15세기 국어 통어론」을 내놓았으니, 벌써 꼭 12년이 지났다. 10년이면 강산도 바뀐다고 했던가?

그 때 내놓았던 책은 인쇄나 제본이 엉망이었고 내용도 엉성해서 누구에게 보이기도 쑥스러울 지경이었다. 벌써부터 "고친판을 내놓아야지."라는 생각만 하고 있었을 뿐, 내 게으름이 그저 12년 세월을 흘려 보내고 말았다.

이제야 그 엉성했던 책을 정성껏 깁고 더하여 고친판을 내놓는다. 또한 이전 책에 빠져 있었던 홑월의 기술을 더하였다. 따라서 이 책은 15세기 국어의 홑월과 겹월(이은 겹월과 안은 겹월)의 통어적 연구이다. 이은 겹월에서는 앞마디와 뒷마디의 제약관계를 살폈고, 안은 겹월에서는 안긴마디와 그것을 안고 있는 안은마디와의 통어적 제약관계를 살펴, 15세기 국어 겹월의 통어구조를 밝히고자 하였다.

학문의 체계는 오로지 허웅님의 「우리옛말본」을 따른다. 이 책을 처음 내놓았을 때만 해도 건강하게 살아 계셨던 아버지…. 덧없이 그리고 무심히 흐르기만 하는 세월이 내 부모님 모두를 내가 알 수 없는 세상으로 떠나 보냈다.

많은 사람들의 도움이 있었기에 이 책을 낼 수 있었다. 내게 도움을 주었던 그 많은 사람들에게 이 자리를 빌어 고마움의 인사를 드린다.

그리고 특히 '한국학술정보(주)' 사장님께 감사의 인사를 드린다. 이번에 이렇게 고친판을 내놓을 수 있게 된 것은 전적으로 '한국학술정보(주)'의 도움 덕이다. 이 책의 머리말에서 다시 한 번 고마움의 마음을 전하는 바이다.

2005년 10월 23일
충주 연구실에서
허원욱 씀.

▶ 차　례 ◀

2장 겹월

Ⅱ.3. 인용마디 ········ 173

Ⅱ.4. 어찌마디 ········ 254

15세기 인용 문헌

<문헌 이름>	<펴낸 연대>	<줄임표>
龍飛御天歌	1445	(용)
訓民正音 解例	1445	(훈, 해례)
訓民正音 諺解	1450	(훈, 언해)
釋譜詳節	1445	(석보)
月印千江之曲	1448 경	(천강곡)
月印釋譜	1459	(월석)
楞嚴經 諺解	1462	(능엄)
妙法蓮華經 諺解	1463	(법화)
蒙山和尙法語略錄	세조 때	(몽산)
圓覺經 諺解	1465	(원각)
金剛經 諺解	1464	(금강)
禪宗永嘉集 諺解	1464	(영가)
金剛經 三家解	1482	(금강삼가)
永嘉大師證道歌 南明泉禪師繼頌	1482	(남명)
六祖法寶壇經 諺解	?	(육조)
內訓 (일본 蓬左文庫 판)	1475	(내훈)
杜詩 諺解	1481	(두언)
五臺山上院寺 重創勸善文	1464	(상원사)
船若波羅密多心經 諺解	1464	(반야심경)
救急方 諺解	1466	(구급방)
救急簡易方	1489	
樂學軌範	1493	

일러두기

1. 기호 표시는 다음과 같이 하였다.

이름 이름

▶이름마디 ; [ ]-ㅁ 혹은 [이름] 혹은 [ ]

매김 매김

▶매김마디 ; [ ]-ㄴ/ㄹ, [매김], [ ]

인용 인용

▶인용마디의 속구조 ; [인용], [ ]

어찌 어찌

▶어찌마디의 속구조 ; [어찌], [ ]

풀이 풀이

▶풀이마디의 속구조 ; [풀이], [ ]

▶생략된 월성분 ; (임자말) 혹은 (임)

▶마디의 월성분 표시 ; [ ]-ㅁ<임>

2. 어떠한 마디가 다른 마디를 안고 있을 경우에, 그 표시는 다음과 같이 하였다.

예) 이름마디가 어찌마디를 안은 경우 : 이름⊃어찌

1장 훈 월

Ⅰ. 월의 분류

1. 짜임새에 따른 분류

월은 그 짜임새에 따라 홑월과 겹월로 나뉜다.

1.1. 홑월

홑월이란 임자말과 풀이말의 관계가 한 번만 이루어지는 월을 뜻한다. 짜임새를 나무그림으로 보이면 다음과 같다.

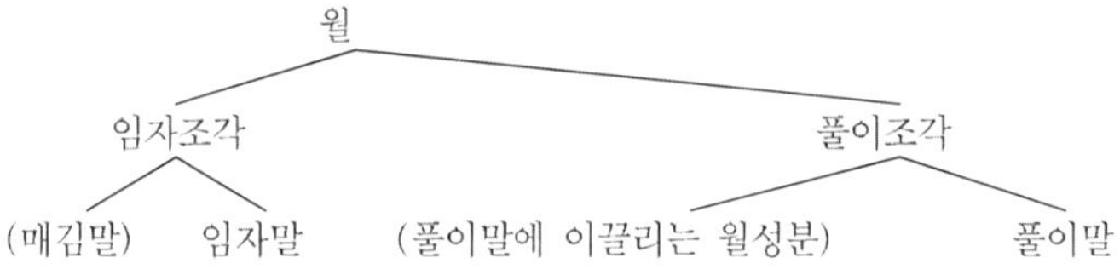

매김말은 매김씨나 '이름씨+매김토씨'가 된다.

매김씨 : 므슴 이리 잇는고

이름씨+매김토 : ᄂᆞᄆᆡ 거시

풀이말에 이끌리는 월성분은 부림말, 위치말, 방편말, 견줌말, 어찌말 따위가 되며, 홀로말이 그 짜임새 밖에 놓이는 경우도 있다.

1.2. 겹월

겹월이란 임자말과 풀이말의 관계가 두 번 이상 이루어지는 월을 뜻한다. 겹월에는 이은 겹월과 안은 겹월이 있는데, 이에 대한 상세한 설명은 '2장 겹월'에서 한다.

2. 말할이의 태도에 따른 분류

이러한 홑월이나 겹월은, 들을이에 대한 말할이의 태도에 따라 다음의 네 가지로 다시 나뉘니, 이는 의향법의 분류에 일치한다.

<table>
<tr><td rowspan="4">월</td><td>요구 없음</td><td colspan="2">정보 전달만</td><td>서술월</td></tr>
<tr><td rowspan="3">요구 있음</td><td colspan="2">답 요구</td><td>물음월</td></tr>
<tr><td rowspan="2">행동 요구</td><td>들을이만의 행동 요구</td><td>시킴월</td></tr>
<tr><td>들을이와 말할이의 행동 요구</td><td>꾀임월</td></tr>
</table>

서술월이란, 말할이가 들을이에 대한 아무런 요구 없이 자기의 뜻을 전달하는 데 그치는 것이다.

물음월이란, 말할이가 들을이에게 답을 요구하는 것이다.

시킴월이나 꾀임월은 다 같이 행동을 요구하는 것인데, 시킴월은 들을이만의 행동을 요구하는 것이고, 꾀임월은 말할이와 들을이가 행동을 함께 함을 요구하는 것이다.

II. 월성분

모든 월은 일차적으로 임자조각과 풀이조각으로 나뉜다. 임자조각은 그대로 임자말이 되는데, 임자말은 임자씨에 임자자리토씨가 연결되어 만들어지거나 '매김말+임자씨'에 임자자리토씨가 연결되어 만들어진다. 풀이조각은 풀이말에 이끌리는 여러 월성분(부림말, 위치말, 방편말… 등)과 풀이말이 합쳐져서 이루어진다. 임자조각과 풀이조각을 제외한 월성분은 월 짜임새 밖에 놓이는데, 이를 홀로말이라 한다.

1. 임자조각(임자말)

임자조각(임자말)은 일반적으로 임자씨(체언)에 임자자리토씨가 붙어서 만들어진다. 그러나 때로는 임자자리토씨가 생략될 때도 있고, 임자자리토씨 대신 도움토씨가 올 수도 있다. 또한, 임자씨 앞에 임자씨를 꾸며주는 매김말이 올 때도 있는데, 이 때에는 '매김말+임자씨'가 한 덩어리가 된 후, 임자자리토씨가 붙어 임자말이 된다.

임자말이 되는, 여러 유형을 나누어 살피기로 한다.

1.1. 임자씨+임자자리토씨

世尊이 … 가샤 (석보 6:1)
ᄉᆡ미 기픈 ᄆᆞᄅᆞᆫ (용 2장)
내히 이러 (용 2장)

1.2. [매김말+임자씨]+임자자리토씨

[徐鄕의 두 아ᄃᆞ리] (두언 8:24)
[내 모미] 長者ㅣ 怒ᄅᆞᆯ 맛나리라 (월석 8:98)

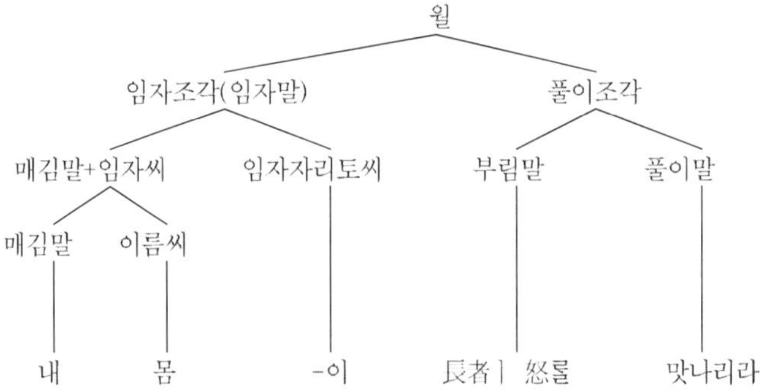

1.3. 다른 토씨와 겹침

<이음토씨+임자자리토씨>

입시울와 혀와 엄과 니왜 다 됴ᄒᆞ며 (석보 19:7)

프ᅀᅥᆼ귀와 사ᄅᆞᆷ과 즁ᄉᆡᆼ괘 다 物이라 너 아니니라 (능엄 2:34)

威嚴과 德괘 自存ᄒᆞ야 (석보 9:19)

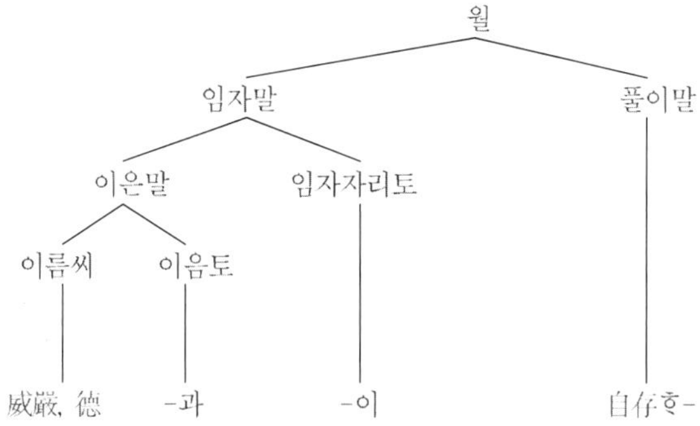

<도움토씨+임자자리토씨>

오직 보ᄇᆡᆺ 고디ᅀᅡ 眞實이 ᄃᆞ외며 (법화 3:177)

오직 부톄이ᅀᅡ 能히 아ᄅᆞ시니 (법화 4:63)

여슷 하ᄂᆞ리 어늬ᅀᅡ ᄆᆞᆺ 됴ᄒᆞ니잇가 (석보 6:35)

1.4. 임자자리토씨 생략

임자자리토씨가 생략될 수 있는 것은 지금말과 같다.

곶 됴코 여름 하ᄂᆞ니 (용 2장)

1.5. 도움토씨만으로

도움토씨가 붙어 특별한 뜻을 덧보태는 경우이다.

이ᅀᅡ 眞實ㅅ 精進이며 (월석 18:30)

生곳 이시면 生死苦惱ㅣ 좃ᄂᆞ니 (월석 2:22)
이 法도 ᄯᅩ 緣이라 (능엄 2:22)

2. 풀이조각

풀이조각은 풀이말이 부림말, 위치말 등의 월성분을 이끌면서 이루어지는데, 임자조각의 뒤에 위치한다.

2.1. 부림말

부림말도 일반적으로 임자씨(체언)에 부림자리토씨가 붙어서 만들어진다. 때로는 부림자리토씨가 생략될 때도 있고, 부림자리토씨 대신 도움토씨가 올 수도 있다. 또한, 임자씨 앞에 임자씨를 꾸며주는 매김말이 올 때도 있는데, 이 때에는 '매김말+임자씨'가 한 덩어리가 된 후, 부림자리토씨가 붙어 부림말이 된다.

① 임자씨+부림자리토씨

가칠 므러 (용 7장)
여슷 ᄒᆡᄅᆞᆯ 苦行ᄒᆞ샤 (석보 6:4)
셜흔 여슷 디위를 오ᄅᆞᄂᆞ리시니 (월석 1:20)
나라ᄒᆞᆯ 맛ᄃᆞ시릴ᄊᆡ (용 6장)

② [매김말+임자씨]+부림자리토씨

내 모미 [長者ㅣ 怒ᄅᆞᆯ] 맛나리라 (월석 8:98)
이제로브터 後에 [사ᄅᆞᄆᆡ ᄠᅳ들] 알란ᄃᆡ (두언 25:22)

③ 다른 토씨와 겹침

하ᄂᆞᆯ콰 ᄯᅡ콰ᄅᆞᆯ 範녯圍ᄒᆞ며 (능엄 2:20)

이 둘흘ᅀᅡ 더브르시니 (천강곡 상, 기118)
먼 셔미 외로오몰ᅀᅡ 貪ᄒᆞ야 보노라 (두언 16:43)

④ 부림자리토씨 생략

衆生 救호리라 밥 비러 먹노이다 (천강곡 상, 기122)

⑤ 도움토씨만으로

ᄒᆞᆫ번도 아니 도라ᄂᆞᆯ (천강곡 상, 기151)
이ᅀᅡ 能히 信受ᄒᆞ리니 (법화 5:193)

2.2. 위치말

위치말도 앞의 임자말, 부림말처럼 분류할 수 있다.

① 임자씨+위치자리토씨

바ᄅᆞ래 가ᄂᆞ니 (용 2장)
中國에 달아 (훈, 언해)
서리예 가샤 (용 4장)

② [매김말+임자씨]+위치자리토씨

닐웻 ᄉᆞᅀᅵ예 (두언 20:3)
長者ㅣ 지븨 (월석 8:81)

③ 다른 토씨와 겹침

손발와 가ᄉᆞᆷ과애…德相이 겨샤 (법화 2:19)
믈와 ᄆᆞᆺ과애 다 나ᅀᅡ가리라 (몽산 38)
모미 겨스렌 덥고 녀르멘 ᄎᆞ고 (월석 1:26)

④ 도움토씨만으로

오ᄂᆞᆯᅀᅡ ᄉᆞᅀᅵ 얻과라 (월석 7:9)
來日ᅀᅡ 보내요리라 (월석 7:16)
이 功德이 ᄀᆞ조ᄆᆞᆯ 홀리어나 닐웨예 니를어나 ᄒᆞ면 (월석 8:47)

2.3. 방편말

반드시 방편자리토씨가 있어야 월 안에서 방편말로 기능할 수 있다. 따라서 방편자리토씨가 생략되는 경우나 도움토씨만으로 방편말을 만드는 경우가 없다.

① 임자씨+방편자리토씨

衆生이 거즛 일로 沙門이 ᄃᆞ외야 (월석 21:40)
ᄧᅡ히 열여듧 相ᄋᆞ로 뮈며 (월석 2:13)
七寶로 ᄭᅮ미고 (월석 2:27)

② [매김말+임자씨]+방편자리토씨

쇠 져즈로 (능엄 3:26)

③ 다른 토씨와 겹침

안ᄒᆞ론 想ᄋᆞᆯ 조차 이어고 밧ᄀᆞ론 境을 조차 ᄃᆞᆮᄂᆞ니 (능엄 2:20)
有心으로도 ᄉᆞᄆᆞᆾ디 몯ᄒᆞ며 無心으로도 ᄉᆞᄆᆞᆾ디 몯ᄒᆞ리라 (몽산 12)
모로매 이 각시로ᅀᅡ ᄒᆞ릴ᄊᆡ (월석 7:15)

2.4. 견줌말

다른 토씨와 겹치는 예가 없으며, 도움토씨만으로 견줌말을 만드는 예도 없다.

① 임자씨+견줌자리토씨

길 녏 사ᄅᆞᆷ과 ᄀᆞ티 너기시니 (석보 6:5)
사ᄅᆞᆷ과로 ᄒᆞᆫᄢᅴ 살며 (두언 16:42)
光明이 히돌두고 더으니 (월석 1:26)
ᄃᆞ리 ᄌᆞ믄 ᄀᆞᄅᆞ매 비취요미 ᄀᆞᆮᄒᆞ니라 (월석 1:1)

② [매김말+임자씨]+견줌자리토씨

ᄂᆞᇫ양ᄌᆞᄂᆞᆫ [아ᄒᆡᆺ 時節와] 엇더뇨 (능엄 2:5)
ᄂᆞ솟ᄂᆞᆫ 놉고 큰 三萬匹이 다 [이 圖앳 筋骨와로] ᄀᆞᆮ더라 (두언 16:39)

2.5. 어찌말

앞의 임자말, 부림말, 위치말, 방편말, 견줌말 등은 모두 임자씨로 이루어진다. 이에 비해 어찌말은 어찌씨로 이루어지는데, 때로는 도움토씨가 붙는 경우도 있다.

어찌말은 월 안에서 주로 풀이말을 꾸며주는 기능을 한다. 그러나 때로는 같은 어찌씨를 꾸밀 때도 있고 매김씨를 꾸밀 때도 있으며 월이나 마디 전체를 꾸밀 때도 있다.

① 풀이말을 꾸밈

萬物을 고비 일우시논 方 업스시며 (법화 3:163)
法다ᄫᅵ ᄒᆞ야ᅀᅡ 비르소 올ᄒᆞ리라 (몽산 33)
菩薩이 ᄀᆞᆺ 나샤 (월석 2:37)

② 어찌씨를 꾸밈

즉재 바ᄅᆞ 아라 올히 닐어다 (박통 상:15)

④ 도움토씨를 붙임

諸佛이 出世호미 難히ᅀᅡ 맛나ᄂᆞ니 (법화 4:148)

그리옷 하니ᄒᆞ면 (월석 8:62)

네 바리ᄅᆞᆯ 어듸 가 어든다 도로다가 두어라 (월석 7:8)

2.6. 풀이말

풀이말은 앞의 여러 월성분을 이끌고, 혹은 어찌말의 꾸밈을 바로 받으면서 풀이조각을 형성한다. 따라서, 풀이조각에서 가장 중심되는 기능과 의미를 담당하며 모든 문법정보를 짊어지고 있으므로 다른 모든 월성분을 통제하고 제약한다.

풀이말이 짊어진 문법정보는 크게 두 가지로 나뉘니, 하나는 '인간에 대한 판단'이요, 다른 하나는 '사건에 대한 판단'이다.

(1) 인간에 대한 판단

(가) 의향법

의향법은 '인간에 대한 판단' 중 들을이에 대한 말할이의 요구를 나타낸다. 의향법은 다음과 같이 하위분류된다.

<table>
<tr><td rowspan="5">의
향
법</td><td rowspan="2">요구 없음</td><td colspan="2">정보 전달만</td><td>서술법</td></tr>
<tr><td colspan="2">자신에 대한 다짐</td><td>약속법</td></tr>
<tr><td rowspan="3">요구 있음</td><td colspan="2">답 요구</td><td>물음법</td></tr>
<tr><td rowspan="2">행동 요구</td><td>들을이만의 행동 요구</td><td>시킴법</td></tr>
<tr><td>들을이와 말할이의 행동 요구</td><td>꾀임법</td></tr>
</table>

이 중에 시킴법과 꾀임법은 들을이가 할 수 있는 행동을 요구하는 것이기 때문에 움직씨에서만 실현된다.

① 서술법

말할이가 들을이에 대한 아무런 요구 없이, 어떤 정보를 들을이에게 전달하는 방법이다. 자신의 느낌을 전달하는 것도 서술법에서 기술한다.

너도 ᄯᅩ 이 ᄀᆞᆮᄒᆞ다 (능엄 2:23)

닐굽 ᄒᆡ 너무 오라다 (월석 7:2)

② 물음법

말할이가 들을이에게 답을 요구하는 방법인데, 단순히 마음속에 의문을 품는 경우는 들을이가 자기자신이 된다.

네 엇뎨 안다 (월석 23:74)

故園ᄋᆞᆫ 이제 엇더ᄒᆞᆫ고 (두언 25:24)

네 스승은 엇던 사ᄅᆞᆷ고 (박통 상:49)

얻논 藥이 므스 것고 (월석 21:215)

③ 시킴법

들을이만의 행동을 요구하는 방법이다.

그듸 이 굼긧 개야미 보라 (석보 6:36)

내 보아져 ᄒᆞᄂᆞ다 ᄉᆞᆯᄫᅡ써 (석보 6:14)

王이 네 아ᄃᆞᄅᆞᆯ 내티쇼셔 (월석 2:6)

④ 꾀임법

말할이가 들을이와 행동을 함께 하기를 요구하는 방법이다.

後에ᅀᅡ 出家ᄒᆞ져 (월석 7:1)

ᄯᅩ 닐오ᄃᆡ 여슷 ᄒᆡᄅᆞᆯ ᄒᆞ져 (월석 7:2)

(나) 높임법

① 들을이 높임

15세기 들을이 높임의 등급은 높임과 안높임으로 나눈다.

<안높임>

너도 ᄯᅩ 이 ᄀᆞᆮᄒᆞ다 (능엄 2:23)…서술

네 엇뎨 안다 (월석 23:74)…물음

그듸 이 굼긧 개야미 보라 (석보 6:36)…시킴

後에ᅀᅡ 出家ᄒᆞ져 (월석 7:1)…꾀임

<높임>

世尊하…이런 고디 업스이다 (능엄 1:50)…서술

뉘 ᄒᆞᆫ 거시잇고 (석보 11:27)…물음

王이 네 아ᄃᆞᄅᆞᆯ 내티쇼셔 (월석 2:6)…시킴

淨土애 ᄒᆞᆫᄃᆡ 가 나사이다 (월석 8:100)…꾀임

② 주체 높임

말할이가 주체를 높이고자 할 때 쓰이는 높임법이다. 안맺음씨끝 「-으시」로 표시된다. 주체는 속구조에서 임자말로 지시되는 사람이다.

聖子ㅣ 나샤 (월석 2:23)

佛世尊이…펴니ᄅᆞ시나 (능엄 2:77)

③ 객체 높임

말할이가 객체를 높일 의도가 있어야 하고, 주체보다 객체가 높다고 판단되어야 한다. 객체란 속구조에서 부림말이나 위치말로 지시되는 사람이며, 안맺음씨끝 「-숩」으로 표시된다.

그ᄢᅴ 王이…부텨를 請ᄒᆞᅀᆞᄫᅡ (월석 7:37)

正法을 듣ᄌᆞᆸ고져 (월석 9:36)

諸佛ᄭᅴ 비ᅀᆞᄫᆞ며 (월석 17:29)

(다) 인칭법

말할이가 인칭을 판단하여 이분화시키는 방법이다. 서술법「-다」, 이

음법「-으니」, 회상법, 확정법에서는 1/2,3인칭으로 이분화하고 물음법에서는 2/1,3인칭으로 이분화한다.

① 서술법, 이음법, 회상법, 확정법의 인칭

<서술법, 이음법>

서술법「-다」, 이음법「-으니」 활용형에 안맺음씨끝 「-오/우-」를 연결하여 임자말이 1인칭임을 나타낸다. 2,3인칭일 때는 「-오/우-」를 연결하지 않는다. 1인칭 활용의 예만 보이기로 한다.

ᄒᆞ오ᅀᅡ 내 尊호라 (월석 2:34)
내 오ᄂᆞᆯ 實로 無情호라 (월석 21:219)
내 혜여호니 이제 世尊이 큰 法을 니르시며 (석보 13:26)
내 어저긔 다ᄉᆞᆺ가지 ᄭᅮ믈 ᄭᅮ우니 (월석 1:17)

<회상법>

자신의 일을 회상할 때에는 「-다-」를, 2,3인칭의 일을 회상할 때에는 「-더-」를 연결한다.

- 1인칭 -
내 지븨 이싫 저긔 受苦ㅣ 만타라 (월석 10:23)
우리 나히 ᄒᆞ마 늘거…ᄒᆞᆫ 念도 즐기논 ᄆᆞᅀᆞ몰 아니 내다니 우리 오ᄂᆞᆯ…듣ᄌᆞᆸ고 (월석 13:5)

- 2,3인칭 -
五百 도ᄌᆞ기…도ᄌᆞᆨᄒᆞ더니 (월석 10:27)
한 難이 ᄒᆞ나 아니러니 (법화 2:131)

<확정법>

1인칭에는 「-과-」 2,3인칭에는 「-으니-」가 쓰인다.

- 1인칭 -

(내) 아래 잇디 아니혼 거슬 得과라 (능엄 4:75)

내…生死受苦애 빼혀내와라 (월석 7:19)

- 2,3인칭 -

王이 깃그샤…가시니라 (월석 2:29)

부톄 涅槃ᄒᆞ시니여 (석보 23:20)

② 물음법

임자말이 2인칭일 때는 「-(은,을)다」, 1,3인칭일 때는 「-(은,을)가」가 선택된다. 들을이를 중심으로 이분화한 것이다. 이는, 물음법은 들을이의 답을 요구하는 문법적 방법이므로, 들을이가 어떤 사실을 판단하게 되기 때문이다.

- 2인칭 -

네 엇뎨 안다 (월석 23:74)

네 내 마룰 드를따 ᄒᆞ야늘 (석보 6:8)

- 1,3인칭 -

어드메 이 셔울힌고 (두언 15:50)

어느 法으로 어느 法을 得홇고 (월석 13:54)

(2) 사건에 대한 판단

(가) 때매김법

사건(움직임이나 상태)이 일어난 때를 판단하는 방법이다.

① 현실법

어떤 사건이 실지로 방금 일어나고 있는 것을 기술하거나, 방금 눈앞에서 일어나고 있다고 생각하면서 기술하는 방법이다. 안맺음씨끝 「-ᄂᆞ-」로 표시된다.

네 어미 이제 惡趣예 이셔 至極 受苦ᄒᆞᄂᆞ다 (월석 21:53)

네 이제 ᄯᅩ 묻ᄂᆞ다 (월석 23:97)

② 회상법

지나간 일을 되돌려 생각하며 기술하는 방법이다. 안맺음씨끝 「-더/다-」로 표시된다.

내 지븨 이싫 저긔 受苦ㅣ 만타라 (월석 10:23)

우리 나히 ᄒᆞ마 늘거…ᄒᆞᆫ 念도 즐기논 ᄆᆞᅀᆞᄆᆞᆯ 아니 내다니 우리 오ᄂᆞᆯ…듣ᄌᆞᆸ고 (월석 13:5)

五百 도ᄌᆞ기…도ᄌᆞᆨᄒᆞ더니 (월석 10:27)

한 難이 ᄒᆞ나 아니러니 (법화 2:131)

③ 확정법

이미 확정된 사실로 판단하여 기술하는 방법이다. 안맺음씨끝 「-으니/과-」로 표시된다.

(내) 아래 잇디 아니ᄒᆞᆫ 거슬 得과라 (능엄 4:75)

내…生死受苦애 ᄲᅢ혀내와라 (월석 7:19)

王이 깃그샤…가시니라 (월석 2:29)

부테 涅槃ᄒᆞ시니여 (석보 23:20)

④ 미정법

아직 결정되지 않은 일, 혹은 어떤 일을 추측하면서 기술하는 방법이다. 안맺음씨끝 「-으리-」로 표시된다.

아ᄃᆞᆯᄯᆞᄅᆞᆯ 求ᄒᆞ면 아ᄃᆞᆯᄯᆞᄅᆞᆯ 得ᄒᆞ리라 (석보 9:23)
ᄇᆞᆯᄀᆞ면 보미 업스리며 (능엄 3:94)

⑤ 미정회상법

지난 어떤 때의 상황으로는 미정적이었던 것을 지금에 와서 회상하는 방법이다. 안맺음씨끝 「-으리러-」로 표시된다.

이러트시 고텨 ᄃᆞ외샤미 몯 니ᄅᆞ혜리러라 (월석 1:21)
功德이 이러 당다이 부톄 ᄃᆞ외리러라 (석보 19:34)

(나) 강조 · 영탄법

사건의 내용을 강조하는 방법이다.

① 「-아/어-」계

모다 닐오ᄃᆡ 舍利弗이 이긔여다 (월석 6:31)
得人勢여 아라라 (석보 19:35)

② 「-거-」계

ᄒᆞ다가 ᄒᆞᆫ 터럭근매 이시면 門外예 잇거다 (몽산12)
제 오니 내 願에 甚히 맛거다 (월석 13:15)

③ 「-도-」계

여슷 하ᄂᆞ래 그듸 가 들 찌비 불써 이도다 (석보 6:35)
果와 因괘 어듭디 아니ᄒᆞ도다마ᄅᆞᆫ (금강삼가 2:72)

④ 「-노-」계

ᄠᅳᆫ 龍이 긴 놀ᄋᆡ 지엿ᄂᆞ다 (두언 22:28)
四方애 聖人이 나시노소니 (월석 2:49)

⑤ 「-다-」계

智慧 업스니 곧다ᄉᆞ이다 (법화 4:36)
내 ᄒᆞ던 이리 甚히 외다ᄉᆞ이다 (석보 24:18)

⑥ 「-샤-」계

菩提ᄅᆞᆯ ᄲᆞᆯ리 일우게 ᄒᆞ샤ᄉᆡ이다 (법화 4:169)
如來도 後에 반ᄃᆞ기 煩惱ᄒᆞ시리샤ᄉᆞ이다 (원각, 상1-1:10)

⑦ 「-소-」계

患難 하매 便安히 사디 몯ᄒᆞ소라 (두언 8:43)
도ᄌᆞ글 수머 ᄒᆞᆫ번 흐러나소니 (두언 8:29)

3. 그 밖의 월성분

3.1. 매김말

매김말은 월 안에서 임자씨를 꾸미는 역할을 하기 때문에 그 꾸밈을 받는 임자씨와 더불어 임자말, 부림말, 위치말 등의 월성분이 된다. 매김말은 매김씨로 이루어지는 경우와, 임자씨와 매김토씨가 어울려 이루어지는 경우, 매김토씨가 생략되어 임자씨 단독으로 되는 경우가 있다.

① 매김씨

나ᄂᆞᆫ ᄒᆞ올 어미라 (내훈 서:8)
자ᄇᆞᆫ 이리 無常ᄒᆞ야 (석보 6:11)
쳣 나래 (용 12장)

② 임자씨+매김토씨

<매김토씨만으로>

죵ᄋᆡ 서리예 (두언 25:7)

長者ㅣ 아ᄃᆞ리 (월석 21:18)

③ 매김토씨 생략

매김토씨가 생략되는 경우도 다음의 여러 유형이 있다.

<임자씨 단독으로>

하ᄂᆞᆶ 우콰 하ᄂᆞᆶ 아래 나 ᄲᅳᆫ 尊호라 (월석 2:38)

사잇소리가 들어가 매김말 구실을 할 때가 있다.

닐웻 ᄉᆞᅀᅵ예

3.2. 이은말

이은말은 여러 임자씨에 이음토씨가 연결되어 만들어지며, 이들이 한 덩이가 되어 월 안에서 하나의 월성분으로 역할한다.

果實와 믈와 좌시고 (월석 1:5)

입시울와 혀와 엄과 니왜 다 됴ᄒᆞ며 (석보 19:7)

3.3. 홀로말

홀로말은 월 짜임새 밖에 놓이는 월성분인데, 다음의 몇 가지가 홀로말이 된다.

① 임자씨+부름토씨

彌勒아 아라라 (석보 13:29)

長者야 네 이제…(월석 21:107)

② 느낌씨

느낌씨는 월 안에서 그대로 홀로말이 된다.

ᄋᆡ 男子아 엇던 이ᄅᆞᆯ 爲ᄒᆞ야 이 길헤 든다 (월석 21:118)

舍利弗이 ᄉᆞᆯᄫᅩᄃᆡ 엥 올ᄒᆞ시이다 (석보 10:47)

③ 이음씨

聲聞이 ᄒᆞ마 비록 몯 미츠나 그러나 信으로 ᄃᆞ로ᄆᆞᆯ 許ᄒᆞ실ᄊᆡ (법화 2:159)

信力 ᄡᆞᄅᆞ미라 ᄒᆞ시니 그럴ᄊᆡ 모로매 信機ᄅᆞᆯ ᄀᆞᆯᄒᆡ야 (법화 2:160)

2장 겹 월

Ⅰ. 겹월의 개념과 종류

겹월은 이은 겹월과 안은 겹월이 있다.

이은 겹월이란 홑월의 마침법 활용을 이음법 활용으로 바꾸어, 그 뒤에 다른 홑월을 연결시킨 겹월을 뜻한다.

안은 겹월이란 홑월이 다른 월의 한 월성분으로 안기는 겹월을 뜻한다.

1. 이은 겹월

이음법이 실현된 앞의 마디를 앞마디라 하고, 그 뒤에 연결되는 마디를 뒷마디라고 한다. 이 때 뒷마디는 마침법으로 끝날 수도 있고, 다시 이음법이 실현되어 그 자신이 그 뒷마디에 대한 앞마디가 될 수도 있다.

1차적으로 생성된 이은 겹월의 구조를 보이면 다음과 같다.

예) 봄이 오니, 꽃이 핀다.

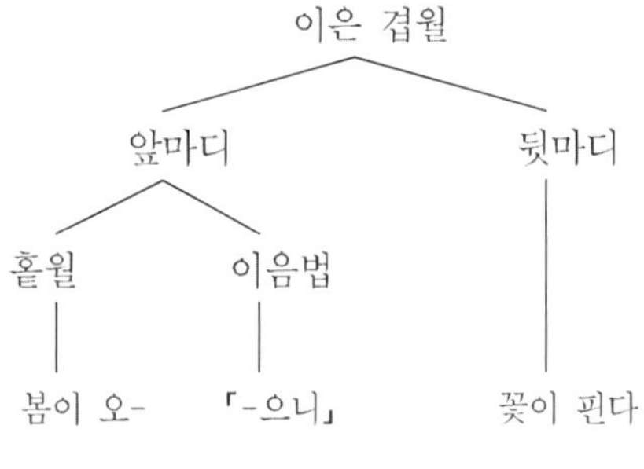

이 때 이음법 씨끝은, 앞마디와 뒷마디의 통어적, 의미적 관계에 의

해 선택된다.(여기에 드는 예는 극히 단편적인 것이다. 예문은 이해를 돕기 위하여 현대 국어로 한다).

1.1. 의미적 관계에 의한 선택

이음법「-지마는/지만」은 「봄이 오-」와 「꽃이 피-」를 연결시켜 줄 수 없다.

> * 봄이 오지만 꽃이 핀다.
> * 봄은 오지만 꽃이 핀다.
> * 봄이 오지만 꽃은 핀다.

이것이 비문이 되는 것은, 통어적으로는 설명되지 않는다. 꼭같은 구조인 「바람이 불지만 꽃은 핀다」는 성립하기 때문이다. 이는 「봄이 오-」라는 명제와 「꽃이 피-」라는 명제가 진리적으로 '순행'의 의미관계에 있어서, '역행'을 요구하는 「-더라도」따위와 의미적으로 연결될 수 없기 때문이다. 이와 반대로, 「바람이 불-」과 「꽃이 피-」는 '역행'의 의미관계에 있으므로, 「-더라도」가 연결되는 것이다.[1]

그러나 '진리'를 따질 수 없는 명제 「나는 가-」와 「그는 오-」따위는 「-으니」와 「-더라도」가 모두 성립한다.

「내가 가니 그는 온다」 「내가 가더라도 그는 온다」

1.2. 통어적 관계에 의한 선택

---

1) 진리적 '순행'이란 ; '봄이 온다'는 사실은 '꽃이 핀다'는 사실을 진리적으로 수반하는 것을 뜻한다. 만약 진리가 바뀌어, 꽃이 추운 겨울에 피는 것이라면, 「봄이 오지만, 꽃은 핀다」는 의미적으로 성립한다.

현대 국어에서의, '가정'의 뜻을 나타내는 「-거든」은 뒷마디가 '서술법'일 때는 연결될 수 없다.[2)]

* 봄이 오거든 꽃이 핀다.

이러한 현상은, 「-거든」의 의미만으로는 그 이유를 설명할 수 없다. 「-거든」과 마찬가지로 '가정'의 뜻을 나타내는 「-으면」은 뒷마디가 서술법일 때도 연결되기 때문이다.

봄이 오면 꽃이 핀다.

이러한 현상은 '통어적 제약'으로 설명되어야 한다.

「-고자」는 앞마디와 뒷마디의 임자말이 다를 때는 연결되지 않는다.

*봄이 오고자 밤부터 소쩍새는 그렇게 울었나 보다.

「-고자」와 비슷한 뜻을 가진, 「-으려」는 임자말이 다르더라도 연결된다.

봄이 오려고 밤부터 소쩍새는 그렇게 울었나 보다.

<결론> 이음법은 '의미'만으로는 그 정체를 파악하기가 어렵다. 그것이 가지는 뜻이 너무나 광범위하고 다양하기 때문이다. 이음법은 '의

---

2) "「-거든」은 뒷마디에 서술법을 허용하지 않는다.(서술법을 제약한다)."라는 설명보다는, 앞의 설명(통어적 여건에 따른 '선택')이 더 합당하다. 말할이는 「봄이 오-」와 「꽃이 피-」의 두 명제를 먼저 머리속에 설정하고, 그 다음에 이음법을 선택하기 때문이다. 그러나 관례에 따라, 이 책에서는 앞으로 '통어적 제약'으로 기술한다.

미'와 '통어적 제약'이 함께 얽혀서 실현된 것이므로, 이음법의 체계를 바르게 세우기 위해서는, 이 둘을 함께 고려해야만 한다.

2. 안은 겹월

홑월의 마침법 활용이 두자격법으로 바뀌어, 다른 월에 안기게 되는 '안긴 마디'는 다음의 세 종류가 있다.

<이름마디>

홑월의 마침법 활용이 '이름법'으로 바뀌어 다른 월에 안기는 마디이다. 이 때 이름마디는 이름씨처럼 여러 월성분으로 기능할 수 있다.

나는 [밥을 먹기가] 싫어졌다.

<매김마디>

홑월의 마침법 활용이 '매김법'으로 바뀌어 다른 월에 안기는 마디이다. 이 때 매김마디는 매김씨처럼 그 뒤의 이름씨를 꾸며주게 된다.

[마음이 착한] 여자는 얼굴도 예쁘더라.

<어찌마디>

홑월의 마침법 활용이 '어찌법'으로 바뀌어 다른 월에 안기는 마디이다. 이 때 어찌마디는 어찌씨처럼 그 뒤의 풀이말을 꾸며주게 된다.

나는 [배가 터지게] 밥을 먹었다.

마침법 활용을 그대로 유지한, 하나의 완전한 월의 형식이 곧바로 마디가 되는 경우가 있다.

<인용마디>

인용말은 인용마디가 되어, 안은마디에 안기게 된다. 인용은 ‘직접인용’과 ‘간접인용’이 있는데, 우리말에 있어서는 이 둘의 구분이 쉽지 않다. 남의 말을 인용하는 사람이, 자신의 입장으로 주관화하여 말하려는 의식에서 비롯된 것이다. 인용마디의 체계에 있어서는 ‘직접인용’과 ‘간접인용’을 구분하는 명확한 근거가 마련되어야 한다.

<풀이마디>

임자말과 풀이말을 가진 홑월 전체가, 전체 월 안에서 풀이말로 기능하는 경우가 있다. 이 때 안긴마디의 임자말은 ‘작은 임자말’이라 하고, 안은마디의 임자말은 ‘큰 임자말’이라 한다. 안긴마디는 ‘풀이마디’가 된다.

대부분의 경우, 작은 임자말은 큰 임자말의 소유물이 되는데, 이에 따라 일어나는 통어적 제약은 매우 흥미롭다.

Ⅱ. 안은 겹월

Ⅱ.1. 이름마디

15세기 국어의 이름마디는 씨끝 「-ㅁ」,「-기」,「-디」에 의해 만들어진다. 이중에 「-기」,「-디」이름마디는 그 예가 매우 적고, 「-ㅁ」이름마디는 생산성이 매우 풍부하다.

현대 국어에 있어서의 씨끝 「-ㅁ」은 그 생산성이 매우 약해졌으나, 15세기 국어에 있어서는 매우 생산적이어서, 15세기 국어의 이름마디의 통어적 연구에는 「-ㅁ」이름마디의 연구가 중요한 과제가 된다.

Ⅱ.1.1. 「-ㅁ」 이름마디

1. 이름마디의 특질

1.1. 문법정보의 제약

이름마디의 풀이말이 나타낼 수 있는 문법정보는 이름법 이외에는 주.객체 높임법과 때매김법뿐이다.

이름마디의 풀이말에는 「-오/우-」가 반드시 들어가게 되는데, 이 경우의 「-오/우-」에는 아무런 문법정보가 들어있지 않다.

① 주체 높임

正覺 일우샤몰 뵈샤 = 示成正覺 (월석, 서:6)
東南門 노니샤매 늘그니 病ᄒᆞ니롤 보시고 (천강곡 상, 기44)
가샴 겨샤매 오늘 다ᄅᆞ리잇가 (용 26장)

② 객체 높임

우리 부텨 如來…일후미 天人師ㅣ시며 일콛즈보미 一切智샤 (월석, 서:6)

젓ᄉᆞ오며 ᄉᆞ랑ᄒᆞᅀᆞ오몰 兼ᄒᆞ야 (능엄 7:28)

이 일후미 부텻 恩올 갑ᄉᆞ오미이다 = 是則名爲報佛恩이이다 (능엄 3:112)

③ 주.객체 높임의 겹침

풍류에 十萬가짓 伎樂 받ᄌᆞᄫᆞ샤ᄆᆞᆫ 妙法 너비 펴고져 호몰 뵈시고 (월석 18:83)

能히 한 부텨롤 보ᅀᆞ오샤미라 (법화 6:177)

④ 때매김법

이름마디의 풀이말에 나타날 수 있는 때매김법은 '완결법'의 「-아시(앗)-」 뿐이다.

ᄒᆞᆫ 벼스레 믹여쇼ᄆᆞᆫ 진실로 모몰 값가라 ᄒᆞᄂᆞ니라 (두언 21:29)

모몰 고즈기ᄒᆞ야쇼ᄆᆞᆫ 간곡ᄒᆞᆫ 톳기롤 ᄉᆞ랑ᄒᆞᄂᆞᆫ둣고 (두언 16:45)힌 누니

뫼해 ᄀᆞ독ᄒᆞ야슈믈 시르며 對ᄒᆞ얏노라 = 愁對…白滿山 (두언 11:35)

녯 병에 예 와쇼몰 둘히 너기노니 = 舊疾廿載來 (두언 6:51)

1.2. 임자자리 토씨의 변형

속구조의 홑월이 겉구조인 이름마디로 바뀔 때에, 임자자리 토씨 「-이」가 그대로 유지되는 경우도 있지만, 때로는 매김토씨 「-ᄋᆡ/의」로 바뀌는 일도 있다.

네의 나미 甚히 正直ᄒᆞ니 (두언 16:57) ⇐ [네(너 + ㅣ) 나-]

내ᄋᆡ 衰老호ᄆᆞᆫ = 我衰 (두언 22:27) ⇐ [내(나 + ㅣ) 衰老ᄒᆞ-]
ᄀᆞᄅᆞᄆᆡ 흘루미 = 江流 (두언 7:12) ⇐ [ᄀᆞᄅᆞ미 흐르-]
비르수 蕃과 漢과ᄋᆡ 달오ᄆᆞᆯ 드르리로다 = 始聞蕃漢殊 (두언 6:38) ⇐ [蕃과 漢괘 다ᄅᆞ-]
바ᄅᆞᆺ ᄆᆞᄅᆡ 밀유미 붇 히믈 주도다 = 溟漲與筆力 (두언 16:20) ⇐ [바ᄅᆞᆺ ᄆᆞᄅᆡ 밀이-]
안ᄒᆡ 덥다로ᄆᆞᆫ (두언 20:50-1) ⇐ [안히 덥달-]
衆生ᄋᆡ ᄒᆞ며 말며 念 뮈우미 (월석 21:98) ⇐ [衆生이 (ᄒᆞ며 말며) 念 뮈-]
佛智의 어려우미 아니라 (법화 3:165) ⇐ [佛智ㅣ 어렵-]

이렇게 임자자리 토씨 「-이」가 「-ᄋᆡ/의」로 바뀌는 이유에 대해서는 다음과 같은 가설을 세워 볼 수 있다.

15세기 이전에는 「-ㅁ」은 이름법으로, 「-기」는 파생법으로 기능하다가, 현대 국어로 오면서 차츰 그 기능이 뒤바뀌게 되어, 이름법에는 「기」, 파생법에는 「-ㅁ」이 많이 쓰이게 되었는데, 15세기 중·후반기는 이미 「-ㅁ」이름법이 파생법으로 기능하기 시작한 과도기였기 때문에, 때로는 「-이」가 「-ᄋᆡ/의」로 변하지 않았을까 생각한다.

1.3. 이름마디의 기능

이름마디는 이름씨처럼, 여러 토씨가 붙어서 여러 월성분으로 기능할 수 있다.

<임자말> 羽旗 뮈유미 ᄒᆞᆫᄀᆞᆯᄋᆞᄐᆞ니 (두언 24:23)
<부림말> 우숨 우ᅀᅳ며셔 주규믈 行ᄒᆞ니 (두언 6:39)
<위치말> 새려 시름호매 누니 돌올ᄃᆞ시 바라노라 (두언 20:18)
<견줌말> 逃亡ᄒᆞ야 감 ᄀᆞᆮ다ᄉᆞ이다 (능엄 1 : 92-3)

<방편말> 이리ᄒᆞ샤ᄆᆞ로 아홉 큰 劫을 건내ᄠᅱ여 (월석 1:52)
<잡음씨 「-이다」 앞> 大悲로 일ᄏᆞᆮᄌᆞ오미라 (능엄 6:41)
<매김말> 혜아룜 그틀 뮈우노라 (두언 16:69)

1.4. 생성 과정

(1) 홑월에서 변형

속구조의 홑월의 풀이말이 씨끝 「-ㅁ」으로 활용하여 이름마디로 변형되는 경우이다.

羽旗 뮈유미 ᄒᆞᆫ골ᄋᆞᄐᆞ니 (두언 24:23) ⇐ [羽旗(이) 뮈-]-ㅁ
ᄒᆞ다가 ᄆᆞᅀᆞᆷ ᄡᅳ미 가ᄌᆞᆨᄒᆞ면 (몽산 7) ⇐ [ᄆᆞᅀᆞᆷ ᄡᅳ-]-ㅁ
내 너를 건네요미 올ᄒᆞ니라 (육조, 상:33) ⇐ [내 너를 건네-]-ㅁ

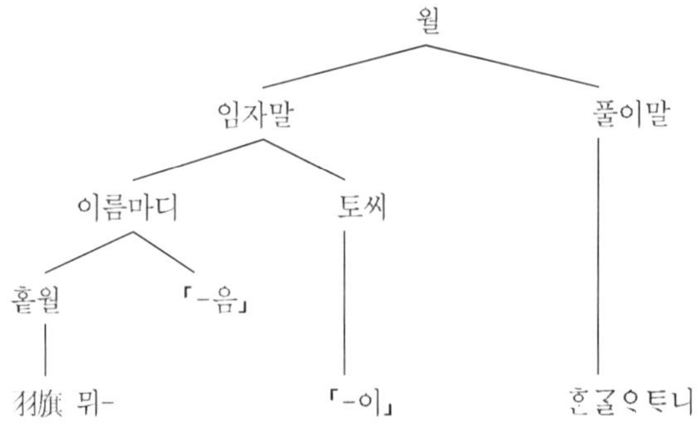

(2) 겹월에서 변형

속구조의 겹월이 이름마디로 변형되는 경우이다.

[[親호미] 쉽디 아니홈] 아니로다 (남명,하:14)

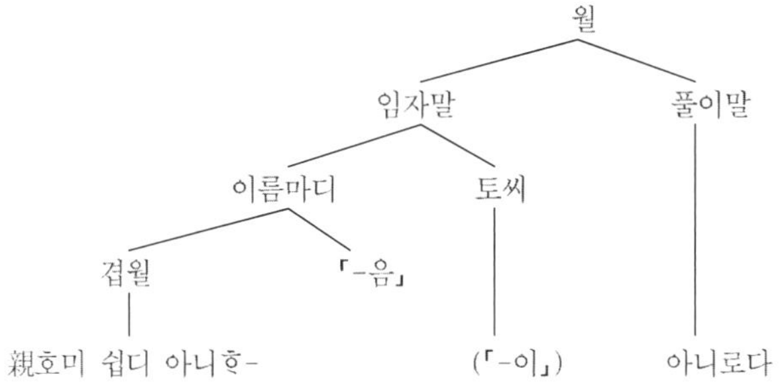

여기서 겹월은 이은겹월이 될 수도 있고, 안은겹월이 될 수도 있다. 이론적으로, 월이라는 것은 이음과 안음의 과정을 수 없이 되풀이 할 수 있다. 마디 안에 이음의 형식이 있을 수 있고, 그 이음 안에 마디가 있을 수 있으며, 또 그 마디 안에 또 다른 마디가 안길 수 있는 것이다. 그러나 실지의 언어현상에 있어서는 어느 정도의 제한이 있다. 언어 구조가 말할이나 들을이의 이해에 지장을 줄 만큼 복잡해서는 곤란하기 때문이다.

2. 홑월에서 변형된 이름마디

2.1. 임자말로 기능

[ ]-ㅁ<임자말> ~

홑월에서 변형된 이름마디가 안은마디 안에서 임자말로 기능하는 경우이다.

(1) 임자말 제약

안은마디의 임자말과 이름마디의 임자말은 같다. 홑월이 이름마디로 바뀌어, 그대로 안은마디의 임자말로 기능하기 때문이다. 또한 다음의 그림에서 안은마디의 임자말^{1}과 이름마디의 임자말^{2}이 같은 가지에 붙어 있기 때문이다.

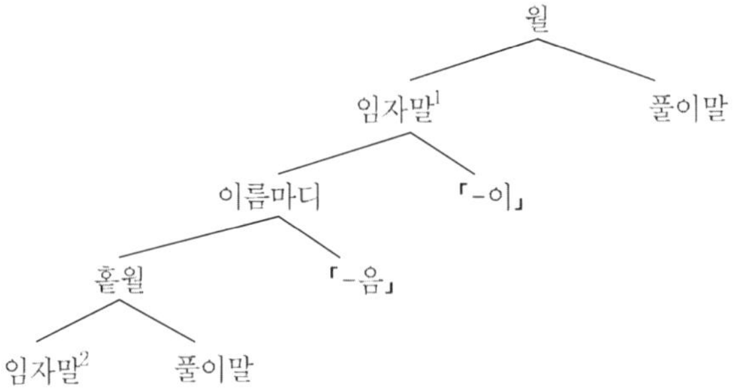

(2) 두 풀이말의 씨범주 관계

임자말로 기능하는 이름마디의 가장 중요한 통어적 특성은, 안긴마디의 풀이말과 안은마디의 풀이말의 씨범주의 관계에 있다. 월의 모든 성분은 풀이말에 이끌려 있기 때문이다. 이 두 풀이말의 씨범주의 가려잡기가 서로 맞지 않으면, 그 월은 바른 월이 될 수 없다.

홑월에 있어서는, 임자말과 풀이말의 가려잡기가 월의 옳고 그름을 판단하는 첫 기준이 되는데, 이름마디가 월 안에 안기게 될 때는, 그 이름마디 안의 풀이말과 안은마디의 풀이말의 씨범주의 관계로, 월의 문법성이 결정된다.

이러한 관계는 두 풀이말의 뜻바탕(의미자질)을 면밀히 분석하여 대조해 봄으로써 밝혀져야 되겠지만, 여기에서는 두 풀이말의 씨범주를 서로 대조하여 봄으로써, 이름마디의 통어적 특성을 어느 정도 밝혀보고자 한다.

뒤의 '(2-4) 두 풀이말의 씨범주 관계에 대한 통어적 풀이'에서는, 이 두 풀이말의 씨범주의 관계를 분석하여, 그 관계에 대한 통어적 풀이를 꾀해 본다.

(2-1) 안긴마디의 풀이말 = 움직씨

(가) 안은마디의 풀이말 = 그림씨

[움직씨] 그림씨

안긴 이름마디의 풀이말(속구조에서의 홑월의 풀이말)이 움직씨이고, 안은마디의 풀이말이 그림씨인 경우이다.

羽旗 뮈우미 ᄒᆞᆫ골ᄋᆞᄐᆞ니 (두언 24:23)

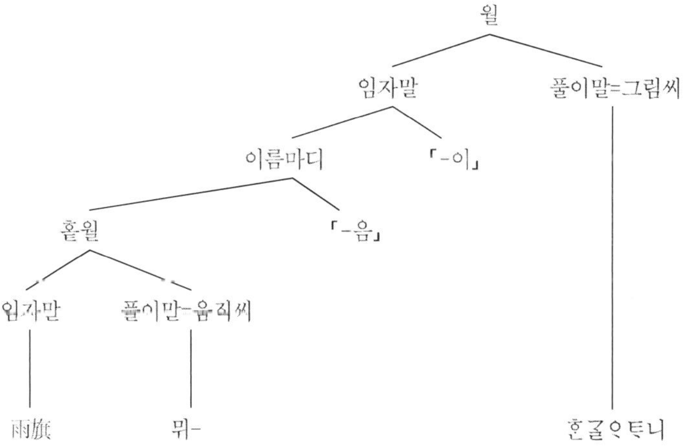

이름마디의 풀이말이 제움직씨인 경우와 남움직씨인 경우를 따로 설정하여 설명하기로 하겠다.

(가-1) [제움직씨] 그림씨

이름마디의 풀이말이 제움직씨이고, 안은마디의 풀이말이 그림씨인 경우이다.

[羽旗 뮈유미] 혼골ᄋᆞᄐᆞ니 = 羽旗動若一 (두언 24:23)
⇐ [羽旗 (「-이」) 뮈다]-ㅁ「-이」 혼골ᄋᆞᄐᆞ니
[人千ㅅ 귓 소배 ᄉᆞᆽ우미] 浩浩ᄒᆞ도다 (금강삼가 3:8)
⇐ [人天ㅅ 귓 소배 ᄉᆞᆽ다]-ㅁ「-이」 浩浩ᄒᆞ도다
막대여 막대여 [네의 나미] 甚히 正直ᄒᆞ니 = 杖兮杖兮 爾之生也甚正直 (두언 16:57) ⇐ [네 나다]-ㅁ「-이」 正直ᄒᆞ니
神力品前은 ᄉᆞᆫ지 [正宗애 屬호미] 볼ᄀᆞ니라 (법화 4:135-6)
識體ᄂᆞᆫ 기프니 반ᄃᆞ기 微細히 기피 ᄉᆞ랑홇디언뎡 [멀터이 데ᄠᅮ미] 몯ᄒᆞ리니 (능엄 3:106)
[ᄆᆞᅀᆞ매 어긔르추미] 하니 = 心多違 (두언 7:27)
[周室이 다시 興起ᄒᆞ요미] 맛당ᄒᆞ니 (두언 6:21)
[ᄇᆞᆯ 니고미] 오라ᄃᆡ 오히려 ᄀᆞᆯ히리 업세이다 = 米熟久矣로ᄃᆡ 猶缺篩在ᄒᆞ이다 (육조, 상:27)

위의 예로 보면, 이름마디의 풀이말(=제움직씨)에 이끌릴 수 있는 월성분은 임자말과 위치말만 나타난다. 임자말은 필수적이고 위치말은 선택적이다.

안은마디의 풀이말(=그림씨) 은 임자말로 기능하는 이름마디만을 이끈다.

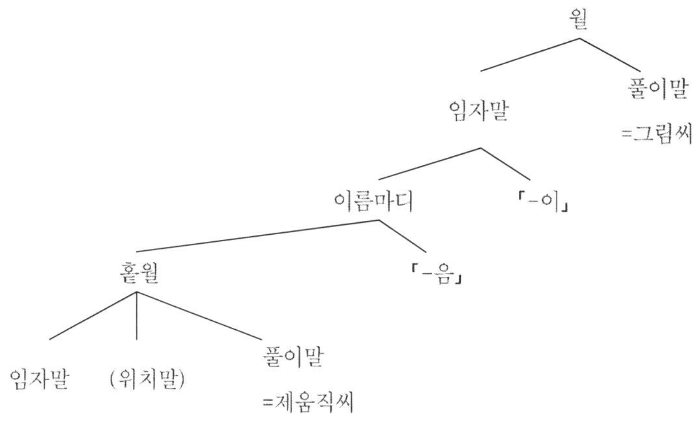

[임자말 (위치말) 풀이말(=제움직씨)]-ㅁ「-이」 풀이말(=그림씨)

(가-2) [남움직씨] 그림씨

[孔門을 당다이 ᄇᆞ료미] 몯ᄒᆞ리니라 (두언 6:21)

ᄆᆞᄆᆞ로 端正히 홇디언뎡 [둥 구표미] 몯ᄒᆞ리라 = 身體로 端正이언뎡 不可背曲이니라 (몽산 24)

[다시 虛空앳 方ᄒᆞᆫ 相 잇논뒬 더루려 닐오미] 몯ᄒᆞ리라 = 不應說言更除虛空앳 方相所在니라 (능엄 2:43)

ᄒᆞ다가 [ᄆᆞᅀᆞᆷ ᄡᅳ미] 가ᄀᆞᆨᄒᆞ면 = 若用心急 (몽산 7)

오라면 工夫ㅣ 니거 반ᄃᆞ기 [能히 힘ᄡᅮ미] 져그리라 (몽산 4)

이런 時節에 [키 아로미] 갓가ᄫᆞ리라 (몽산 4)

諸佛와 聲聞과 佛子菩薩等의 ᄒᆞ오ᅀᅢ어나 한게 이셔 [設法호미] 다 現ᄒᆞ리니 (법화 6:61)

마ᄆᆞᄅᆞᆫ ᄡᅡ히 도로혀 [조 가로미] 됴ᄒᆞ니 (두언중간 13:40)

기퍼 [測量호미] 어려우나컨마ᄅᆞᆫ 頭頭에 샹녜 現露ᄒᆞ니라 = 心難測이나 爭奈頭頭에 常現露ᄒᆞ니라 (금강삼가 3:27-8)

員의 ᄠᅳᆯ안핸 숫두워려 [브로미] 업도다 = 太守庭內不喧呼(두언중간 9:31)

[福과 德과 難量호미] 어려우므란 아직 둘디어니와 어늬 이 住 업슨 道理오 (금강삼가 2:20)

[悲로 含生올 教化ᄒᆞ샤미] 곧 업디 아니ᄒᆞ시나컨마른 能과 所왜 반ᄃᆞᆨᄒᆞ거니와 = 悲化含生이 卽不無ㅣ나 爭乃能所ㅣ 歷然커니와 (금강삼가 2:13) ⇐ [(임) 悲로(방편말) 含生올(부림말) 教化ᄒᆞ시다]

[여희요미] ᄆᆞᄎᆞ매 오라디 아니ᄒᆞ리언마른 아ᅀᆞ몰 ᄎᆞ마 서르 ᄇᆞ리리아 (두언 8:60)

ᄒᆞ다가 내 큰 法 즐기던댄 [오로 맛디샤미] 오라시리랏다 = 若我ㅣ 樂大ᄒᆞ던댄 則全付ㅣ 久矣시리랏다 (법화 2:231-2)

[나라홀 버으리와다쇼미] 머도다 (두언 7:5)

[藥師瑠璃光 如來ㅅ 일훔 시러 듣ᄌᆞ보미] 또 어려ᄫᅳ니 (석보9:28)

[正ᄒᆞᆫ 法 ᄀᆞᄅᆞ쵸미] 어렵더니 (석보 6:21)

[부텨 맛:나미] 어려ᄫᅳ며 (석보 6:11)

[法 드로미] 어려ᄫᅳ니 (석보 6:11)

내 地藏 威神力을 보니 [恒河沙劫에 다 닐우미] 어렵도다 (월석 21 :172)

엇뎨어뇨…[時도 또 맛나미] 어려울씨니이다 = 何ㅣ 어뇨 ... 時亦難遇ㄹ씨니이다 (법화 7:137-8)

[간 고대 ᄀᆞ료미] 업ᄂᆞ니라 (금강 10)

⇐ [(임) (부) 간 고대 ᄀᆞ리다]-ㅁ「-이」

이런ᄃᆞ로 安樂行올 닷ᄀᆞ샬뗸 [實다이 보샤미] 貴ᄒᆞ니라 = 是故로 修安樂行인댄 貴如實觀ᄒᆞ니라 (법화 5:21)

如來ㅣ 現在ᄒᆞ샤도 오히려 그러콘 ᄒᆞ몰며 [滅後惡世예 機롤 ᄀᆞᆯᄒᆡ디 아니호미] 올ᄒᆞ려 (법화 4:87)

[내 너롤 건네요미] 올ᄒᆞ니라 = 合是吾ㅣ 渡汝ㅣ니라 (육조,상:33)

[녯 法을 조ᄎᆞ샤미] 맛당ᄒᆞ시도소이다 = 宜依舊典이로소이다 (내훈, 2상:49)

[녯 聖人냇 보라몰 보미] 맛당컨뎡 모ᄃᆡ 杜撰올 마롤디니 아란다 (몽산 20)

本來 [아로미] ᄇᆞᆰ디 몯ᄒᆞ거든 다 疑心을 두리니 (몽산 13)

[슬허ᄒᆞ요ᄆᆞᆫ] ᄒᆡ로 다ᄆᆞᆺ 깁ᄂᆞ다 = 爲恨與年深 (두언 11:10)
[茅齋예 ᄲᆞᆯ리 보내요미] ᄯᅩ 가히 ᄉᆞ랑ᄒᆞ오니라 = 急送茅齋也可憐 (두언 16:60)[3]
[서르 도ᄫᆞ미] 조ᄉᆞᄅᆞᄫᆡ니라 = 相資爲妙 (몽산 9)
[부텨 滅度ᄒᆞ샤미] 엇뎨 ᄲᆞᄅᆞ신고 ᄒᆞ더니 = 佛滅이 一何速이신고 ᄒᆞ더니 (법화 1:122)

이름마디의 풀이말(=남움직씨)에 이끌릴 수 있는 월성분은 임자말・부림말・위치말・방편말인데, 임자말과 부림말은 필수적이고, 위치말과 방편말은 선택적이다.

안은마디의 풀이말(=그림씨) 은 임자말(이름마디)만을 이끈다.

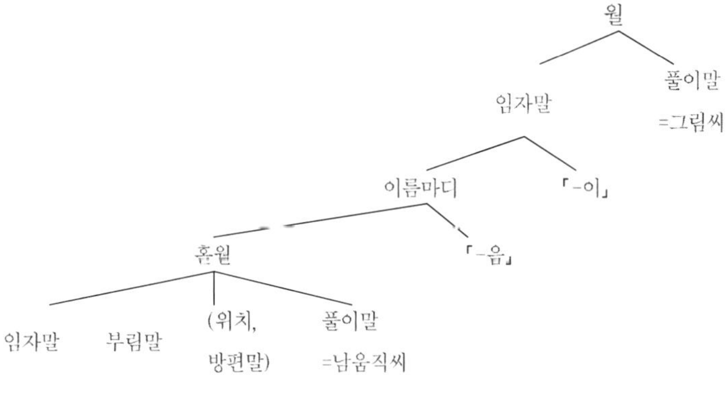

[임자 부림(위치,방편) 풀이(=남움직)]-ㅁ「-이」 풀이(=그림)

(나) 안은마디의 풀이말 = 움직씨

3) 남움직씨 「ᄉᆞ랑ᄒᆞ다」가 그림씨로 파생되면 「ᄉᆞ랑ᄒᆞᆸ-」, 「ᄉᆞ랑홉-」이 된다.

[움직씨]움직씨

이름마디의 풀이말은 움직씨이고, 안은마디의 풀이말도 움직씨인 경우이다.

(나-1) [제움직씨] 제움직씨

[내의 여희는 興이 긄여 나미] 더으ᄂᆞ다 = 添余別興牽 (두언 8:46)
[物 化ᄒᆞ샤미] ᄒᆞ마 다ᄒᆞ샤 = 化物既周 (영가, 서:6)
[諸佛이 出世호미] 難히ᅀᅡ 맛나ᄂᆞ니 = 諸佛出世難可值遇 (법화 5:148) [4]

(나-2) [제움직씨] 남움직씨

[바룴 므릐 밀유미] 붇 히믈 주도다 = 溟漲與筆力 (두언 16:20)
⇐ [바랏 므리 밀이다]-ㅁ「-이」
[閻浮에 뵬와 돋뇨미] 몃 千올 도라 오나뇨 (금강삼가 2:7)
[惑業의 옮돋뇨미] 一切 이롤 브터 ᄒᆞᄂᆞ니라 = 惑業轉徙ㅣ 一切由此ᄒᆞᄂᆞ니라 (능엄 1:45) [5]

이름마디의 풀이말(=제움직씨)에 이끌릴 수 있는 월성분은 임자말과 위치말인데, 임자말은 필수적이고 위치말은 선택적이다. 안은마디의 풀이말(=남움직씨)은 임자말(=이름마디)과 부림말은 필수적으로 이끌고 위치말은 선택적으로 이끈다.

---

4) 「맛나다」는 원래 남움직씨이지만, 위의 경우는 제움직씨의 구실을 하고 있다.
5) 「-롤 브터」를 하나의 토씨로 보면 「이롤브터」는 위치말이 된다.

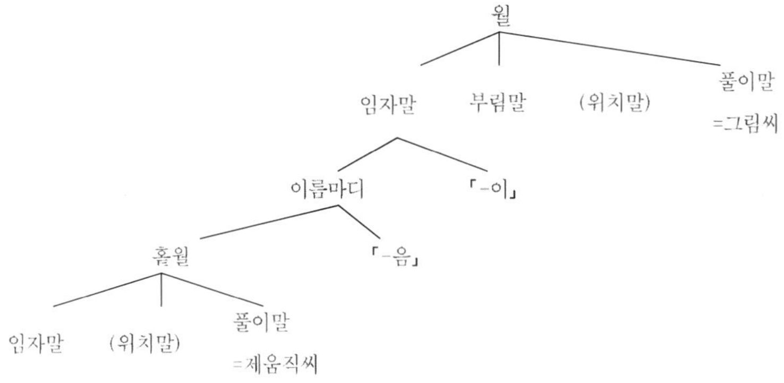

(나-3) [남움직씨] 제움직씨

져머셔 [나 아로미] ᄡᅡ나샤 = 小挺生知 (영가, 서:7)

⇐ [알다]-ㅁ「-이」 ᄡᅡ나샤

둘히 다 외언마룬 그러나 그 中에 [空ᄋᆞᆯ 觀호미] 오히려 더으니라 = 二俱差過ㅣ언마룬 然於中에 觀空이 猶勝ᄒᆞ니라 (금강삼가 4:31)

小人이 길헤 마갯ᄂᆞ니 [양ᄌᆞ ᄒᆞ요미] ᄌᆞ모 수스워리놋다 = 小人塞道路 爲態何喧喧 (두언 16:68) ⇐ [양ᄌᆞ(ᄅᆞᆯ) ᄒᆞ다]-ㅁ「-이」[6]

[네 三昧 닷고ᄆᆞᆫ] 本來 塵勞애 나례어늘 淫心을 더디 아니ᄒᆞ면 塵에 나디 몯ᄒᆞ리니 = 汝ㅣ 修三昧ᄂᆞᆫ 本出塵勞ㅣ어늘 淫心을 不除ᄒᆞ면 塵에 不可出이니 (능엄 6:86)

← [네 三昧(ᄅᆞᆯ) 닭디] ㅁ「-ᄋᆞᆫ」 塵勞에 나례어늘

[네의 어미 그려호미] 샹녯 ᄠᅳ뎃 衆生애셔 倍홀ᄊᆡ (월석 21:22)

그럴ᄊᆡ [혀샤미] 이만 ᄒᆞ시니라 = 故援引止此 (법화 1:113)

이름마디의 풀이말(=남움직씨)에 이끌릴 수 있는 월성분은 임자말과 부림말이고, 안은마디의 풀이말(제움직씨)은 임자말은 필수적으로 이끌고 위치말은 선택적으로 이끈다.

---

6) 「양ᄌᆞᄒᆞ다」를 한 덩어리로 보면 제움직씨가 된다.

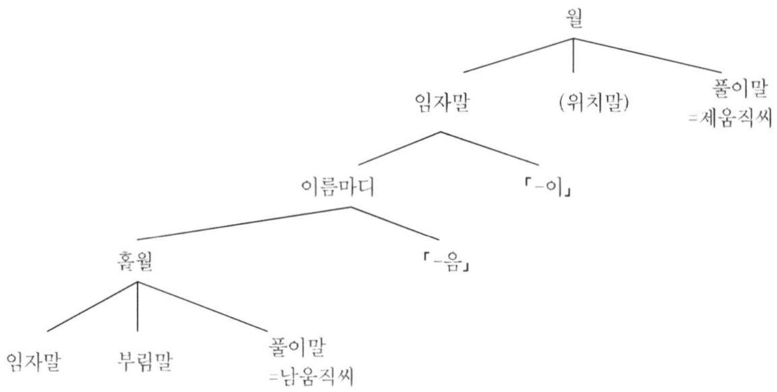

(다) 안은마디의 풀이말 = 잡음씨

이름마디의 풀이말은 움직씨이고, 안은마디의 풀이말은 잡음씨인 경우이다.

(다-1) [제움직씨] 잡음씨

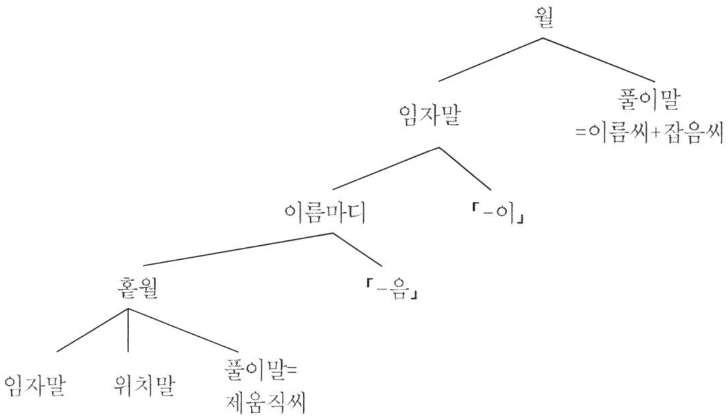

이름마디의 풀이말(=제움직씨)은 임자말은 필수적으로 이끌고, 위치말은 선택적으로 이끈다. 안은마디의 풀이말(=이름씨+잡음씨)은 임자말만을 이끈다.

狄人이 ᄀᆞᆯ외어늘 [岐山 올ᄆᆞ샴도] 하ᄂᆞᆶ ᄠᅳ디시니 (용 4 장)

[ᄡᅥ러듀미] 蒲柳ㅣ라와 몯졔로다 (두언 18:18)

[구룸 올옴과 새 ᄂᆞ롬과 ᄇᆞᄅᆞᆷ 뮈윰과 ᄃᆞ틀 니룸과... ㅣ] 다 物이라 너 아니니라 (능엄 2:34)

[ᄒᆞᆫ 벼스레 ᄆᆡ여쇼ᄆᆞᆫ] 眞實로 모ᄆᆞᆯ ᄀᆞᆲ가라 ᄒᆞᄂᆞᆫ디라 (두언 21:29)

위 월은 다음과 같이 구성되어 있다.

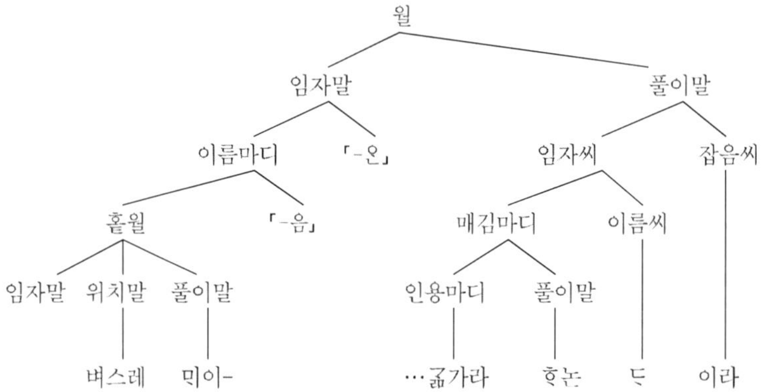

(다-2) [남움직씨] 잡음씨

體相性分大小다와 [저쥬미] ᄒᆞᆫ가지로ᄃᆡ = 如其體相性分大小ᄒᆞ야 所謂이 是一이로ᄃᆡ (법화 3:37)

이 아기ᄅᆞᆯ 아나다가 [므레 ᄇᆞ리곰 호미] 두번이러니 (<정양사영인> 불정심경 p70)

우리 부텨 如來…일후미 天人師ㅣ시며 [일ᄏᆞᆮᄌᆞᄫᆞ미] 一切智샤 (월석, 서:6)

[그 罪業의 갑ᄉᆞ로 果報 겻구미] 次第러니 (월석 2:63)

⇐ [갑ᄉᆞ로 果報(ᄅᆞᆯ) 겪다]-ㅁ「-이」

[燧 비취워 블 내요미] 이라 = 照燧生火是也 (능엄 4:42)

諸聲門衆은 다 滅度ㅣ 아니어니와 [너희 行호미ᅀᅡ] 이 菩薩道ㅣ니 (법화 3:51)

[술 ᄉᆞ랑호ᄆᆞᆫ] 晋ㅅ 山簡이오 詩 잘호ᄆᆞᆫ 何水曹ㅣ로다 = 愛酒晋山簡能詩何水曹 (두언 7:21)

[버리디 아니호ᄆᆞᆫ] 조리니라 (법화 1:52)

다음은 잡음씨 앞의 이름씨가 매김을 받는 경우이다.

[ᄀᆞ올ᄒᆞᆯ ᄀᆞᄉᆞᆷ아로미] ᄆᆞᄎᆞ매 죠고맛 이리오 (두언 20:19)

[七寶 바리예 供養올 담ᄋᆞ샤미] 四天王의 請이ᄉᆞᄫᆞ니 (천강곡 상, 기 87)

[소리 드로미] 이 證홀 時節이며 色 보미 이 證홀 時節이라 (금강삼가 4:47) ⇐ [소리(롤) 듣다]-ㅁ「-이」 이 證홀 時節이며

말솜 바다 [쁟 아로믄] 恩올 아논 아치오 = 承言會旨는 所以知恩이오 (금강삼가 3:38)

[行ᄒᆞ요믄] 샹녯 이롤 조차 ᄒᆞᄂᆞᆫ ᄆᆞᅀᆞ미오 (석보 19:25)

覺온 이 能히 아논 智오 [ᄆᆞᅀᆞ미 처엄 니로믄] 이 아론 業相이니 = 覺是能覺之智 心初起 是所覺之業相 (원각, 하 1-2:36)

[비호미] 等을 거르뛰디 아니과뎌 ᄒᆞ시논 젼치라 (월석 14:41)

다음은 잡음씨 앞이 매인이름씨인 경우이다.

[큰 悲心 發호믄] 一切衆生올 너비 救호려 홀씨오 [큰 慈心 發호믄] 一切 世間올 ᄒᆞᆫ가지로 도ᄫᆞ려 홀씨니라 (월석 9:22)

說法은 반ᄃᆞ기 情想올 니줄띠며 [말ᄊᆞᆷ 므튜믄] 반ᄃᆞ기 嫌疑롤 避홀 띠니 (법화 5:16)

바ᄅᆞ래 드러 [몰애 혜요미] ᄒᆞᆫ갓 힘플ᄲᅮᆫ니니 (금강삼가 2:71)

[理 나토믄] 마롤 因ᄒᆞᆫ디라 = 理顯은 因言이라 (영가, 하:30)

[모몰 고ᄌᆞ기ᄒᆞ야쇼믄] 간곡ᄒᆞᆫ 톳기롤 ᄉᆞ랑하ᄂᆞᆫ듯고 (두언 16:45)

[즐거ᄫᅳᆫ 일 :주미] 그지업슬씨오 (석보 13:39)

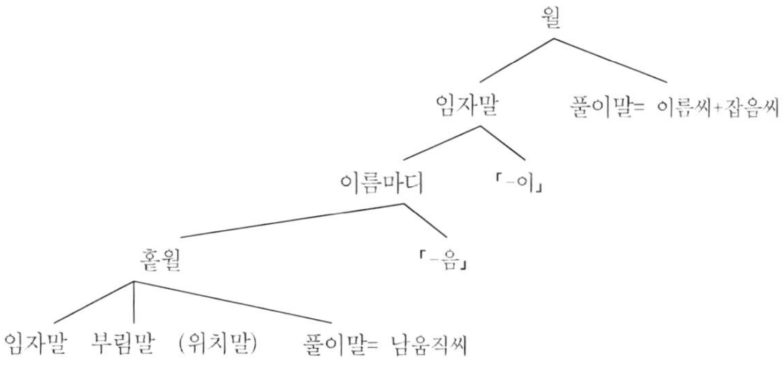

(2-2) 안긴마디의 풀이말 = 그림씨

(가) 안은마디의 풀이말 = 그림씨

[그림씨] 그림씨

[입시울 축축호미] 맛가ᄫᆞ시며 (월석 2:58)
번드기 法華ㅣ 아니어늘ᅀᅡ ᄒᆞ물며 [道記와 果記와 달오미] 잇거니ᄯᆞ녀
= 灼非法華ㅣ 어늘ᅀᅡ 況有道記와 果記之異ᄯᆞ녀 (능엄 1:11)
[안히 덥다로ᄆᆞᆫ] 요ᄉᆞᅀᅵ예 엇더ᄒᆞ뇨 = 內熱比何如 (두언 20:50-1)
[ᄒᆞ논일 업수미] 비록 뷔나 (월석 8:31)
[글워리 諷諫홀 말ᄉᆞ미] 답사핫건마ᄅᆞᆫ 宮闕에 奔走호미 限隔ᄒᆞ도다 (두언 8:4)

다음은 월 전체의 풀이말(=그림씨)이 견줌말을 갖는 경우이다.
[터릿 비치 ᄑᆞ라ᄫᆞᆯ가ᄒᆞ샤미] 孔雀ᄋᆡ 모기 ᄀᆞᄐᆞ시며 (월석 2:58)

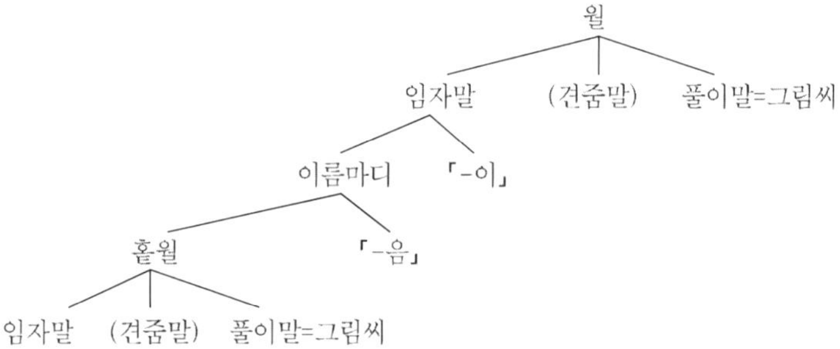

(나) 안은마디의 풀이말 = 움직씨

[그림씨] 움직씨

(나-1) [그림씨] 제움직씨

[비리누류미] 섯모ᄃᆞ며 (능엄 1:42)

[숫어 어즈러오미] 긋도다 = 絶喧煩 (금강삼가 5:11)

ᄒᆞᄂᆞᆯ히 현마 즐겁고도 福이 다아 衰ᄒᆞ면 [受苦ᄅᆞᄫᅵ요미] 地獄두고 더으니 (월석 1:21)

이름마디의 풀이말(=그림씨)은 임자말 만을 이끌고, 안은마디의 풀이말(=제움직씨)은 임자말은 필수적으로 이끌고 견줌말은 선택적으로 이끈다.

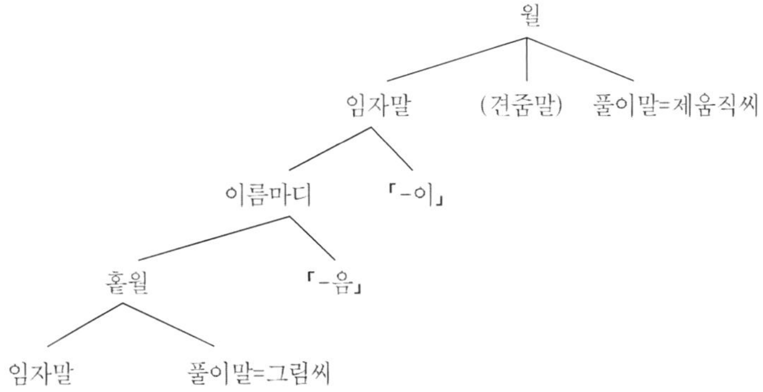

(나-2) [그림씨] 남움직씨

[므렛 ᄃᆞᄅᆡ (이시며) 업소ᄆᆞᆯ란] ᄒᆞ욘 조초ᄒᆞ고 = 從敎水月의 有無ᄒᆞ고 (금강삼가 2:25)

(다) 안은마디의 풀이말 = 잡음씨

[그림씨] 잡음씨

[눉ᄌᆞᅀᆡ 紺靑ᄒᆞ시며 조히 히시며 블근 돌애 섯거 ᄭᅮ미샤 조ᄒᆞ며 分明ᄒᆞ샤미] 二十九ㅣ시고 (법화 2:13)

몺 우아래 圓滿ᄒᆞ샤…[威嚴이 ᄀᆞᆲᄉᆞ오리 업스샤미] 四十六이시고 (법화 2:17)

[逃亡ᄒᆞ야 가 뷔듣녀 辛苦호미] 쉬나문 ᄒᆡ러니 (월석 13:29)

다음은 잡음씨 앞의 이름씨 (다음의 경우는 매인이름씨)가 매김마디의 꾸밈을 받는 경우이다.

舍利佛아 [이러호미] 諸佛이 ᄒᆞᆫ 큰 잀 因緣으로 世間애 나시ᄂᆞᆫ디라 (석보 13:49)

[各別히 온 性이 이슈미] 맛당ᄒᆞ간디어니ᄯᆞᆫ (능엄 1:89)

[精微호ᄆᆞᆫ] 溟涬을 듧우리오 ᄂᆞᆯ뮈ᄂᆞᆫ ᄠᅳ든 霹靂도 것그리로다 (두언 16:2)

(2-3) 안긴마디의 풀이말 = 잡음씨

(가) [잡음씨] 그림씨

이 萬象中에…[見 아뇨미] 업도소이다 = 是萬象中에…無非見者 ㅣ로소이다 (능엄 1:52)

⇐ [(임) [見이 아니-]]-ㅁ「-이」 업도소이다.7)

[봄 아뇨미] 잇다 닐오미 몯ᄒᆞ리니 = 不應言…有…非見 (능엄 2:83)

⇐ [[[봄(이) 아니-]-ㅁ「-이」 잇다] 니ᄅᆞ-]-ㅁ8)

이 월은 다음과 같은 구조를 가지고 있다.

---

7) 풀이마디 구조이다.

8) 인용마디를 안고 있다.

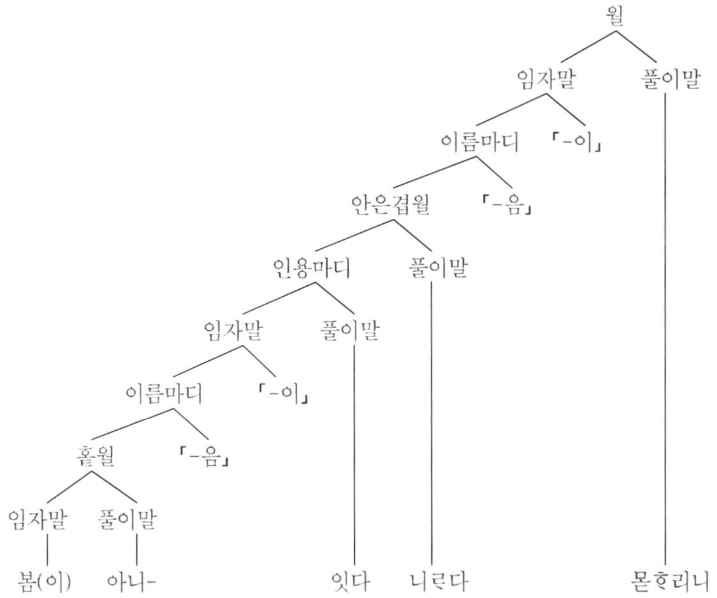

(나) [잡음씨] 잡음씨

[智' 둘 아니로믄] ᄒᆞᆫ 智慧로ᄃᆡ… (월석 8:31)

[能히 色이로미] 거우루의 ᄇᆞᆯ곰 ᄀᆞᆮᄒᆞ실시라 = 能色호미 如鏡之明ᄒᆞ실시라 (원각, 상1-1:59)

(2-4) 두 풀이말의 씨범주 관계에 대한 통어적 풀이

이름마디의 풀이말의 씨범주와 안은마디의 풀이말의 씨범주를 서로 대조한, 예문의 수는 다음과 같다.

[안긴마디]안은마디	수	소계	계
[제움직씨]그림씨	8	[움직씨]그림씨 : 40	77
[남움직씨]그림씨	32		
[제움직씨]제움직씨	3	[움직씨]움직씨 : 12	
[제움직씨]남움직씨	3		
[남움직씨]제움직씨	6		
[남움직씨]남움직씨	0		
[제움직씨]잡음씨	4	[움직씨]잡음씨 : 25	
[남움직씨]잡음씨	21		
[그림씨]그림씨	6	[그림씨]그림씨 : 6	16
[그림씨]제움직씨	3	[그림씨]움직씨 : 4	
[그림씨]남움직씨	1		
[그림씨]잡음씨	6	[그림씨]잡음씨 : 6	
[잡음씨]그림씨	2	[잡음씨] -	4
[잡음씨]움직씨	0		
[잡음씨]잡음씨	2		

이를 종합,분석해 보면 다음의 두가지 사실을 발견할 수 있다.

① 이름마디의 풀이말이 움직씨인 예문은 77개인데 비해, 그림씨나 잡음씨인 경우는 20개 뿐이다. (그림씨나 잡음씨는 모두 [상태성] 을 나타내기 때문에 함께 취급하기로 한다.) 이러한 현상은 다음과 같이 설명할 수 있을 것이다.

우리말의 풀이씨 가운데는 움직씨가 그림씨보다 월등하게 많다.[9]

그러므로 이름마디의 풀이말에도 움직씨인 예가 많은 것은 당연한 일이다.

② 안은마디의 풀이말이 그림씨나 잡음씨인 예문은 81개인데 비해, 움직씨인 경우는 16개 뿐이다.

그림씨나 잡음씨인 경우는, 어떠한 사실을 묘사·설명하는 형태가 되므로 자연스러운 연결이 된다 ; [ ]-ㅁ「-이」 어떠하다 (무엇이다)

움직씨가, 이름마디를 임자말로 가지는 형태는 매우 어색한 월이 된다. 움직씨는 원칙적으로 '실지로 움직일 수 있는 주체', 혹은 '말할이가 움직일 수 있다고 판단한 주체'를 임자말로 가져야 한다. 그런데 이름마디는 '움직임이나 상태를 관념적으로 가리키는 것(최현배:우리말본 277쪽)이기 때문에 움직임의 주체가 되기 어렵다.

안은마디의 풀이말에 움직씨가 올 수 있는 경우는 다음의 두 경우뿐이다.

> 첫째, 움직씨가 그림씨의 성격을 강하게 지니고 있는 경우이다. 곧 움직씨가 '어떠하다' 란 의미를 강하게 가지고 있는 경우인데, 이러한 예문이 7개이다. (더으다, 다ᄒᆞ다, 빠나다, 더으다(2), 倍ᄒᆞ다, 긏다)[10]

둘째, 주체가 움직일 수 있는 것으로 인식되는 경우이다. 이는 의인법적인 성격이 매우 강하다.[11]

> 바룴 ᄆᆞᄅᆡ 밀유미 붇 히믈 주도다 (두언 16:20)
> 비리누류미 섯모ᄃᆞ며 (능엄 1:42)

---

9) 유재원 : 우리말 역순사전 (정음사. 1985) 참조. 이 사전에 의하면 ; 움직씨 8740개, 그림씨 3287개로 되어 있다.

10) 현대 국어의 예 ; 용모가 빼어나다. 병세가 더하다. 목숨이 다하다. 이러한 움직씨는 그 수가 매우 적다.

11) 현대 국어의 예 ; 해가 진다. 냄새가 여기로 모였다. 깃발이 펄럭인다. 그 말이 나에게 용기를 주었다.

나머지 예문들은 모두 어색한 표현들이다. 이러한 어색한 월이 생겨난 것은, 한자를 그대로 직역하려는 데에서 비롯된 것이라고 생각된다. 옛 문헌을 보면 이러한 어색한 월이 더러 나타나는데, 이는 바로 그러한 이유 때문일 것이다.(지금 영어 교육의 영향으로, 영어를 직역하는 식의 우리말답지 않은 월을 더러 볼 수 있는데, 15세기에 한문의 영향을 받은 것은 지극히 당연한 일이라 할 것이다.)

諸佛이 出世ᄒᆞ미 難히ᅀᅡ **맛나ᄂᆞ니** = 諸佛出世難可値**遇** (법화 5: 148)[12)]

惑業의 옮ᄃᆞᆫ뇨미 一切 **이롤 브터 ᄒᆞᄂᆞ니라** = 惑業轉徙ㅣ 一

(3) 높임법 제약

(→ 높임)

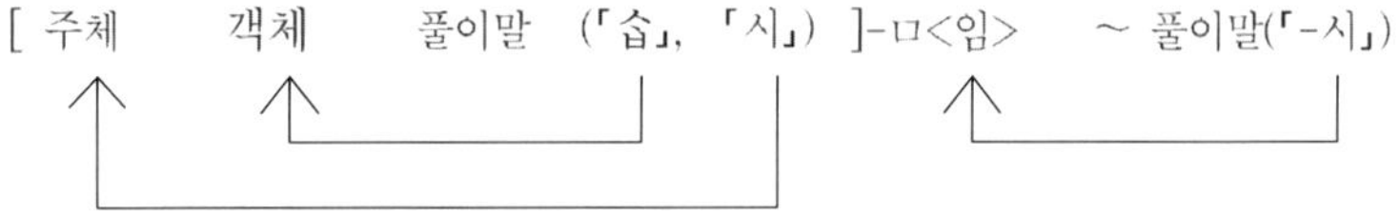

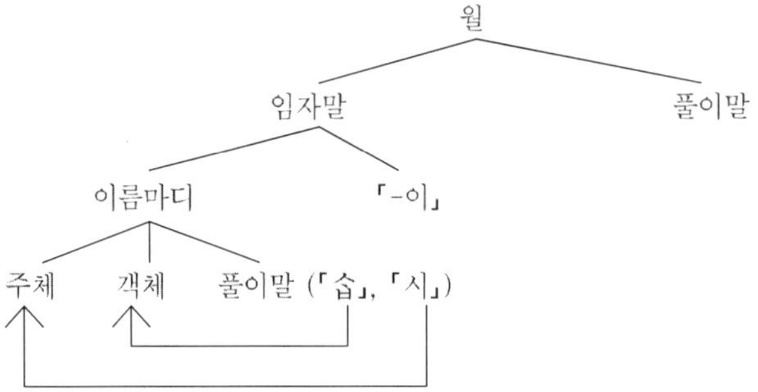

이름마디의 풀이말에 「-습-」이 연결되는 경우는, 「-습-」이 이름마디

12) 「遇」를 「맛나다」로 해석하여 매우 어색한 월이 되었다.

안의 객체만을 높여주게 되므로 안은마디의 높임에 아무런 통어적 제약을 주지 않는다.

다음이 그러한 예문이다.

如來ㅅ 일훔 시러 듣ᄌᆞᄫᆞ미 ᄯᅩ 어려ᄫᅳ니 (석보 9:28)

이름마디의 풀이말에 「-으시-」가 연결되면, 이 「-으시-」는 안은마디의 임자말을 높여주게 되므로 안은마디의 풀이말에도 「-으시-」가 연결됨이 원칙이다.

ᄒᆞ다가 내 큰 法 즐기던댄 오로 맛디샤미 오라시리랏다. (법화 2:231-2)
녯 法을 조ᄎᆞ샤미 맛당ᄒᆞ시도소이다 (내훈, 2상:47)
悲로 含生ᄋᆞᆯ 敎化ᄒᆞ샤미 곧 업디 아니ᄒᆞ시나컨마ᄅᆞᆫ (금강삼가 2:13)
부텨 滅度ᄒᆞ샤미 엇뎨 ᄲᆞᄅᆞ신고 ᄒᆞ더니 (법화 1:122)
物 化ᄒᆞ샤미 ᄒᆞ마 다ᄒᆞ샤 (영가, 서:60)
그럴ᄊᆡ 혀샤미 이만 ᄒᆞ시니라 (법화 1:113)

이때 「-으시-」 하나가 잉여적이 되어 생략되는 경우가 있는데, 이름마디에서 생략될 수도 있고 안은마디에서 생략될 수도 있다.

이런ᄃᆞ로 安樂行ᄋᆞᆯ 닷ᄀᆞ샬뗸 實다이 보샤미 貴ᄒᆞ니라 (법화 5:21)
져머셔 나 아로미 ᄲᅡ나샤 (영가, 서:7)

2.2. 부림말로 기능

홑월에서 변형된 이름마디가 안은마디의 부림말로 기능하는 경우이다.

(임자말)^{2} [(임자말)^{1} (그밖) (풀이말)^{1}]-ㅁ<부> ~ (풀이말)^{2}

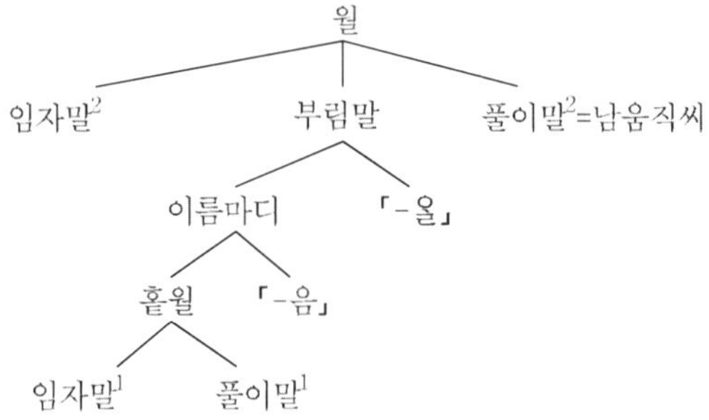

(1) 임자말 제약

안긴마디의 임자말과, 안은마디의 임자말은 같을 수도 있고 다를 수도 있다.(같은 가지에 붙어 있을 때는 '임자-풀이' 의 관계가 일원적이고 다른가지에 붙어 있을 때는 그 관계가 이원적이다.) 위의 그림에서 임자말[1]과 임자말[2]는 다른 가지에 붙어 있기 때문이다.

(2) 두 풀이말의 씨범주 관계

안은마디의 풀이말은 원칙적으로 남움직씨이다. 안긴 이름마디를 부림말로 가지기 때문이다.

안긴 이름마디의 풀이말의 씨범주에는 제약이 없다.(제움직씨. 남움직씨.그림씨.잡음씨가 다 올 수 있다.) 안긴 이름마디의 풀이말과 안은마디의 풀이말 사이에는 씨범주에 관한 아무런 통어적 제약이 발견되지 않는다.

안긴 이름마디의 풀이말의 씨범주에 따른 예문을 보이기로 하겠다.

(가) [제움직씨] 남움직씨

이름마디의 풀이말은 제움직씨이고, 안은마디의 풀이말은 남움직씨인 경우이다.

[새 개요ᄆᆞᆯ] 알외디 아니ᄒᆞ리로다 = 不…報新晴 (두언 6:16)

[열다ᄉᆞᆺ 가짓 구지 주구ᄆᆞᆯ] 受티 아니ᄒᆞ리라 = 不受十五動惡死也 (영험약초 3)

見이 갓ᄀᆞ라 [惑이 나ᄆᆞᆯ] 因ᄒᆞ야 = 因見倒惑生 (영가, 하:117)

[ᄲᆞᆯ리 京畿예 가ᄆᆞᆯ] 애ᄃᆞ로니 = 恨…俄赴京畿 (영가, 서:13)

오직 [妄量앳 ᄆᆞᅀᆞ미 믄득 니러나ᄆᆞᆯ] 브트면 = 只緣妄心瞥起 (월석, 서:3)

[녯 病에 예 와쇼ᄆᆞᆯ] ᄃᆞᆯ히 너기노니 (두언 6:5)

[사ᄅᆞ미 怒호ᄆᆞᆯ] ᄀᆞ장ᄒᆞ면 반ᄃᆞ기 소리 ᄆᆡ이ᄒᆞ야 (법화 2:253)

[醉ᄒᆞ고 더위자펴 도라오ᄆᆞᆯ] ᄆᆞ던히 너기노라 = 酩酊任扶還 (두언 15:51)

너와 다ᄆᆞᆺᄒᆞ야 [山林에 사로ᄆᆞᆯ] 서르 일티 마락 모매 藥 ᄡᅳᆫ 거슬 갓가이 ᄒᆞ곡 = 與汝林居未相失 近身藥懷 (두언 8:33-4)

누른 새는 [져기 ᄂᆞ로ᄆᆞᆯ] 任意로 ᄒᆞ노라 (두언 20:10)

[秦ㅅ ᄠᅳᆯ헤 우루믈] 모다 議論ᄒᆞ다소라 = 俱議哭秦庭 (두언 24:6)

[ᄂᆞᆷ과 단 :나ᄆᆞᆯ] 즐겨 (석보 9:16)

(나) [남움직씨] 남움직씨

集賢殿 學士ㅣ…中書堂애 [내 붇 :디요ᄆᆞᆯ] 보더라 = 觀我落筆中書堂 (두언 25:52)[13]

[모딘 龍ᄋᆡ 톡아래 구슬 ᄲᅢ유ᄆᆞᆯ] 免티 몯ᄒᆞ리언마ᄅᆞᆫ (금강삼가 5:31)

師ㅣ 悅師와 祖師와로 날 爲ᄒᆞ야…[뎌를 다시 지ᅀᅩ려 호ᄆᆞᆯ] 드로니 (상원사 권선문)

ᄃᆞ글 업다 ᄒᆞ닐 衣鉢 傳호ᄆᆞᆯ 許티 몯ᄒᆞ리온 그리메 놀이린 [수이 보디 몯호ᄆᆞᆯ] 모로매 아로리라 = 無塵올 未許傳衣鉢이온 弄影ᄋᆞᆫ 須知不易

13) 「디-」는 제움직씨로 쓰일 때는 「듐」으로, 남움직씨로 쓰일 때는 「디욤」이 된다.

觀호리라 (남명. 하:29)

[徐公익 온가짓 이롤 시름 아니ᄒᆞ요몰] 내 아노니 = 吾知徐公百不憂 (두언 8:24)

[곧…옮겨오몰] 지억 ᄀᆞ숤 빗돗ᄀᆞᆯ 내 헌 지브로셔 나가라 (두언 20:52-3)

淸河公의 즈릆길흐로 [玉冊올 傳호몰] 맛ᄃᆞ라 = 際會淸河公 聞道傳玉冊 (두언 24:13)

부톄 目連이 ᄃᆞ려 니ᄅᆞ샤ᄃᆡ…羅睺羅ㅣ 得道ᄒᆞ야 도라가ᅀᅡ 어미롤 濟渡ᄒᆞ야 [涅槃 得호몰] 나 ᄀᆞᆮ게 ᄒᆞ리라 (석보 6:1)

ᄒᆞ다가 人天이 本來ㅅ ᄆᆞᅀᆞ몰 아더든 엇뎨 어리미혹ᄒᆞ야 [귀롤 기우려 드로몰] ᄡᅳ리오 (금강삼가 4:41)

[녜 붇근 휫두루이주믈] ᄉᆞ랑호니 = 念昔揮豪端 (두언 16:21)

(다) [그림씨] 남움직씨

엇뎨 見愛 오히려 이셔 二乘에 버으롤 [甚히 머로몰] 알리오 = 寧知見愛ㅣ 尙存ᄒᆞ야 去二乘홀 而甚遠이리오 (영가, 하:71)

ᄒᆞ다가…사ᄅᆞ미 [일로 갓ᄀᆞ로몰] 사몷뎬…므스글 가져 正올 사ᄆᆞ료 = 若…人이 以此로 爲倒ㄴ댄 卽 ...將何爲正고 (능엄 2:13)

네 일즉 업디 아니ᄒᆞ야셔 엇데 [업수믈] 아는다 = 未曾滅ᄒᆞ야셔 云何知滅ᄒᆞ는다 (능엄 2:4)

疑心 머그리 이셔도 즉재 가 부텨ᄭᅴ 묻ᄌᆞ와든 부톄 즉재 [맛당호몰] 조차 爲ᄒᆞ야 닐어시든 마초 아디 아니ᄒᆞ리 업서니와 (금강 75-6)

不可思議는…[ᄀᆞ장 :하몰] 니르니라 (월석 7:72)

우리 오늘 이 구즌 길흘 免ᄒᆞ야 훤히 [便安호몰] 得과라 (월석 14:77)

臺와 亭子왜 [ᄶᅡ히 놉ᄂᆞ가오몰] 조차ᄒᆞ니 (두언 6:36)

[어젯 바미 ᄇᆞ롬과 비 셜로몰] 도ᄅᆞ혀 ᄉᆞ랑호니 = 反思前夜風雨急 (두언 16:30)

[이 사ᄅᆞ미 氣運이 揚揚호몰] 感激ᄒᆞ노니 (두언 15:42)

[서리엣 염괴 허여호몰] 甚히 듣노니 (두언 7:40)

(라) [잡음씨] 남움직씨

이러한 구조는 의미적으로 매우 어색한데, 15세기에 나타난 다음의 몇 예는 모두 한자를 직역한 투의 말이다.

[세히 業이 ᄒᆞᆫ가지로ᄆᆞᆯ] 因ᄒᆞᆯ씨 = 因…三者業同 (능엄 4:25)[14)]
[工夫ㅣ ᄒᆞᆫ가지로ᄆᆞᆯ] 니르니라 (몽산 19)
ᄒᆞᆫ가지로 一音 教澤ᄋᆞᆯ 닙ᄉᆞᄫᅩᄃᆡ [各各이로ᄆᆞᆯ] 니ᄅᆞ시니라 (월석 13:47)
滔滔는 ᄆᆞ리 두루 펴딘 양지니 [사ᄅᆞ미 다 ᄒᆞᆫ가지ᄆᆞᆯ] 가졸비니라 (내훈 2상:15)[15)]

(3) 높임법 제약

안긴 이름마디의 풀이말과 안은마디의 풀이말에는 모두 높임 형태소가 연결될 수 있다.

이 때 연결되는 주·객체 높임의 모습을 보이면 다음과 같다.

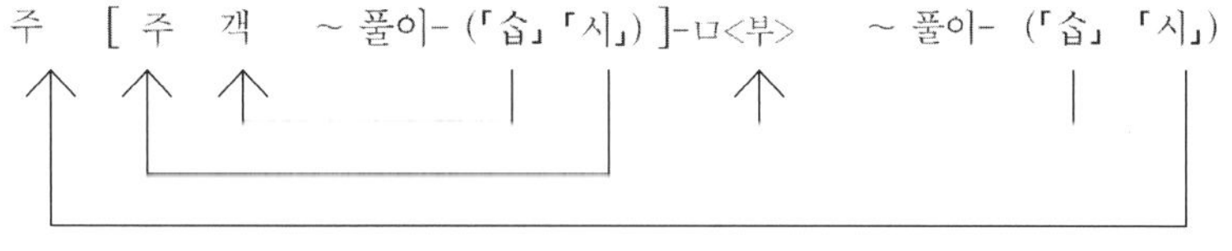

14) 잡음씨 밑에서는 원칙적으로 /ㄹ/ 을 덧붙인다.
15) 잡음씨 밑에서 「-오/우-」가 줄어진 예이다.

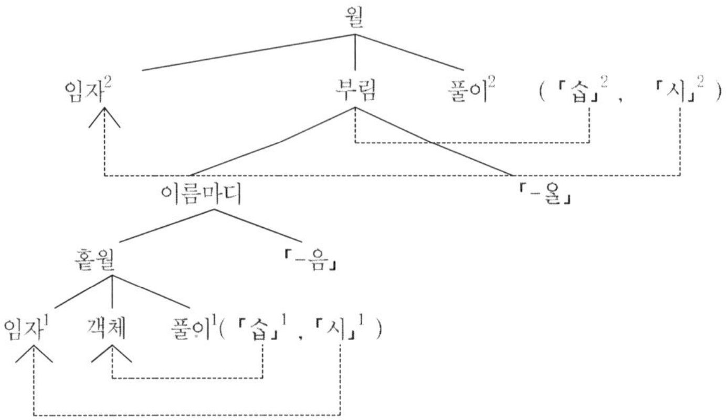

(3-1) 안긴 이름마디에 「-습-」[1]이 연결되는 경우

이 경우의 「-습」은 안은마디에 아무런 영향을 미치지 않는다. 홑월의 객체만을 높여주면 되기 때문이다. 즉 이름마디의 객체의 높임은 안은마디의 높임에 대해 아무런 통어적 영향을 주지 않는다.

다음은 안긴 이름마디의 객체만을 「-습」[1]으로 높여준 경우이다.

> 엇뎨 이 ᄀᆞᆮᄒᆞᆫ 기픈 法을 듣ᄌᆞᆸ디 몯ᄒᆞ관ᄃᆡ 엇뎨 釋迦牟尼佛所애 비르서 [듣ᄌᆞ오ᄆᆞᆯ] 술오뇨 = 豈得不聞如是深法이완ᄃᆡ 豈於釋迦牟尼佛所애 始言聞也오 (금강 72-3)
> [님금 셤기ᅀᆞᄫᆞᆯ] 하ᇝ ᄀᆞ장 ᄒᆞᆯ씨 忠이라 (월석 2:63)
> 모로매 [일 ᄆᆞᄌᆞ 일우ᅀᆞᄫᆞᆯ] 몬져 ᄒᆞᇙ디니 (월석, 서:17)
> 뎌…[如來 恭敬 供養ᄒᆞᅀᆞᄫᆞᆯ] 엇뎨ᄒᆞ며 (석보 9:31)
> 우흰 ᄯᅩ 宗ᄋᆞᆯ 標ᄒᆞ시고 [묻ᄌᆞ오ᄆᆞᆯ] 對答 아니어시니와 이제 알면…= 上앤 且標宗ᄒᆞ시고 未爲酬問이어시니와 今에… (원각, 상 1-2:125)
> 이제 와이셔 [尊奉ᄒᆞᅀᆞᄫᆞᆯ] 엇뎨 누기리오 = 其在于今ᄒᆞ야 崇奉ᄋᆞᆯ 曷弛리오 (월석, 서:13)
> ⇐ (우리)[(우리)(부텨ᄭᅴ)尊奉ᄒᆞᄉᆞᆸ다]-ㅁ「-올」 엇뎨 누기리오

위의 마지막 예문을 보면, 이름마디로 만들어진 부림말은 안은마디의 풀이말 「누기다」의 높임의 대상이 되지 않는다. 그리하여 「누기다」에 「-숩-」이 연결되지 않았다. 이름마디 안의 객체의 높임은, 그 이름마디 전체를 객체로서 높여 줄 수 없는 것이다.

(3-2) 안긴 이름마디에 「-으시-」[1]가 연결되는 경우

(가) 두 임자말이 다를 경우

안긴 이름마디의 임자말[1]과 안은마디의 임자말[2]이 다를 경우이다. 이 경우의 「-으시-」[1]은 안은마디의 높임에 영향을 미치게 된다. 즉 이름마디에 「-으시-」[1]가 연결되면, 이름마디는 안은마디에서 객체로서의 높임의 대상이 되어, 안은마디에 「-숩-」[2]이 연결되는 것이 원칙이다.

[부텻 慈悲ㅅ ᄀᆞᄅᆞ치샤ᄆᆞᆯ] 닙ᄉᆞ와 (능엄 7:67)
우리 平常애 [如來ㅅ 微細히 여러뵈샤ᄆᆞᆯ] 닙ᄉᆞᆸ디 몯ᄒᆞᅀᆞ왯다이다 (능엄 10:76)
[부텻 ᄀᆞᄅᆞ치샤ᄆᆞᆯ] 만히 드ᄌᆞᄫᆞᆯ씨 聞이오 (석보 11:43)
世尊하…이제 [世尊ㅅ 브즈러니 讚歎ᄒᆞ샤ᄆᆞᆯ] 닙ᄉᆞᆸᄂᆞ니잇고 (월석 21:49)
大衆이…[그를 爲ᄒᆞ샤 說法ᄒᆞ샤ᄆᆞᆯ] 보ᅀᆞᆸ거든 地上大衆은… (원각, 상 1-2:45)
이제 [ᄀᆞᄅᆞ쳐 뵈샤ᄆᆞᆯ] 닙ᄉᆞ오니 = 今蒙指示ᄒᆞᅀᆞ오니 (육조, 상:38)
모ᄃᆞᆫ 大衆이 부텻 뵈야 [ᄀᆞᄅᆞ치샤ᄆᆞᆯ] 듣ᄌᆞᆸ고 = 諸大衆이 聞佛示誨ᄒᆞᅀᆞᆸ고 (능엄 2:1)
[부톄 ᄇᆞᆯ기 ᄀᆞᆯᄒᆡ샤ᄆᆞᆯ] ᄇᆞ라ᅀᆞ오니라 = 冀佛이 甄別也ᄒᆞᅀᆞ오니라 (능엄 2:63)
[외다 ᄒᆞ샤ᄆᆞᆯ] 듣ᄌᆞ온 젼ᄎᆞ로 (능엄 1:86)
阿難이 ᄉᆞᆯᄫᅩᄃᆡ [如來ㅣ…펴락 쥐락 ᄒᆞ샤ᄆᆞᆯ] 내 보ᅀᆞᆸ노이다 (능엄

1:108)
몬져 [丈六像이 못 우희 겨샤ᄆᆞᆯ] 보ᅀᆞᄫᆞᆸ디니 (월석 8:44)
衆生이…[부텨 니ᄅᆞ샤ᄆᆞᆯ] 듣ᄌᆞ오면 能히 恭敬ᄒᆞᅀᆞ와 信ᄒᆞᅀᆞ오리이다 (법화 1:166)
[두 겨샤ᄆᆞᆯ] 讚歎ᄒᆞᅀᆞᆸ고 (법화 3:110)
내…이젯 [부톄 法華經 니ᄅᆞ고져 ᄒᆞ샤ᄆᆞᆯ] 아ᅀᆞᆸ노라 (법화 1:127)
須菩薩ᄃᆞᆯ히…[釋迦ㅅ ᄀᆞᄅᆞ치샤ᄆᆞᆯ] 닙ᄉᆞ올씨 (법화 1:114)
[부톄 뎡바기 ᄆᆞᆫ지샤ᄆᆞᆯ] 받ᄌᆞ와 (능엄 7:23)
[雲雷音王佛ㅅ게…바리 받ᄌᆞ오샤ᄆᆞᆯ] 보ᅀᆞᆸ건댄 (월석 18:62)

이렇게 되는 이유는 다음과 같다.

이름마디의 주체를 「-으시-」^{1}로 높여주게 되면, 이름마디의 풀이말1은 그 주체(임자말^{1})의 행동이나 상태가 되므로 이름마디 전체가 높임의 대상이 될 수 있다. 객체높임의 「-숩-」^{2}은 높임의 대상이 되는 객체의 행동이나 상태까지도 높여줄 수 있으므로, 「-으시-」^{1}가 연결되면 「-숩-」^{2}이 필요하게 되는 것이다.

(나) 두 임자말이 같을 경우

이름마디의 임자말^{1}과 안은마디의 임자말^{2}가 같을 경우는, 안은마디의 풀이말^{2} 에 「-숩-」 이 탈락되고 「-으시-」가 연결된다.

[記 주샤ᄆᆞᆯ] ᄒᆞ마 ᄆᆞᄎᆞ시고ᅀᅡ (법화 3:63-4)
오직 病을 對ᄒᆞ야 [藥 ᄆᆡᇰᄀᆞᄅᆞ샤ᄆᆞᆯ] 브트샤 (금강 40-1)
몃마 歌王을 爲ᄒᆞ야 [슬흐샤믈] 아니ᄒᆞ야시뇨 (남명, 상:55)
[正覺 일우샤ᄆᆞᆯ] 뵈샤 = 示成正覺 (월석. 서:6)
[先知先覺이샤ᄆᆞᆯ] 니ᄅᆞ시고 = 記先知先覺也 (법화 3:17)

이렇게 되는 이유는 다음과 같이 설명될 수 있다.

안은마디의 임자말과, 부림말로 기능하는 이름마디는 둘 다 높임의 대상이 되므로 안은마디의 풀이말2에는 「-숩-」,「-으시-」 가 연결되어야 하는데, 이 두 형태소는 결국 같은 대상을 높이게 되므로 둘 중 하나는 잉여적이 되어 탈락된다. 이 중에 「-숩-」이 탈락되는 이유는, 주체높임이 객체높임보다 개념적으로 확고한 위치를 차지하고 있기 때문이다.(주체높임은 아직도 그대로 남아 있는데, 객체높임은 허물어진 것은 객체높임의 개념의 불확실성 때문이다.)

그리고 안은마디와 이름마디의 두 「-으시-」 중 하나는 잉여적이 되어 탈락되는 일이 있는데, 이 경우에는 반드시 이름마디에 연결되었던 「-으시-」[1]가 생략된다. 그 이유는, 안은마디의 풀이말이 이름마디의 풀이말보다 더 중요한 통어적 기능을 가지고 있기 때문이다.

다음은 다 그러한 예문이다.

(釋譜詳節을 世宗께) 進上ᄒᆞᅀᆞᄫᆞ니 [보ᄆᆞᆯ] 주ᅀᆞ오시고 (월석,서:13)

聲聞이 비록 못 미츠나 그러나 [信으로 드로ᄆᆞᆯ] 許하실씨 (법화 2:159)

더욱 [ᄉᆞ랑호ᄆᆞᆯ] 너비ᄒᆞ샤 = 益用覃思 (월석, 서:11)

ᄒᆞ다가 셜운 ᄆᆞᅀᆞ미 겨시면 곧 嗔心ᄒᆞ야 [믜요ᄆᆞᆯ] 내시리러니라 – 若有痛惱之心ᄒᆞ시면 即生瞋恨ᄒᆞ시리러라 (금상 79-80)

目連이 ᄉᆞᆯᄫᆞᄃᆡ...羅睺羅ㅣ 道理ᄅᆞᆯ 得ᄒᆞ야ᅀᅡ…네가짓 受苦ᄅᆞᆯ 여희여 [涅槃 得호ᄆᆞᆯ] 부텨 ᄀᆞᄐᆞ시긔 ᄒᆞ리이다 (석보 6:3-4)

⇐ 羅睺羅ㅣ [羅睺羅ㅣ 涅槃(ᄋᆞᆯ) 得ᄒᆞ다]-ㅁ「-ᄋᆞᆯ」 부텨(와) ᄀᆞᄐᆞ시긔 ᄒᆞ다

[性에 잇디 아니호ᄆᆞᆯ] ᄇᆞᆯ기시ᄂᆞᆫ 젼ᄎᆞ로 (능엄 1:11)

執을 對ᄒᆞ야 [일훔 得호ᄆᆞᆯ] 表ᄒᆞ야시니와 이제 摩尼珠는 本來 조ᄒᆞ며 本來 ᄇᆞᆯ가 (원각, 상 2-2:45)

大王이…彈指홇 ᄉᆞᅀᅵ예도 [德 심고ᄆᆞᆯ] ᄒᆞ나 난비 너기샤 (월석 10:4)

(3-3) 안은마디에만 「-으시-」가 연결되는 경우

다음의 예문은 안은마디의 풀이말에만 「-으시-」가 연결되었다. 이때의 높임의 대상은 안은마디의 주체(임자말2)하나 뿐이다.

實로 [두 相 업수믈] 불기시도다 = 明...實無二相이로다(능엄 2:59) ⇐ 부톄 [두 相(이) 없다]-ㅁ「-올」 불기시도다.

師子尊者의…國王이…묻ᄌᆞ와 닐오ᄃᆡ 師ᄂᆞᆫ [蘊이 부요믈] 得ᄒᆞ야 겨시니 對答호ᄃᆡ… (남명, 상:53)

⇐ 師ᄂᆞᆫ [蘊이 뷔다]-ㅁ「-올」

뉘 修行ᄒᆞ리완ᄃᆡ 엇뎨 [幻 ᄀᆞᆮ호믈] 다시 니ᄅᆞ시니잇고 = 誰爲修行 이완ᄃᆡ 云何復說修行如幻이니잇고 (원각, 상 2-1:8)

이 相ᄋᆞᆯ 여희여 [發心호믈] 勸ᄒᆞ샨 아치니라 = 此ㅣ 所以勸離相發心也ㅣ니라 (금강삼가 3:36)

위의 예문들은 물론 안긴 이름마디와 안은마디의 임자말이 서로 다른 경우이다.

(3-4) 마무리

안긴 이름마디가 부림말로 기능하는 겹월에서는 높임 형태소와 연관된 중요한 통어적 제약 규칙이 성립한다.

첫째, 안긴 이름마디의 「-숩-」은 아무런 통어적 제약을 갖지 않는다.

둘째, 안긴 이름마디에 「-으시-」가 연결되지 않으면, 안은 겹월에 「-숩-」이 연결된 수 없다. 이것은 필연적인 제약이다.

셋째, 안긴 이름마디에 「-으시-」가 있는 경우는 두 경우로 나누어야 한다.

㉠ 안긴 이름마디 안의 임자말과 안은마디의 임자말이 다를 경우: 안긴마디의 「-으시-」와 안은마디의 「-숩-」은 필연적으로 연결된다.

㉡ 안긴 이름마디 안의 임자말과 안은마디의 임자말이 같을 경우: 안긴마디의 「-으시-」와 안은마디의 「-으시-」는 수의적으로 연결된다. 이 때 안은마디에는 「-습-」이 연결되지 않는다.

이로써 다음의 통어적 제약 규칙이 성립한다.

<높임 형태소의 통어적 제약 규칙>

	<안긴 이름마디>	<안은마디>	
	「-으시-」	「-습-」	「-으시-」
	×	×	
임자말이 다를 때	○	○	
임자말이 같을 때	○ (수의적)	×	○

2-3. 위치말로 기능

(임자말)^{2} [(임자말)^{1} (그밖) ~ (풀이말)^{1}]-ㅁ<위> ~ (풀이말)^{2}

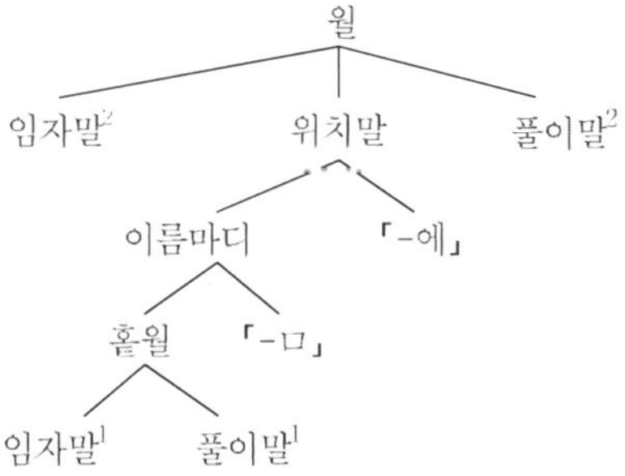

(1) 임자말 제약

임자말^{1} 과 임자말^{2} 는 다른 가지에 붙어 있으므로 같을 수도 있고 다를 수도 있다

(2) 두 풀이말의 씨범주 관계

(가) [움직씨] 움직씨

이름마디의 풀이말은 움직씨이고, 안은마디의 풀이말도 움직씨인 경우이다.

[成佛호매] 니르로니 (월석 21:210)
心魂이 이대 [아로매] 덜머 = 心魂染於靈悟 (능엄 9:58)
[나그내로 사로매] 自出을 맛보니 여희유메 몃 버늘 슬카니오 = 客居逢自出 爲別幾悽然 (두언 23:53)
[빗돗 글어가매] 歲月이 졈그ᄂᆞ니 = 解帆歲云暮 (두언 22:42)
[풀완 버후매] 당당이 나롤 虛費ᄒᆞ리로소니 (두언 7:17)
[아자비 여희요매] 感念이 기프니 여흰 後에 엇던 사ᄅᆞ몰 보려니오 (두언 8:62)
[나그내로 사로매] 간 심거 낫바몰 瑤琴과 빡ᄒᆞ야 뒷다라 (두언 15:3)
ᄀᆞᄂᆞᆫ ᄑᆞ리 [기우시 안조매] 마ᄌᆞ니 = 細草稱偏坐 (두언 15:48)
[ᄒᆞᆫ번 믈드류매] 一切 믈드ᄂᆞ니라 = 一染一切染 (금강삼가 3:46)
[새려 시름호매] 누니 돌올ᄃᆞ시 바라노라 (두언 20:18)
[네 鼓聲 드로매] 그 귀 ᄒᆞ마 鼓 티ᄂᆞᆫ 고대 가면 鐘聲 ᄒᆞᆫᄢᅴ 나매 반ᄃᆞ기 다 듣디 몯ᄒᆞ리니 (능엄 3:22)
跋陀婆羅ᄂᆞᆫ [닐오매] 어디리 護持홀씨라 (능엄 5:40)
ᄒᆞᆫ ᄢᅴ나 [禮拜供養호매] 니를면 (법화 7:68)
내ᄋᆡ ᄉᆞ랑ᄒᆞ야 [혜요맨] ᄀᆞᄆᆞ니 根 쏘배 수멧도소이다 = 如我思忖앤 潛伏根裏ᄒᆞ도소이다 (능엄 1:56)
[無上菩提롤 證호매] 니를의 호리라 (석보 9:17)
微妙히 아로ᄆᆞᆫ 모딕 [ᄆᆞᅀᆞ맷] 길히 그추메 다ᄃᆞ라ᅀᅡ ᄒᆞ리니 = 妙悟ᄂᆞᆫ 要窮心路ㅣ 絶이니 (몽산 10)
우리…[衆生 일우오매] ᄆᆞᅀᆞ몰 즐기디 아니타니 (월석 13:4)
이 南閻浮提 衆生이…[여러 善因 지ᅀᅩ매] 니를면 이 命終ᄒᆞᆫ 사ᄅᆞ미 큰 利益과 解脫올 得ᄒᆞ리잇가 몯ᄒᆞ리잇가 (월석 21:107)

(나) [움직씨] 그림씨

마ᅀᆞ래 사라셔 [ᄠᅳ들 行호매] 잇ᄂᆞ니라 = 居官志在行 (두언 8:63)
興心이…[白玉珂롤 울요매] 잇도다 = 興在...白玉珂 (두언 21:17)
詩句롤 일우니 구스리 [붇 두루ᄐᆔ메] 잇도다 = 詩成珠玉在揮豪 (두언 6:4)
ᄆᆡ얼거 지순ᄃᆡ [안자쇼매] 重疊ᄒᆞ도다 = 結構坐來重 (두언 23:26)

(다) [움직씨] 잡음씨

이러한 연결은 나타나지 않는다. 아마도 이러한 연결이 의미적으로 연결되지 않기 때문이라 생각된다.

___이 [동작성]-ㅁ「-에」 ___이다.

(라) [그림씨] 움직씨

[妄識 더러부매] ᄀᆞᄆᆞ니 구ᄲᅳᆯ씨 사오나ᄫᅡ 어디디 몯ᄒᆞᄂᆞ니 (월석 14:14)
[괴외호매] 전ᅘᅧ 向ᄒᆞ야 = 一向冥寂 (영가, 상:62)
[患難 하매] 便安히 사디 몯ᄒᆞ소라 = 多難不安居 (두언 8:43)

(마) [그림씨] 그림씨

이는 의미적으로 연결이 가능한 듯한데, 예문이 보이지 않는 것은 자료의 한계성 때문이라 생각된다.

___ 이 [상태성]-ㅁ「-에」 어떠하다.

16세기에는 다음의 예가 보이므로 여기에 보인다.

口이 味에와 目이 色애와 耳ㅣ 聲에와 鼻ㅣ 臭에와 [四肢ㅣ 安佚홈애]…命이 인ᄂᆞᆫ디라 (맹자 14:15)

(바) [그림씨] 잡음씨

이는 앞의 '(다)[움직씨]잡음씨'의 경우와 마찬가지로 의미적인 연결이 불가능하여 그 예문이 나타나지 않는듯 하다.

(사) [잡음씨] 풀이씨

안긴 이름마디에 잡음씨가 연결된 예는 하나도 찾지 못했다. 위치말로 기능하는 안긴 이름마디가 이유의 뜻을 가질 때는 이러한 연결이 가능할듯 하다.

이상의 예로써 다음과 같은 결론을 얻을 수 있다.

이름마디가 위치말로 기능할 때에는, 안은마디나 안긴마디의 풀이말에 잡음씨를 제약한다.

(3) 높임법 제약

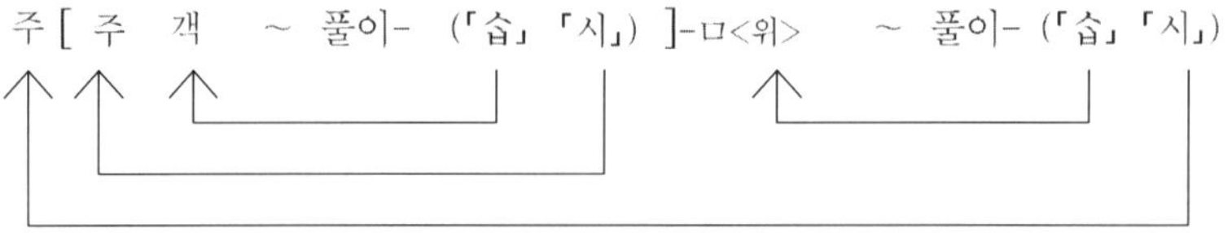

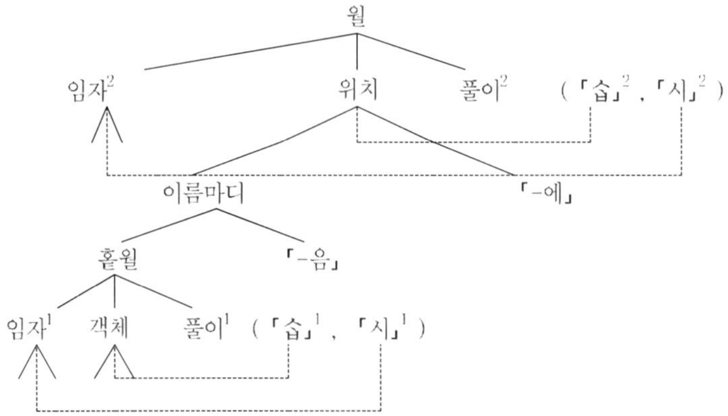

위치말도 객체이므로 앞의 <2-2.(3)>에서 풀이한, '안긴 이름마디가 부림말로 기능하는 겹월에서의, 높임법의 통어적 제약 규칙' 이 여기에도 그대로 적용된다.

① 안긴 이름마디에 결합되는 「-숩-」은 안은마디의 높임법에 아무런 통어적 제약을 주지 않는다.

> 左右로 (如來寶光을) [보ᅀᆞ오매] 머리 제 搖動ᄒᆞᄂᆞ이다 (능엄 1: 110)
> 昭憲王后ㅣ 榮養을 섈리 ᄇᆞ려시늘 셜ᄫᅥ [슬ᄊᆞᄫᅩᆸ매] 이셔 ᄒᆞᇙ바ᄅᆞᆯ 아디 몯ᄒᆞ다니 (월석, 서:10)

② 안긴 이름마디에 「-으시-」 가 연결되지 않으면, 안은마디의 풀이말에도 「-숩-」이 연결되지 않는다.

③ 안긴 이름마디 안의 임자말과 안은마디의 임자말이 같은 경우, 안긴 이름마디에 「-으시-」가 연결되면 안은마디에도 「-으시-」가 연결된다. 부림말로 기능하는 경우에는 안은 겹월의 「-으시-」 는 수의적으로 연결되었는데, 위치말로 기능하는 경우에도 이 점은 마찬가지이다. 다음의 첫 두 예문만 생략된 경우이고, 나머지는 둘 다 연결된 예문이다.

> 法利 傳持ᄒᆞ야 펴샬뗸 모로매 [사ᄅᆞᆷ 어두매] 겨시니라 = 傳布法利ᄒᆞ샬뎬 期在得人也ㅣ시니라 (법화 4:135)
> 性을 다홈애 니르샤 循循히 ᄎᆞ셰 잇게 ᄒᆞ더시니 (소학 6:17)
> [東南門 노니샤매] 늘그니 病ᄒᆞ니ᄅᆞᆯ 보시고 (천강곡 상,기44)
> ᄠᅳ디 [權엣 혀근 사ᄅᆞᄆᆞᆯ 니르ᄂᆞᆫ 내샤매] 겨시니라 = 意在激發權小也 (법화 1:156)
> 世尊이 부텨 得ᄒᆞ샤 [오라디 몯ᄒᆞ샤매] 能히 이 功德 이ᄅᆞᆯ 지ᅀᆞ시니잇가 (법화 5:117)

④ 안긴 이름마디 안의 임자말과 안은마디의 임자말이 다르면서,안긴 이름마디에 「-으시-」가 연결된 예를 찾지 못했다. 안긴 이름마디가 안은 겹월에서 위치말로 기능하면 이 이름마디는 안은겹월의 객체가 되므로, 이름마디 안에 「-으시-」가 연결되면 안은겹월의 풀이말은, 「-으시-」가 연결된 이름마디를 객체로서 높여 주어야 하므로 「-숩-」이 연결될 것이다.

⑤ 다음의 예문은 안은겹월의 주체만을 「-으시-」로 높여준 것이다.

解脫이 [흘루메] 두르혀샨디라 = 解脫返流 (영가, 서:2)

2.4. 견줌말로 기능

(임자말)^2 [(임자말)^1(그밖)~(풀이말)]-ㅁ<견> ~ (풀이말)

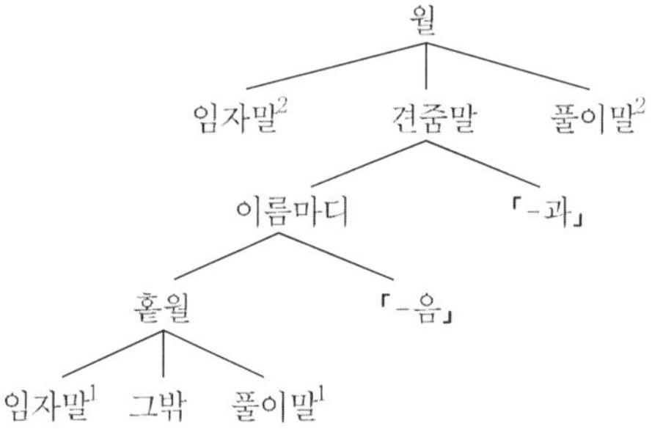

(1) 임자말 제약

임자말^{1}과 임자말^{2}는 다른 가지에 붙어 있으므로, 같을 수도 있고 다를 수도 있다.

(2) 두 풀이말의 씨범주 관계

(가) [움직씨] 풀이씨

[닐옴과] 서르 ᄀᆞᆮᄒᆞ니라 = 與說와 相類ᄒᆞ니라 (능엄 2:117)

쉬나ᄆᆞᆫ ᄒᆡᆺ 사ᅀᅵ [솏바당 두위힐후미] ᄀᆞᆮᄒᆞ니 = 五十年間似反掌 (두언 16:48)

窮子ᄋᆡ 놀라 [답교미] ᄀᆞᆮᄒᆞ면 (법화 1:208)

부텨 니ᄅᆞ샤ᄃᆡ 이러ᄒᆞᆫ 妙法은 諸佛如來 時節이어ᅀᅡ 니르시ᄂᆞ니 優曇鉢華ㅣ 時節이어ᅀᅡ [ᄒᆞᆫ번 뵈요미] ᄀᆞᆮᄒᆞ니라 (석보 13:47)

나모 ᄉᆞ라 [숫 ᄃᆞ외요미] ᄀᆞᆮ고 (월석 14:67)

ᄃᆞ리 [즈믄 ᄀᆞᄅᆞ매 비취요미] ᄀᆞᆮᄒᆞ니라 (월석 1:1)

土ㅣ 水와 火와롤 브터 나ᄂᆞᆫ디 [子息이 父母ㅅ 氣分올 바돔] ᄀᆞᆮᄒᆞ니 (능엄 4:22)

[오ᄉᆞ로 갓브레 더딤] ᄀᆞᆮ고져 願ᄒᆞ노라 (두언 14:9-10)

우리 무리…[젖 일흔 아ᄒᆡ 믄득 慈母 맛남] ᄀᆞᆮ호이다 = 如失乳兒ㅣ 忽遇慈母ᄐᆞᆺ 호이다 (능엄 5:29)

[ᄒᆡ :듐] ᄀᆞᆮᄒᆞ니 = 如日頹 (능엄 2:5)

[艱難ᄒᆞ니의 ᄂᆞᄆᆡ 보ᄇᆡ 혜욤] ᄀᆞᆮ다 (원각, 하 31-1,62)

富樓那아 [네 닐옴] ᄀᆞᆮᄒᆞ야 (능엄 4:9)

ᄇᆞ롬 거스려 [홰 자봄] ᄀᆞᆮᄒᆞ야 노하ᄇᆞ리디 아니ᄒᆞ면 당다이 제 모미 데오 (월석 7:18)

몃 디위를 흘러 ᄃᆞᆫ뇨ᄃᆡ [ᄡᆞᆨ 불욤] ᄀᆞᆮᄒᆞ야니오 (남명, 하:63)

[各別히 勞力호ᄆᆞ론] 더으니라 = 由勝別勞心 (금강삼가 4:30)

묻노라 [ᄌᆞ조 朝謁호ᄆᆞ론] [便安히 나직 ᄌᆞ오롬과] 엇더ᄒᆞ니오 (두언 20:10)

[寶塔 세요ᄆᆞ라와] 더어 (월석 23:76)

(나) [그림씨] 풀이씨

비록 해 흐리시가ᅀᆞ며나 엇데 져기 믈기 [가난호미] ᄀᆞᆮᄒᆞ리오 (금강삼가 4:31)

行올 외다 ᄒᆞ야 닷디 아니ᄒᆞ면 [비 빗 업수미] ᄀᆞᆮ거니 내죵애 엇데 건나리오 (법화 5:206)

(다) [잡음씨] 풀이씨

됴 그림제 [眞實ㅅ 둘 아니로미] 골ᄒᆞ니라 (월석 2:55)

(3) 높임법 제약

견줌말도 객체이기 때문에, 앞의 부림말, 위치말과 같은 통어적 제약을 갖는다.

다음의 예는 안긴 이름마디 안의 임자말과 안은마디의 임자말이 같기 때문에 「-으시-」/「-으시-」의 결합이 성립된다.

모로매 이 經을 니르샬뗀 威音王ㅅ [큰 無畏 得ᄒᆞ샴] 곧ᄒᆞ시며 (법화 6:86)

다음의 예는 안긴 마디의 임자말과 안은마디의 임자말이 서로 다르기 때문에 「-으시-」/「-숩-」의 연결이 성립되었다.

반ᄃᆞ기 [부텨 ᄀᆞᄅᆞ치샴] ᄀᆞᄐᆡ ᄒᆞᅀᆞ와 이 法을 너비 펴리라 (법화 4:192)

내 [諸佛 니ᄅᆞ샴] ᄀᆞᄐᆡ 좇ᄌᆞᄫᅡ 호리라 (석보 13:59)

다음 예문은 안은마디의 주체만을 「-으시-」로 높인 것이다.

夫子의 求ᄒᆞ심은 [그 사ᄅᆞᄆᆡ 求홈애] 다ᄅᆞ신뎌 (논어 1:5)

2.5. 방편말로 기능

[那律이 能히 보ᄆᆞ로도] 수이 보디 몯ᄒᆞ리로다 = 那律能觀ᄋᆞ로도 不易觀이로다 (남명, 상:25)

[말쌈과 가줄뵤ᄆᆞ로] 밋디 몯홀꺼시 그 眞實ㅅ 智ㄴ뎌 (금강 87)

내 [게으르디 아니호ᄆᆞ로] 正覺올 일우오라 (석보 23:13)

塵은 [더러부므로] 뜯ᄒᆞ니 (월석 2:22의 1)

[이리ᄒᆞ샤ᄆᆞ로] 아홉 큰 劫을 건내뛰여 (월석 1:52)

2.6. 잡음씨 「-이다」 앞의 이름씨로 기능

(1) 두 풀이말의 씨범주 관계

(가) [움직씨] _「-이다」

이 일후미 [믹요미로소이다] (능엄 5:18)

우업슨 法王이 이 眞實ㅅ 마리며 所如 다히 [닐오미라] (능엄 2:54)

快타 이 [무루미여] = 快哉라 此問이여 (능엄 8:67)

클셔 萬法이 브터 [비르수미여] = 大矣哉라 萬法資始也여 (원각, 서:31)

잢간 듣좁고 ᄒᆞ마 善ᄒᆞᆫ 利ᄅᆞᆯ 得곤 ᄒᆞ몰며 브즈러니 [行호미여] (원각, 하 2-1:4)

둘흔 善果ㅣ 날로 [더우미오] (월석 21:184)

名稱ᄋᆞᆫ 일훔 [일ᄏᆞᆯ유미라] (월석 10:64)

스믈흔 業道ᄅᆞᆯ 永히 [더루미오] (월석 21:185)

迦葉이...能히 受ᄒᆞᅀᆞ오니 이 [希有호미라] (법화 3:30)

利養ᄋᆞᆫ...제 몸ᄲᅮᆫ 됴히 [츄미라] (석보 13:36)

天魔ㅣ 엿와 그 使ᄅᆞᆯ [得호미오] (능엄 10:41)

겨집돌홀 부텻 陰藏相 보ᅀᆞᆸ긔 [호미라] (석보 24:2)

다ᄆᆞᆫ 菩薩 [ᄀᆞᄅᆞ쵸미라] (석보 13:59)

네흔 닐온다히 [修行호미니] (영가, 상:25)

法華ᄂᆞᆫ ᄀᆞ술 [거두우미오] (능엄 1:19)

ᄒᆞ몰며 阿羅漢果ᄅᆞᆯ 得긔 [호미ᄯᆞ니잇가] (석보 19:4)

ᄒᆞ몰며 ᄯᅩ 女身 [受호미ᄯᆞ녀] (월석 21:86)

그지업슨 福ᄋᆞᆯ 어드리어니 ᄒᆞ몰며 ᄉᆞ외 [보미ᄯᆞ녀] (월석 8:37)

ᄒᆞ몰며 기리 여희엿ᄂᆞᆫ ᄆᆞᅀᆞ몰 [디내요미ᄯᆞ녀] (두언 25:17)

(나) [그림씨] _「-이다」

ᄒᆞ몰며 風塵이 [오라미ᄯᆞ녀] = 況乃久風塵 (두언 6:31)

이제 나는 [가난호미라] (남명, 상:30)

(다) [잡음씨] _「-이다」

이 예가 나타나지 않는 것은 당연한 일이다.

[…이다]-ㅁ「-이다」(…임이다)

이러한 연결은 불필요한 이중 서술이다. 그냥「…이다」라고 하면 그만일 것을「…임이다」라고 하는 것은 어색하다.

(2) 높임법 제약

(가)「-숩-」의 결합

大悲로 [일코ᄌᆞ오미라] = 以大悲로 稱也ㅣ시니라 (능엄 6:41)

處處貪着애 니르린 三周說法을 모도아 [讚歎ᄒᆞᅀᆞ오미오] (법화 4:6)

이 일후미 부텻 恩올 [갑ᄉᆞ오미이다] (능엄 3:112)

고ᄌᆞ로 부텨의 빗ᄉᆞ오문 스승니믈 [尊ᄒᆞᅀᆞ오미오] (법화 3:108)

(나)「-으시-」의 결합

이름마디에「-으시-」가 연결되면 뒤의「-이다」에도「-으시-」가 연결되어「-이시다」가 되는 것이 원칙이다.

大德大이 나민가 부톄 世間애 나샤미신가 (법화 3:117)

說法이 가지가지 겨샤미시니 (법화 5:137)[16]

여기에서도「-으시-」하나는 잉여적이 되어 생략되는 일이 있는데, 이 때는 뒤의「-이시다」의「-으시-」가 생략된다. 이렇게 되는 이유는, 이러한 구조에서는 이름마디 안의 풀이말이 전체 월의 뜻을 짊어지고 있기 때문이다. 다음은「-이다」에「-으시-」가 생략된 예문이다.

---

16)「겨시-」는「잇-」에 대한 주체높임의 낱말이므로,「-으시-」가 연결된 것으로 간주하였다.

著둘 아니ᄒᆞ샤미라 (능엄 5:83)
이ᄅᆞᆯ 닐온 그ᅀᅳ기 심기샤미라 = 是謂冥授 (능엄 5:31)
能히 한 부텨ᄅᆞᆯ 보ᅀᆞ오샤미라 (법화 6:177)
粉 ᄇᆞᄅᆞ디 아니ᄒᆞᆫ 面目그로 보ᅀᆞᆸ건댄 佛祖 出世ᄒᆞ샤미…無風海예 믌결 니ᄅᆞ와ᄃᆞ샤미라 (선가 2)

2-7. 매김말로 기능

[여희요맷] 슬후미 조차 서르 지ᅀᅳᄂᆞ다 = 離恨兼相仍 (두언 22:26)
사ᄅᆞ미 眞實로 能히 시름 [버므로미] 다ᄉᆞᆯ 알며 = 人者苟能悟患累之由 (법화 3:141)
畦丁이 籠ᄋᆞᆯ 지여 오나ᄂᆞᆯ 感嘆ᄒᆞ야 온 [혜아룜] 그틀 뮈우노라 = 畦丁負籠至 感動百慮端 (두언 16:69)

3. 겹월에서 변형된 이름마디

3.1. 이은 겹월에서 변형

(1) 임사말로 기능

[이은겹월]-ㅁ<임> ~

이은 겹월에서 변형된 이름마디가 안은 겹월 안에서 임자말로 기능하는 경우이다.

[내며 드리며 부르며 利호미] = 出入息利 (법화 2:186)
⇐ [내며 드리며 부르며 利ᄒᆞ다]-ㅁ
알피 [티며 싀서늘호미] 百萬가지니 = 痛楚酸寒百萬般 (남명,하32-3)

ᄒᆞ마 [나며 업수미] 업거니 엇뎨 [가며 오미] 이시리오 = 旣無生滅커니 焉有去來리오 (월석, 서:2)
⇐ [나며 없다]-ㅁ「-이」
道理로 몸 사ᄆᆞ시니 이 부톄시니 이 經 닐긇 사ᄅᆞᄆᆞᆫ…가락 [자ᄇᆞ며 筌:두미] ᄀᆞ장 슬ᄒᆞ니라 (월석, 서:22)
비치 [희오 블구미] 믉 頭腦ㅣ ᄀᆞᄐᆞ니라 (월석 1:23)
우리 道의 [닐며 믈어듀미] (월석 2:74)
[놀우츠며 ᄀᆞᆯ외요ᄆᆞᆫ] 누를 爲ᄒᆞ야셔 雄ᄒᆞᆫ양 ᄒᆞᄂᆞᆫ다 = 飛揚跋扈爲誰雄 (두언 21:34)
衆生의 [ᄒᆞ며 말며 念 뮈우미]…罪 아니니 업스니 (월석 21:98) ⇐ [衆生이 ᄒᆞ며 말며 念 뮈다]-ㅁ
그 [ᄉᆞ랑ᄒᆞ며 어엿비 너교미] 어루 至極다 니ᄅᆞ리언마ᄂᆞᆫ (내훈3:32)
[됴ᄒᆞᆫ 몸 ᄃᆞ외어나 구즌 몸 ᄃᆞ외어나 호미] (월석 1:12)
人生애 世間애 이셔 [모ᄃᆞ락 흐르락 호미] 또 아니한 ᄢᅵ로다 = 人生在世間 聚散亦暫時 (두언 22:22)

(2) 부림말로 기능

[이은겹월]-ㅁ<부> ~

[거름 거르며 발ᄠᅱ요ᄆᆞᆯ] 모로매 ᄌᆞᄂᆞᆨᄌᆞᄂᆞ기 ᄒᆞ며 (내훈 1:26)
ᄆᆞᅀᆞ미 뷔디 몯ᄒᆞ야 [내 몸 닫혜오 ᄂᆞᄆᆡ 몸 닫혜요ᄆᆞᆯ] 人相我相이라 ᄒᆞᄂᆞ니라 (월석 2:63)
佛道ㅣ 길오 머러…[受苦홇가 分別호ᄆᆞᆯ] 가줄비니라 (월석 13:15)
[正ᄒᆞ며 갓ᄀᆞ로ᄆᆞᆯ] 브터 달이 ᄃᆞ외ᄂᆞ니라 = 由正倒成異 (능엄 2:14)
[댱가들며 셔방 마조ᄆᆞᆯ] 다 婚姻ᄒᆞ다 ᄒᆞᄂᆞ니라 (석보 6:16)
블근 나치 [싀오 ᄃᆞ로ᄆᆞᆯ] (두언 15:2)
[가난코 病호ᄆᆞᆯ] 사ᄅᆞᄆᆡ 모로매 (두언 21:25)
[나ᅀᅡ가거나 믈러오거나 호ᄆᆞᆯ] 길 녀ᄃᆞᆫ뇨매 ᄇᆞ리과라 = 進退委行色 (두언 6:53)
엇뎨 [ᄃᆞᄆᆞ며 ᄠᅳ며 호ᄆᆞᆯ] 혜리오 (두언 22:38)

(3) 위치말로 기능

[이은겹월]-ㅁ<위> ~

菩薩이 [ᄃᆞᆫ니시며 셔 겨시며 안ᄌᆞ시며 누ᄫᅳ샤매] 夫人이 아ᄆᆞ라토 아니 ᄒᆞ더시니 (월석 2:26)

[ᄭᅵ며 :자매] 날씩 = 生於寤寐 (능엄 2:13)

世尊하 내 보ᄃᆡ 이 閻浮衆生이 [발 들며 念 뮈우매] 罪 아니니 업스니 (월석 21:102)

[뮈나 ᄀᆞ마니 잇거나 호매] (몽산 18)

고ᄒᆞᆫ 수미 [나며 드로매] 맏고 ᄉᆞᅀᅵ를 몯 마ᄐᆞ며 (석보 19:10)

(4) 방편말로 기능

[이은겹월]-ㅁ<방> ~

됴ᄒᆞ며 구즈므로 (월석, 서:3) ⇐ [됴ᄒᆞ며 궂다]-ㅁ「-ᄋᆞ로」

(5) 견줌말로 기능

[이은겹월]-ㅁ<견> ~

健壯호미 누른 쇠아지 [ᄃᆞᄅᆞ락 도로 오락 홈] ᄀᆞᆮᄃᆞ리 = 健如黃犢走復來 (두언 25:51)

3.2. 안은 겹월에서 변형

안은 겹월이 이름마디로 변형되는 경우이다. 이름마디로 변형된 안은 겹월에 안길 수 있는 마디는, 이름마디. 매김마디. 인용마디. 어찌마디. 풀이마디로서 그 종류에 제약이 없다.

(1) 이름마디를 안음

$_2[\ _1[\quad]_1$-ㅁ $]_2$-ㅁ

이 구조를 살펴 보면 다음과 같다.

$_1[\quad]_1$; 홑월

$_1[\quad]_1$-ㅁ ; 홑월이 변형된 이름마디.

안은마디 ($_2[\quad]_2$)에 '안긴 이름마디'(여기에 토씨가 붙어 모든 월성분으로 기능)

$_2[\quad]_2$; 속구조의 안은 겹월 (이름마디 '$_1[\quad]_1$-ㅁ'를 안음)

$_2[\quad]_2$-ㅁ ; 이름마디 '$_1[\quad]_1$-ㅁ'를 안고 있으므로 '안은 이름마디'라 하겠다. (여기에 토씨가 붙어 전체 월 안에서 여러가지 월성분으로 기능)

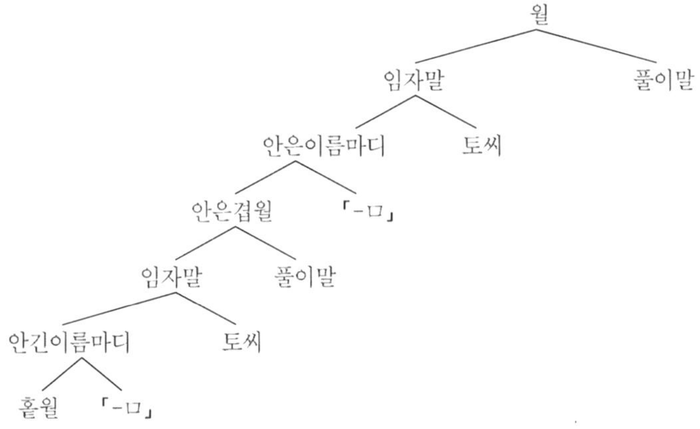

먼저, 안은 이름마디가 전체 월 안에서 어떠한 월성분으로 기능하는가에 따라 나누기로 한다.

(1-1) 안은 이름마디가 임자말로 기능

이름마디를 '안은 이름마디($_2[\quad]_2$-ㅁ)'가 안은 겹월 안에서 임자말로 기능하는 경우이다. 이름마디에 '안긴 이름마디'가 속구조의 겹월 안에서 어떠한 월성분으로 기능하는가에 따라 다시 나누기로 한다.

(가) 안긴 이름마디가 임자말로 기능

$_{2}$[$_{1}$[ ]$_{1}$-ㅁ<임> ~]$_{2}$-ㅁ<임> ~

$_{2}$[$_{1}$[親호미]$_{1}$ 쉽디 아니홈]$_{2}$ 아니로다 (남명, 하:14)

⇐ [[(임) 親ᄒᆞ-]-ㅁ「-이」 쉽디 아니ᄒᆞ-]-ㅁ「-이」

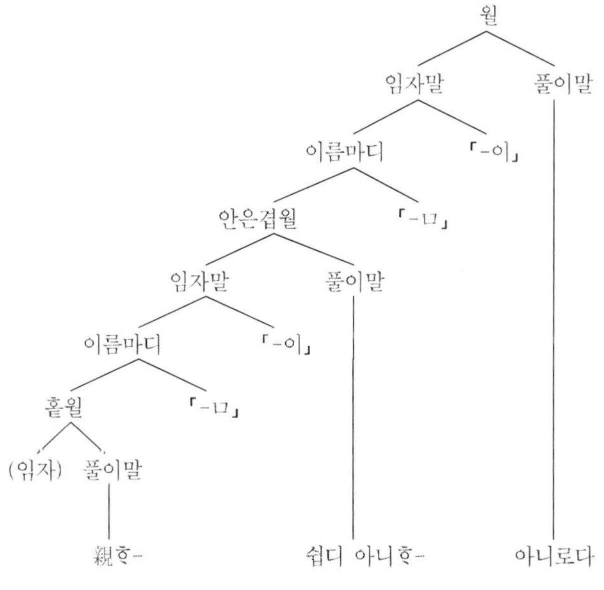

그러면 니ᄅᆞ샨 $_{2}$[$_{1}$[아롬]$_{1}$ 어려우미]$_{2}$ 佛智의 어려우미 아니라(법화 3:165)

⇐ [[(임) 알-]-ㅁ「-이」 어렵다]-ㅁ「-이」

여기서 풀이말 「佛智의 어려우미 아니라」는 다시 다음과 같이 분석된다.

[佛智이 어렵-]-ㅁ「-이」 아니라

그러므로 전체 월의 구조는 다음과 같이 풀이마디의 구조로 분석된다.

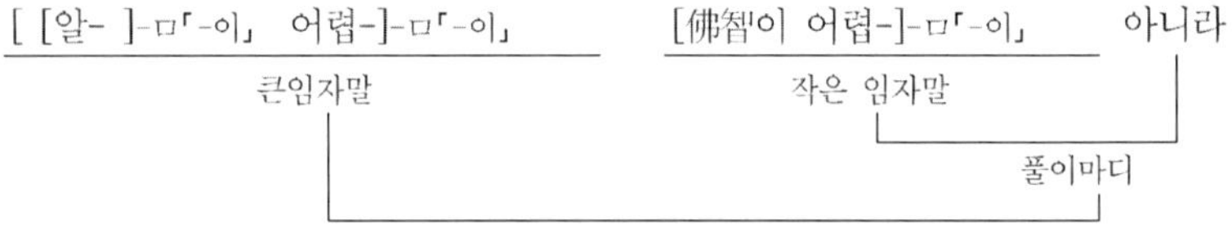

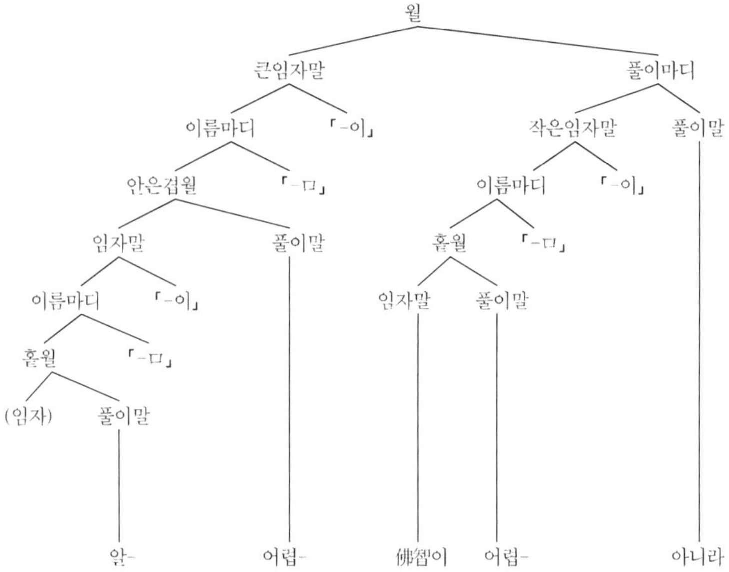

이렇게 안은 이름마디가 풀이마디의 큰임자말이나 작은임자말이 되는 경우는 뒤의 <(1-1′) '안은 이름마디가 풀이마디의 임자말로 기능>에서 다시 다루겠으나, 구조의 설명을 위해 여기에서 미리 보였다.

스촘 아뇨미 아니라 (월석 1:36)

⇐ [[스치다]-ㅁ「-이」 아니-]-ㅁ「-이」 아니라

오직 낫고 믈룸 업수미 = 唯進이오 無退호미 (능엄 8:18)

⇐ [[므르-]-ㅁ「-이」 없다]-ㅁ「-이」

怨 하믄 衆魔ㅣ 降伏 아니ᄒᆞᆯ씨오 信홈 어려우믄 群機ㅣ 淳티 몯ᄒᆞᆯ씨라 (법화 5:64)

⇐ [[信ᄒᆞ-]-ㅁ「-이」 어렵-]-ㅁ「-은」

世尊하 내 ᄒᆞᆫ 일후미 더 모ᄃᆞᆫ 한 일홈과 달옴 업수믄 내 닷가 니겨 眞實ㅅ 圓通ᄋᆞᆯ 得ᄒᆞᆫ 다실씨니이다 (능엄 6:35)

⇐ [[내 ᄒᆞᆫ 일후미…일훔과 다ᄅᆞ-]-ㅁ「-이」 없다]-ㅁ 17)

'안은 이름마디가 임자말로 기능'하면서 '안긴 마디가 임자말로 기능'하는 예문은 매우 적은데, 그 이유는 안긴 이름마디 ($_1[\ ]_1$)에 붙어야 하는 자리토씨와 안은 이름마디 ($_2[\ ]_2$)에 붙어야 하는 자리토씨가 원칙적으로 같아야 하기 때문에 같은 구조의 되풀이에서 오는 단조함을 피하기 위함이다. 이름마디 안에 다시 이름마디를 안는 구조 자체가 단조한데, 거기에 자리토씨마저 같아진다면 더욱 단조할 수밖에 없다. 그리하여 앞의 몇 예에서도 모두 자리토씨 하나가 생략되었다. 심지어는 남은 하나마저도 도움토씨 「-은」을 연결하였다.

다만 다음의 예에는 자리토씨 「-이」와 도움토씨 「-은」을 연결하였다.

分明히 밧글 보ᄃᆡ ᄀᆞ료미 업수믄 根 안해 수멧ᄂᆞᆫ 전칫이다 (능엄 1:56-7)

⇐ [[ᄀᆞ리-]-ㅁ「-이」 없-]-ㅁ「-은」

17) 「일훔과」라는 겹줄말이 있기 때문에 다음과 같이 분석되지 않는다.

[내 ᄒᆞᆫ 일후미 … 달옴「-이」 없다]-ㅁ「-은」

풀이마디

그러나 이를 더욱 자세히 분석하면 다음과 같다.

⇐ [(임) [(임) ᄀᆞ리-]-ㅁ「-이」 없-]-ㅁ「-은」

풀이마디

포함관계는 다음과 같다 : 이름마디⊃풀이마디⊃이름마디

圓覺애 닐오ᄃᆡ 三昧正受ㅣ라 호ᄆᆞᆫ 正定中에 受用ᄒᆞ논 法을 닐어 邪受에 ᄀᆞᆯᄒᆡ디ᄫᅵ 梵語三昧 이엣 마래 正受ㅣ라 호미 아니라 (월석 18:68)

⇐ [[三昧正受ㅣ라 ᄒᆞ-]-ㅁ「-ᄋᆞᆫ」…正受ㅣ라 ᄒᆞ-]-ㅁ

그러나 더욱 자세히 분석하면 다음과 같다.

⇐ [[[[三昧正受ㅣ라]ᄒᆞ-]-ㅁ「-ᄋᆞᆫ」…正受ㅣ라]ᄒᆞ-]-ㅁ「-이」 아니라

포함관계 : 이름마디⊃인용마디⊃이름마디⊃인용마디

이상의 예문으로 보면, 이름마디가 단순히 이름마디만을 안는 경우에는 자리토씨 하나가 생략됨을 알 수 있다.

다음의 예는 이름마디가 이름마디를 안은 경우로 생각하기 쉬우나 그렇지 않다.

엇뎨 喪亂ㅅ 後ᄅᆞᆯ 因ᄒᆞ야 곧 주그며 사로미 ᄂᆞᆫ호미 잇거뇨 = 那因喪亂後 便有生死分 (두언 21:41)

⇐ [주그며 살-]-ㅁ「-이」 [ᄂᆞᆫ호-]-ㅁ「-이」 잇거뇨

이 월은 풀이마디의 구조이며, 둘의 이름마디는 각각 '큰 임자말'과 '작은 임자말'로 기능하고 있다. 이러한 풀이마디의 유형에서는 '큰 임자말'이나 '작은 임자말'에 모두 임자자리 토씨 「-이」를 붙이는 것이 원칙이다.

(나) 안긴 이름마디가 부림말로 기능

$_{2}[\ _{1}[\ \ ]_{1}$-ㅁ<부> ~ $]_{2}$-ㅁ<임> ~.

天人 濟度호ᄆᆞᆯ 썰비 아니호미 당다이 나 ᄀᆞᆮᄒᆞ니라 (월석 1:17)
⇐ [[天人「-ᄋᆞᆯ」 濟度ᄒᆞ-]-ㅁ「-ᄋᆞᆯ」 썰비 아니ᄒᆞ-]-ㅁ「-이」
能者ᄋᆡ ᄇᆡ 잡쥐요믈 섈리 호미 ᄇᆞᄅᆞᆷ ᄀᆞᄐᆞ니 = 能者操舟疾若風 (두언 16:63)
⇐ [[能者「-이」 ᄇᆡ「-ᄅᆞᆯ」 잡쥐-]-ㅁ「-을」 섈리ᄒᆞ다]-ㅁ「-이」
사라쇼ᄆᆞᆯ 니조몬 圓覺애 니ᄅᆞ샨 믄득 내 몸 닛다 ᄒᆞ샤미 ᄀᆞᆮᄒᆞ니
= 忘生ᄋᆞᆫ 如圓覺所謂忽忘我身이니 (능엄 2:113) [18]
⇐ [[사라잇-]-ㅁ「-ᄋᆞᆯ」 닛다]-ㅁ「-ᄋᆞᆫ」
보샤ᄆᆞᆯ 기튜미 업스샤 = 所覽無遺 (영가, 서:6)
⇐ (임) [(임)[(임) 보시-]-ㅁ「-ᄋᆞᆯ」 기티-]-ㅁ「-이」 업스샤

위의 예문에서 전체 월은 풀이마디를 안고 있다. 여기서, 임자말이 숨어 있다는 명백한 증거는 「보시다」, 「업스샤」에서의 「-으시-」이다. 주체가 명백히 존재하며, 그를 높이기 위하여 「-으시-」가 들어간 것이다.

(다) 안긴 이름마디가 위치말로 기능

$_{2}[\ _{1}[\ \ ]_{1}$-ㅁ<위> ~ $]_{2}$-ㅁ<임> ~

…와 冕을 므던히 너규메 關係호미 아니라 오직 이 風塵을 避카래니라 (두언 20:26)
⇐ [[(임)…와 冕을 므던히 너기-]-ㅁ「-에」 關係ᄒᆞ-]-ㅁ「-이」

---

18) 이 월의 풀이말 부분은 이름마디가 인용마디, 매김마디를 안고 있는데, 이에 대한 분석은 '3-2.(2)(3)' 참조.

안긴 이름마디가 방편말과 견줌말로 기능하는 예는 찾지 못했다.

(1-2) 안은 이름마디가 풀이마디의 임자말로 기능

이름마디($_1$[ ]$_1$-ㅁ)를 안은 이름마디($_2$[ ]$_2$-ㅁ)가 월 전체에서 풀이마디의 큰 임자말이나 작은 임자말로 기능하는 경우가 있다.

(가) 큰 임자말로 기능

$_2$[$_1$[ ]$_1$-ㅁ]$_2$-ㅁ<임> ~ [풀이마디]

그러면 니루샨 아롬 어려우미 佛智의 어려우미 아니라 (법화 3:165)
⇐[[알다]-ㅁ「-이」 어렵-]-ㅁ「-이」 [佛智이 어렵-]-ㅁ「-이」 아니라
큰임자말 작은임자말 풀이말

(나) 작은 임자말로 기능

풀이 풀이
[$_2$[$_1$[ ]$_1$-ㅁ]$_2$-ㅁ<임> ~]

보샤몰 기튜미 업스샤 (영가, 서:6)
⇐ (부톄) [[보시-]-ㅁ「-올」 기티-]-ㅁ「-이」 업스샤
작은임자말

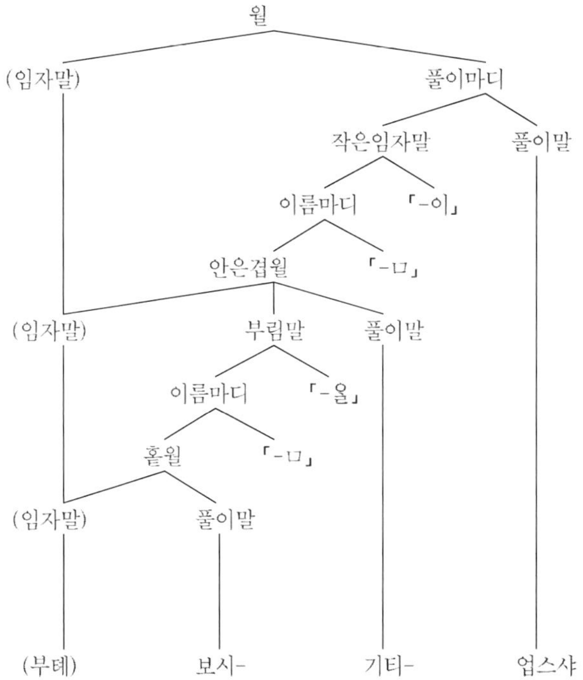

우리…부텻 恩惠 갑스오몰 ᄒᆞ마 得호미 ᄃᆞ외와라 ᄒᆞ다이다
= 我等이 ...則爲已得報佛之恩호라 타이다 (법화 2:251)
⇐(ᄋᆞ리)[(ᄋᆞ리)[(ᄋᆞ리)…「-ᄅᆞᆯ」 갑숩-]-ㅁ「-올」 得ᄒᆞ-]-ㅁ「-이」 ᄃᆞ외다

위의 풀이마디 구문은 다시 전체 월 안에서 인용마디가 되어 「ᄒᆞ다이다」에 걸린다.

⇐ 우리 [부텻 恩惠…ᄃᆞ외와라] ᄒᆞ다이다

…晃을 ᄆᆞ던히 너규메 關係호미 아니라 오직 이 風塵을 避카래니라 (두언 20:26)
(임) [[… 너기-]-ㅁ「-에」 關係ᄒᆞ-]-ㅁ「-이」 아니라

(1-3) 안은 이름마디가 부림말로 기능

(가) 안긴 이름마디가 임자말로 기능

$_2$[$_1$[ ]$_1$-ㅁ<임> ~]$_2$-ㅁ<부> ~

다시 말ᄊᆞᄆᆞᆯ 펴 다시 觀體標ᄒᆞ몬 言과 觀ᄋᆞᆫ 方ᄋᆞᆯ 조차 올몸 이쇼ᄆᆞᆯ 볼기고졔니 = 言觀有逐方移 (남명, 하:31)
⇐ [[言과 觀ᄋᆞᆫ…옮-]-ㅁ「-이」 잇-]-ㅁ「-ᄋᆞᆯ」
다ᄋᆞᆯ 다ᄋᆞᆯ 다ᄋᆞᆷ 업수믈 니ᄅᆞ시니 = 謂…重重無盡 (법화 7:9)
⇐ [[다ᄋᆞ-]-ㅁ「-이」 없-]-ㅁ「-을」
내 成佛ᄒᆞ야 衆生ᄃᆞᆯ히 내 나라해 ᄌᆞᆽ 나다가며 다 ᄆᆞᅀᆞ미 조코 便安코 즐거ᄫᅮ미 羅漢 ᄀᆞᆮ호ᄆᆞᆯ 得디 몯ᄒᆞ면 正覺 일우디 아니호리이다 (월석 8:65)
⇐ 衆生ᄃᆞᆯ히[[(衆生ᄃᆞᆯ히) [ᄆᆞᅀᆞ미 즐겁-]]-ㅁ「-이」 羅漢ᄀᆞᆮ-]-ㅁ「-ᄋᆞᆯ」 得디 몯ᄒᆞ면
⇐ 포함관계 : 이름마디⊃이름마디⊃풀이마디

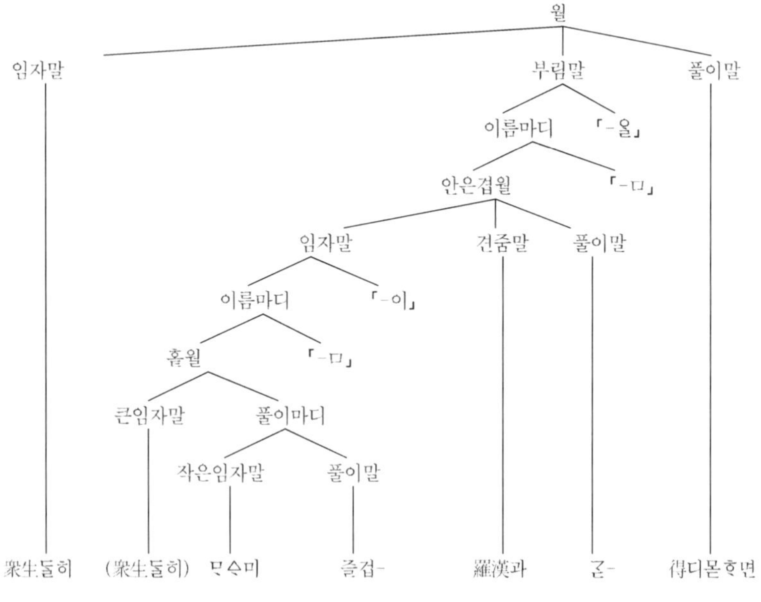

목수미 져근 덛도 몯ᄒᆞ야셔 ᄯᅩ 無常의 주규미 ᄃᆞ외요ᄆᆞᆯ 가ᄌᆞᆯ비시니 = 譬...命須臾 又爲無常所殺 (법화 2:129)

⇐ [[(임) (부) 주기-]-ㅁ「-이」 ᄃᆞ외-]-ㅁ「-ᄋᆞᆯ」

나ᄂᆞᆫ…가ᄅᆞᆷ 업수믈 어두이다 (능엄 5:52)

⇐ [[(임) ᄀᆞ리-]-ㅁ「-이」 없-]-ㅁ「-을」

우리ᄃᆞᆯ히 今日에 身心이 ᄇᆞᆯ가 훤히 ᄀᆞᄅᆞᆷ 업수믈 得호이다 (능엄 5:29)

同業ᄋᆞᆫ 忘ᄋᆞᆯ 感호미 ᄒᆞᆫ가죠ᄆᆞᆯ 니ᄅᆞ시니 = 同業ᄋᆞᆫ 言感妄所同이니 (능엄 2:79)

⇐ [[(임) 忘ᄋᆞᆯ 感ᄒᆞ-]-ㅁ「-이」 ᄒᆞᆫ가지-]-ㅁ「-ᄋᆞᆯ」

(나) 안긴 이름마디가 부림말로 기능

${}_2[\ {}_1[\quad]_1$-ㅁ<부> ~ $]_2$-ㅁ<부> ~

안조ᄆᆞᆯ 能히 구디호ᄆᆞᆯ 내 아노라 = 自覺能賢 (두언 20:10)

⇐ [[(임) 앉-]-ㅁ「-ᄋᆞᆯ」 구디ᄒᆞ-]-ㅁ「-ᄋᆞᆯ」

正ᄒᆞᆫ 사ᄅᆞᄆᆡ ᄠᅳ든 긴 긴ᄒᆞᆯ ᄂᆞᆯ요ᄆᆞᆯ 苟且히 아니호ᄆᆞᆯ 알와라 = 乃知正人意 不苟飛長纓 (두언 25:34)

그 두푸믈 공번히 發호ᄆᆞᆯ 니ᄅᆞ시니 = 公發其覆之謂也 (능엄 8:94)

虛空ᄋᆡ 이어옴 내요ᄆᆞᆯ 因ᄒᆞ야 = 因空ᄋᆡ 生搖ᄒᆞ야 (능엄 4:18)

← [[虛空ᄋᆡ 이어-]-ㅁ「-ᄋᆞᆯ」 내-]-ㅁ「-ᄋᆞᆯ」

智란 境界ᄅᆞᆯ 브터 ᄆᆞᅀᆞ매 ᄃᆞᆺ오며 아니 ᄃᆞᆺ옴 ᄀᆞᆯᄒᆡ요ᄆᆞᆯ 니ᄅᆞ와ᄃᆞᆯ씨라 (능엄 4:16)

⇐ [[ᄃᆞᆺ오며 아니ᄃᆞᆺ-]-ㅁ「-ᄋᆞᆯ」 ᄀᆞᆯᄒᆡ-]-ㅁ「-ᄋᆞᆯ」

(다) 안긴 이름마디가 위치말로 기능

${}_2[\ {}_1[\quad]_1$-ㅁ<위> ~ $]_2$-ㅁ<부> ~

數와 數 아뇨매 디여이쇼믈 니ᄅᆞ시고 (남명, 하:13)

⇐ [[數「-이」 아니-]-ㅁ「-애」 디여잇-]-ㅁ「-ᄋᆞᆯ」

(라) 안긴 이름마디가 방편말로 기능

$_{2}[\ _{1}[\quad]_{1}$-ㅁ<방> ~ $]_{2}$-ㅁ<부> ~

키 아로ᄆᆞ로 門에 드로ᄆᆞᆯ 사모리라 (몽산 21-2)
⇐ [[(임) 키 알-]-ㅁ「-ᄋᆞ로」 門에 들-]-ㅁ「-ᄋᆞᆯ」
衣服飮食브터며 일 잡주옴브터 호ᄆᆞᆯ 父母ㅣ ᄉᆞ랑ᄒᆞ시논 바ᄅᆞᆯ 잢간도 ᄀᆞᆯ와 마라 = 由衣服飮食과 由執事를 毋敢視父母所愛ᄒᆞ야 (내훈 1:55)

(마) 안긴 이름마디가 견줌말로 기능

$_{2}[\ _{1}[\quad]_{1}$-ㅁ<견> ~ $]_{2}$-ㅁ<부> ~

이 艱難ᄒᆞ니의 福과 知와 어려이 뫼홈 ᄀᆞᆮ호ᄆᆞᆯ 가ᄌᆞᆯ비시니라 = 猶此貧窮의 艱集福智ᄒᆞ시니라 (원각, 하 3-1:43)
⇐ [[艱難ᄒᆞ니「-이」…뫼ᄒᆞ-]-ㅁ「-과」 ᄀᆞᆮ-]-ㅁ「-ᄋᆞᆯ」

(1-4) 안은 이름마디가 위치말로 기능

$_{2}[\ _{1}[\quad]_{1}$-ㅁ<위> ~ $]_{2}$-ㅁ<위> ~

안은 이름마디가 위치말로 기능하는 예는, 안긴 이름마디 역시 위치말로 기능하는, 다음의 한 예밖에 찾지 못했다.

迷惑 즐교ᄆᆡ 눈 멀유메 着ᄒᆞ얫ᄂᆞ니 = 著樂癡所盲 (법화 1:233)
⇐ [(임) [(임) 迷惑「-ᄋᆞᆯ」 즐기-]-ㅁ「-ᄋᆡ」 눈 멀-]-ㅁ「-에」

(1-5) 안은 이름마디가 방편말로 기능

$_{2}[\ _{1}[\quad]_{1}$-ㅁ<위> ~ $]_{2}$-ㅁ<방> ~

心魂이 이대 아로ᄆᆡ 덞규ᄆᆞ로 心光이 窮究ᄒᆞ야 ᄇᆞᆯ가 (능엄 9:57)

⇐ [[(임) 알-]-ㅁ「-이」 ᄃᆞᆱ기-]-ㅁ「-ᄋᆞ로」

(1-6) 안은 이름마디가 잡음씨 앞의 이름씨로 기능

$_{2}[\ _{1}[\quad]_{1}$-ㅁ $]_{2}$-ㅁ「-이다」

이 維摩의 갓고로와툐ᄆᆞᆯ 더위자바 니르와도미니 (남명, 상:44)
⇐ [[維摩이 갓고로왇-]-ㅁ「-ᄋᆞᆯ」…니르왇-]-ㅁ 이다
가줄비건댄 ᄇᆡ ᄐᆞ길 아디 몯ᄒᆞ며셔 그 믈 구부믈 怨望호려 호미로다 (영가, 하:126)
⇐ [[므리 굽-]-ㅁ「-을」 怨望호려 ᄒᆞ-]-ㅁ 이로다

안은 이름마디가 견줌말로 기능하는 예는 찾지 못했다.

(2) 매김마디를 안음

$_{2}[\ _{1}[\quad]_{1}$-ㄴ $]_{2}$-ㅁ

[[내 나ᄂᆞᆫ] ᄂᆞᄆᆞᆯ 그츄믄] ᄆᆞᄎᆞᆷ내 고티디 아니호려니와 (두언 23:54)
[[고기 잡ᄂᆞᆫ] ᄇᆡ 놀요ᄆᆞᆯ] 보노라 ᄒᆞ야 서늘히 陰山앳 누니 ᄂᆞ리고져 ᄒᆞᄂᆞ니 (두언 14:16)
[이 經이 [됴ᄒᆞᆫ] 藥 ᄀᆞᆮᄒᆞ야 머구매] 萬病이 스러디여 (금강삼가 3:62)
[ᄒᆞ다가 [내ᄋᆡ 니ᄅᆞ논] 法音 分別ᄒᆞ요ᄆᆞ로] 네 ᄆᆞᅀᆞᆷ 사ᄆᆞᇙ딘댄 (능엄 2:24)
사라쇼ᄆᆞᆯ 니조믄 [[圓覺애 니ᄅᆞ샨] 믄득 내몸 닛다 ᄒᆞ샤미] ᄀᆞᆮᄒᆞ니 (능엄 2:113)
⇐ [(임) [圓覺애 니ᄅᆞ시-]-ㄴ [믄득 내몸 닛다] ᄒᆞ시다]-ㅁ

(3) 인용마디를 안음

$_{2}[\ _{1}[$ 인용 $]_{1}\quad]_{2}$-ㅁ

[[ᄂᆞᆫ화 주마] 호미] 일 期約이 잇ᄂᆞ니라 (두언 7:39)

[[難히 보ᅀᆞᆸᄂᆞ다]1 니ᄅᆞ샤ᄆᆞᆫ] (법화 5:148)

世尊하 엇던 젼ᄎᆞ로 나ᄅᆞᆯ 어리다 ᄒᆞ샤 [[釋子ㅣ로라] 호ᄆᆞᆯ] 몯ᄒᆞ리라 ᄒᆞ시ᄂᆞ니잇고 (월석 9:35)

[비록 부텻 音聲이 [우리 부텨 ᄃᆞ외와라] 니ᄅᆞ샤ᄆᆞᆯ] 듣ᄌᆞ오나 (법화 3:65)

사라쇼ᄆᆞᆯ 니조ᄆᆞᆫ 圓覺애 니ᄅᆞ샨 [[ᄆᆞᆫ득 내몸 닛다] ᄒᆞ샤미] ᄀᆞᆮᄒᆞ니 (능엄2:113)

열 여슷자히ᄂᆞᆫ [[나 釋迦ㅣ로라] ᄒᆞ샤미]라 (월석13:31)

(4) 어찌마디를 안음

$_{2}$[$_{1}$[어찌]$_{1}$]$_{2}$-ㅁ

[[나리 져므ᄃᆞ록] 밥 몯 머거슈믈] 놀라노니 (두언25:7)

[디새 [ᄇᆞᆺ아디ᄃᆞᆺ게] 몯호ᄆᆞᆯ] 恨ᄒᆞᄂᆞ니 (남명, 하:32)

[ᄒᆞ마 [둘 업수믈 아디옷] 더욱 거즛 ᄢᅢ듀미] 顯ᄒᆞ야 (능엄4:56)

[[기운 蓋 폇ᄃᆞᆺ] 호ᄆᆞᆯ] 기들오노라 (두언18:14)

[[炎天에 더위 ᄢᅵᄂᆞᆫᄃᆞᆺ] 호ᄆᆞᆯ] 避ᄒᆞ소라 (두언8:9)

(5) 풀이마디를 안음

$_{2}$[$_{1}$[풀이]$_{1}$]$_{2}$-ㅁ

네 모매는 ᄒᆞ마 바ᄐᆞᆫ 추미 구ᄉᆞᆯ ᄃᆞ외요ᄆᆞᆯ 보앳거니와 네 아자비는 어느 말ᄆᆡ로 머리터리 옷 ᄀᆞᄐᆞ리오 (두언8:31)

⇐ [추미 [구스리 ᄃᆞ외-]]-ㅁ「-ᄋᆞᆯ」

오직 낫고 ᄆᆞᆯ룸 업수미 (능엄8:18)

⇐ [(임) [ᄆᆞᆯ루미 없-]]-ㅁ「-이」

네 成佛ᄒᆞ야 衆生ᄃᆞᆯ히 내 나라해 又 나다가며 다 ᄆᆞᅀᆞ미 조코 便安코 즐거ᄫᅮ미 羅漢 ᄀᆞᆮ호ᄆᆞᆯ 得디 몯ᄒᆞ면 正覺 일우디 아니호리이다 (월석 8:65) ⇐ [衆生ᄃᆞᆯ히 [ᄆᆞᅀᆞ미 즐겁-]]-ㅁ「-이」

Ⅱ.1.2. 「-기」이름마디

1. 문법정보

15세기의 「-기」 이름마디는 아무런 문법정보를 나타내지 않아서, 파생가지처럼 기능한다.

2. 임자말로 기능

「-기」 이름마디는 대부분 부림말로 기능하고, 임자말로 기능하는 예는 매우 적다.

磨滅호매 [글ᄒᆞ기옷] 나맷ᄂᆞ니 = 磨滅餘篇翰 (두언 15:24)

3. 부림말로 기능

15세기 「-기」 이름마디는 대부분 부림말로 기능한다.

[남진 어르기ᄅᆞᆯ] ᄒᆞ며 (월석 1:44)
有德ᄒᆞᆫ 사ᄅᆞᄆᆞᆯ 셰어 [반 ᄂᆞᆫ호기ᄅᆞᆯ] 決케 ᄒᆞ니 (석보 9:19)
말라 [겨집 出家ᄒᆞ기ᄅᆞᆯ] 즐기디 말라 (월석 10:18)
[布施ᄒᆞ기ᄅᆞᆯ] 즐겨 (석보 6:13)
[ᄇᆡ 타길] 아디 몯ᄒᆞ며셔 = 未解乘舟 (영가, 하:126)
오직 [절ᄒᆞ기ᄅᆞᆯ] ᄒᆞ야 (석보 19:30)
[ᄆᆞᆯ보기ᄅᆞᆯ] 아니ᄒᆞ며 (월석 1:26)
[믈 求ᄒᆞ기] 몰롬 ᄀᆞᆮᄒᆞ니라 = 如…不知須水也 (법화 4:91)
가야미 사리 오라고 [몸 닷기] 모ᄅᆞᄂᆞᆫᄃᆞᆯ 舍利弗이 슬피 너기니 (천강곡 상, 기170)
[활 소기] 비홈 (원각, 상1-1:112)

4. 위치말로 기능

[그림 그리기예] 늘구미 將次 오몰 아디 몯ᄒᆞᄂᆞ니 =丹青不知老將至 (두언 16:25)

[일ᄒᆞ기예] ᄀᆞ린 거시 젹도다 = 於事小滯礙 (두언 25:7)

平公은 이젯 [글ᄒᆞ기예] 爲頭ㅣ니 = 平公今詩伯 (두언 16:53)

範은 [쇠디기옛] 소히오 (능엄 2:20)

5. 방편말로 기능

글지ᅀᅵ와 [글스기로] (두언 25:49)

II.1.3. 「-디」이름마디

「-디」이름마디는 임자말로 기능하는 예만 보인다. 이 경우에 있어서도 뒤에 이어나는 풀이말이 「됴ᄒᆞ-, 어렵-」이 대부분을 차지하고 있다.

내 겨지비라 [가져가디] 어려볼씨 (월석 1:13)

[化티] 어려본 剛强ᄒᆞᆫ 罪苦衆生 (월석 21:34)

一切 世間앳 [信티] 어려본 法을 다 듣ᄌᆞ바 (석보 13:27)

쉽디 몯ᄒᆞᆫ [아디] 어려본 法 (석보 13:40)

ᄆᆞᅀᆞᆯ히 멀면 [乞食ᄒᆞ디] 어렵고 (석보 6:23)

하ᄂᆞᆳ ᄠᅳ든 노파 [묻디] 어렵거니와 = 天意高難問 (두언 23:9)

Ⅱ.2. 매김마디

매김마디는 매김꼴 씨끝 「-은」, 「-을」 에 의해 만들어진다.

1. 매김마디의 특질

1-1. 문법정보의 제약

매김마디의 풀이말이 나타낼 수 있는 문법정보에는 매김법 이외에 때매김법, 주 · 객체 높임법, 주체 · 대상법이 있다.

(1) 「-은」 매김마디

① 때매김법

「-은」은 확정의 때매김을 나타내는 「-으니-」 의 변형인데, 다른 때매김법과 겹쳐지면 그 때매김의 뜻이 없어진다.

15세기 「-은」매김마디의 풀이말에 나타날 수 있는 때매김법은 확정법, 현실법, 회상법이다.[19]

<확정법>

[주근] 後에 (능엄 2:2)
[出家ᄒᆞᆫ] 사ᄅᆞᄆᆞᆫ (석보 6:22)
[므레 비췬] ᄃᆞᆯ (월석 2:55)

<현실법>

움직씨는 「-ᄂᆞᆫ」 으로, 그림씨나 잡음씨는 「-은」 으로 표시된다)

[이 지븨 사ᄂᆞᆫ] 얼우니며 아히며 (월석 21:99)

---

19) 이 책의 때매김법 체계는 허웅(1987)에 따른다.

[기픈] 根源 (월석 서:21)
[석자힌] 쌜화리 (두언 25:45)

<회상법>

[네 사던] 뒬 일허 (능엄 9:71)
[ᄯᅡ해 무텻던] 보븨 (월석 2:45)
[行ᄒᆞ던] 業 (법화 3:102)

② 주 · 객체 높임법

<주체 높임>

[뎌 ᄯᅡ해 겨신] 諸佛 (석보 13:13)
[다ᄅᆞᆫ 國土애셔 오신] 菩薩ᄃᆞᆯ (월석 18:23)
[如來 니ᄅᆞ샨] 經 (석보 9:26)

<객체 높임>

[이 이ᄅᆞᆯ 보ᅀᆞᄫᆞᆫ] 사ᄅᆞ문 (월석 8:28)
[이 法 듣ᄌᆞᄫᆞᆫ] 사ᄅᆞ미 (석보 13:54)
[(부텨ᄭᅴ) 받ᄌᆞᆸᄂᆞᆫ] 宮殿 (월석 14:21)

③ 주체 · 대상법

<주체법> 매김을 받는 임자씨(머리말)가 속구조의 임자말이다. 이 경우에는 안맺음씨끝 「-오/우-」가 들어가지 않는다.

[出家ᄒᆞᆫ] 사ᄅᆞ문 (석보 6:22)
[디ᄂᆞᆫ] ᄒᆡ (월석 8:6)
[므레 비췬] ᄃᆞᆯ (월석 2:55) ⇐ [(ᄃᆞ리) 므레 비취-]-ㄴ ᄃᆞᆯ

<대상법> 매김을 받는 임자씨(머리말)가 속구조의 부림말이다. 이

경우에는 매김말에 「-오/우-」가 들어간다.

[天女 니븐] 오새 (법화 6:48)
[제 지ᅀᅮᆫ] 罪 (석보 9:30)
그 [敎化ᄒᆞᆫ] 사ᄅᆞ미 (능엄 1:4)

(2) 「-을」 매김마디

① 때매김법

15세기 「-을」매김마디의 풀이말에 나타날 수 있는 때매김법은 미정법뿐이며, 16세기에는 여기에 완결미정법이 추가된다. 현대 국어와 마찬가지로, 「-을」은 때매김과 관계없는 '때매김의 중화'를 나타내기도 한다.

<미정법>
[이 經 流行ᄒᆞᇙ] ᄯᅡ해 (월석 9:40)
[이제 ᄒᆞᆯ] 이른 (법화 2:149)
[가ᇙ] 길ᄒᆞᆯ 알외시리 (월석 7:61 기211)

<때매김의 중화[20]>
[처ᅀᅥᆷ 드르ᇙ]적 브터 (월석 21:46)
[느ᇙ] 즁ᄉᆡᆼ (월석 21:113)
[젓머글] 아ᄒᆡᆺ 시절 (내훈 3:59)

② 주·객체 높임법

<주체 높임>
[ᄂᆞ려 오시ᇙ] 부텨 (월석 21:188)

---

20) '때매김법의 중화'란, '때의 관념'과 상관없는(중화된) 사실을 나타내는 것인데, 이에 대해서는, 허웅(1975 : 898) 참조.

[ᄒᆞ샬] 이ᄅᆞᆯ ᄒᆞ마 일우샤 (법화 2:43)
[모ᄅᆞ샬] 法 (법화 1:37)

<객체 높임>

[보ᅀᆞᄫᆞᆯ] 사ᄅᆞ미 (월석 2:53)
[부텻긔 받ᄌᆞᄫᆞᆯ] 고지라 (월석 1:10)
[法 듣ᄌᆞ올] 싸ᄅᆞᄆᆞ로 (법화 3:131)

② 주체 · 대상법

<주체법>

ᄫᆞᆶ 사ᄅᆞ미 (월석 13:72)
孝順ᄒᆞᇙ 子息 (월석 21:28)
가다가 도라옳 軍士 (용 26장)
⇐ [軍士ㅣ 가다가 돌아오-]-ㄹ

<대상법>

[ᄒᆞ욜] 이ᄅᆞᆯ (법화 3:197)
[衆生ᄋᆡ 니붏] 오시 (월석 8:65)
[高山이라 홇] 뫼 (월석 1:27)
⇐ [뫼홀 高山이라 ᄒᆞ-]ㄹ
[아니 홀] 일 업시 ᄒᆞᄂᆞ니(정속 17)

1-2. 임자자리 토씨의 변형

속구조의 월이 겉구조의 매김마디로 바뀌면서, 임자자리토씨 「-이」가 그대로 유지되는 경우도 있지만, 때로는 매김토씨인 「-ᄋᆡ/의」로 바뀌는 일이 있다.(이 점은 이름마디와 마찬가지이다).

沙門ᄋᆞᆫ [ᄂᆞᄆᆡ 지ᅀᅮᆫ] 녀르믈 먹ᄂᆞ니이다 (석보 24:22)

[須達ᄋᆡ 지순] 亭舍 (석보6:38)
⇐ [須達이 亭舍ᄅᆞᆯ 짓-]-ㄴ
大學은 [孔子의 기티신] 글워리라 (번소 8:31)

1-3. 생성과정

(1) 홑월에서 변형

[홑월]-ㄴ/ㄹ (머리말) ~ (풀이말)[21]

神通 잇ᄂᆞᆫ 사ᄅᆞ미ᅀᅡ 가ᄂᆞ니라 (석보 6:43)

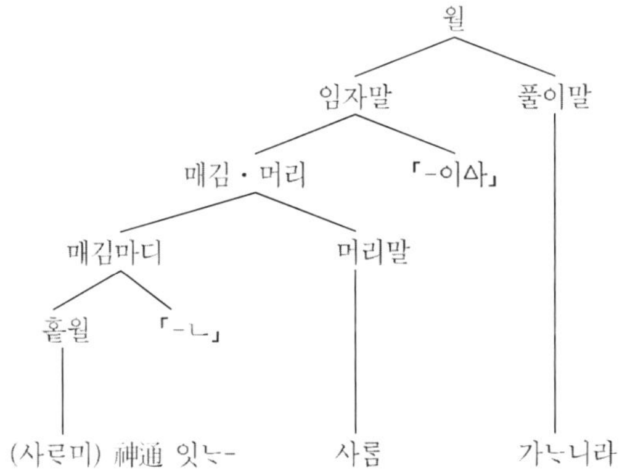

속구조의 홑월의 풀이말이 씨끝 「-ㄴ/ㄹ」로 활용하여 매김마디로 변형되는 경우이다. 이 때 속구조의 한 월성분이 빠져나가 매김마디의 매김을 받는 경우와, 아무런 성분도 빠져나가지 않는 경우가 있다.

(2) 겹월에서 변형

21) 매김마디의 매김을 받는 임자씨를 '머리말'이라고 하겠다.

속구조의 겹월이 매김마디로 변형되는 경우이다

[겹월]-ㄴ/ㄹ (머리말) ~ (풀이말)

외니 올ᄒᆞ니 決ᄒᆞᇙ 사ᄅᆞ미 업서(월석1:45)

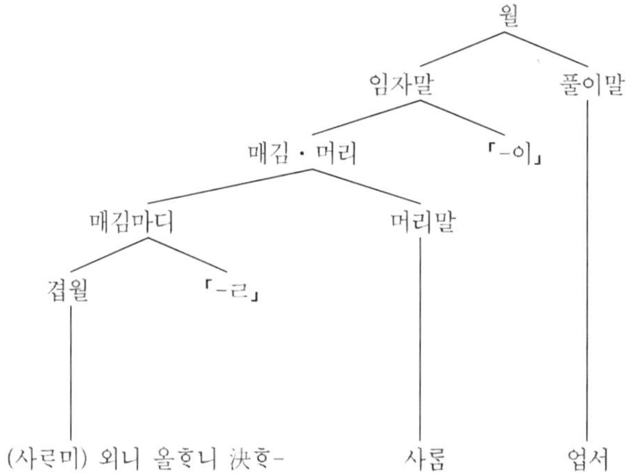

1-4. 하위 분류와 「-오/우-」의 연결

이 논문에서는 매김마디의 통어론적 구조를 설명하는 방법으로 '속구조'를 사용한다. 속구조란 어떠한 통어적인 구조가 내포하고 있는 속뜻을 표면적으로 표시한 것이다.

밥을 먹는 나…①

내가 먹는 밥…②

①에서의 「나」는 남움직씨 「먹는」에 대한 의미상의 임자말이다.

②에서의 「밥」은 「먹는」에 대한 의미상의 부림말이다. 이러한 속뜻을 표면적인 구조로 「내가 밥을 먹는다…③」와 같이 나타낼 수 있겠는데, 이를 '속구조'라 한다.

①은 속구조 ③에서 임자말이 뒤로 빠져 나가고, 풀이말 「먹는다」

의 줄기에 매김법씨끝 「-는」이 붙어 매김말 「먹는」이 되었다.

②는 ③에서 부림말이 뒤로 빠져 나가고, 역시 풀이말에 매김법씨끝이 붙었다.

어떠한 매김마디와 그것이 꾸미는 임자씨와의 통어적 구조를 이렇게 속구조로 돌이킬 수 있을 때는, 속구조의 어떠한 월성분이 위와 같이 뒤로 빠져 나가는 경우이다. 이러한 매김마디를 '빠져나간 매김마디'라 하는데, 각 월성분이 빠져 나가는 방식을 보이면 다음과 같다.

<각 월성분이 빠져 나가는 방식>[22]

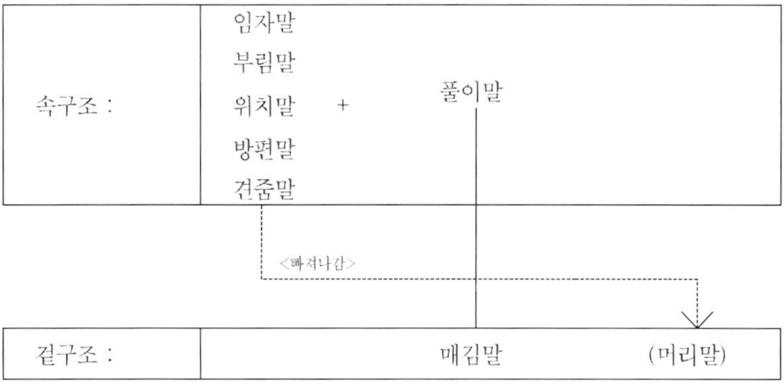

반면, 「그가 그곳에 간 것은 나 때문이다」

위와 같은 월에 있어서는, 매김마디의 매김을 받는 머리말 「것」이 매김마디를 만들 때에 뒤로 빠져 나간 것이 아니다. 이러한 매김마디를 '완전한 매김마디'라 한다.

임자말이 빠져나간 매김마디는 매김말에 「-오/우-」가 연결되지 않고, 부림말이 빠진 경우에는 「-오/우-」가 연결된다. 그리고 나머지 경우는

22) 허웅(1975 : 840-841) 참조.

「-오/우-」의 연결이 불규칙적이다.

이에 따라 매김마디를 다음과 같이 하위분류한다.

<table>
<tr><td rowspan="6">매
김
마
디</td><td rowspan="5">빠져나간
매김마디</td><td>임자말 빠짐</td><td>「-오/우-」 연결 안 됨</td></tr>
<tr><td>부림말 빠짐</td><td>「-오/우-」 연결</td></tr>
<tr><td>위치말 빠짐</td><td rowspan="4">「-오/우-」 불규칙</td></tr>
<tr><td>방편말 빠짐</td></tr>
<tr><td>견줌말 빠짐</td></tr>
<tr><td colspan="2">완전한 매김마디</td></tr>
</table>

1-5. 빠져나간 월성분과 매김마디 풀이씨의 씨범주

㉠ 임자말 빠짐

[기픈] 根源 (월석,서:21)

[므레 비췬] ᄃᆞᆯ (월석2:55)

[아기 ᄇᆡᆫ] 사ᄅᆞ미 (법화 6:47)

㉡ 부림말 빠짐

[제 지ᅀᅮᆫ] 罪 (석보 9:30)

[쟝ᅀᅵᆫ이 ᄆᆡᆼᄀᆞ론] 갈 (박통 상:4)

[그ᄅᆞ ᄒᆞᆫ] 이ᄅᆞᆯ 능히 뉘읏처ᄒᆞ고 (번소 6:9)

㉢ 위치말 빠짐

[아비 住ᄒᆞᆫ] 城 (법화 2:237)

[붑 시론] 술위 (두언 25:25)

[體…이슌] ᄃᆡ (능엄 1:65)

㉣ 방편말 빠짐

[옷 ᄲᆞ론] 므를 먹고 (석보 11:25)

[딥 버므리ᄂᆞᆫ] 막대 (박통 상:22)

[경하ᄒᆞᄂᆞᆫ] 례 (여향 26)

㉤견줌말 빠짐

ᄒᆞᆫᄃᆡ 잇ᄂᆞ니 오직 天人이오 (법화 7:177)

⇐ [(이)와 ᄒᆞᆫᄃᆡ 잇ᄂᆞ-]-ㄴ

사괴여 놀 사ᄅᆞᆷ (여향 4)

㉠에서의 매김말 「기픈」 「비췬」 「빈」의 속뜻(속구조)의 임자말은 각각 그 뒤의 「根源」 「ᄃᆞᆯ」 「사ᄅᆞᆷ」이다.

임자말이 빠져나가는 경우의 풀이말에는 모든 종류의 풀이씨(제움직씨, 남움직씨, 그림씨, 잡음씨)가 올 수 있다. 모든 풀이말은 임자말을 가지기 때문이다.

㉡은 부림말이 빠진 예인데, 남움직씨만이 매김말로 올 수 있다. 남움직씨는 부림말을 이끌기 때문이다.[23]

㉢은 위치말이 빠진 예로서, 속뜻에서 위치말을 이끌 수 있는 제움직씨, 남움직씨, 그림씨가 올 수 있다.

㉣은 방편말의 빠짐으로, 속뜻에서 방편말을 이끌 수 있는 남움직씨만이 올 수 있다.[24]

㉤은 견줌말의 빠짐으로, 속뜻에서 견줌말을 이끌 수 있는 제움직씨와 남움직씨가 올 수 있다.[25]

---

23) 「내가 간 학교」의 속구조를 '[내가 학교를 가-]'처럼 부림자리토씨로 돌이킬 수도 있겠으나 의미상으로 보면 위치적이므로([내가 학교에 가-]), 제움직씨의 경우는 부림말이 빠질 수 없다고 본다. 이렇게 두 가지 이상의 속구조로 돌이킬 수 있는 것이 우리말 자리토씨의 성격이기는 하지만, 속구조로 돌이킬 때에는 되도록 하나의 월성분으로 귀착하는 것이 좋다.

24) 제움직씨가 올 수 있을 듯 하나, 오지 않는다. 다음의 매김마디는 우리말답지 않다.

『황혼은 밤으로 변하였다』 →「*황혼이 변한 밤」

『그 이는 나쁜 사람으로 변하였다』 → 「* 그이가 변한 나쁜 사람」

그러나, 『틈으로 물이 샌다』 → 「물이 새는 틈」 은 가능한데, 이것은 의미적으로 위치말이 빠져나간 것으로 볼 수 있다. 즉,

「물이 새는 틈」 ← 『틈에서 물이 샌다』

빠져나간 월성분에 따른, 매김마디의 풀이말의 씨범주는 다음 표와 같다.

<빠져나간 매김마디 풀이말의 씨범주>

<table>
<tr><th>빠져나간 월성분</th><th colspan="2">매김마디 풀이말의 씨범주</th></tr>
<tr><td rowspan="4">임자말 빠짐</td><td>제움직씨</td><td rowspan="12">중에 속구조에서 빠진 월성분을 이끌 수 있는 것</td></tr>
<tr><td>남움직씨</td></tr>
<tr><td>그림씨</td></tr>
<tr><td>잡음씨</td></tr>
<tr><td>부림말 빠짐</td><td>남움직씨</td></tr>
<tr><td rowspan="3">위치말 빠짐</td><td>제움직씨</td></tr>
<tr><td>남움직씨</td></tr>
<tr><td>그림씨</td></tr>
<tr><td>방편말 빠짐</td><td>남움직씨</td></tr>
<tr><td rowspan="2">견줌말 빠짐</td><td>제움직씨</td></tr>
<tr><td>남움직씨</td></tr>
</table>

매김말의 씨범주에 따라 빠져 나간 월성분을 가려내는 방법을 풀이하면 다음과 같다.

① 제움직씨의 경우: 임자말, 위치말, 견줌말이 빠지는 세 경우가 있는데, 우선 견줌말의 경우는 「ᄀᆞᆮ티, 다ᄅᆞ다」와 같은 견줌의 대상을 나타내는 말을 필요로 한다. 임자말과 위치말 중 어느것이 빠졌느냐 하는 것은 풀이말 앞의 월성분에 좌우된다. 풀이말 앞에 임자말이 있으면 위치말이 빠진 것이고, 임자말이 없으면 임자말이 빠진 것이다.

---

25) 그림씨는 올 수 없다.

『그 꽃은 민들레와 비슷하다』 →「*그 꽃이 비슷한 민들레」

『물이 옥처럼 맑다』 → 「*물이 맑은 옥」

(이해를 돕기 위해 현대 국어를 예로 든다.)

위치말 빠짐 : 내가 살던 고향

임자말 빠짐 : 학교에 가는 학생

가시밭길을 가는 사람

② 남움직씨의 경우: 모든 월성분이 빠져 나갈 수 있다.

견줌말의 경우는 견줌의 대상을 나타내는 말을 필요로 한다.

방편말이 빠질 때는 매김을 받는 임자씨(머리말)가 매김말 풀이씨의 도구가 될 수 있을 때이다. 물론 매김말 바로 앞의 월성분은 부림말이 되어야 한다.

위치말이 빠지는 경우의 남움직씨는 그 수가 많지 않다.—「보내다」,「먹이다」「주다」 따위— 이러한 남움직씨 앞에 부림말이 있어야 하고, 다시 그 앞에 임자말이 있어야 한다.(「밥을 보낸 사람」만으로는 「사람」이 의미상의 임자말인지 위치말인지 알 수 없다. 「그가 밥을 보낸 사람」처럼 임자말이 있어야 위치말의 빠짐이라는 것을 알 수 있다.)[26]

임자말의 빠짐인가 부림말의 빠짐인가를 결정하는 데는 우선 매김을 받는 임자씨의 성격으로 판가름된다. 즉 「먹는 밥」의 경우는 이것만으로도 「밥」이 의미상의 부림말이라는 것을 쉽게 알 수 있다. 「밥이 먹다」가 성립되지 않기 때문이다. 그러나 이 경우, 매김말 앞의 월성분에 기대야 하는 경우가 있다. 즉 「먹은 사람」의 경우는, 그것만으로는 「사람」이 의미상의 임자말인지 부림말인지 알 수 없게 된다. 「식인종이 먹은 사람」과 같이 되면 「사람」은 의미상의 부림말이 되고, 「밥을 먹은 사람」과 같이 되면 「사람」은 의미상의 임자말이 되기 때문이다. 즉 매김을 받는 임자씨(머리말)가 매김말 풀이씨의 주체가 될 수 있고, 매김

26) 「창고는 물건을 넣는 곳이다」와 같은 예는 임자말이 없는 것이 일반적인 월의 형식이지만, 의미적으로는 「(사람이) 물건을 넣는 곳」이 되므로 임자말이 있는 것으로 간주한다.

말 앞에 부림말이 있으면 임자말의 빠짐이 되고, 매김을 받는 임자씨(머리말)가 매김말 풀이씨의 대상이 될 수 있고, 매김말 앞이 임자말이면 부림말 빠짐이 된다.

③ 그림씨의 경우: 임자말이 빠져 나가는 경우와 위치말이 빠져 나가는 경우가 있다. 임자말이 빠질 때는 매김말 앞에 임자말이 없고, 위치말이 빠질 때는 매김말 앞에 임자말이 있다.(위치말이 빠질 때의 그림씨의 종류는 극히 제한되어 있다. −「있다」.「없다」−)

④ 잡음씨의 경우: 임자말이 빠지는 경우 하나 뿐이다.

이상에서 설명한 것을 표로 보이면 다음과 같다.

<매김말의 씨범주에 따른 빠져나간 월성분>

매김말 풀이씨의 종류	판단의 기준	빠지는 월성분
제움직씨	매김말 앞에 임자말 없음.	임자말
	매김말 앞에 임자말 있음.	위치말
	견줌의 대상을 나타내주는 말 있음.	견줌말
남움직씨	매김을 받는 임자씨가 매김말의 주체가 될 수 있음. 매김말 앞이 부림말임.	임자말
	매김을 받는 임자씨가 매김말의 대상이 될 수 있음. 매김말 앞이 임자말임.	부림말
	매김말 앞에 임자말, 부림말이 다 있음.	위치말
	매김을 받는 임자씨가 매김말의 도구가 됨.	방편말
	견줌의 대상을 나타내주는 말이 있음.	견줌말
그림씨	매김말 앞에 임자말 없음.	임자말
	매김말 앞에 임자말 있음.	위치말
잡음씨		임자말

2. 홑월에서 변형된 매김마디

2-1. 빠져나간 매김마디

(1) 임자말 빠짐

<빠져나감>
[(임자말) ~]-ㄴ/ㄹ (머리말)

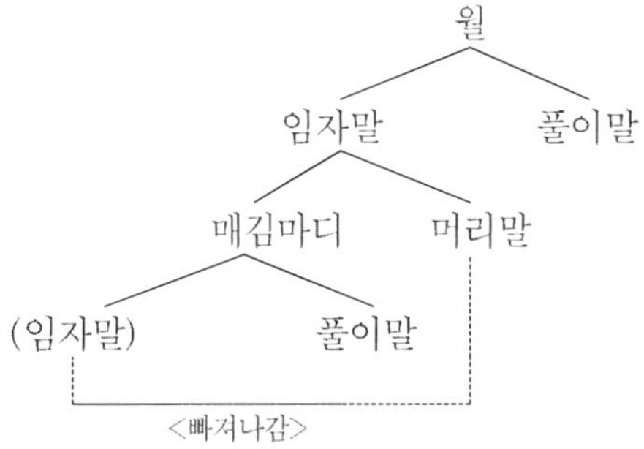

15세기 국어의 매김마디에서 임자말이 빠져 나가는 경우에는 「-오/우-」가 들어가지 않고, 풀이말의 줄기 끝에 매김꼴 씨끝 「-은」이나 「-을」이 붙는다. 이러한 경우, 매김마디의 풀이말에는 모든 풀이씨(제움직씨, 남움직씨, 그림씨, 잡음씨)가 올 수 있다.

(1-1) 완전이름씨 빠짐

(가) 매김마디의 풀이말 = 제움직씨

[~ 제움직씨]-ㄴ/ㄹ

「-은」

ᄆᆞ레 비췬 ᄃᆞᆯ (월석 2:55) ⇐『 ᄃᆞ리 ᄆᆞ레 비취다 』

業道로셔 난 사ᄅᆞᆷᄃᆞᆯ과 (월석 21:30) ⇐『사ᄅᆞᆷᄃᆞᆯ히 業道로셔 나다』

出家ᄒᆞᆫ 사ᄅᆞᄆᆞᆫ (석보 6:22) ⇐『 사ᄅᆞ미 出家ᄒᆞ다 』

부텻 이베셔 난 아ᄃᆞ리 =佛口所生子 (법화 1:164)

「-ᄂᆞᆫ」

긔ᄂᆞᆫ 즁ᄉᆡᆼ (월석 21:113) ⇐『 즁ᄉᆡᆼ이 긔ᄂᆞ다 』

디ᄂᆞᆫ ᄒᆡ (월석 8:6) ⇐ 『 ᄒᆡ 디ᄂᆞ다 』

오ᄂᆞᆫ 뉘 (석보 23:10)

우ᄂᆞᆫ 聖女 (월석 21:21)

不孝ᄒᆞᄂᆞᆫ 衆生 (월석 10:10)

ᄆᆞᄅᆞ디 아니ᄒᆞᄂᆞᆫ 菩薩 (석보 13:42)

이 지븨 사ᄂᆞᆫ 얼우니며 아ᄒᆡ며 (월석 21:99)

「-얫ᄂᆞᆫ～앗ᄂᆞᆫ」

ᄒᆞᄂᆞᆯ해 머리 뼛ᄂᆞᆫ 매 (금강삼가 2:55)

ᄌᆞᆷ가랏ᄂᆞᆫ 고기ᄂᆞᆫ ᄆᆞᄅᆡ 健壯ᄒᆞ몰 슬코 (두언 25:4)

主守ᄒᆞ얫ᄂᆞᆫ 家臣 (두언 7:37)

내 지븨 왯ᄂᆞᆫ 沙門 (천강곡 상, 기 156)

地예 몯 올앳ᄂᆞᆫ 菩薩 (석보 9:28)

「-얫던」

石壁에 수멧던 녜ᄂᆞᆺ 글 아니라도 (용 86장)

「-ᄋᆞᇙ」

避仇ᄒᆞᇙ 소ᄂᆡ 마리 (용28장) ⇐『 소ᄂᆡ 避仇ᄒᆞ다 』

孝順ᄒᆞᇙ 子息 (월석 21:28) ⇐『 子息ㅣ 孝順ᄒᆞ다 』

ᄂᆞᇙ 즁ᄉᆡᇰ (월석 21:113)

가다가 도라오ᇙ 軍士 (용26장)

ᄒᆞ마 命終ᄒᆞᇙ 사ᄅᆞ문 (월석 21:125)

므르디 아니ᄒᆞᇙ 法輪 (석보 13:4)

(나) 매김마디의 풀이말 = 남움직씨

[~ 남움직씨]-ㄴ/ㄹ

「-은」

아기 ᄇᆡᆫ 사ᄅᆞ미 (법화 6:47) ⇐『 사ᄅᆞ미 아기ᄅᆞᆯ ᄇᆡ다 』

主藏臣寶ᄂᆞᆫ 藏 ᄀᆞᅀᆞᆷ안 臣下ㅣ니 (월석 1:27)

⇐『 臣下ㅣ 藏ᄋᆞᆯ ᄀᆞᅀᆞᆷ알다 』

아기 나ᄒᆞᆫ 겨집ᄃᆞᆯᄒᆞᆯ 보고 (월석 21:143)

⇐『 겨집ᄃᆞᆯ히 아기를 낳다 』

졋 일흔 아ᄒᆡ = 失乳兒 (능엄 2:1)

이 觀 지ᅀᅳᆫ 사ᄅᆞ문 (월석 8:32)

지ᅀᅳᆫ 사ᄅᆞᄆᆡ 注解 = 作者注解 (법화 1:10)

「-는」

모딘 일 니기ᄂᆞᆫ 衆生 (월석 21:103)

聲聞 求ᄒᆞᄂᆞᆫ 衆 (월석 18:41)

고기며 모미라도 비ᄂᆞᆫ 사ᄅᆞᄆᆞᆯ 주리어니 (월석 9:30)

머리 갓ᄂᆞᆫ 사ᄅᆞᄆᆞᆯ (월석 7:8)

梵王 ᄃᆞᆸᄂᆞᆫ 臣下 (월석 1:32)

와 비ᄂᆞᆫ 사ᄅᆞᄆᆞᆯ 주리며 (월석 9:29)

身心 뷧ᄂᆞᆫ 善男子 善女人 (석보 9:11)

제 ᄆᆞᅀᆞᆷ 다ᄫᅵ 몯ᄒᆞᄂᆞᆫ 사ᄅᆞᆷᄃᆞᆯ (월석 21:96)

「-던」

菩薩行ᄒᆞ던 衆生 (석보 13:51)

모딘 일 짓던 즁ᄉᆡᆼ (월석 21:25)

이 閻浮提ㅅ 善行ᄒᆞ던 사ᄅᆞ미 (월석 21:125)

「-을」

봃 사ᄅᆞ미 歌喜ᄒᆞ며 (월석 13:72)

셜버 즐기디 몯홇 사ᄅᆞᄆᆞᆫ (월석 21:19)

찻믈 기릃 치너 (월석 8:90)

相 봃 사ᄅᆞ미 (월석 2:23)

길 녏 사ᄅᆞᆷ (석보 6:4-5)

졋 머글 아ᄒᆡᆺ 시졀 (내훈 3:59)

위와다 셤깗 사ᄅᆞᄆᆞᆫ (월석 21:61)

임자말이 빠져나간 매김마디에서 그 풀이말이 남움직씨인 경우, 남움직씨 앞 월성분의 자리토씨가 생략될 때는(「아기 ᄇᆡᆫ 사ᄅᆞ미」와 같은 경우), ‘1-5.<표>’ 만으로는 빠져나간 월성분을 판단하기가 어렵다. 예를 들면 「아기 ᄇᆡᆫ 사ᄅᆞᆷ」의 경우, 「사ᄅᆞᆷ」은 남움직씨 「ᄇᆡ다」의 주체가 될 수도 있고 대상이 될 수도 있는 성질의 이름씨이다. 매김말 앞의 이름씨 「아기」에 자리토씨가 생략되었기 때문에 그 통어적 구조만을 보아서는 무엇이 빠진 매김마디인지 알기 어렵다. 이럴 경우는 그 문맥을 통해 알 수밖에 없다. 곧, 아기가 사람을 밸 수 없기 때문에, 임자말이 빠진 경우라는 것을 알 수 있다. 「觀 지은 사ᄅᆞᆷ」에 있어서도, 觀이 사람을 지을 수 없기 때문에 속구조는 「사ᄅᆞ미 觀ᄋᆞᆯ 짓다」가 된다.

그러나 옛 사람들은 이것만으로는 충분하지 않다고 믿었던 모양이다.

梵王 돕는 臣下 (월석 1:32)

이러한 예는 매김마디의 풀이씨와 그 앞뒤의 이름씨와의 상대적 성격만으로는 그 속구조를 알 수가 없다. 즉 매김말 앞(梵王) 뒤(臣下)의 이름씨가 둘 다 매김말 풀이씨 「돕다」의 행동을 할 수 있는 성격의 이름씨이기 때문에 梵王이 臣下를 돕는 것인지 臣下가 梵王을 돕는 것인지 알 수가 없다. 매김마디에 「-오/우-」가 들어간 이유가 여기에 있는 것이다. 즉 앞의 예에서 「臣下」가 의미상의 임자말이면 「-오/우-」가 들어가지 않고, 의미상의 부림말이면 「-오/우-」가 들어가게 되었던 것이다.

(다) 매김마디의 풀이말 = 그림씨

[~ 그림씨]-ㄴ/ㄹ

「-은」

기픈 根源 (월석, 서:21) ⇐『 根源ㅣ 깊다 』

혀근 地獄 (월석 1:29) ⇐『 地獄ㅣ 혁다 』

誠實ᄒᆞᆫ ᄆᆞᄅᆞᆯ (월서 21:15) ⇐『 ᄆᆞ리 誠實ᄒᆞ다 』

邪曲ᄒᆞᆫ 道理 (석보 6:21) ⇐『 道理ㅣ 邪曲ᄒᆞ다 』

이런 어린 사ᄅᆞᄆᆞᆫ (월석 9:31)

⇐ 『 사ᄅᆞ미 이러ᄒᆞ다 』 『 사ᄅᆞ미 어리다 』

惡死橫死 惡病橫病이며 ᄠᅳᆮ 곧디 아니ᄒᆞᆫ 이리 이 집 等處에 갓갑디 아니케 호리니 (월석 21:122) ⇐『 이리 ᄠᅳᆮ 곧디 아니ᄒᆞ다 』

한 모딘 이ᄅᆞᆯ (월석 21:51) ⇐『 이리 하다 』 『 이리 모딜다』

化티 어려ᄫᅳᆫ 剛强ᄒᆞᆫ 罪苦衆生 (월석 21:34)

⇐『 罪苦衆生이 化티 어렵다 』 『 罪苦衆生이 剛强ᄒᆞ다 』

ᄎᆞᆫ 어르미며 (월석 21:80)

그지업슨 苦 (월석 21:27)

깃븐 ᄆᆞᅀᆞᄆᆞᆯ (석보 6:42)

블ᄀᆞᆫ 힝뎌기 (석보 9:3)

ᄂᆞᆯ카ᄫᆞᆫ ᄂᆞᆯ히 (월석 21:23)

아니한 ᄉᆞᅀᅵ (석보 6:3)

險코 어려ᄫᅳᆫ 구즌 길헤 (월석 14:74)

즌 ᄒᆞᆰ 블ᄫᅳ며 므거ᄫᅳᆫ 돌 지ᄃᆞᆺᄒᆞ야 (월석 21:102)

부톄…보ᄃᆞ라ᄫᆞᆫ 이든 말도 ᄒᆞ시며 (월석 9:11)

ᄀᆞᆺ디 몯ᄒᆞᆫ 사ᄅᆞ미게 큰 慈悲心을 發ᄒᆞᇙ씨 (월석 21:140)

이런 됴ᄒᆞᆫ 緣 (월석 21:126)

됴티 몯ᄒᆞᆫ 業을 ᄀᆞ초 지ᅀᅥ 이 ᄀᆞᆮᄒᆞᆫ 어린 사ᄅᆞ미 구즌 길헤 ᄠᅥ디여 한 劫에 그지업슨 受苦ᄅᆞᆯ ᄒᆞ리어늘 (월석 8:74)

「-ᄂᆞᆫ」

罪苦 잇ᄂᆞᆫ 衆生 (월석 21:29)

神通 잇ᄂᆞᆫ 사ᄅᆞ미ᅀᅡ 가ᄂᆞ니라 (석보 6:43)

발 잇ᄂᆞᆫ 燈 (월석 1:8)

道理 잇ᄂᆞᆫ 사ᄅᆞᆷ (석보 9:2)

「ᄂᆞᆫ」이 붙는 그림씨는 「잇다」 뿐이다. 원래 그림씨나 잡음씨에는 때매김을 나타내는 안맺음씨끝 「-ᄂᆞ-」는 잘 붙지 않는다.[27]

중세국어 매김마디에서, 풀이말이 그림씨일 때 「-을」이 붙는 예는 보이지 않는다. (뒤의 '위치말의 빠짐'에서도 그림씨일 경우에는 「-을」

27) 매김꼴이 아닌 경우, 그림씨에 「-ᄂᆞ-」 가 붙는 경우가 몇 개 있다. (ᄀᆞᆮᄂᆞ니, 어듭ᄂᆞ니, 졷ᄂᆞ니) 잡음씨 「-이다」에 붙는 예는 「隨之矣ᄂᆞ니」 하나뿐인데, 이 예도 한문의 토이며 그 속뜻은 움직씨이다. 허 웅(1975 : 881)

이 붙는 예가 없음을 볼 것.)

(라) 매김마디의 풀이말 = 잡음씨

[~ 잡음씨]-ㄴ/ㄹ

석자한 쌀화리 = 三尺角弓 (두언 25:45)
⇐『쌀화리 석자히다』
小王온 혀근 王이니 轉輪王 아닌 王이라 (월석 1:20)
⇐『 小王온 轉輪王 아니다 』
咫尺인 녯 위안해 = 咫尺故園 (남명, 하:46)
네 고온 사르민 公孫氏 잇더니 = 昔有佳人 公孫氏 (두언 16:47)
一切法 흔가진 佛性 (월석 2:53)
時節 아닌 곳 프며 여름도 여러 (월석 21:6)

잡음씨의 경우에는 「-는」이나 「-을」이 붙지 않는다. 매김마디의 풀이말이 그림씨나 잡음씨로 된 경우, 「-는」은 그림씨 「잇는」의 경우에만 나타날 뿐이고 「-을」은 그림씨, 잡음씨에 전혀 나타나지 않는다. 곧 중세국어 매김마디에서, 그림씨와 잡음씨의 매김꼴에서는 때매김의 표현이 자유롭지 못했던 것이다. (이 점은 현대 국어에 있어서도 마찬가지이다.)

(1-2) 매인이름씨 빠짐

「-은」

흔 짜해 난 거시며 (법화 3:13)
누른 것 힌 거시 (소학 6:126)
늘그니(늘근+이) 져므니며 貴흐니 놀아보니며 (월석 21:46)

三界 버스닐 = 脫三界者 (법화 2:99)

오직 信力 구드니ᅀᅡ 能히 알리라 (법화 2:160)

病ᄒᆞ니 (석보 9:30)

노ᄑᆞ니 ᄂᆞᆽ가ᄫᆞ니 (월석 1:42)

諸法이 空 아니니 업스니라 (금강 5:36)

艱難ᄒᆞᄂᆡ 즐기논 法 (법화 2:205)

無上正道 일우시니 아니시면 (월석 14:54)

各各 뫼ᅀᆞᄫᆞ니 보내샤 (월석 21:9)

ᄒᆞ다가 法 듣ᄌᆞ오니 이시면 (법화 4:46)

아릐 敎化 닙ᄉᆞ오닐 니ᄅᆞ시고 (법화 3:167)

어드본 ᄃᆡ (월석 21:55)

뷘 ᄃᆡ (석보 13:20)

묏골 뷘 ᄃᆡᄂᆞᆫ (두언 7:14)

ᄧᅡ해 즉자히 다 ᄭᆞᆯ오 아니한 ᄃᆡ (석보 6:25)

맛당ᄒᆞᆫ ᄃᆡ 업고 (석보 6:23)

「-ᄂᆞᆫ」

보야ᄒᆞ로 기ᄂᆞᆫ 거슬 것디 아니 ᄒᆞ며 (소학 4:41-2)

ᄧᅡ홀 從ᄒᆞ야 잇ᄂᆞᆫ 거시 (월석 21:152)

ᄒᆞ다가 누니 能히 보ᄂᆞᆫ 거신댄 (능엄 1:66)

ᄃᆞᆫ니ᄂᆞᆫ 거ᄉᆞᆫ (박통사언해 초간, 상70)

주거가ᄂᆞᆫ 거싀 일을 (천강곡 43)

存ᄋᆞᆫ 잇ᄂᆞ니오 亡ᄋᆞᆫ 업스니라 (월석 21:54)

善 아니 行ᄒᆞᄂᆞ니와 모딘 일 行ᄒᆞᄂᆞ니와 (월석 21:59-60)

내 이 一切 아ᄂᆞ니며 一切 보ᄂᆞ니며 = 我是一切智者ㅣ며 一切見者ㅣ며 (법화 3:16)

「-앗ᄂᆞᆫ」

얼굴 뒷는 거시 光明 맛나아 (석보 23:9)

훈 갌 방의 다숫 사루미 계우 안잣는 거셔 (박통 상:41)

사랫누니 목수미 더으고 (월석 21:150)

「-을」

아니 주긇 거시 잇는둘 미더 (월석 18:32)

資生홀 꺼세 (법화 6:175)

道理 行흐리 잇거든 (석보 9:5)

有情 보추리 업스면 (석보 9:34)

信티 아니흐리 이시면 (법화 5:122)

일훔 알리 이시면 (법화 7:151)

(1-3) 높임 형태소의 연결

(가) 「-숩-」의 연결

어떠한 월이 임자말이 빠지는 매김마디로 바뀔 때, 객체높임의 「-숩-」은 속구조에서의 자리에 그대로 남게 된다. 즉 속구조 「사루미 부텨를 보숩다」를 매김마디로 바꾸면 「부텨를 보수븐 사룸」이 된다. 「-숩-」은 부림말을 필요로 하므로, 이 경우의 매김마디의 풀이말은 원칙적으로 남움직씨이다.

「-숩 + 은」

이 이룰 보수븐 사루믄 十方一切諸佛을 보수븐디니 (월석 8:8)

諸佛 ㅅ 일훔 듣주븐 사루믄 (월석 7:75)

이 法 듣주븐 사루미 (석보 13:54)

男子女人이 이 부텻 일훔 듣주븐 사루믄 (월석 21:135)

各各 뫼ᅀᆞᄫᆞ니 보내샤 (월석 21:9)
舍利 供養ᄒᆞᄉᆞᆸ던 사ᄅᆞ미 (석보 13:51)
佛像ᄋᆞᆯ 그리ᄉᆞᆸ더니 (석보 13:52)

/ᄫ/이 사라진 뒤 「-ᄉᆞᄫᆞᆫ」, 「-ᄉᆞᄫᅩᆫ」은 다같이 「-ᄉᆞ온」으로 바뀌게 되는데, 임자말이 빠져나간 다음의 예는 「-ᄉᆞᄫᆞᆫ」의 변화형이다.

王子 기르ᅀᆞ온 어미 = 王子所養之母 (법화 3:97)
受記 得ᄒᆞᅀᆞ온 사ᄅᆞ미 (법화 4:85)
듣ᄌᆞ온 사ᄅᆞ미 = 聞者 (법화 4:163)
會예 이셔 (부텻 마ᄅᆞᆯ) 듣ᄌᆞ온 衆 (능엄 10:93)

「-ᄉᆞᆸ + ᄂᆞᆫ」

부텨 ᄇᆡ호ᅀᆞᆸᄂᆞᆫ 사ᄅᆞ미 = 學佛者 (법화 5:43)
無量壽佛을 보ᅀᆞᆸᄂᆞᆫ 사ᄅᆞᄆᆞᆫ (월석 8:32)
度盡稱念衆生ᄋᆞᆫ 일ᄏᆞᆮᄌᆞᄫᅡ 念ᄒᆞᅀᆞᆸᄂᆞᆫ 衆生ᄋᆞᆯ 다 濟渡ᄒᆞ실씨라 (월석 8:99)
부텻 샹녜 조ᄍᆞᆸᄂᆞᆫ 衆 (법화 1:24)
(부텨ᄢᅴ) 묻ᄌᆞᆸᄂᆞᆫ 사ᄅᆞᄆᆡ (원각 2-3:43)

「ᄉᆞᆸ + ᄋᆞᆯ」

부텨 보ᅀᆞᄫᆞᆶ 사ᄅᆞ미 슬ᄆᆞᆶ 뉘 모ᄅᆞ며 (월석 2:59)
부텻 功德 듣ᄌᆞᄫᆞᆶ 사ᄅᆞᄆᆡ (석보 9:2)

다음은 「-ᄉᆞᄫᆞᆯ」 의 변화형이다.

法 듣ᄌᆞ올 싸ᄅᆞᄆᆞ로 (법화 3:131)

(나) 「-으시-」의 연결

높임의 주체인 임자말은 뒤로 빠져 나가더라도 「-으시-」는 속구조 풀이말의 자리에 그대로 남게 된다.

<제움직씨>

娑婆世界에 오래 主ᄒᆞ신 菩薩 (월석 18:3)

⇐『 菩薩이 主ᄒᆞ시다 』

다ᄅᆞᆫ 國土애셔 오신 菩薩ᄃᆞᆯ콰 (월석 18:23)

⇐『 菩薩ᄃᆞᆯ히 오시다 』

ᄯᅡ해셔 소사나신 千世界...摩訶薩 (석보 19:37)

世界예 잇ᄂᆞᆫ 地獄애 分身ᄒᆞ신 地藏菩薩 (월석 21:30)

十方一切예셔 오신…一切諸佛 (월석 21:187)

뎌 ᄯᅡ해 겨신 諸佛 (석보 13:13)

虛空애 겨신 百千化佛 (월석 21:204)

無上正道 일우시니 아니시면 (월석 14:54)

ᄂᆞ려 오ᄉᆞᆶ 부텨 (월석 21:188, 기 419)

ᄉᆞᆯᄫᆞ샤ᄃᆡ 王이 조히 戒行ᄒᆞ시ᄂᆞᆫ 사ᄅᆞ미샤 ᄆᆞᅀᆞ맷 ᄣᅵ ᄒᆞ마 업스시니 (월석 10:9)

<남움직씨>

佛은 理ᄅᆞᆯ 다ᄒᆞ며 性을 다ᄒᆞ신 大覺ᄋᆞᆯ ᄉᆞᆯᄫᆞ니 (월석 9:13)

接引衆生ᄒᆞ시ᄂᆞᆫ 諸大菩薩ᄃᆞᆯ히 (월석 8:88, 기248)

⇐『 諸大菩薩ᄃᆞᆯ히 接引衆生ᄒᆞ시ᄂᆞ다 』

如來ㅅ 藏心이…法界ᄅᆞᆯ 다 두프시ᄂᆞᆫ 體니라 (능엄 1:9)

부텻 道理로 衆生 濟渡ᄒᆞ시ᄂᆞᆫ 사ᄅᆞᄆᆞᆯ 菩薩이시다 ᄒᆞᄂᆞ니 (월석 1:5)

瑞相 뵈시ᄂᆞᆫ 如來 (월석 2:48, 기28)

大導師ᄂᆞᆫ 크신 길 앗외시ᄂᆞᆫ 스스이라 ᄒᆞᆫ 마리라 (월석 9:12)

<그림씨>

無上士ᄂᆞᆫ 尊ᄒᆞ샤 더은 우히 업스신 士ㅣ라 (석보9:3)

王中엣 尊ᄒᆞ신 王 (월석 10:9)

어엿브신 命終 (월석 1:3, 기5)

ᄀᆞ장 됴ᄒᆞ신 功德 (석보 9:2)

本來 하신 吉慶 (월석 2:30,기18)

부텻 神奇ᄒᆞ신 變化 (월석 7:40)

그림씨에는 「-ᄂᆞᆫ」,「-ᄋᆞᆯ」의 때매김 씨끝이 연결되지 않는다.

<잡음씨>

聖王ᄋᆞᆫ 聖人이신 王이시니 (월석 1:19)

노ᄑᆞᆫ 大人이신 丘ㅣ ᄒᆞᆫ 모미샷다 (금강삼가 4:11)

夫子ᄂᆞᆫ 聖이신 者가 (논어 2:40)

잡음씨에도 「-ᄂᆞᆫ」,「-ᄋᆞᆯ」은 연결되지 않는다.

(다) 「-ᄉᆞᆸ-」+「-으시-」의 연결

임자말이 빠진 매김마디에 「-ᄉᆞᆸ-」과 「-으시-」가 함께 연결되는 예는 없다.[28]

임자말이 빠질 때 「-ᄉᆞᆸ-」과 「-으시-」가 함께 연결되지 않는 이유는

28) 다음의 예는 임자말이 빠진 것이 아니다.

法門을 받ᄌᆞᄫᆞ신 히므로 (법화 7:67)

처ᅀᅥᆷ 經 듣ᄌᆞ오신 後에 (법화 6:149)

이제 이 疑心ᄒᆞ샤 묻ᄌᆞ오시ᄂᆞᆫ 글돌ᄒᆞᆫ (법화 1:123)

이제 처ᅀᅥᆷ 나ᅀᅡ 묻ᄌᆞ오시ᄂᆞᆫ 威儀라 (원각 상 1-2:82)

뒤에서 자세히 논하기로 하겠다.

(2) 부림말 빠짐

부림말이 빠져나간 매김마디의 풀이말에는 「-오/우-」가 연결된다. 부림말을 이끌 수 있는 것은 남움직씨뿐이므로, 부림말이 빠져나간 매김마디의 풀이말은 남움직씨이다.

(2-1) 완전이름씨 빠짐

「-온(오+ㄴ)」

제 지순 罪 (석보 9:30) ⇐『 罪를 짓다 』

지슨 ᄒᆞᆫ 城 (법화 3:195) ⇐『 ᄒᆞᆫ 城을 짓다 』

그 教化혼 사ᄅᆞ미 (능엄 1:4) ⇐『 사ᄅᆞᆯ 教化ᄒᆞ다 』

하ᄂᆞᆳ 고ᄌᆞ로 부텻 우희 비ᄒᆞ니 비혼 고지 (월석 14:20)

⇐『 고ᄌᆞᆯ 빟다 』

블론 惡報 = 所招惡報 (능엄 8:95) ⇐『 惡報를 브르다 』

能히 ᄉᆞ론 金石이 ᄃᆞ외오 = 能爲然金石 (능엄 8:104)

⇐『 金石을 ᄉᆞᆯ다 』

沙門ᄋᆞᆫ ᄂᆞᄆᆡ 지순 녀르믈 먹ᄂᆞ니이다 (석보 24:22)

官吏 뵈노라 지ᅀᅩᆫ 두마리 = 示官吏作二首 (두언 25:32)

나혼 아ᄃᆞᆯ (법화 2:213)

父母 나혼 누ᄂᆞ로 (월석 17:57)

이 父母 나혼 모매 (능엄 7:60)

ᄇᆡ욘 아기 ᄇᆡ디 (월석 8:81,기230)

須達이 ᄆᆡᇰᄀᆞ론 座 (석보 6:30)

이 國王等의 어둔 福利 (월석 21:140)

내 得혼 智慧 (석보 13:57)

傳ᄒᆞ욘 幻呪 = 所傳幻呪 (능엄 1:36)

내 犯ᄒᆞᆫ 일 업거늘 (월석 13:16)

十六菩薩ᄋᆡ 닐온 經法 (월석 14:47)

내 닐온 여러 經 (법화 4:84)

우리 무릐 닷곤 功業 (능업1 7:65)

이ᄂᆞᆫ 오직 小乘의 證ᄒᆞᆫ 空이라 = 此唯小乘所證之空 (능엄 5:51)

各各 모매 니분 옷오ᄉᆞᆯ 바사 (법화 2:45)

天女 니분 오새 (법화 6:45)

ᄒᆞ튼 天衣 = 所散天衣 (법화 2:46)

두푼 놀애 어즈러이 ᄠᅳᆮ드르며 (법화 2:104)

그ᄢᅴ 化ᄒᆞᆫ 衆은 너희 比丘聲聞弟子ㅣ라 ᄒᆞ샤미 이오 (법화2:225)

⇐『 衆ᄋᆞᆯ 化ᄒᆞ다 』

머군 ᄆᆞᅀᆞᄆᆞᆯ (법화 2:253)

그 구룸 내욘 ᄒᆞᆫ마샛 므레 (법화 3:37)

七寶로 ᄭᅮ뮨 五百億 金臺 (월석 7:39)

보ᄇᆡ로 ᄭᅮ뮨 뎡 (석보 13:19)

ᄎᆡ녀는 ᄭᅮ뮨 각시라 (월석 2:28)

우희 닐온 요ᄉᆞᅀᅵ예 ᄒᆞ욘 功德으로 (월석,서:26)

ᄀᆞ존 相ᄋᆞ로 莊嚴ᄒᆞᆫ 모미며 = 具相莊嚴身 (법화 4:27)

⇐『 모ᄆᆞᆯ 莊嚴ᄒᆞ다 』

七寶로 莊嚴ᄒᆞ욘 보ᄇᆡ옛 ᄯᅡ과 (월석 8:22)

優樓頻螺돌ᄒᆞᆫ 곧 序分에 버룬 羅漢웃머리니 =優樓頻螺等은 卽序分所列ᄒᆞᆫ 羅漢相首ㅣ니 (법화 4:31)

ᄆᆡ욘 구스를 뵌대 (법화 4:44)

다ᄃᆞᆫ 이피 열어늘 (월석 7:6)

三聚戒는 세헤 뫼호온 戒니 (월석 9:16)

ᄇᆡ론 바볼 엇뎨 좌시ᄂᆞᆫ가 (천강곡,상,기 122)

⇐『 바ᄇᆞᆯ 빌다 』

너의 ᄇᆞᆯᄀᆞᆫ 귀와 소리 = 汝所明ᄒᆞᆫ 耳와 聲 (능엄 3:39)

⇐『 귀와 소리ᄅᆞᆯ ᄇᆞᆯ기다 』

알ᄑᆡᆺ 塵의 니르와ᄃᆞᆫ 知見 = 前塵의 所起ᄒᆞᆫ 知見 (능엄 4:115)

⇐『 知見을 니르왇다 』

幻ᄒᆞᆫ ᄆᆞ리오 = 所幻馬 (원각, 상2-1:8)

大藏教ㅣ 瘡腫 스저 바룐 죠ᄒᆡ라 (몽산 61)

⇐『 조ᄒᆡᄅᆞᆯ 바리다 』

뭇ᄀᆞᆫ 서비 ᄒᆞ마 뻐러디니 (두언 16:73)

이 사ᄅᆞ미 千萬劫中에 受ᄒᆞᆫ 果報 (월석 21:93)

鮮은 ᄀᆞᆺ 주근 즁ᄉᆡᆼ이라 (월석 21:124)

⇐『 즁ᄉᆡᆼᄋᆞᆯ 주기다 』

善男子 善女人이 佛法中에 심ᄀᆞᆫ 善根 (월석 21:147)

엇데 將軍이 ᄎᆞᆫ 갈ᄒᆞᆯ 빌리오 (두언 25:8)

ᄡᆡᄅᆞᆫ 오ᄉᆞᆯ 니브시고 (내훈, 2하:52)

ᄠᅴ 니윤 지브로 = 茅棟 (두언 6:47)

여러가짓 香草로 ᄎᆞᆷᄭᆡ ᄒᆞᆫᄃᆡ ᄃᆞ마 젓거든 ᄧᅩᆫ 기르미 일후미 薰油ㅣ라 (법화 5:210)

그 後로 夫妻라 ᄒᆞᆫ 일후미 나니 (월석 1:44)

⇐『 일후믈 夫妻라 ᄒᆞ다 』

처ᅀᅥᆷ 道場애 안ᄌᆞ시니 부톄라 ᄒᆞᆫ 일후미 겨시고 (석보 13:59)

이 ᄯᅡ히 竹林國이라 ᄒᆞᆫ 나라히이다 (월석 8:94)

⇐『 이 나라ᄒᆞᆯ 竹林國이라 ᄒᆞ다 』

처ᅀᅥᆷ 佛家애 나다 ᄒᆞᆫ 生이디ᄫᅵ 生死애 나며 드ᄂᆞ다 ᄒᆞᆫ 生이 아니라 (월석 17:27-8)

⇐『 生ᄋᆞᆯ “佛家애 나다” ᄒᆞ다 』

ᄀᆞ롬 업다 ᄒᆞᆫ 업수미 滅ᄒᆞ야 (능엄 9:26)

⇐『 업수믈 “ᄀᆞ롬업다” ᄒᆞ다 』

多陀阿伽度ᄂᆞᆫ 如來라 혼 마리라 (석보 13:34)

⇐『 말(多陀阿伽度)ᄋᆞᆯ 如來라 ᄒᆞ다 』

佛은 知者ㅣ라 혼 마리니 知者ᄂᆞᆫ 아ᄂᆞᆫ 사ᄅᆞ미라 혼 ᄠᅳ디라 (월석 9:12)

이 잇다 업다 혼 無도 아니며 眞實로 업다 혼 無도 아니라 ᄒᆞ니 = 不是有無之無ㅣ며 不是眞無之無ㅣ라 ᄒᆞ니 (몽산 55-6)

이롤 닐온 그ᅀᅳ기 심기샤미라 (능엄 5:31)

⇐『 이ᄂᆞᆫ 그ᅀᅳ기 심기샤ᄆᆞᆯ 니ᄅᆞ다 』

닐온 고ᄃᆞᆫ ᄆᆞᅀᆞ미 菩提니라 = 所謂直心菩提者也 (상원사권선문)

⇐『 菩提ᄂᆞᆫ 고ᄃᆞᆫ ᄆᆞᅀᆞᄆᆞᆯ 니ᄅᆞ다 』

耳識이 ᄀᆞᆯᄒᆡ야 알씨 닐온 知오 (능엄 3:40)

轉輪聖王ᄋᆡ 一千아ᄃᆞᆳ中에 嫡夫人ㅅ 나혼 나히 몯 하니 (원각,서 :75)

⇐『 아ᄃᆞᄅᆞᆯ 낳다 』

보ᄇᆡ ᄭᆞ뮨 술위예 , 五通 메윤 술위ᄂᆞᆫ (천강곡 상, 기119)

⇐『 술위를 ᄭᆞ미다 』,『 술위를 메ᅇᅵ다 』

菩薩이 네ᄆᆞᆯ 메윤 寶車와…으로 布施ᄒᆞ리도 이시며 (석보13:19)

⇐『 菩薩이 寶車ᄅᆞᆯ 네ᄆᆞ래 메ᅇᅵ다 』

「-논 (ᄂᆞ+오+ㄴ)」

願ᄒᆞ논 이ᄅᆞᆯ (석보 9:40)

願ᄒᆞ논 일와 求ᄒᆞ논 이리 (월석 21:166)

ᄀᆞᄅᆞ치논 마롤 (석보 19:7)

얻논 藥 (월석 21:215)

모ᄆᆡ 디내논 싸히 (월석 21:7) ⇐『 싸홀 모ᄆᆡ 디내ᄂᆞ다 』

衆生ᄋᆡ 受ᄒᆞ논 報應 (월석 21:37)

제 먹논 ᄠᅳ드로 (월석 1:32)

ᄆᆞᅀᆞ매 먹논 일 (월석 1:34)

分別ᄒᆞ논 그리멧 이ᄅᆞᆯ (능엄 2:1)

ᄒᆞ논 일 (월석 1:35)

제 아ᄂᆞᆫ 法 (월석 2:25)

기르ᄂᆞᆫ 太子 (석보 11:35)

닷ᄂᆞᆫ 行果 (월석 13:47)

니ᄅᆞᄂᆞᆫ 法 (월석 13:43)

네 아ᄂᆞᆫ 여슷 受用ᄒᆞᄂᆞᆫ 根 (능엄 4:107)

行ᄒᆞᄂᆞᆫ 道 (법화 3:102)

化ᄒᆞᄂᆞᆫ 衆生 (법화 2:149) ⇐『 衆生ᄋᆞᆯ 化ᄒᆞᄂᆞ다 』

念ᄒᆞᄂᆞᆫ 小法과 行ᄒᆞᄂᆞᆫ 小道와 欲ᄒᆞᄂᆞᆫ 小果와 ᄆᆡ욘 흐린 業을 아ᄅᆞ실ᄊᆡ (법화 1:199)

샹녜 뮈워 ᄡᅳᄂᆞᆫ 보며 듣ᄂᆞᆫ 法 (법화 2:225)

믈읫 보ᄂᆞᆫ 얼구리 ᄉᆞ멧 얼굴 ᄀᆞᆮᄒᆞ며 듣ᄂᆞᆫ 소리 뫼ᅀᅡ리 ᄀᆞᆮᄒᆞ야 (월석 2:53)

나다 ᄒᆞᄂᆞᆫ 마ᄅᆞᆫ 사라나다 ᄒᆞᄂᆞᆫ 마리 아니라...올마가다 ᄒᆞᄂᆞᆫ ᄠᅳ디라 (석보 6:36)

和尙ᄋᆞᆫ 갓가ᄫᅵ 이셔 외오다 ᄒᆞᄂᆞᆫ 마리니 (석보 6:10)

慈悲ㅅ 힝뎌글 ᄒᆞ다 ᄒᆞᄂᆞᆫ ᄠᅳ디니 (석보 6:2)

刹帝利ᄂᆞᆫ 田地 님자히라 ᄒᆞᄂᆞᆫ 마리니 (석보 9:19)

ᄆᆞ쇼ᄃᆞᆯ히 밤마다 먹ᄂᆞᆫ 딥과 콩 (노걸 상:11)

니…아ᄂᆞᆫ 일 져근 사ᄅᆞ미 (박통 상:23)

石屋이라 ᄒᆞᄂᆞᆫ 일훔엣 즁 (박통 상:74)

기ᄅᆞᄂᆞᆫ 효ᄀᆞᆫ 즘싱과 굴근 즘싱도 이시며 (노걸 하:48)

진실로 太子의 니르ᄂᆞᆫ 말와 ᄀᆞᆮᄒᆞ야 (번소 9:46)

제 모미 ᄒᆞ마 아ᄂᆞᆫ 이리 져고ᄃᆡ (번소 6:18)

「-얫ᄂᆞᆫ/앗ᄂᆞᆫ」

일 ᄆᆞᄎᆞᆫ 누비즁의 對ᄒᆞ얫ᄂᆞᆫ 知音 (남명, 상:58)

衆生마다 뒷ᄂᆞᆫ 제 性 (월석 2:53)

「-올(오+ㄹ)」

ᄒᆞ욜 이를 다 ᄒᆞ마 일우니라 (법화 3:197)

하ᄂᆞᆳ 童子돌ᄒᆞ로 브룛 싸름 사ᄆᆞ며 (법화 5:70)

긴 녀르메 ᄒᆞ욜 이리 업스니 (두언 25:2)

聖은 通達ᄒᆞ야 몰롤 이리 업슬씨라 (월석 1:19)

白淨이라 홇 仙人 (월석 21:193)

衆生ᄋᆡ 니불 오시 (월석 8:65)

鴛鴦이라 홇 조이 (월석 8:101)

이러ᄒᆞᆫ ᄠᅳ든 聲聞緣覺ᄋᆡ 몰롤 이리라 (월석 1:37)

닷가 證홇 了義 (능엄 1:8)

소내 몯 뿛 숤가라기 도ᄃᆞ며 바래 몯 뿛 고기 니슬씨라 (능엄 1:19)

숢뚫 밥 (월석 13:28)

高山이라 홀 뫼 (월석 1:27)

蜀이라 홇 ᄀᆞ올 (월석 2:50)

頻婆羅ㅣ라 홀 여름 (월석 2:58)

藍毘尼라 홇 天女 (월석 2:27)

(2-2) 매인이름씨 빠짐

「-온」

네 得혼 거슨 滅이 아니니 (법화 3:198)

비혼 것돌히 = 所散諸物 (법화 6:106)

樹는 이 祇陀太子ㅅ 施혼 거실씨 (금강2)

色身은…父母ㅅ 나혼 거시라 (금강 29)

香泥는 香ᄋᆞ로 ᄌᆞᆫ홁 ᄀᆞ티 ᄆᆡᆼᄀᆞ론 거시라 (석보 23:50)

그저긔 大衆돌히…가죤 거스로 供養ᄒᆞᅀᆞᆸ더니 (석보 23:51)

순 거슬 보아 = 看題 (두언 7:6)

이 東山ᄋᆞᆫ 須達ᄋᆡ :산 거시오 (석보 6:40)

大師ᄒᆞ샨 일 아니면 뉘 혼 거시잇고 (석보 11:27)

지윤 거시 百斤두고 더으거든 (월석 22:106)

諸法이라 혼 거슨 (석보 13:40)

菩薩 니ᄅᆞ샨 거시라 , 닷ᄀᆞ샨 거슬 (월석 13:16)

神力으로 ᄆᆡᇰᄀᆞᄅᆞ샨 거시 (월석 18:31)

이 月印釋譜ᄂᆞᆫ 先考 지ᅀᅳ샨 거시니 (월석, 서:16)

阿難羅云이…ᄒᆞ마 ᄒᆞᆫ 사ᄅᆞ미 보며 아로니로ᄃᆡ (법화 4:49)

⇐『 이(阿難羅云)를 알다 』

如來 보내샤니 아니면 能히 몯ᄒᆞ리라 (법화 5:102)

⇐『 如來ㅣ 이(사ᄅᆞᆷ)를 보내시다 』

彌勒이 釋迦牟尼佛ㅅ 授記ᄒᆞ샤니라 (법화 5:102)

내 이 世尊ㅅ ᄇᆞ리샤니라 (법화 4:200)

내 아ᄃᆞ리라 내 나호니니 (법화 2:222)

다 이 내 化ᄒᆞ야 大道心을 發케 호니라 (법화 5:110)

아노닌 내 兄의 子息이오 ᄇᆞ료닌 내 子息이니 (내훈 3:52)

ᄒᆞᄂᆞᆫ 이른 오직 ᄒᆞ린 수리오 지ᅀᅮ닌 오직 새 지비로다 (두언 6:52)

大地와 山河왜 다 내 지ᅀᅩ니라 (남명, 상:68)

ᄆᆡᇰᄀᆞ론 바룰 브터 (석보,6:17)

得혼 밧 功德 (금강삼가 3:61)

證혼 밧 法 (남명, 하:66)

이 八王子ㅣ 妙光의 여러 敎化혼 배라 = 是諸八王子ㅣ 妙光所開ㅣ라 (법화 1:1215)

말 닐오미…부텻 經中에 니ᄅᆞ샨 배라 (월석 17:74)

부텨 니ᄅᆞ샨 밧 法 (금강삼가 3:61)

「-논」

供養ᄒᆞ논 거시 (월석 21:198)

아ᄎᆞᆷ 먹논 거시 이 나못 불휘오 나죄 먹논 거시 나못 거프리로다 (두언 25:37)

내 뒷논 쳔량이 다 이 아ᄃᆞ릐 뒷논 거시라 (월석 13:31)

ᄉᆞ랑ᄒᆞ논 배 (두언 20:54)

네 世間 누니 ᄃᆞ외야 一切 가 信ᄒᆞ논 배라 (법화 1:120)

菩薩 ᄀᆞᄅᆞ치논 法이며 부텨 護念ᄒᆞ논 배라 (법화 2:31)

車國에 須求ᄒᆞ논 배 하니 (두언 25:36)

저희 願ᄒᆞ논 바ᄂᆞᆫ (두언 25:37)

이 乘은…부텻 깃논 배니 (법화 2:146)

부톄 아ᄅᆞ시논 바ᄅᆞᆯ 다 通達ᄒᆞᅀᆞ와 (법화 5:118)

「-ᄋᆞᆯ」

머굴 거슬 (남명, 하:13)

이 보ᄇᆡ로 ᄲᅮᆯ 것 밧고면 (원각, 서:77)

阿難ᄋᆡ 아롫 거시 아니니 (능엄 4:104)

辟支佛의 몰롫 거시라 (석보 13:37)

너희의 어루 玩好ᄒᆞᇙ 꺼시 希有ᄒᆞ야 (법화 2:66)

肉眼의 能히 :볼 껏 아니라 (금강29)

救脫이라 ᄒᆞ샤리 (석보 9:29)

悉達이라 ᄒᆞ샤리 (석보 6:17)

아ᅀᆞ미며 버디며 아로리며 (석보 9:29)

世間앳 네발 ᄐᆞᆫ 즁ᄉᆡᆼ中에 獅子ㅣ 위두ᄒᆞ야 저호리 업슬ᄊᆡ (월석 2:38)

사나ᄋᆞᆯ 머구릴 뷔여 오니 (월석 1:45)

내…無量衆의 尊ᄒᆞᇙ 빼라 (법화 1:205)

算數譬喩로 몯 아롫 배라 (석보 19:5)

이 녓갑고 열본 사ᄅᆞᄆᆡ 能히 ᄒᆞᇙ 배 아닐ᄊᆡ (월석 18:43)

ᄒᆞ욜 바ᄅᆞᆯ 아디 몯ᄒᆞ다니 (월석, 서:10)

이 出海…佛이…諸佛如來ㅅ 모다 讚歎ᄒᆞ샤 그 功德 일ᄏᆞᄅᆞ샬 빼리라 (법화 4:53)

(2-3) 높임 형태소의 연결

(가) 「-숩-」의 연결 ; 「-오/우-」의 탈락

부림말이 빠져나간 매김마디에서, 그 풀이말에 놓이는 「-숩-」이 매김을 받는 임자씨(머리말)를 높여주는 경우에 「-오/우-」는 **잉여적**이 되어 탈락된다.29)

閻浮提 ㅅ 內에 ᄆᆡᆼᄀᆞᄉᆞᄫᆞᆫ 부텻 像 (월석 21:193)

優塡王이 ᄆᆡᆼᄀᆞᄉᆞᄫᆞᆫ 金像 (월석 21:203)

長史 듣ᄌᆞᄫᆞᆫ 마리 , 魔下 듣ᄌᆞᄫᆞᆫ 마리 (용65장)

佛影은 그 窟애 사뭇 보숩ᄂᆞᆫ 부텻 그르메라 (월석 7:55)

다시 듣줍ᄂᆞᆫ 法 (법화 6:127)

過去에 부톄 겨샤ᄃᆡ...天人神龍의 모다 供養ᄒᆞ숩ᄂᆞ니러시니 (법화 6:92)

⇐『 天人神龍이 이(부텨)를 공양ᄒᆞ숩ᄂᆞ다 』

다시 듣ᄌᆞᄫᆞᆯ 法 (월석 18:20)

世間애 慧日이 업스샤 울워ᅀᆞᄫᆞ리 업거시다 (석보 33:19)

⇐『 이(사름)를 울워숩다 』

이렇게 되는 이유는 다음과 같이 설명할 수 있다.

옛말나 지금의 우리말은 높임에 대해서는 철저하다. 높임을 잘못 사용하면 커다란 실수를 저지르게 되기 때문이다. 그러므로 중세국어에서

---

29) '임자씨를 높인다' 와 같은 표현은 정확하지 못하다.'임자씨로 지시되는 사람이나 물건'이란 뜻이다. 그러나 설명의 편의상 '임자씨를 높인다'고 표현하겠다.

는 「-습-」의 경우도 「-으시-」와 마찬가지로 그 높임의 대상이 무엇인가를 확실히 알고 사용하였을 것이다. (지금의 우리가 중세국어를 보면 「-습-」이 어느 것을 높인 것인지 혼동스러울 때도 있지만 그 당시는 그렇지 않았을 것이다. 지금말에서 「-으시-」가 어느 것을 높이고 있는지 지금의 우리는 확실히 알 수 있는 것과 같은 이치이다.)

앞의 예문에서, 매김마디의 풀이말의 「-습-」이, 빠져나가서 매김을 받는 임자씨(머리말)가 의미상의 부림말임을 확실히 나타내주고 있으므로 「-오/우-」는 잉여적이 되어 탈락된다. 「-오/우-」는 매김을 받는 임자씨가 의미상의 부림말임을 표시해주기 위하여 들어가는 것인데 「-습-」이 이미 그것을 표시해 주었기 때문이다.

곧 「-습-」과 「-오/우-」는 '통어적인 겹침'(「-습-」과 「-오/우-」는 둘 다 빠져나간 머리말이 부림말임을 나타냄.)이 일어나므로, 잉여가 일어나서, 통어적으로 더 중요한 「-습-」이 남게 되고, 힘이 약한 「-오/우-」는 탈락되는 것이다.

따라서 다음의 16세기 예문은 「-ᅀᆞᄫᆞᆫ」의 변화형으로 보아야 한다.

一代所說ᄅᆞᆫ…阿難ᄋᆡ 流通ᄒᆞᅀᆞ온 法ㅣ라 (선가 4)

위의 예문에서, 「-습-」은 「法(一代所說)」을 높여주고 있다. 「法」이 의미상의 부림말임을 표시하기 위해 「-오/우-」가 연결되어야 하겠지만, 「-습-」이 이미 그것을 표시해 주었기 때문에 「-오/우-」는 잉여적이 되어 탈락된다. 그러므로 「流通ᄒᆞᅀᆞ온」은 「流通ᄒᆞᅀᆞᄫᆞᆫ」의 변화형이다.

그러나 다음의 예문에는 「-오/우-」가 연결된다.

(부텨씌) 받ᄌᆞᆸ논 宮殿 (월석 14:21,24,27)

부텨씌 받ᄌᆞ올 고지라 몯ᄒᆞ리라 (월석 1:10)

여기에서의 「-숩-」은 그 앞의 위치말인 「부텨」를 높여주므로, 「-오/우-」는 매김을 받는 임자씨(宮殿, 곳)가 의미상의 부림말임을 표시해 주기 위해 들어간 것이다.

따라서, 다음의 16세기 예문은 「-오/우-」가 연결된 어형이다.

몸이며…술훈 父母씌 받ᄌᆞ온 거시라 (소학 2:28)

「-숩-」은 위치말로 표시된 「父母」를 높여주었고, 「-오/우-」는 「것(=몸이며…술)」이 속구조의 부림말임을 표시해 주기 위해 들어간 것이다. 그러므로 위의 「받ᄌᆞ온」은 「받ᄌᆞ뱐」의 변화형이다.

/ㅸ/이 소멸되고 난 뒤의 다음 15세기 예문에서도 「-숩-」은 위치말을 높여주고 있으므로 「-오/우-」가 연결된 「-ᄉᆞ본-」의 변화형이다.

받ᄌᆞ온 宮殿 (법화 3:108)

施ᄒᆞᄉᆞ온 珠瓔 (법화 7:142)

「-숩-」과「-으시-」가 함께 연결된, 부림말이 빠진 다음의 예에서도 「-숩-」은 그 앞의 위치말(묻는 대상)을 높여주고 있으므로「-오/우-」가 들어갔다.

正히 묻ᄌᆞ오샨 條目올 ᄀᆞᄅᆞ치니라 (원각, 상2-3:5)

剛藏ㅅ 묻ᄌᆞ오샨 條目 (원각, 상2-3:29)

請ᄒᆞ야 묻ᄌᆞ오시논 마리 (법화7:16)

즉 부림말이 빠져나간 매김마디에 「-숩-」이 연결되는 경우에 다음과 같은 규칙이 성립된다.

<「-오/우-」 탈락규칙 >

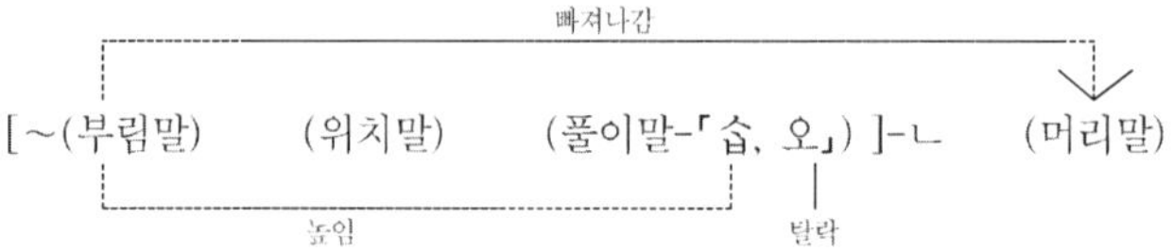

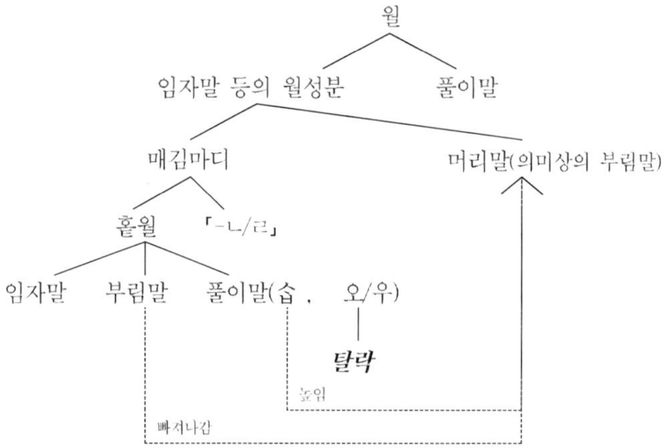

다음의 예문은 완전한 매김마디이기 때문에 「-오/우-」가 들어갔다. (완전한 매김마디는 「-오/우-」의 삽입이 불규칙하다.)

> 阿難이 出家ᄒᆞᆫ 後로 스므나ᄆᆞᆫ ᄒᆡᄅᆞᆯ 부텨 졷ᄌᆞᄫᆞ 이셔 듣ᄌᆞᄫᆞᆫ 이리 몯 ᄒᆞ더 (석보 24:2)[30]

---

30) 이 예문은, 「허웅(1975 : 819)」에 부림말이 빠진 것으로 보고 그 속구조를『이ᄅᆞᆯ 듣ᄌᆞᆸ다』로 풀이하였으나, 필자는『부텨ᄅᆞᆯ 듣ᄌᆞᆸ다』혹은『부텨(말ᄊᆞᄆᆞᆯ)듣ᄌᆞᆸ다』로 보고, 완전한 매김마디로 풀이하였다.

(나) 「-으시-」의 연결

「-으시-」는 임자말을 높여주고, 「-오/우-」는 빠져나간 월성분이 부림말임을 표시해주므로, 「-으시-」와 「오/우-」는 통어적인 겹침이 일어나지 않아서, 잉여가 일어나지 않는다.

「-으샨(으시+오+ㄴ」」

伽耶ㅅ化ᄂᆞᆫ 特別히 機ᄅᆞᆯ 爲ᄒᆞ샤 受ᄒᆞ샨 命이어신뎡 (법화 5:126)

空王佛은 釋迦ㅅ三僧祇劫中間에 맛나샨 부톄시니라 (법화 4:58)

그ᄢᅴ 四衆이 큰 寶塔이 空中에 머므러 잇거늘 보며 ᄯᅩ 塔中엣 내샨 音聲 듣ᄌᆞᆸ고 (법화 4:112)

그ᄢᅴ 東方釋迦牟尼 分ᄒᆞ샨 몸 (법화 4:127)

스ᄉᆞᆼ 사ᄆᆞ샨 부톄 (능엄 6:2)

得ᄒᆞ샨 法 (월석 13:8)

부톄 道場애 안ᄌᆞ샤 得ᄒᆞ샨 妙法을 닐오려 ᄒᆞ시ᄂᆞᆫ가 (석보 13:25)

如來 니ᄅᆞ샨 經 (석보 9:26)

藥王 轉ᄒᆞ샨 法輪 (능엄 1:4)

大師 ᄒᆞ샨 일 (석보 11:27)

聖人 펴샨 圓通法門 기픈 ᄠᅳᆮ (능엄 6:49)

이 壇場앳 ᄡᅳ샨 法이 法을 表티 아니ᄒᆞ샤미 업ᄉᆞ샷다 (능엄 7:10)

뎌 藥師琉璃光 如來菩薩ㅅ 道理 行ᄒᆞ싫 時節에 發ᄒᆞ샨 큰 願 (석보 9:10)

그 ᄇᆞ리샨 사ᄅᆞ미 (석보 11:32)

(王이) 大寶殿에 뫼호샨 相師ㅣ 보ᅀᆞᆸ고 出家成佛을 아ᅀᆞᄫᆞ니 (천강곡, 상, 기30)

⇐『 王이 相師를 뫼호시다 』

合과 合 아니왓 理 다 니ᄅᆞ샨 ᄠᅳᆫ 드틄 幻想이니 = 合과 非合괏 理ㅣ 皆所謂浮塵幻想이니 (능엄 2:107)

니르샨 흐르며 그추미 덛덛홈 업수미라 = 所謂流息이 無常也ㅣ라 (능엄 3:78)

教化ᄒᆞ샨 衆 (월석 14:48)

이 善男子 善女人이 父母 나ᄒᆞ샨 淸淨ᄒᆞᆫ 肉眼ᄋᆞ로 (석보 19:13)

轉輪聖王ㅅ ᄃᆞ리샨 衆 (법화 3:145)

化ᄒᆞ샨 衆 = 所化之衆 (법화 3:153)

三部文은 釋迦如來ㅣ 처엄 正覺 일우샤 닷ᄀᆞ샨 因과 證ᄒᆞ샨 果를 불교려 ᄒᆞ샤 (법화 3:189)

기티샨 孝 = 遺敎 (법화 5:157)

두샨 말ᄊᆞ미 = 所遺言說 (금강 43)

放ᄒᆞ샨 光과 니르와ᄃᆞ샨 通 (원각, 상1-2:48)

부톄 付囑ᄒᆞ샨 法 (법화 4:200)

結ᄒᆞ샨 그렛 本ㄷ字 = 結文本字 (능엄 10:9)

如來 소ᄂᆞ로 ᄆᆡ샨 巾을 자ᄫᆞ샤 (능엄 5:24)

이 光이 爲ᄒᆞ샨 因緣 (법화 1:104)

行ᄒᆞ샨 道 (법화 1:162)

釋迦ㅅ 本來 셰샨 誓願 (법화 1:225)

一切種智 證ᄒᆞ샨 法 (법화 3:30)

忍辱太子의 일우샨 藥 (월석 21:218)

이 諸佛 證ᄒᆞ샨 뭊노폰 微妙道理오 (월석 9:20)

世尊이 지ᅀᆞ샨 功德 (월석 10:7)

標ᄒᆞ야 ᄀᆞᄅᆞ치샨 無明 난 말ᄉᆞ미 (원각, 상2-1:52)

둘흔 드위혀 나토샨 請이오 = 二反顯請 (원각, 상2-2:6)

菩薩 니ᄅᆞ샨 거시라, 닷ᄀᆞ샨 거슬 (월석 13:16)

神力으로 ᄆᆡᆼᄀᆞᄅᆞ샨 거시 (월석 18:31)

이 月印釋譜는 先考 지ᅀᆞ샨 거시니 (월석, 서:16)

如來 보내샤니 아니면 能히 몯ᄒᆞ리라 (법화 5:102)

彌勒이 釋迦牟尼佛ㅅ 授記ᄒᆞ샤니라 (법화 5:102)

내 이 世尊ㅅ ᄇᆞ리샤니라 (법화 4:200)

두겨신 法은 곧 道場애 得ᄒᆞ샤니오 (법화 6:109)

말 닐오미…부텻 經中에 니ᄅᆞ샨 배라 (월석 17:74)

부텨 니ᄅᆞ샨 밧 法 (금강삼가 3:61)

「-ᄋᆞ시논(ᄋᆞ시+ᄂᆞ+오+ㄴ)」

諸佛ㅅ 내시논 소리 (월석 8:42)

뵈시논 形體 (월석 8:45)

諸佛 니르시논 마ᄅᆞᆫ (석보 9:27)

如來 니르시논 아홉 橫死 (석보 9:35)

ᄌᆞ개 다ᄉᆞ리시논 싸ᄒᆞᆯ (월석 1:25)

諸佛 讚嘆ᄒᆞ시논 乘 (석보 13:19)

믈읫 ᄒᆞ시논 이리 샹녜 ᄒᆞᆫ 이리라 (석보 13:49)

디나시논 나라 (월석 18:77)

디나시논 諸國 (법화 7:34)

나는 부텻 ᄉᆞ랑ᄒᆞ시논 앗이라 (능엄 1:86)

샹녜 니ᄅᆞ시논 마ᄅᆞᆫ (능엄 1:88)

ᄒᆞ시논 이리 (법화 4:6)

行ᄒᆞ시논 行 = 所行之行 (법화 7:5)

化ᄒᆞ시논 衆生 (원각, 상1-2:16)

本來 셤기시논 부텨는 證ᄒᆞ샨 果롤 表ᄒᆞ시니 (월석 18:66)

佛佛이 손 심기시논 조ᄉᆞ로빈 거시 (월석 18:13)

부텨 아ᄅᆞ시논 바롤 다 通達ᄒᆞᅀᆞ와 (법화 5:118)

「-ᄋᆞ샬(ᄋᆞ시+오+ㄹ)」

ᄒᆞ샬 이롤 ᄒᆞ마 일우샤 (법화 2:43)

모ᄅᆞ샬 法 (법화 1:37)

救脫이라 ᄒᆞ샤리 (석보 9:29)

悉達이라 ᄒᆞ샤리 (석보 6:17)

이 出海...佛이...諸佛如來ㅅ 모다 讚歎ᄒᆞ샤 그 功德 일ᄏᆞᄅᆞ샬 ᄲᅢ리라 (법화 4:53)

(다) 「-숩-」 + 「-으시-」의 연결 ; 「-숩-」의 탈락

正히 묻ᄌᆞ오샨 條目을 ᄀᆞᄅᆞ치니라 (원각, 상2-3:5)

剛藏ㅅ 묻ᄌᆞ오샨 條目이 正히 이 ᄀᆞᆮᄒᆞ시니라 = 剛藏門目 正似此也 (원각, 상2-3:29)

우흔 다 宿王ㅅ 옮겨 묻ᄌᆞ오시논 마리시니라 (법화 7:22)

請ᄒᆞ야 묻ᄌᆞ오시논 마리 다 機를 爲ᄒᆞ야 發ᄒᆞ시니라 (법화 7:16)[31]

위의 예들은 부림말이 빠진 경우로, 「-숩-」은 그 앞의 위치말을 높이기 위해 들어간 것이다.

다음의 예는 매김마디의 풀이말 앞의 임자말과 매김을 받는 의미상의 부림말(머리말)이 모두 높여야 할 대상인 경우인데, 이 때 매김말에 「-숩-」과 「-으시-」는 동시에 연결되지 않고, 앞의 임자말을 높이는 「-으시-」만이 연결된다. 그리고 빠져나간 부림말은 뒤에서 (안은마디의 풀이말에서) 「-숩-」이나 「-으시-」로 높여주고 있다.

空王佛은 釋迦ㅅ 三僧祇劫中間애 맛나샨 부텨시니라 (법화 4:58)

⇐ 『釋迦ㅣ 부텨를 맛나ᅀᆞᄫᆞ시다』

31) 이 예는 의미상으로 보아 그 속구조를 『말로 묻다』처럼 방편말의 빠짐으로 생각할 수도 있으나, 이런 말은 실지로 잘 쓰이지 않으므로, 필자는 『마룰 묻다』처럼 부림말의 빠짐으로 본다.

本來 셤기시논 부텨는 證ᄒᆞ샨 果ᄅᆞᆯ 表ᄒᆞ시니 (월석 18:66) (법화 7:5)
⇐『부텨를 셤기ᄉᆞᄫᆞ시다』
스승 사ᄆᆞ샨 부텨 ᄯᅩ 일후미 觀音이라 ᄒᆞ샤ᄆᆞᆫ 因果이 서르 마ᄌᆞ시며
古今이 ᄒᆞᆫ 道ㅣ실씨라 (능엄 6:2)
⇐『부텨를 스스으로 사ᄆᆞᄉᆞᄫᆞ시다』

즉 부림말이 빠진 매김마디에서, 그 매김을 받는 의미상의 부림말을 「-숩-」으로 높여야 하고, 동시에 임자말은 「-으시-」로 높여야 할 경우에는 매김말에 「-숩-」과 「-으시-」는 함께 연결되지 않는다. 이 때 「-오/우-」는 탈락되지 않는데, 그 이유는 「-숩-」이 이미 탈락되어 「오/우-」는 잉여적이 될 수 없기 때문이다.

이를 보아 중세국어에서, 월의 속구조가 매김마디인 겉구조로 바뀔 때, 높임의 형태소와 연관된 통어적인 변화가 일어난다는 것을 알 수 있다.

설명의 편의상, 다음의 예를 들기로 한다.

우리 世尊이… 七萬五千佛을 맛나ᄉᆞᄫᆞ시니 (월석 2:9)

위의 월을 매김마디로 만들려면 이론상 「*七萬五千佛을 맛나ᄉᆞᄫᆞ신 世尊」, 「*世尊이 맛나ᄉᆞᄫᆞ샨 七萬五千佛」과 같이 되어야 하겠지만 이렇게 되지 않는다. 매김을 받는 임자씨와 매김말 앞에 오는 임자말 혹은 부림말을 동시에 높이고자 할 때는 매김말에 「-숩-」과 「-으시-」가 동시에 연결되지 않고, 매김말 앞의 월성분을 높이는 형태소만 연결된다. 즉 다음과 같이 된다.

七萬五千佛을 맛나ᄉᆞᄫᆞᆫ 世尊
世尊이 맛나샨 七萬五千佛

일단 이렇게 된 후에, 매김을 받는 임자씨가 월 안에서 임자말로 기능하면 안은마디의 풀이말에 「-으시-」가 붙고, 부림말로 기능하면 「-숩-」이 붙어 그 임자씨를 높여준다.

┌七萬五千佛을 맛나ᄉᆞᄫᆞᆫ 世尊이 … 「-으시-」…
└七萬五千佛을 맛나ᄉᆞᄫᆞᆫ 世尊ᄋᆞᆯ … 「-숩-」…
┌世尊이 맛나샨 七萬五千佛이 … 「-으시-」…
└世尊이 맛나샨 七萬五千佛을 … 「-숩-」…

즉 다음과 같은 탈락규칙이 성립된다.

<「-으시-」,「-숩-」 탈락 규칙>

※ 점선은 높임, 실선은 빠져나감, { }은 탈락, <임>은 머리말이 임자말로 기능함을 표시.

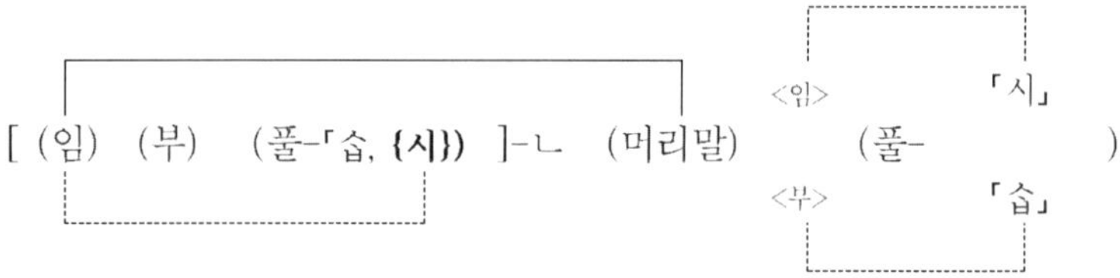

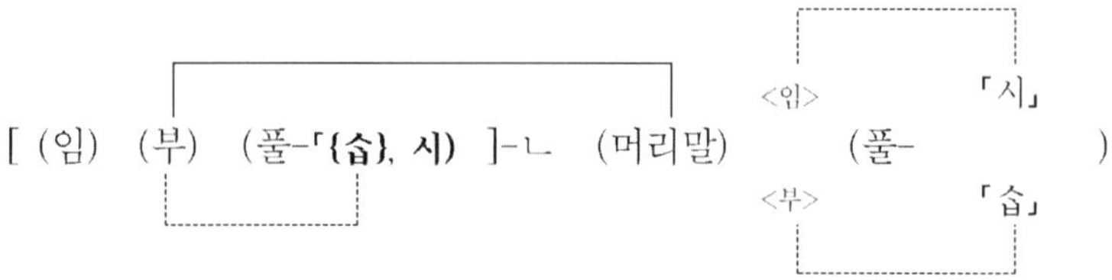

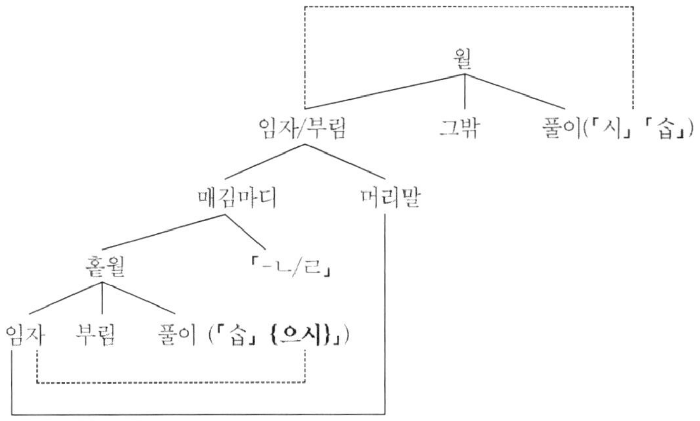

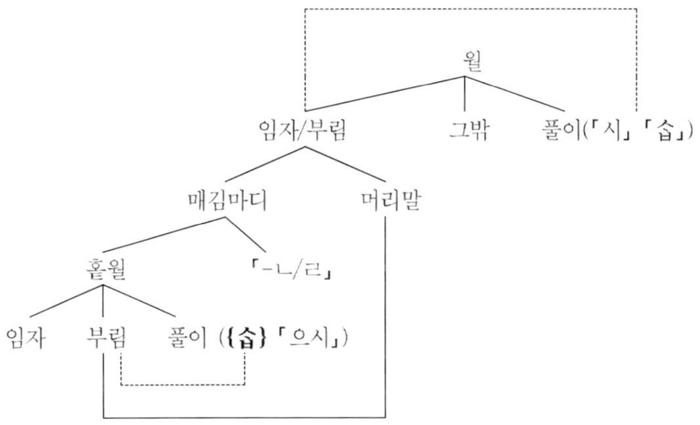

앞의 '임자말이 빠져나간 매김마디'에서, 풀이말에 「-습-」과 「-으시-」가 함께 연결된 예가 하나도 없는 이유는 위의 <「-으시-」탈락규칙>에서와 같이 「-습-」만 남게 되기 때문이다.

다음의 예는 <「-습-」탈락규칙>에 해당되는 것이 아니라, 그 속구조 때문에 「-습-」과 「-으시-」가 함께 연결되지 않은 것이다.

(世尊ㅅ) 塔中엣 내**샨** 音聲 듣**좁**고 (법화 4:112)

내 如來 니ᄅ**샨** 經에 의심올 아니ᄒ**숩**노니 (석보 9:26)

藥王 轉ᄒ**샨** 法輪에 조**ᄍ**와 (능엄 1:4)

「音聲」,「經」,「法輪」은 모두 높임의 대상이다. 매김마디의 구조만을 보아서는 「-습-」이 들어가야 할 것 같고, 따라서, <「-습-」탈락규칙>에 해당되는 예 같지만 그렇지 않다. 이들의 속구조에 원래 「-습-」이 들어 있지 않기 때문에 그렇게 된 것이다. 즉 위의 예를 속구조로 보이면 다음과 같다.

『 世尊이 音聲을 내시다 』

『 如來ㅣ 經을 니ᄅ시다 』

『 藥王ㅣ 法輪을 轉ᄒ시다 』

이 속구조에서는 부림말이 임자말 자신의 것이기 때문에 「-으 시-」 하나로만 높이고 있다.

임자말이 빠진 예에서, 매김을 받는 의미상의 임자말(머리말)과 매김마디의 풀이말 앞의 부림말 둘 다 높여야 하는 경우를 찾지 못했다. 문헌이 확보되면 다음과 같은 예가 발견되리라 믿는다.

「*부텨ㅅ 일훔 듣ᄌᄫᆞᆫ 如來ㅣ시니라」

「* 부텨ㅅ 일훔 듣ᄌᄫᆞᆫ 如來롤 맛나ᅀᆞᄫᆞ니」

이렇게 「-습-」과 「-으시-」의 겹침을 매김마디에서 피하는 이유는 다음과 같이 설명할 수 있다.

첫째, 매김을 받는 임자씨 (빠져나간 월성분)는 뒤에서 다시 높여주므로 굳이 매김마디에서 미리 높여줄 필요성을 느끼지 않았을 것이다. 즉 높임의 겹침을 피하기 위한 것이다.

둘째, 빠져나간 매김마디는 속구조에서의 월성분이 빠져나가서 만들어지는 것이므로 그 구조 자체가 복잡하다. 이러한 복잡한 구조에 두 개의 높임 형태소를 연결하여, 그 중 하나는 매김마디의 풀이말 뒤의 머리말을 미리 예측하여 높여주어야 한다면, 말할이는 상당한 부담을 안게 된다.(매김마디가 아닌 월이나 완전한 매김마디에서는 「-숩-」과 「-으시-」가 얼마든지 함께 연결된다. 빠져나간 매김마디에서 「-숩-」과 「-으시-」가 함께 연결되는 경우는, 그 둘이 모두 매김마디의 풀이말 앞의 것을 높여줄 경우에만 가능하다.) 이러한 부담을 피하기 위해, **잉여적**인 높임 형태소 하나는 탈락된 것이다.

다음의 예는 「-숩-」과 「-으시-」가 함께 연결된 매김마디인데, 여기서의 「-숩-」과 「-으시-」는 각각 매김마디의 풀이말 앞의 객체와 주체를 높여주고 있다. 즉 높임의 형태소가 매김을 받는 임자씨(머리말)와는 상관이 없는 경우이다.

처ᅀᅥᆷ 經 듣ᄌᆞ오신 後에 (법화 6:149)

法門을 받ᄌᆞᄫᆞ신 히므로 (법화 7:67)

十方佛 보ᅀᆞ오시ᄂᆞᆫ 이ᄅᆞᆯ 다시 誦ᄒᆞ야 (법화 5:75)

(부텨ᄭᅴ)…請ᄒᆞ야 묻ᄌᆞ오시ᄂᆞᆫ 마리 (법화 7:16)

이제 이 疑心ᄒᆞ샤 묻ᄌᆞ오시ᄂᆞᆫ 글ᄃᆞᆯᄒᆞᆫ = 今此疑問等文은 (법화 1:123)

이제 처ᅀᅥᆷ 나ᅀᅡ 묻ᄌᆞ오시ᄂᆞᆫ 威儀라 = 今初進問威儀 (원각, 상1-2:82)

予ᄂᆞᆫ 내 ᄒᆞᅀᆞᆸ시논 ᄠᅳ디시니라 (훈,언해)

正히 묻ᄌᆞ오샨 條目ᄋᆞᆯ ᄀᆞᄅᆞ치니라 (원각, 상2-3:5)

우흔 다 宿王ㅅ 옮겨 묻즈오시논 마리시니라 (법화 7:22)

剛藏ㅅ (부텨끠) 묻즈오샨 條目이 正히 이 곧호시니라 (원각, 상2-3:29)

(3) 위치말 빠짐

위치말이 빠져나간 매김마디의 풀이말에는 「-오/우-」가 불규칙하게 연결된다.

(3-1) 완전이름씨 빠짐

매김마디의 풀이말에는 제움직씨, 남움직씨, 그림씨가 올 수 있다.

(가) 제움직씨

「-오/우-」 있음

淨飯王이 깃그샤 부텻 소놀 손소 자부샤 즈갸 가스매 다히시고 누븐 자리예 겨샤 (월석 10:9) ⇐『 자리예 눕다 』

아비 住혼 城 (법화 2:237) ⇐『 아비 成에 住호다 』

안존 고대셔 (월석 8:1)

生혼 곧 (원각, 상1-2:152)

뮈여나논 고디라 (석보 13:28)

住혼 곧 (금강22)

:간 곧 (남명, 하:62)

브톤 고디 (능엄 7:73)

니르롫 고디 (능엄 5:76)

住혼 디 (법화 3:139)

뜯 가샨 딜 (법화 1:160)

菩薩 사루시논 디 (법화 7:177)

안존 딜 (금강 6)

눈 :간 ᄃᆡ (월석 17:35)

브터 :온 ᄃᆡ (금강85)

四大 브틇 ᄃᆡ 업서 (능엄 5:79)

世世예 :난 ᄯᅡ (석보 6:8)

:간 ᄯᅡ (월석 21:21)

東山ᄋᆞᆫ 남기 됴ᄒᆞᆯᄊᆡ 노니논 ᄯᅡ히라 (석보 6:24)

⇐『 ᄯᅡ히 (東山애) 노니ᄂᆞ다 』

ᄃᆞᆫ니논 ᄯᅡ해 (월석 10:70)

⇐『 ᄯᅡ히 ᄃᆞᆫ니ᄂᆞ다 』

부텨 가시논 ᄯᅡ히 (월석 1:16)

큰 軍이 갯논 ᄯᅡ (두언 16:25)

셧논 고ᄃᆡ (남명 상:78)

사논 지븨 (능엄 7:56)

一切菩薩ㅅ 智의 住ᄒᆞᆫ 境에 住ᄒᆞ야 (능엄 1:25)

노니논 世界예 다 衆生ᄋᆞ로 모맷 珍寶ᄅᆞᆯ ᄇᆞ려내 (능엄 6:43)

受生ᄒᆞᆫ ᄯᅡ (월석 21:93)

住ᄒᆞᆯ 곧 (금강 83)

世動ᄒᆞ논 時節 (능엄 5:76)

비 셰욘 집 (박통 상:69)

사ᄅᆞᆯ 쳐소 (번소 8.3)

「-오/우-」 없음

臣下 사ᄂᆞᆫ 하ᄂᆞᆯ (월석 1:32) ⇐ 『 臣下ㅣ 하ᄂᆞ래 사ᄂᆞ다 』

ᄌᆞ개 住ᄒᆞ신 三摩地 (능엄 2:57)

⇐『 ᄌᆞ개 三摩地에 住ᄒᆞ시다』

부텨 나신 나라 (월석 1:30)

사ᄅᆞᆷ 가도ᄂᆞᆫ ᄯᅡ (석보 9:8)

비 아니 오ᄂᆞᆫ ᄯᅡ (월석 10:84)

사ᄂᆞᆫ ᄃᆡ (월석 1:34)

如來 겨신 ᄃᆡ (월석 21:192)

고지 나ᄂᆞᆫ 고돌 (원각, 상 1-2:152)

沐浴ᄒᆞᇙ 모ᄉᆞ로 (석보 13:23)

부톄 머므르시ᇙ 지비라 (석보 6:23)

부텻긔로 가ᄂᆞᆫ 저긔 (석보 6:19)

命終ᄒᆞᇙ 나래 (월석 2:104)

주글 쩨 (법화 2:217)

나실 나래 (석보 6:17)

庫ᄂᆞᆫ 쳔랴ᇰ ᄀᆞ초아 뒷ᄂᆞᆫ 지비라 (석보 9:20)

成府ᄂᆞᆫ 之晋의 왓ᄂᆞᆫ ᄀᆞ올히라 (두언 24:53)

안즌 앏핏 첫 주레 (박통 상:5)

음식ᄒᆞᄂᆞᆫ 집 (박통 상:69)

(나) 남움직씨

「-오/우-」 있음

곳 바곤 螺鈿 (두언 20:9) ⇐『 고술 螺鈿에 박다 』

붑 시론 술위 (두언 25:25) ⇐『 붑(을) 술위에 싣다 』

소곰 시론 술위 (두언 7:34)

쇠 거론 玄關 (남명,하:74)

無ᅙ字ᄂᆞᆫ 이 나귀 ᄆᆡ욘 말히라 ᄒᆞᄂᆞ니 (몽산 57-8)

欄ᄋᆞᆫ 나모 ᄂᆞ륜 高欄이오 (월석 10:51)

그림 그륜 ᄇᆞᄅᆞᄆᆞᆯ (두언 6:34)

氷漿 다ᄆᆞᆫ 椀 (두언 15:46)

:ᄃᆞᇙ 뒬 일허 (능엄 1:86)

中 자ᄫᆞᇙ ᄃᆡ (능엄 1:71)

精舍 지ᅀᅮᇙ 터 (석보 6:23)

「-오/우-」 없음

菓實 시므ᄂᆞᆫ ᄯᅡ (월석 21:39) ⇐『 菓實(ᄋᆞᆯ) ᄯᅡ해 심다 』

又 그리 念ᄒᆞᄂᆞᆫ 저긔 (석보 6:40)

머구려 ᄒᆞ시ᄂᆞᆫ ᄆᆞᄃᆡ예 (석보 11:4)

붑 티ᄂᆞᆫ ᄆᆞᄃᆡ (석보 13:9)

내 來世예…得ᄒᆞᆫ 時節에 (석보 9:4)

이 法 니르시ᇙ 時節에 (석보 11:39)

쇠붑 든 지비ᅀᅡ (석보 6:38)

모딘 罪ᄅᆞᆯ 지ᅀᅳᇙ ᄆᆞᄃᆡ (석보 9:9)

(다) 그림씨

「-오/우-」 있음

體…이숀 ᄃᆡ (능엄 1:65)

이 사ᄅᆞᆷ 잇ᄂᆞᆫ 方面에 (월석 17:69)

제 아비 잇ᄂᆞᆫ 城 (법화 2:188)

잇ᄂᆞᆫ 고대 (금강 65)

잇ᄂᆞᆫ ᄃᆡᆯ (법화 6:50)

잇ᄂᆞᆫ ᄃᆡ (능엄 1:69)

그 上方五百萬億 國土앳 諸大梵王이 다 잇ᄂᆞᆫ 宮殿에 (월석 14:28) (법화 3:122)

말다ᄫᅵ 修行ᄒᆞ야 잇ᄂᆞᆫ 國土애 (월석 18:11)

「-오/우-」 없음

내 어미 업슨 나래 (월석 6:53)

이 見 잇ᄂᆞᆫ ᄯᅡᄒᆞᆫ (능엄 7:58)

져믄 저그란 안즉 ᄆᆞ숨ᄭᆞ장 노다가 (석보 6:11)

부텨 이싫 져긔 (석보 23:3)

아비 잇는 城 (월석 13:9)

毒龍池는 모딘 龍 잇는 모시라 (월석 7:27)

(3-2) 매인이름씨 빠짐

「-오/우-」 있음

안졸 것 (원각, 상2-2:25)

어믜 :간 싸홀 무러 아롫 ᄃᆡ 업서이다 (월석 21:21)

法會홇 ᄃᆡ (월석 17:31)

브터 이숄 ᄯᅢ (법화 2:151)

노녀 즐굘 ᄯᅢ (법화 5:164)

사롤 ᄃᆡ (두언 7:2)

「-오/우-」 없음

臥具는 눕는 거시라 (월석 10:20)

尼師壇은 았는 거시라 (석보 6:30)

(3-3) 높임 형태소의 연결

(가) 「-숩-」의 연결

위치말이 빠져나간 매김마디의 풀이말에 「-숩-」이 연결된 예는 하나도 나타나지 않는다. 그 이유에 대해서는 다음과 같이 설명할 수 있다.

앞의 예문들에서 보면, 빠져나간 위치말은 모두 장소나 시간을 나타내는 위치말이다.

중세국어에서 다음과 같은 월(위치말이 '사람'인 월)은 매김마디로 만들어지지 않은 듯하다.

내…如來끠 묻ᄌᆞᄫᆞ며 (월석 21:100) → * 내…묻ᄌᆞᄫᆞᆫ 如來
사ᄅᆞᆷ돌히 부텨끠 고졸 받ᄌᆞᆸ다 → * 사ᄅᆞᆷ돌히 고졸 받ᄌᆞᄫᆞᆫ 부텨

이러한 매김마디는 지금말의 직관으로도 어색한데, 15세기에도 마찬가지였던 모양이다.

장소나 시간을 나타내는 위치말은 간접높임의 대상이 될 수는 있는데, 이러한 위치말이 빠져나간 매김마디의 풀이말에는 「-ᄉᆞᆸ-」이 연결되지 않는 이유는 그 속구조에 「-ᄉᆞᆸ-」이 연결되어 있지 않기 때문이다.

菩薩 사ᄅᆞ시논 ᄃᆡ (법화 7:177)
⇐『 菩薩이…에 사ᄅᆞ시다 』

(나) 「-으시-」의 연결

(밥) 머구려 ᄒᆞ시논 ᄆᆞᄃᆡ예 (석보 11:41)
菩薩 從ᄒᆞ야 오신 나라 (월석 18:66)
부텨 나신 나라 (월석 1:30)
ᄌᆞ개 住ᄒᆞ신 三摩地 (능엄 2:57)
이브터 法華經 니ᄅᆞ시논 靈山會라 (석보 13:1)
부텻 오래 敎化ᄒᆞ시논 ᄯᅡ (월석 17:18)
如來 겨신 ᄃᆡ (월석 21:192)
菩薩 사ᄅᆞ시논 ᄃᆡ (법화 7:177)

(3-4) 「-오/우-」에 관한 문제

필자는 15세기 중기 이전에는 위치말이 빠진 매김마디에도 부림말이 빠진 매김마디에서처럼 「-오/우-」가 규칙적으로 들어갔으리라는 가정

을 해본다. 이러한 가정을 하게 된 첫째 이유는, 위치말도 부림말과 마찬가지로 대상말(객체)이라는 점에 있다. 사실 부림말과 위치말은 그 성격상 비슷한 점이 많으며, 그러기에 이 두 성분이 가리키는 대상은 '객체'라는 공동특성을 지니게 된 것이다. 옛 사람들이 매김마디에 「-오/우-」를 연결한 근본 이유는, 매김을 받는 임자씨(머리말)가 매김마디의 풀이말에 대한 대상임을 나타내 주기 위한 것이기 때문이다.

그러면, 15세기 예문 중에 「-오/우-」가 들어가지 않은 것을 「-오/우-」가 탈락된 예외로 간주하고, 그에 대한 풀이를 해보기로 한다.

> 내 어미 업슨 나래 (월석 6:53)
> 부텻긔로 가ᄂᆞᆫ 저긔 (석보 6:19)
> 져믄 저그란 안즉 ᄆᆞᅀᆞᆷᄭᆞ장 노다가 (석보 6:11)
> 부텨 이싫 저긔 (석보 23:3)
> 又 그리 念ᄒᆞᄂᆞᆫ 저긔 (석보 6:40)
> 머구려 ᄒᆞ시ᄂᆞᆫ ᄆᆞ디예 (석보 11:41)
> 붑 티ᄂᆞᆫ ᄆᆞ디 (석보 13:9)
> 내 來世예…得ᄒᆞᆫ 時節에 (석보 9:4)
> 이 法 니르싫 時節에 (석보 11:39)
> 命終홇 나래 (월석 21:104)
> 모딘 罪ᄅᆞᆯ 지슬 ᄆᆞ디 (석보 9:9)
> 주글 쩨 (법화 2:217)
> 나실 나래 (석보 6:17)

위의 예문은 모두 빠져나간 위치말이 시간을 나타내는 임자씨이다. 이러한 때 「-오/우-」가 잘 생략되는 이유는, 시간을 나타내는 이름씨는 월 안에서 위치말이 되는 경우가 대부분이기 때문이다. 더욱이 위의 예는 그 이름씨가 의미상의 위치말임을 누구나 쉽게 알 수 있는 예들이다. 「-오/우-」는 빠져나간 월성분이 대상말(여기서는 위치말)임을 확실히 나타내 주기 위해 들어간 것인데, 이렇게 빠져나간 월성분이 의미상의 위치말임을 「-오/우-」 없이도 확실히 알 수 있는 경우에는 「-오/우-」는 이미 필요 없는 것이 되고 만다. 그리하여 「-오/우-」는 탈락된 것이다.

나머지 「-오/우-」가 생략된 예문들은, 빠져나간 속구조의 위치말이 모두 장소를 나타내는 임자씨이다.

임자말이나 부림말이 빠져나간 예에서는 예외가 적은데, 위치말의 경우에는 예외가 많은 이유는, 위치말이 빠질 때가 임자말이나 부림말이 빠질 때보다 그 속구조의 월성분을 훨씬 더 쉽게 알 수 있기 때문이다.

즉 「죽인 사람」,「먹은 닭」과 같은 경우, 매김마디의 풀이말 앞의 월성분을 보지 않고서는 임자말, 부림말 중 어느 것이 빠진 경우인지 분간할 수가 없다. (실지로 이렇게 앞의 월성분이 생략된 예가 얼마든지 있을 수 있다.)

월성분이 생략되지 않더라도 매김마디의 풀이말 앞의 자리토씨가 생략되면 그 뜻이 모호해진다. 즉 「곰 잡아먹은 사람」은 「사람이 곰을 잡아먹다」도 되고 「곰이 사람을 잡아먹다」도 된다. 물론 지금말에 있어서는 임자자리토씨는 잘 생략되지 않지마는, 15세기 말에 있어서는 생략되는 경우가 상당히 많았다.

그리하여 부림말이 빠진 경우에는 「-오/우-」를 넣어 이를 분간하고자 했던 것이다. 이러한 이유 때문에 임자말이나 부림말이 빠진 경우는 「-오/우-」의 예외가 매우 적다.

그러나 위치말의 경우는 그렇지 않다. 「간 곳」, 「먹는 때」와 같이 매김말 앞의 월성분이 생략되더라도, 매김마디의 풀이말과 그것의 꾸밈을 받는 임자씨(머리말)만 있으면 위치말이 빠져나간 매김마디라는 것을 쉽게 알 수 있다. 그리하여 15세기의 위치말이 빠져나간 매김마디에서는 「-오/우-」가 생략되는 예가 많았던 것이다.

이로써, 15세기에는 이미 매김마디의 풀이말에 연결된 안맺음씨끝 「-오/우-」가 흔들리기 시작한 시기였다는 가정이 성립된다. 물론 16세기에 이르러서는 「-오/우-」가 들어가지 않는 예가 더 많이 나타난다. 곧, 위치말이 빠져나간 매김마디에서의 「-오/우-」는 15세기 중기부터 흔들리기 시작하여 16세기에서는 그 규칙을 세울 수 없을 만큼 더욱 무너졌다는 것을 알 수 있다.

(4) 견줌말 빠짐

견줌말이 빠져나간 매김마디는 15, 16세기 각각 하나의 예밖에 찾지 못했다.

> 利ᄂᆞᆫ 第二天이니 ᄒᆞᆫᄃᆡ 잇ᄂᆞ니 오직 天人이오 率은 곧 第四天이니 ᄒᆞᆫᄃᆡ 잇ᄂᆞ니 菩薩이시니 (법화 7:177)
> ⇐『利ᄂᆞᆫ 天人(= 이)과 ᄒᆞᆫᄃᆡ 잇ᄂᆞ다』
> 『率은 菩薩(= 이)과 ᄒᆞᆫᄃᆡ 잇ᄂᆞ다』
> 사괴여 :놀 사ᄅᆞᆷ (여향 4)

15세기 예문에서는 「-오/우-」가 연결되어 있는 것이 드러나 보이지만, 16세기 예문에서의 「:놀-」은 원래 상성이므로 「-오/우-」의 존재를 확인할 수는 없다. 다만, 견줌말도 객체(대상말)이므로 '위치말이 빠져나간 매김마디'에서와 마찬가지로, 15세기 이전에는 「-오/우-」가 연결되는 것이 원칙이었으리라고 추정해본다.

(5) 방편말 빠짐

매김말은 남움직씨이다

(5-1) 완전이름씨 빠짐

필자는 방편말이 빠지는 경우도 부림말,위치말,견줌말이 빠지는 경우와 마찬가지로, 15세기 이전에는 「-오/우-」가 들어감을 원칙으로 하여 설명하고자 한다.

「-오/우-」 있음[32)]

辯說ᄒᆞ시논 神力을 나토시고 = 現辯說之神力 (법화 6:100)

⇐『 神力으로 辯說ᄒᆞ시ᄂᆞ다 』

成佛ᄒᆞ시논 道와 分身ᄒᆞ시논 理와 敎化ᄒᆞ시논 法괘 다 이에 여희디 아니ᄒᆞ시니라 (법화 6:113)

聖賢ㅅ 그처 다ᄉᆞ리시논 藥ᄋᆞᆯ 求ᄒᆞ며 (월석 17:19)

父母의 길어내욘 慈愛ㅅ 恩惠 (월석 23:98)

옷 ᄲᅵ론 ᄆᆞ를 먹고 (석보 11:25)

菩薩 ᄀᆞᄅᆞ치시논 法 (법화 4:111)

體 셰시논 法 (법화 6:118) ⇐『法으로 體를 셰시ᄂᆞ다』

ᄡᅡ 보논 法 (월석 8:9)

說法ᄒᆞ시논 法 (법화 1:229)

衆生ᄋᆞᆯ 度脫ᄒᆞ논 方便ㅅ 이롤 보오리라 (월석 21:63)

聖人ㅅ 調御ᄒᆞ시논 德 (법화 5:155)

돌 ᄀᆞᄅᆞ치논 솑가락 (원각.상 2-1:43)

修多羅敎ㅣ 돌 ᄀᆞᄅᆞ촌 솑가락 ᄀᆞᆮᄒᆞ니 (남명.하:50)

---

32) 허 웅(1975 : 873) : "방편말의 경우는 대상법 매김꼴이 쓰이는 경향이 보이나 그 예가 적어서 확정적으로 단정할 수는 없다."

對答ᄒᆞ샨 그리 (원각,상 2-1:43)

命은 시기ᄂᆞᆫ 마리라 (월석, 서:11)

우흔 다 諸佛이 머리셔 讚歎ᄒᆞ시ᄂᆞᆫ 마리라 (월석 18:57)

닷가 니ᄀᆞᆯ 方便 = 修習之便 (원각, 상 2-2:8)

닷ᄀᆞᆯ 方便 (원각, 상 2-1:10)

사ᄅᆞᆷ 옷바비ᅀᅡ 닐굽 뉘라도 긋디 아니ᄒᆞ리로소이다 (월석 10:28)

受苦 더ᄅᆞᆯ 法 (월석 10:28)

나ᅀᅡ 닷ᄀᆞᆯ 術 (월석 13:14)

서르 害ᄒᆞᇙ ᄭᅬ (석보 9:17)

上宮行次 빙ᄀᆞ롤 도니 업서 (불정심경 <정양사 영인> 74쪽)

草堂 고톨 資財 (두언 7:20)

사ᄅᆞᆯ 資産 (두언 25:37)

上大人이라 닐오ᄆᆞᆫ 世예셔 孔聖ᄋᆞᆯ 일ᄏᆞᆮᄌᆞᆸᄂᆞᆫ 마리니 (금강삼가 4:11) ⇐
『 孔聖ᄋᆞᆯ 말로 일ᄏᆞᆮᄌᆞᆸᄂᆞ다 』[33]

우리나랏 마ᄅᆞᆯ 正히 반ᄃᆞ기 쓰ᄂᆞᆫ 그릴씨 일후믈 正音이라 ᄒᆞᄂᆞ니라 (석보, 서:5) ⇐ 『 우리나랏 마ᄅᆞᆯ 글로 쓰ᄂᆞ다 』[34]

다음의 예는 완전한 매김마디인지 방편말의 빠짐인지 구별하기 어려운 것 들인데, 필자는 이러한 예 들을 방편말의 빠짐으로 보고 여기에 분류시켜 놓았다.[35]

本來 求ᄒᆞᄂᆞᆫ ᄆᆞᅀᆞᆷ 업다이다 (월석 13:37)

---

33)『마ᄅᆞᆯ 일ᄏᆞᆮᄌᆞᆸᄂᆞ다』로 생각하기 쉬우나, 매김말 앞에 부림말「孔聖ᄋᆞᆯ」이 있기 때문에 방편말의 빠짐으로 보아야 한다.

34) 부림말의 빠짐으로 생각하기 쉬우나, 의미적으로 보아 방편말의 빠짐이다. 더우기 매김말 앞에 부림말(마ᄅᆞᆯ)이 있다.

35) 이 예들은 '허 웅(1975)' 에서는 모두 완전한 매김마디에 분류시켜 놓은 것들이다.

이 ᄇᆞᆯ기 아ᄂᆞᆫ ᄆᆞᅀᆞ미 (능럼 1:56)

네 아ᄂᆞᆫ ᄆᆞᅀᆞ미 (능엄 1:64)

緣ᄒᆞᄂᆞᆫ ᄆᆞᅀᆞ미 自在ᄒᆞ야 (능엄 6:45)

法 爲ᄒᆞᆫ ᄆᆞᅀᆞ미 (월석 17:51) ⇐『 ᄆᆞᅀᆞᄆᆞ로 爲ᄒᆞ다 』

내의 覺了能知ᄒᆞᄂᆞᆫ ᄆᆞᅀᆞ미 (능엄 1:57)

三寶 念ᄒᆞᄂᆞᆫ 히ᄆᆞ로 (월석 10:95)

法 護持ᄒᆞᄂᆞᆫ 히ᄆᆞ로 神通ᄋᆞᆯ 일워 (석보 13:10)

香 듣ᄂᆞᆫ 힚 젼ᄎᆞ로 (법화 6:47)

이ᄂᆞᆫ 다 正憶 念ᄒᆞᄂᆞᆫ 히미라 (법화 7:182)

三塗ㅅ 受苦 여희ᄂᆞᆫ 그 히미 (능엄 5:87)

문득 화 ᄒᆞᄂᆞᆫ ᄒᆞᆫ 소리예 (몽산18)

직벽으로 대수 ᄐᆞᆫ 소리예 알며 (몽산 10)

「-오/우-」 없음

다음의 예는 방편말이 빠진 것이 분명하여 「-오/우-」가 생략된 것으로 생각된다.

須達이…부텨 뵈ᅀᆞᆸᄂᆞᆫ 禮數를 몰라 바ᄅᆞ 드러 묻ᄌᆞᄫᆞᄃᆡ(석보6:20)

鈿螺ᄂᆞᆫ 그르세 ᄭᆞ미ᄂᆞᆫ 빗난 조개라 (월석 2:51)

(부톄) 衆生 濟渡ᄒᆞ시ᄂᆞᆫ 큰 慈悲 = 度生之大悲 (상원사권선문)

辯說ᄒᆞ시ᄂᆞᆫ 神力을 나토시니 (월석 18:4)

十方 다 비취샤ᄆᆞᆫ 智照ᄒᆞ시ᄂᆞᆫ 神力을 나토시니라 = 遍照十方者ᄂᆞᆫ 現 智照之神力也ㅣ시니라 (법화 6:100)

ᄃᆞᆯ ᄀᆞᄅᆞ치ᄂᆞᆫ 손가락ᄋᆞ로 (원각, 하 1-2:34)

사ᄅᆞ미 시르믈 시름ᄒᆞ시ᄂᆞᆫ 調御ㅅ德 (월석 17:19)

다음의 예는 완전한 매김마디로 생각할 수도 있으나, 방편말의 빠짐으로 보는 것이 좋을 듯하다.

須達이 셜우ᅀᆞᄫᅡ 恭敬ᄒᆞᅀᆞᆸᄂᆞᆫ 法이 이러ᄒᆞᆫ 거시로다 ᄒᆞ야 (석보 6:21)
사ᄅᆞᆷ 罪주는 法 (석보 9:30)
도ᄌᆞᆨ 罪주는 法 (월석 10:25)
行ᄋᆞᆯ 니ᄅᆞ완ᄂᆞᆫ 方便 (원각, 상 2-2:9)
敎法은 衆生 敎化ᄒᆞ시ᄂᆞᆫ 法이라 (월석 2:52)
⇐『 (부톄) 敎法으로 衆生ᄋᆞᆯ 敎化ᄒᆞ시ᄂᆞ다 』
相法은 相보ᄂᆞᆫ 法이라 (월석 7:29)
⇐『 法(相法)으로 相보다 』
다ᄉᆞ릴 법을 의론ᄒᆞ여 (번소 9:102)
疑心ᄒᆞ야 묻ᄌᆞ오시ᄂᆞᆫ 글월 (법화 1:123)
우흔 다 諸佛ㅅ 머리셔 讚歎ᄒᆞ시ᄂᆞᆫ 마리시니라 (법화 6:179)
誠實ᄒᆞᆫ 마ᄅᆞᆫ 阿彌陀佛 기리ᅀᆞᆸᄂᆞᆫ 마리라 (월석 7:74)
큰 法 즐기ᄂᆞᆫ ᄆᆞᅀᆞ미 잇던댄 (월석 13:36)
覺了能知ᄒᆞᄂᆞᆫ ᄆᆞᅀᆞ미 (능엄 1:55)
法 爲ᄒᆞᆫ ᄆᆞᅀᆞ미 (법화 6:12)
뉘읏븐 ᄆᆞᅀᆞᄆᆞᆯ (석보 6:8)
如來ᄅᆞᆯ 받ᄌᆞ와 順ᄒᆞ샤 法門ᄋᆞᆯ 받ᄌᆞ오신 히므로 더으시면 (법화 7:67)
돌ᄋᆞᆫ 우리티시ᄂᆞᆫ 소리라 (월석 10:93)
시름ᄒᆞ야 한숨 디ᄂᆞᆫ 소리 (석보 19:14)

위의 예들은 완전한 매김마디와 분간하기 힘들어서 「-오/우-」가 생략된 것이다. (완전한 매김마디는 「-오/우-」의 삽입이 불규칙하다.)

방편말이 빠지는 매김마디와 완전한 매김마디가 서로 혼동되는 이유는 다음과 같다.

첫째, 방편말이 빠지는 경우는 그 구조가 완전한 매김마디와 거의 같다. 그것은 완전한 매김마디처럼 매김말 앞에 임자말, 부림말, 위치말의 모든 월성분이 다 올 수 있기 때문이다.

둘째, 방편말은 월성분 중 수의적인 요소이다. 속뜻(속구조)이란 원래 모호한 것인데, 다른 월성분이 빠지는 경우보다 방편말이 빠지는 매김마디의 경우, 그 속구조를 알아내기 더욱 어려운 이유는 이 때문이다. 예를 들어 「내가 그녀를 사랑한다」 라는 월에 수의적 요소인 「마음으로」 를 넣어보자. 「내가 그녀를 마음으로 사랑한다」 가 된다. 이를 매김마디로 만들면, 「내가 그녀를 사랑하는 마음」 이 되는데, 우리는 이 매김마디 자체만을 보고서 그것을 방편말의 빠짐으로 쉽게 단정해 버릴 수 있을까? 다음을 보자.

「내가 그녀를 진심으로 사랑하는 마음」

앞의 매김마디에 다시 수의적 요소인 방편말 「진심으로」를 넣었다. 앞의 것과 구조는 똑 같다. 이의 속구조를 『*내가 그녀를 진심으로 마음으로 사랑한다』라고 할 수 있을까? 그렇다면 또 다음을 보자.

「내가 그녀를 진심된 가슴으로 사랑하는 마음」

이것을 속구조로 돌이킬 수 있을까? 이렇게 되는 이유는 방편말이 수의적인 요소이기 때문이다. 임자말, 부림말, 위치말이 빠진 매김마디의 경우에는 그것이 빠진 자리에 그것과 같은 월성분이 올 수 없다.

「그녀를 사랑하는 나」 → 「* 그가 그녀를 사랑하는 나」

「내가 사랑하는 그녀」 → 「* 내가 그 남자를 사랑하는 그녀」

「내가 간 학교」 → 「* 내가 교회에 간 학교」

이와 반대로 방편말의 경우는 수의적이기에, 앞에서 보았듯이 다른 방편말이 그 자리에 들어갈 수 있었다. 그러므로 속구조로 돌이키기 어렵게 되는 것이다.

그러나 방편말이 구체적인 물질일 때는 그렇지 않다.

「내가 풀을 벤 낫」 → 「* 내가 칼로 풀을 벤 낫」

또 다음과 같은 추상적인 방편말이 들어간다 하더라도 「낫」 은 풀을 베는 도구일 뿐이다.

「내가 열심으로 풀을 벤 낫」

즉 매김을 받는 방편말이 추상적인 이름씨일 경우, 완전한 매김마디와 분간이 어렵게 되는 것이다.

(5-2) 매인이름씨 빠짐

매인 이름씨를 꾸미는 예는 다음의 한 경우밖에 찾지 못했다.

衣服臥具飮食 資生홀 꺼슬 貪着아니코 (법화 7:183)

앞의 예문들 중에 「-오/우-」 가 들어간 예가 훨씬 많은데, 이는 방편말이 빠져나간 매김마디의 풀이말에도 부림말,위치말,견줌말이 빠져나간 경우처럼, 「-오/우-」 가 들어감이 원칙이었기 때문일 것이다.

이상으로써 다음과 같은 가설이 성립한다.

15세기 이전에는 월성분의 개념이 주체와 객체 둘 뿐이었다. 주체는 그 개념의 확실성 때문에 지금에 이르기까지도 그대로 남게 되고, 객체는 그 개념의 불확실성 때문에 위치말,견줌말 등으로 분화하게 되었다. (이러한 현상은 높임법의 변천에서도 일어나는데, 주체높임은 15세기부터 지금까지 한결같은데, 객체높임은 거의 허물어지고 만 것이 그것이다.)

매김마디에서, 객체가 빠져나갈 때는 「-오/우-」를 집어넣어, 주체가 빠져나간 매김마디와 분간되었던 것이, 객체가 분화를 일으키자 「-오/우-」도 흔들리게 된 것이다.

2-2. 완전한 매김마디

매김마디는 대부분의 경우 속구조의 월성분이 빠져나가 만들어지는데, 앞으로 열거하는 경우는 빠져나가지 않은 '완전한 매김마디'이다. 여기서는 「-오/우-」가 불규칙하게 쓰이고 있다. 「-오/우-」는 빠져나간 월성분이 무엇인가 하는 것을 나타내 주기 위해 들어간 것인데, 완전한 매김마디는 빠져나간 월성분이 없으므로 여기서는「-오/우-」가 그 가치를 상실하여 불규칙하게 쓰인 것이다.

(1) 완전이름씨 꾸밈

「-오/우-」 없음

내 오ᄂᆞᆳ날…地藏菩薩이 人天中에 利益ᄒᆞᄂᆞᆫ 일둘콰...聖因에 건내 뛴 일와 十地 證혼 일와...菩薩에 므르디 아니ᄒᆞᄂᆞᆫ 이ᄅᆞᆯ… (월석 21:155)

몸 ᄉᆞᆯ며 블 ᄉᆞᄅᆞ신 일 아로ᄆᆞ로 (월석 18:61)

앗가ᄫᆞᆫ ᄠᅳ디 잇ᄂᆞ니여 (석보 6:25)

모도아 니르와ᄃᆞᆫ ᄠᅳᆮ (원각, 상2-1:26)

이제 서르 아ᄂᆞᆫ 젼ᄎᆞ며 (능엄 1:69)

清淨의 나신 젼ᄎᆞ며 (능엄 1:98)

佛如來와 慈力이 ᄒᆞᆫ가진 젼ᄎᆞ로 (능엄 6:7)

修習인 젼ᄎᆞ로 (능엄 8:50)

十方如來 다 ᄒᆞᆫ 道ᅵᆫ 젼ᄎᆞ로 (능엄 1:44)

千聖이 다 녀시ᄂᆞᆫ 젼ᄎᆞ로 (능엄 1:50)

「-오/우-」 있음

十方佛 보ᅀᆞ오시논 이ᄅᆞᆯ (법화 5:75)

다 餘國에 化보내샤 護持하야 도ᄋᆞ시논 이리시니라 (법화 4:105)

ᄂᆞᆷ 利ᄒᆞ시논 이ᄅᆞᆯ 가ᄌᆞᆯ비시니라 (월석 13:8)

몸 ᄉᆞᆯ며 불 ᄉᆞᄅᆞ시ᄂᆞᆫ 이ᄅᆞᆯ 아ᄅᆞ시며 (법화 6:183)

阿難이 出家ᄒᆞᆫ 後로 스므나ᄆᆞᆫ ᄒᆡᄅᆞᆯ 부텨 졷ᄌᆞᄫᅡ 이셔 듣ᄌᆞᄫᆞᆫ 이리 ᄆᆞᆺ 하ᄃᆡ (석보 24:2)

堪忍에 사ᄅᆞ시ᄂᆞᆫ 이ᄅᆞᆯ 묻ᄌᆞᄫᆞ시니라 (월석 18:80)

바ᄅᆞ래 누ᄫᅳᆫ 이ᄅᆞᆫ…須彌山 ᄢᅦ윤 이ᄅᆞᆫ…ᄃᆞᄅᆞᆯ 자ᄇᆞᆫ 이ᄅᆞᆫ… (월석 1:17-8)

精舍 지ᅀᅮᇙ 이를 (월석 6:26)

사ᄅᆞᆯ 이ᄅᆞᆯ (몽산 19)

生死 버ᅀᅮᇙ 이ᄅᆞᆯ (월석 10:14)

이 親近 供養ᄒᆞᅀᆞ오시ᄂᆞᆫ ᄠᅳ디라 (원각, 하 3-1:18)

부텻 出現ᄒᆞ샤 說法ᄒᆞ시ᄂᆞᆫ ᄠᅳ들 아ᅀᆞ와 (법화 2:156)

부톄 一乘 니ᄅᆞ시ᄂᆞᆫ ᄠᅳ들 (법화 1:226)

說法ᄒᆞ시ᄂᆞᆫ ᄠᅳᆮ 아로미 어려ᄫᅳ니 (석보 13:48)

그리ᄒᆞᄂᆞᆫ ᄠᅳ든...주길까 ᄒᆞᄂᆞᆫ ᄠᅳ디라 (석보 11:1)

ᄂᆞᆷ 졿 ᄠᅳ디 이실ᄊᆡ (월석 2:13)

앗곯 ᄠᅳᆮ 내디 말라 (월석 18:17)

이를 ᄇᆞ룐 젼ᄎᆞ로 (능엄 1:82)

物 이슈미 ᄃᆞ외ᄂᆞᆫ 젼ᄎᆞ로 (능엄 1:75)

ᄇᆞᆯ고ᄆᆞᆯ 나토려 ᄒᆞ시ᄂᆞᆫ 젼ᄎᆞ로 (능엄 1:79)

일로 브터 가ᄂᆞᆫ 젼ᄎᆞ로 (능엄 1:50)

ᄆᆞᅀᆞ매 부텨를 ᄉᆞ랑ᄒᆞᅀᆞᆸᄂᆞᆫ 젼ᄎᆞ로 (능엄 1:86)

性에 잇디 아니호ᄆᆞᆯ ᄇᆞᆯ기시ᄂᆞᆫ 젼ᄎᆞ로 (능엄 1:111)

解脫을 得ᄒᆞ샨 젼ᄎᆞ로 (능엄 8:26)

첫 地位론 젼ᄎᆞ로 (월석 2:60)

ᄆᆞᅀᆞᄆᆡᆫ 眞實 아니론 젼치라 (금강삼가 2:27)

내 겨지비론 젼ᄎᆞ로 (월석 10:18)

ᄢᅥ러듊 젼ᄎᆞᄅᆞᆯ 펴니라 (능엄 1:33)

(2) 매인이름씨 꾸밈

「-오/우-」 없음

緣影이 다 업스신 다ᄉᆞ로 (법화 6:83)

如ᄒᆞ신 다시라 (월석18:72)

여러가짓 相見을 여희신 다ᄉᆞ로 (월석 18:35)

부텻 일훔 稱念ᄒᆞᅀᆞᄫᆞᆫ 다ᄉᆞ로 (월석 21:137)

나ᄉᆞᆫ 다ᄉᆞ로 (법화 4:21)

ᄂᆞ외야 惡趣를 저픈 주리 업스니 (석보 9:39)

世間이 無常ᄒᆞ야 구든 주리 업스니 (월석 10:14)

므릐 몰ᄀᆞᆫ 주를 보아 (월석 8:6)

쁠거시 다 난분 줄 업긔 호리라 (월석 9:15)

사ᄅᆞᆷ과 사ᄅᆞᆷ 아닌것괘…供養ᄒᆞᅀᆞᆸᄂᆞᆫ 양이 다 뵈ᄂᆞ다 (석보 13:24)

四衆둘히…圍繞ᄒᆞᅀᆞᄫᆡᆺᄂᆞᆫ 양도 보고 (석보 19:40)

웃사ᄅᆞᆷ두고 더은 양 ᄒᆞ야 (월석 9:31)

ᄌᆞ걋 나라해셔 거슬ᄠᅳᆫ 양 ᄒᆞᄂᆞᆫ 難 (석보 9:33)

맛당홀 양올 조차 (석보 13:47)

니근돌 아ᄅᆞ시고 (월석 2:50)

업ᄉᆞᆫ돌 (석보 19:10)

念覺支ᄂᆞᆫ 一切法의 性이 다 뷘돌 볼씨오 (월석 2:37)

一切智 아닌돌 알라 (월석 21:198)

나ᄒᆞ신돌 아ᄅᆞ시고 (석보 11:32)

滅 아니 ᄒᆞ시ᄂᆞᆫ돌 알어신마ᄅᆞᆫ (월석 18:39)

說法 듣ᄌᆞᆸᄂᆞᆫ돌 보고 (남명, 하:17)

釋迦佛 ᄃᆞ외싫돌 普光佛이 니ᄅᆞ시니이다 (월석 1:3)

아니 ᄃᆞ욇돌 아노니 (삼강행실도, 충17)

오신디…오라디 몯거시든 (법화 5:119)

뎌 부텨 滅度ᄒᆞ거신디…오라고 (월석 14:7)

道 得거신디…잣가오샤ᄃᆡ (법화 5:120)

妻眷 ᄃᆞ외얀디 三年이 몯 차이셔 (석보 6:4)

邪曲ᄒᆞᆫ 道理 ᄇᆡ환디 오라아 (석보 6:28)

無量壽佛 보ᅀᆞᄫᆞᆫ 사ᄅᆞᄆᆞᆫ 十方無量諸佛을 보ᅀᆞᄫᆞᆫ디니 (월석8:33)

막대 디퍼 時로 能히 나갈디나 (두언 8:13)

부텨 本來 至極寂靜ᄒᆞᆫ 그에 住ᄒᆞ샤 (석보 23:44)

ᄌᆡ조 젹고 나히 늘근거긔 오히려 뵌 일후미 잇ᄂᆞ니 (두언22:16)

굳디 아니ᄒᆞᆫ게 수든 ᄠᅳ든 머그샤 (월석 10:9)

나ᅀᅡ ᄇᆡ호ᄆᆞᆯ 가ᄇᆡ야이 너기며 슬희여ᄒᆞᄂᆞᆫ게 드위혀니라 (원각, 상 2-2:90)

다ᄅᆞ디 몯ᄒᆞᆯ게 變ᄒᆞ야 다ᄅᆞᆯ시 (원각, 상2-1:28)

서르 섯근ᄃᆞᆺ 疑心ᄃᆞ외도다 (능엄 2:98)

하ᄂᆞᆳ 樹王이 고지 ᄑᆞᆫᄃᆞᆺ ᄒᆞ니 (석보 13:25)

이 마리 人情에 브터 니ᄅᆞ신ᄃᆞᆺ ᄒᆞᆯ시 (남명, 하39)

惚ᄋᆞᆫ 恍惚ᄒᆞ야 누네 잇ᄂᆞᆫᄃᆞᆺ 업ᄉᆞᆫᄃᆞᆺ ᄒᆞᆯ씨니 (월석 14:18)

주근ᄃᆞ시 자다가 (두언 22:1)

갸ᄉᆞᄅᆞᆯ 몯다 서러잇ᄂᆞᆫᄃᆞ시 ᄒᆞ얫더니 (월석 23:74)

ᄒᆡᆫ 기베 漠漠히 ᄇᆞᄅᆞᄆᆡᆺ 몰애 여렛ᄂᆞᆫᄃᆞ시 그렛도다 (두언 16:39)

보시고ᅀᅡ 안디시 ᄒᆞ시니 (천강곡, 상, 기43)

濟度호ᄆᆞᆯ 몯ᄒᆞᇙᄃᆞᆺ 疑心ᄃᆞ왼 젼ᄎᆞ로 (능엄 1:26)

「-오/우-」 있음

發ᄒᆞ논 다시니 (능엄 8:80)

ᄆᆡ조미 잇논 다ᄉᆞ로 (월석 14:36)

法身을 證得ᄒᆞ샨 다ᄉᆞ로 (월석 18:35)

辟支佛 供養ᄒᆞ샨 다ᄉᆞ로 (석보 11:42)

正道애 서게 ᄒᆞᆫ 다ᄉᆞ로 (법화 4:17)

센 머리예 고지 디논 주를 슬코 (두언 21:14)

受苦 여희논 주를 讚嘆ᄒᆞ시리니 (월석 8:55)

이 病 업스샨 주리라 (석보 23:44)

須達ᄋᆡ 버릇 업순 주를 보고 (석보 6:21)

이 法 信티 아니홀 줄 업스니 (석보 13:62)

菩薩ㅅ 道理 行ᄒᆞ시논 양도 (석보 13:14)

아논 양 ᄀᆞ티 불어 니ᄅᆞ리니 (법화 6:67)

안자 겨샨 양도 (석보 19:40)

부텨 道理 求ᄒᆞ논 야을 본ᄃᆡᆫ (석보 13:18)

貪ᄒᆞ야 求ᄒᆞ논 그 양이 (법화 2:113)

ᄀᆞ존ᄃᆞᆯ (능엄 6:40)

다닫디 몯ᄒᆞᆫᄃᆞᆯ (월석 14:22)

無相ᄒᆞᆫᄃᆞᆯ 아ᄅᆞᆯ디로다 (금강삼가 3:29)

쇽절업시 ᄃᆞᆮᄂᆞᆫᄃᆞᆯ 아로니 (남명, 하:45)

世間이 나ᄀᆞ내론ᄃᆞᆯ 아라 (능엄 6:103)

긋디 아니ᄒᆞᄂᆞᆫᄃᆞᆯ 보리니 (몽산41)

이 ᄀᆞᆮᄒᆞ샨ᄃᆞᆯ 볼기시니라 (월석17:15)

이제ᅀᅡ 일우샨ᄃᆞᆯ 優陀耶ㅣ ᄉᆞᆯᄫᆞ니이다 (천강곡, 상, 기115)

幸혀 ᄇᆞ라ᅀᆞ온ᄃᆞᆫ 머믈워 두쇼셔 (육조, 서17)

서르 보논ᄂᆞᆫ...有別호ᄆᆞᆯ 볼기개니라 (내훈 1:77)

이숀디 아니며 (능럼 3:17)

아니 和ᄒᆞᆫ디 아니로다 (능엄 2:102)

和合ᄋᆞ로 니디 아니ᄒᆞᆫ디 ᄇᆞᆰ도다 (능엄 2:100)

見이 物 아니론디 볼기리로다 (능엄 5:38)

ᄒᆞ마 涅槃ᄒᆞ샨디 닐웨 디나샤 (석보 23:40)

고ᄌᆞᆯ 노ᄒᆞ라 ᄒᆞ논디 아니라 (월석 7:54)

衆生이 本來 부톄론디라 (금강삼가 4:53)

ᄉᆞ로ᄆᆞᆯ브터 나ᄂᆞᆫ디라 空애셔 나디 아니ᄒᆞ니라 (능엄 3:25)

오직 ᄒᆞᆫ 이ᄅᆞᆯ 爲ᄒᆞ시ᄂᆞᆫ디라 녀나ᄆᆞᆫ 乘이 업스시니 (법화 1:14)

다ᄒᆞ샨디라 더으디 몯ᄒᆞ시리라 (능엄 1:18)

藥國 ᄡᅡ홀 어둘 보ᄂᆞᆫ디니 (월석 8:8)

相 아니라 닐옳디라 (능엄 6:59)

ᄠᅳᆫ 人生ᄋᆞᆯ ᄆᆞ던히 너펄디로다 (두언 7:12)

비취요ᄆᆞᆯ 잇비 마롤디로소니 (두언 7:38)

ᄯᅩ ᄂᆞᄅᆞᆷ과 사오나ᄫᆞᆷ과ᄅᆞᆯ 一定홇딘댄 (석보 19:10)

기르ᄂᆞᆫ 太子ᄅᆞᆯ 나혼게셔 달이 아니터라 (석보 11:35)

眞珠 헤튠듯 ᄒᆞ니라 (금강삼가 2:12)

님금ㅅ 綱紀ᄂᆞᆫ 오히려 旗ㅅ발 ᄃᆞ론듯 ᄒᆞ도다 (두언 22:33)

피릿소릴 듣ᄂᆞᆫ듯 ᄒᆞ더니라 (두언 6:41)

ᄒᆞᆫ번 밥 머근ᄃᆡᄂᆞᆫ 자최 곧 ᄡᅳ론ᄃᆞ시 업소다 (두언 22:3)

文章이 ᄡᅡ홀 ᄡᅳ론ᄃᆞ시 업도다 (두언 24:58)

제 모맷 고기ᄅᆞᆯ 바혀 내ᄂᆞᆫᄃᆞ시 너겨ᄒᆞ며 (석보 9:12)

3. 겹월에서 변형된 매김마디

겹월에서 변형된 매김마디는 그 예가 매우 적다. 문헌이 확보되면 더욱 자세한 분석이 이루어지리라고 믿는다.

3-1. 이은 겹월에서 변형

[이은 겹월]-ㄴ/ㄹ

[艱難ᄒᆞ며 어엿븐] 사ᄅᆞᄆᆞᆯ 쥐주어 거리칠ᄊᆡ (석보 6:13)

利樂ᄋᆞᆫ [됴코 즐거ᄫᅳᆯ]씨라 (석보 9:8)

ᄂᆞ미것 서르 일버수믈 ᄒᆞᆯᄊᆡ [외니 올ᄒᆞ니 決홇] 사ᄅᆞ미 업서 (월석

1:45)

그 後에ᅀᅡ [외니 올ᄒᆞ니 이긔니 계우니] ᄒᆞᆯ 이리 나니라 (월석 1:42)

阿難羅云이...ᄒᆞ마 ᄒᆞᆫ 사ᄅᆞᄆᆡ 보며 아ᄂᆞ니로ᄃᆡ (법화 4:49)

⇐ [보며 아ᄂᆞᆫ] 이로ᄃᆡ

다 餘國에 化보내샤 [護持ᄒᆞ야 도ᄋᆞ시ᄂᆞᆫ] 이리시니라 (법화 4:105)

부텻 [出現ᄒᆞ샤 說法ᄒᆞ시ᄂᆞᆫ] ᄠᅳ들 아ᅀᆞ와 (법화 2:156)

[疑心ᄒᆞ샤 묻ᄌᆞ오시ᄂᆞᆫ] 글돌ᄒᆞᆫ 곧 알ᄑᆞᆫ 仔細ᄒᆞ고 (법화 1:123)

3-2. 안은 겹월에서 변형

(1) 이름마디를 안음

$_2[\ _1[\quad]_1$-ㅁ$]_2$ -ㄴ/ㄹ

[모로매 [일 ᄆᆞᄌᆞ 일우ᅀᆞᄫᆞᄆᆞᆯ] 몬져 ᄒᆞᇙ]디니 (월석, 서:17)

⇐ [(임) [(임) 일 ᄆᆞᄌᆞ 일우ᅀᆞᆸ-]-ㅁ「-ᄋᆞᆯ」 몬져 ᄒᆞ다]-ㄹ

[[부텻 ᄀᆞᄅᆞ치샤ᄆᆞᆯ] 만히 듣ᄌᆞᄫᆞᆯ] 씨 聞이오 (석보 11:43)

⇐ [(임) [부톄 ᄀᆞᄅᆞ치시-]-ㅁ「-ᄋᆞᆯ」 만히 듣ᄌᆞᆸ다]-ㄹ

[몬져 [丈六像이 못 우희 겨샤ᄆᆞᆯ] 보ᅀᆞᄫᆞᇙ]디니 (월석 8:44)

⇐ [(임) [丈六像이 못 우희 겨시-]-ㅁ「-ᄋᆞᆯ」 보ᅀᆞᆸ다]-ㄹ

[[이 相ᄋᆞᆯ 여희여 發心호ᄆᆞᆯ] 勸ᄒᆞ샨] 아치니라 (금강삼가 3:36)

[[性에 잇디 아니호ᄆᆞᆯ] ᄇᆞᆯ기시ᄂᆞᆫ] 젼ᄎᆞ로 (능엄 1:111)

ᄎᆡᆷ란 [[境界ᄅᆞᆯ ᄇᆞ터 ᄆᆞᅀᆞ매 ᄃᆞᆺ오며 아니ᄃᆞᆺ옴 ᄀᆞᆯᄒᆡ요ᄆᆞᆯ] 니ᄅᆞ와ᄃᆞᆯ] 씨라 (능엄 4:16)

[[衣服飮食브터며 일 잡주ᅀᅮᆷ브터 호ᄆᆞᆯ] 父母ㅣ ᄉᆞ랑ᄒᆞ시ᄂᆞᆫ] 바ᄅᆞᆯ 잠ᄭᅡᆫ도 ᄀᆞᆯ와 마라 = 由衣服飮食과 由執事ᄅᆞᆯ 毋敢視父母所愛ᄒᆞ야 (내훈 1:55)

[[즐거본 일 :주미] 그지업슬] 씨오 (석보 13:39)

[[ᄃᆞ트리 얽ᄆᆡ유미] 아니ᄃᆞ욀] 씨라 (석보 6:29)

⇐ [[ᄃᆞ트리 얽ᄆᆡ이-]-ㅁ「-이」 아니ᄃᆞ외다]-ㄹ

[[외다 ᄒᆞ샤ᄆᆞᆯ] 듣ᄌᆞ온] 젼ᄎᆞ로 (능엄 1:86)

⇐ [[[외다] ᄒᆞ시-]-ㅁ「ᄋᆞᆯ」 듣ᄌᆞᆸ다]-ㄴ
인용마디

(2) 매김마디를 안음

$_2[\ _1[\quad]_1$-ㄴ/ㄹ $]_2$-ㄴ/ㄹ

巖ᄋᆞᆫ 바회라 十一面은 열ᄒᆞᆫᄂᆞ치니 [[열ᄒᆞᆫᄂᆞᆾ 觀自在菩薩ㅅ 相ᄋᆞᆯ 밍ᄀᆞ라 供養ᄒᆞᅀᆞᄫᆞᆯ] 일 니ᄅᆞ샨] 經이라 (석보 6:44)
杵는 방핫괴니 [[굵근] 막다히 ᄀᆞᄐᆞᆫ] 거시라 (석보 6:31) [ᄒᆞᆫ번 [다ᄅᆞᆫ] 地位예 난] 後ㅣ면 妙覺地位에 오ᄅᆞᆯ씨니 (석보 6:29)
無比身ᄋᆞᆫ [[가ᄌᆞᆯᄫᆞᆯ] ᄯᅵ 업슨] 모미니 부텻 모미 여러가짓 相이 ᄀᆞᄌᆞ샤 [[가ᄌᆞᆯ비ᅀᆞᄫᆞᆯ]ᄯᅵ 업스실]씨라 (석보 6:41)
修行本起經은 [[修行ㅅ 根源 니르와ᄃᆞ샨] ᄆᆞᆺ 첫 根源을 닐온] 經이라 (석보 6:42)

(3) 인용마디를 안음

$_2[\ _1[$인용$]_1\ ]_2$-ㄴ

[[나다] ᄒᆞᄂᆞᆫ] 마ᄅᆞᆫ [[사라나다] ᄒᆞᄂᆞᆫ] 마리 아니라 [[다ᄅᆞᆫ 地位예 올마가다] ᄒᆞᄂᆞᆫ] ᄠᅳ디라 (석보 6:36)
[[외다] ᄒᆞ샤ᄆᆞᆯ 듣ᄌᆞᄫᆞᆫ] 젼ᄎᆞ로 (능엄 1:86)
그 後로 [[夫妻라] 혼] 일후미 나니 (월석 1:44)
처ᅀᅥᆷ 道場애 안ᄌᆞ시니 [[부톄라] 혼] 일후미 겨시고 (석보 13:59)
이 ᄯᅡ히 [[竹林國이라] 혼] 나라히이다 (월석 8:94)
[[처ᅀᅥᆷ 佛家애 나다] 혼] 生이디ᄫᅵ [[生死애 나며 드ᄂᆞ다] 혼] 生이 아니라 (월석 17:27-8)
[[ᄀᆞᄅᆞᆷ 업다] 혼] 업수미 滅ᄒᆞ야 (능엄 9:26)
多陀阿伽度ᄂᆞᆫ [[如來라] 혼] 마리라 (석보 13:34)
佛은 [[知者ㅣ라] 혼] 마리니 知者ᄂᆞᆫ [[아ᄂᆞᆫ 사ᄅᆞ미라] 혼] ᄠᅳ디라 (월석 9:12)

이 [[잇다 업다] 혼] 無도 아니며 [[眞實로 업다] 혼] 無도 아니라 ᄒᆞ니 = 不是有無之無ㅣ며 不是眞無之無ㅣ라 ᄒᆞ니 (몽산 55-6)

補陁ᄂᆞᆫ [[혀근 ᄒᆡᆫ 고지라] ᄒᆞᄂᆞᆫ] 마리니 (석보 6:43)

위의 예문은 인용마디가 다시 매김마디를 안고 있는데, 인용마디에 안긴 매김마디는 '대등한 매김마디'이다. 이는 「혁고 ᄒᆡᆫ 곳」 과 같은 '이은 매김마디' 와 같은 표현이다.

포함관계는 다음과 같다 : 매김마디⊃인용마디⊃매김마디

(4) 어찌마디를 안음

$_{2}$[$_{1}$[어찌]$_{1}$]$_{2}$-ㄴ/ㄹ

내 이제 [[未來劫 ᄆᆞᆺᄃᆞ록] 몯 니ᄅᆞᇙ] 劫에 (월석 21:18)

變은 長常 固執디 아니ᄒᆞ야 [[맛긔] 고틸] 씨라 (석보 13:38)

慈悲ᄂᆞᆫ [[衆生ᄋᆞᆯ 便安케] ᄒᆞ시ᄂᆞᆫ] 거시어늘 (석보 6:5)

兩舌ᄋᆞᆫ 두가짓 혜니 [[ᄂᆞᄆᆡ ᄉᆞᅀᅵ예 싸호게] ᄒᆞᆯ] 씨라 (월석 21:60)

[[智와 悲왜 둘히 아니에] ᄒᆞᆯ]씨 이 일후미 廻向이니 (능엄 8:34)

化人ᄋᆞᆫ [[世尊ㅅ 神力으로 ᄃᆞ외의]ᄒᆞ샨]사ᄅᆞ미라 (석보 6:7)

[[서리와 이슬로 ᄒᆡ여 사ᄅᆞᄆᆡ 오ᄉᆞᆯ 저지게] 마롤] 디니라 = 無使霜露濡人衣 (두언 15:44)

涅槃ᄋᆞᆫ…사디 아니ᄒᆞ시며 죽디 아니ᄒᆞ샤 [[便安케] ᄃᆞ외실] 씨라 (월석 1:18)

敎化ᄂᆞᆫ [ᄀᆞᄅᆞ쳐 [어딜에] ᄃᆞ외올] 씨라 (월석 1:19)

[이 藥곳 [아바님ㅅ 病을 됴ᄒᆞ시게] ᄒᆞᇙ] 딘댄 (월석 21:216)

실혀믄 모로매 [[길에] ᄒᆞ고 모로매 [하야켄] 아니ᄒᆞᆯ] 디로다 = 繰絲須長不須白 (두언 25:50)

法이…너비 펴아가미 [술위ᄢᅵ 그우듯] ᄒᆞᆯ] 씨 (석보 13:4)

精氣ᄂᆞᆫ [[넉시라 ᄒᆞᄃᆞᆺ] ᄒᆞᆫ] ᄠᅳ디라 (석보 9:22)

辭ᄂᆞᆫ [[하딕이라 ᄒᆞᄃᆞᆺ] ᄒᆞᆫ] 마리라 (석보 6:22)

(5) 풀이마디를 안음

$_{2}$[$_{1}$[풀이]$_{1}$]$_{2}$-ㄴ/ㄹ

우리 祖師ㅣ 허믈 겨샨디 아니시니라 (육조, 상88)
⇐ 祖師ㅣ [[祖師ㅣ 허므리 겨시-]]-ㄴ 디

Ⅱ.3. 인용마디

인용마디는, 인용말이 한 월 안에 안기는 안긴마디를 뜻한다. 그러므로 인용마디는 그자체가 하나의 월의 형식이며 마침법 씨끝으로 끝나는 것이 원칙이다.

그리고 중세국어 인용마디는 인용토씨가 없다는 것이 그 특징이다.

1. 인용마디의 특질

1-1. 문법정보의 제약

인용마디의 풀이말에는, 모든 문법정보가 제약없이 나타날 수가 있다. 인용말은 완전한 하나의 월의 형식이며, 그것이 그대로 인용마디가 되기 때문이다.

1-2. 안은마디와 안긴마디의 통어적 제약

안은마디의 풀이말과 안긴 인용마디의 풀이말 사이에는, 높임법에 대한 제약만이 나타나는데, 안은마디의 주체.객체 높임법과, 인용마디의 들을이 높임법 사이에 상호 제약이 일어난다.

① 안은마디의 풀이말에 「-으시-」만이 연결되면, 안긴 인용마디에는 「-으이-」가 연결되지 않는 것이 원칙이다.

말할이가 들을이보다 높은 위치에 있기 때문이다.

世尊이…니ᄅᆞ샤ᄃᆡ [父王이 病ᄒᆞ야 겨시니 우리 미처 가 보ᅀᆞ
ᄫᅡ ᄆᆞᅀᆞᄆᆞᆯ 훤히 너기시게 ᄒᆞ져라] ᄒᆞ시고 (월석 10:6)

부톄 大王ᄋᆞᆯ 니ᄅᆞ샤ᄃᆡ…[八萬四千塔ᄋᆞᆯ 셰리라] ᄒᆞ야신마ᄅᆞᆫ
(석보 24:17)
世宗이 날ᄃᆞ려 니ᄅᆞ샤ᄃᆡ [追薦이 轉經곧ᄒᆞ니 업스니 네 釋譜ᄅᆞᆯ ᄆᆡᇰᄀᆞ라 飜譯호미 맛당ᄒᆞ니라] ᄒᆞ야시ᄂᆞᆯ (월석, 서:11)
王이 怒ᄒᆞ야 니ᄅᆞ샤ᄃᆡ…[즉자히 그 蓮花ᄅᆞᆯ ᄇᆞ리라] ᄒᆞ시다
(석보 11:31)
菩薩이 諸天ᄃᆞ려 무르샤ᄃᆡ [엇던 양ᄌᆞ로 ᄂᆞ려가료] ᄒᆞ샤ᄂᆞᆯ 션비 양ᄌᆞ도 니ᄅᆞ며 (월석 2:19)

② 인용마디를 이끄는 말인 「듣-」에 「-ᄉᆞᆸ-」이 연결될 때는, 인용마디에 「-으이-」가 연결되지 않는 것이 원칙이다. 이 때의 객체는 인용마디가 된다.

[釋迦牟尼佛ㅅ 法中에 便安ᄒᆞᆫ 이리 만ᄒᆞ시고 셜본 일돌히 업스시다] 듣ᄌᆞᆸ노라 (월석 10:26)
⇐ [내 法中에 便安ᄒᆞᆫ 이리 만코 셜본 일돌히 없다] 듣ᄌᆞᆸ-

이렇게 되는 이유는 「듣-」이 입음(피동)의 뜻을 가지기 때문이다.

'A이(들을이) B(말할이)에게서 [C]라는 말씀을 듣다(듣ᄌᆞᆸ-)'

'말씀을 듣다(듣ᄌᆞᆸ-)'는 인용마디[C]를 높여줌과 동시에, 그것을 말한 사람인 B를 높여주고 있다.(인용마디를 말한 사람 B는 높임의 대상이고, 듣는 사람 A는 높임의 대상이 아니다.) 그러므로 위의 예문에서 들을이 높임의 「-으이-」는 들어가지 않았다.

위 예문에서, 간접높임으로 바뀔 때 「-으시-」가 들어간 이유는, 말할이 B가 인용마디 안에서 주체로 등장했기 때문이다.

곧, 입힘의 뜻을 가진 말(「ᄒᆞ-」따위)이 인용마디를 이끄는 경우, 여기에 객체높임의 「-ᄉᆞᆸ-」이 연결되면, 인용마디에는 「-으이-」가 연결되고, 입음의 뜻을 가진 말(「듣-」)이 올 때는 「-으이-」가 연결되지 않는다.

그리하여 16세기에는 「듣ᄌᆞ오니 ᄀᆞᆯᄋᆞ샤ᄃᆡ」의 꼴이 나타난다.

> 네 偃이 夫子ᄭᅴ 듣ᄌᆞ오니 ᄀᆞᆯᄋᆞ샤ᄃᆡ [⋯小人이 道ᄅᆞᆯ ᄉᆞ랑ᄒᆞ면 브림이 쉽다] 호이다 (논어 4:31)
> 前日에 虞ㅣ 夫子ᄭᅴ 듣ᄌᆞ오니 ᄀᆞᆯᄋᆞ샤ᄃᆡ [⋯人을 尤티 아니ᄒᆞᆫ다] 호이다 (맹자 4:33-4)

곧 「듣ᄌᆞᆸ-」은 「니ᄅᆞ시-」 혹은 「ᄀᆞᆯᄋᆞ시-」와 같은 통어적 기능을 가지고 있으므로, 앞에서 설명한 ①과 같은 결론에 도달하는 것이다. 다음은 「듣ᄌᆞᆸ-」에 「-으시-」가 연결된 꼴이다.

> 나는 曾子ᄭᅴ 듣ᄌᆞᆸ고 曾子ᄂᆞᆫ 夫子ᄭᅴ 듣ᄌᆞ오시니 ᄀᆞᆯᄋᆞ샤ᄃᆡ [⋯그 몸을 辱ᄒᆞ디 아니ᄒᆞ면 可히 올오다 닐올디라] ᄒᆞ시니 (소학 4:18)

「-으시-」는 「나」가 「曾子」를 높여주기 위해 들어간 것이므로 인용마디의 들을이높임 제약에는 아무런 영향을 끼치지 못한다.

다음의 예문에서는 인용마디의 풀이말에 「-으이-」가 연결되지 않았다. 그것은, 이것을 말할 당시에는 말할이(魔王)가 들을이(世尊)보다 높은 위치였다는 것을 뜻한다. 그럼에도 불구하고, 인용마디를 이끄는 말에 들을이(통어상의 위치말:世尊)를 높이는 「ᄉᆞᆲ-」만 오고, 말할이(통어상의 주체:魔王)를 높이는 「-으시-」는 오지 않았다. 그 이유는, 이 글을

쓴 사람은 世尊이 魔王보다 더 높다고 판단했기 때문이다.

魔王이 世尊끠 술보디 [瞿曇아 나는 一切衆生이 다 부톄 드외야 衆生이 업거사 菩提心올 得호리라] 호더라 (석보 6:46)

③ 안은마디가 객체높임으로 표시되어 위치말 객체(들을이)를 높이게 되면 (안은마디의 풀이말이 「숣-」이 되거나, 「호-」에 안맺음씨끝 「-숩-」이 연결), 인용마디에는 「-으이-」가 연결되는 것이 원칙이다. 들을이(통어상의 위치말 객체)가 말할이보다 높은 위치에 놓이기 때문이다.

須菩提ㅣ…술오디 [아니이다 世尊하…보숩디 몯호수오리이다] 호니라 (금강 30)[36]

내 부텨끠 말쓰물 술보디 [내야 받ᄌᆞᄫᆞ리이다] 호ᅀᆞᄫᆞ이다 (석보 24:31)

大師ㅣ 王끠 술보디 [瞿曇의 弟子ㅣ 두리여 몯 오ᄂᆞ이다] (석보 6:29)

目連이 술보디 [羅睺羅ㅣ…涅槃 得호몰 부텨 ᄀᆞᄐᆞ시긔 호리이다] (석보 6:3-4)

阿難이 술오디 [如來ㅣ 百寶輪掌올 衆中에 펴락 쥐락 호샤몰 내 보숩노이다] (능엄 1:108)

阿難이…부텻긔 술오디 [내 ᄆᆞᅀᆞ미 實로 몸 밧긔 이쇼몰 알와이다] (능엄 1:52-3)

阿難이 부텨끠 술오디…[내…부텨 조ᄍᆞ와 머릴 갓고이다] (능엄 1:42)

須達이 부텨끠 술보디 [如來하 우리나라해 오샤 衆生의 邪曲올 덜에

---

36) 이 예문에는 「호-」에 「-숩-」이 연결되어 있지 않다. 그러나 다음의 예문에는 「호-」에도 「-숩-」이 연결되어 있는데, 이렇게 「호-」에도 「-숩-」이 연결되는 것이 원칙이다.

ᄒᆞ쇼셔] (석보 6:21)

이러한 구조를 설명하면 다음과 같다.

'A이(말할이) B(들을이)에게 [C]라고 말씀을 드리다(ᄒᆞᅀᆞᆸ-)'

'말씀을 드리다(ᄒᆞᅀᆞᆸ-)'는 위치말 객체(들을이)를 높여주고 있다. 이는 들을이가 말할이보다 높다는 것을 뜻한다. 그러므로 인용마디에는 들을이 높임의 「-으이-」가 연결되는 것이다.

④ 안은마디의 풀이말에 「-ᅀᆞᆸ-」과 「-으시-」가 함께 연결되는 경우는, 안긴 인용마디의 풀이말에 「-으이-」가 연결되는 것이 원칙이다. 글쓴이의 입장에서는 말할이와 들을이를 함께 높여준 것인데, 말할이보다 들을이가(통어상으로는, 주체보다 객체가) 더 높다고 판단하여, 「-ᅀᆞᆸ-」을 연결한 것이기 때문이다.

摩耶ㅣ 부텻긔 ᄉᆞᆯᄫᆞ샤ᄃᆡ [죽사릿 어리에 解脫ᄋᆞᆯ 하마 證ᄏᆞ이다] (월석 21:8)

摩耶夫人이 地藏菩薩ᄭᅴ 다시 ᄉᆞᆯᄫᆞ샤ᄃᆡ [엇데 일후미 無間地獄이잇고] (월석 21:41)

釋迦牟尼佛이 多寶佛ᄭᅴ ᄉᆞᆯᄫᆞ샤ᄃᆡ [이 妙音菩薩이 보ᅀᆞᆸ고져 ᄒᆞᄂᆞ이다] (월석 18:81)

文殊師利 부텻긔 ᄉᆞᆯᄫᆞ샤ᄃᆡ [내 盟誓롤 ᄒᆞ노니 像法 轉홇 時節에 種種 方便으로 淨信ᄒᆞᆫ 善男子 善女子돌히 ᄌᆞ옳저기라도 이 부텻 일후므로 들여 ᄭᆡ돋긔 호리이다] (석보 9:20-1)

耶輸ㅣ…大愛道ᄭᅴ ᄉᆞᆯᄫᆞ샤ᄃᆡ…[太子ㅣ ᄒᆞ마 나가시고 또 羅睺羅ᄅᆞᆯ 出家히샤 나라 니ᅀᅳ리롤 긋게 ᄒᆞ시ᄂᆞ니 엇더ᄒᆞ니잇고] (석보 6:7)

文殊ㅣ 維摩詰ᄭᅴ 묻ᄌᆞ오샤ᄃᆡ [어느 不二法門이잇고] (남명 상:25)

1-3. 하위분류

인용은 직접인용과 간접인용으로 크게 나눌 수 있는데, 국어에 있어서는 그 구분이 쉽지가 않다. 이는 우리말 특성중의 하나인데, 남의 말을 옮길 때, 말할이가 자신의 주관적 입장을 개입시키려는 의도가 강한 데에서 비롯된 것이다.

통어론의 기술에 있어서, 이 둘의 구분은 일관성 있게 체계화되어야 한다.

직접인용은, 누군가가 한말 (자기 자신이 한 말도 포함) 을 말할이가 그대로 옮긴 것이다. 이러한 직접인용을 제외한 인용은 모두 간접인용에 속하게 된다. 그러므로 간접인용은 그 종류가 매우 다양하다.

간접인용은 다시 '추상적 간접인용'과 '변형적 간접인용'으로 나눈다.

추상적 간접인용이란, 그 형식은 직접인용과 같지만, 누군가의(자기 자신도 포함) 생각을 인용화시킨다든가, 누군가가 할 말을 가정적으로 인용화시킨 것 따위를 뜻한다.

예) 나는…라고 생각한다.
 그가 설령…라고 하더라도…

변형적 간접인용이란, 누군가가 한 말 중의 어느 한 부분을, 말할이가 자기 자신의 입장에서 주관화하여 변형한 것을 뜻한다.

예) 그는 "내가 그 일을 했어"라고 했다.
 ⇒ 그는 자기가 그 일을 했다고 했다.

변형적 간접인용은 다시, 속구조의 인용마디의 성분 중에 어떤것을 변형시키는 '성분 변형'과, '말풀이 구조 변형'으로 나눈다.

그리하여 중세국어 인용마디의 하위분류는 다음과 같이 한다.

<table>
<tr><td rowspan="4">인용</td><td colspan="3">직접인용</td></tr>
<tr><td rowspan="3">간접인용</td><td colspan="2">추상적 간접인용</td></tr>
<tr><td rowspan="2">변형적 간접인용</td><td>성분 변형</td></tr>
<tr><td>말풀이 구조 변형</td></tr>
</table>

2. 직접 인용

직접인용은 누군가가 한 말을 그대로 옮긴 것이다. 인용마디는 인용마디의 앞에 나오는 말(인용마디를 이끄는 말 ; 닐오ᄃᆡ, ᄉᆞᆯᄫᆞᄃᆡ… 따위)과 인용마디의 뒤에 나오는 말(주로「ᄒᆞ-」)을 갖춘 여부에 따라 다음의 네 유형으로 나눌 수 있다.

① 닐오ᄃᆡ [인용] ᄒᆞ- ② 닐오ᄃᆡ [인용] ×
③ × [인용] ᄒᆞ- ④ × [인용] ×

2-1. '닐오ᄃᆡ [ ] ᄒᆞ-' 유형

이러한 유형에서는, 인용마디 뒤의 말이「ᄒᆞ-」로만 나타난다. 그러므로「ᄒᆞ-」는, 앞의「니ᄅᆞ다」의 반복형으로 본다. 다시 말하면,「ᄒᆞ-」는「니ᄅᆞ다」의 대치형이다.[37)]

인용마디의 앞뒤 말의 종류에 따라 예문을 들어 보이기로 한다.

37) 다음과 같은 속구조에서 변형된 것으로 분석한다

속구조 : (임) 닐오ᄃᆡ , (임)「 인용 」 니ᄅᆞ다
↓ ↓
동일 임자말 삭제 「ᄒᆞ-」로 대치

현대말의 인용구조는, 이러한 속구조에서 '동일 풀이말 삭제 (닐오ᄃᆡ)와 '동일 임자말 삭제'가 적용된 다음, 인용토씨가 들어간 것이다.

→ (임) [인용]라고 말하다

<닐오ᄃᆡ [ ] ᄒᆞ->

耶ㅣ라 호리…닐오ᄃᆡ [내 네 우희 올아 부텨ᄭᅴ 布施ᄒᆞᅀᆞᄫᅡ지라] ᄒᆞ야ᄂᆞᆯ (석보 24:8)

獄卒이…닐오ᄃᆡ [됴ᄒᆞᆯ쎠 오ᄂᆳ날 果報ㅣ여 釋迦牟尼佛ㅅ 弟子ㅅ ᄂᆞᄎᆞᆯ 보ᅀᆞᄫᆞᆫ뎌] ᄒᆞ고 (월석 23:82)

閻羅大王이 讚歎하야 닐오ᄃᆡ [됴ᄒᆞ실쎠 내 新히 저ᅀᆞᆸ고 香 퓌우ᅀᆞᆸ가니 부텻긔 信티 아니ᄒᆞᅀᆞᄫᆞ려] ᄒᆞ고 (월석 23:88-9)

天子ᄅᆞᆯ 더러ᄇᆞ리디 아니ᄒᆞ면 우리 乃終내 便安티 몯ᄒᆞ리라 ᄒᆞᆫ 大臣이 닐오ᄃᆡ [내 方便으로 더로리라] ᄒᆞ고 (월석 13:15)

그저긔…諸天ᄃᆞᆯ히 닐오ᄃᆡ [우리도 眷屬 ᄃᆞ외ᅀᆞᄫᅡ 法 ᄇᆡ호ᅀᆞᄫᆞ리라] ᄒᆞ고 (월석 2:23-4)

저희 닐오ᄃᆡ [梵天의 이ᄇᆞ로셔 :나라] ᄒᆞ고 (월석 2:46)

ᄒᆞᆫ 梵天이 諸天ᄃᆞ려 닐오ᄃᆡ [象ᄋᆡ 양지 第 ·이니 엇데어뇨] ᄒᆞ란ᄃᆡ (월석 2:19)

도ᄌᆞ기…날ᄃᆞ려 닐오ᄃᆡ 네 도로 머그라 아니옷 머그면 네 머리ᄅᆞᆯ 버효리라] ᄒᆞᆯᄊᆡ 두리어 머구니 怒를 잔치니라 (월석10:25)

다 절ᄒᆞ야 讚歎ᄒᆞ야 닐오ᄃᆡ [내 너희ᄃᆞᆯᄒᆞᆯ…업시우디 아니ᄒᆞ노니 엇뎨어뇨] ᄒᆞ란ᄃᆡ (월석 17:83)

아히 울어든 父母ㅣ…닐오ᄃᆡ [우디마라 내 너를 金 :주료] ᄒᆞ야ᄃᆞᆫ (남명, 상:44-5)

부텻 神通力을 보ᅀᆞ올디어늘 닐오ᄃᆡ [相ᄋᆞ로ᄡᅥ 보디 몯ᄒᆞ리라] ᄒᆞ니 (금강삼가 4:59)

高聲으로 닐오ᄃᆡ…[너희ᄃᆞᆯ히 당다이 부톄 ᄃᆞ외리라]ᄒᆞ더라 (석보 19:31)

사ᄅᆞ미 ᄂᆞᆷᄃᆞ려 닐오ᄃᆡ [經이 이쇼ᄃᆡ 일후미 法華ㅣ니 ᄒᆞᆫᄃᆡ 가 듣져] ᄒᆞ야ᄃᆞᆫ (석보 19:6)

帝釋이 닐오ᄃᆡ [부톄 아래 ᄒᆞᆫ니ᄅᆞᆯ 몬져 주시니라] ᄒᆞ고 (석보 23:47)

一切人海…닐오ᄃᆡ [셜ᄫᅳᆯ쎠 衆生이 正ᄒᆞᆫ 길ᄒᆞᆯ 일허다] ᄒᆞ며 (석보 23:19)

王이 닐오ᄃᆡ [王子ㅅ 命 닐웻부니로소니…주근 後에ᅀᅡ 뉘으츤ᄃᆞᆯ 미츠

리여] ᄒᆞ야 니르고 (석보 24:28)

阿育王이 (龍王에게) 닐오ᄃᆡ [내 그런 ᄠᅳ들 몰라 하댕다] ᄒᆞ야ᄂᆞᆯ (석보 24:31-2)

正ᄒᆞ며 갓ᄀᆞ로미 업슨 젼ᄎᆞ로 닐오ᄃᆡ [뉘 正ᄒᆞᆫ디 뉘 갓ᄀᆞᆫ디라] ᄒᆞ니라 = 曰誰正誰倒ㅣ라 ᄒᆞ니라 (능엄 2:12)

네 아롬 ᄀᆞᆮ홇딘댄 엇뎨 무러 닐오ᄃᆡ…[山河大地를 냈다] ᄒᆞ던다 (능엄 4:37)

ᄯᅩ 닐오ᄃᆡ [내 無上涅槃ᄋᆞᆯ 得호라] ᄒᆞ고 = 亦言自得無上涅槃호라 ᄒᆞ고 (능엄 9:91)

알ᄑᆡ 닐오ᄃᆡ [조차 곧 分別ᄒᆞᄂᆞ니라] ᄒᆞ얀마ᄅᆞᆫ 이제 누니 ᄇᆞᆰ 고ᄃᆡ ᄃᆞ외면 (능엄 1:58)

오직 닐오ᄃᆡ [困苦홀시 ᄌᆞᆼ ᄃᆞ외어지라] ᄒᆞᄂᆞ다 (두언 8:1)

王獻之ㅣ 盜賊 더브러 닐오ᄃᆡ [靑氈은 我家舊物이니 두구가라] ᄒᆞ니라 (두언 15:28. 주)

다ᄆᆞᆺ 닐오ᄃᆡ…[妨害티 아니ᄒᆞ니라] ᄒᆞᄂᆞ다 (두언 21:6)

迦葉이…닐오ᄃᆡ [諸佛도 出家ᄒᆞ샤ᅀᅡ 道理를 닷ᄀᆞ시ᄂᆞ니 나도 그리 호리라] ᄒᆞ고 (석보 6:12)

虛空애셔 닐오ᄃᆡ [이제 부톄 나아 겨시니라] ᄒᆞ야ᄂᆞᆯ (석보 6:12)

須達이 닐오ᄃᆡ [太子ㅅ 법은 거즛마를 아니ᄒᆞ시ᄂᆞᆫ거시니 구쳐 ᄑᆞᄅᆞ시리이다] ᄒᆞ고 (석보 6:24)

淨飯王이…니ᄅᆞ샤ᄃᆡ [金輪王 아ᄃᆞ리 出家ᄒᆞ라 가ᄂᆞ니 그듸내 各各 ᄒᆞᆫ 아ᄃᆞᆯ옴 내야 내 孫子 조차 가게 ᄒᆞ라] ᄒᆞ시니 (석보 6:9)

ᄒᆞ다가 正心ᄋᆞ로 닐거 디니면 功이 ᄯᅩ 우희셔 더을ᄊᆡ 니ᄅᆞ샤ᄃᆡ [如來를 頂戴 ᄒᆞ간디라] ᄒᆞ시니라 (월석 17:36)

世尊이…니ᄅᆞ샤ᄃᆡ [父王이 病ᄒᆞ야 겨시니 우리 미처 가 보ᅀᆞᄫᅡ ᄆᆞᅀᆞᄆᆞᆯ 훤히 너기시게 ᄒᆞ져라] ᄒᆞ시고 (월석 10:6)

이런ᄃᆞ로 니ᄅᆞ샤ᄃᆡ [나ᄂᆞᆫ ᄒᆞ마 宿齋호라] ᄒᆞ시니 (능엄1:54)

持地 ᄒᆞ마 니ᄅᆞ샤ᄃᆡ [여러 如來ㅣ 妙蓮花를 펴시거늘 듣ᄌᆞ오라] ᄒᆞ시니 (능엄 1:17)

그럴ᄊᆡ 니ᄅᆞ샤ᄃᆡ [다딜어 갓고로왇다] ᄒᆞ시니라 (남명, 상:44)

그럴ᄊᆡ 니ᄅᆞ샤ᄃᆡ…[뎌 大雲이 一切에 비 오ᄃᆞᆺ다] ᄒᆞ시니라 (법화 3:22)
부텨 大王ᄋᆞᆯ 니ᄅᆞ샤ᄃᆡ…[八萬四千塔ᄋᆞᆯ 세리라] ᄒᆞ야신마ᄅᆞᆫ 大王이 이제 사ᄅᆞᄆᆞᆯ 하 주기시ᄂᆞ니 (석보 24:17)
世宗이 날ᄃᆞ려 니ᄅᆞ샤ᄃᆡ [追薦이 轉經ᄀᆞᆮᄒᆞ니 업스니 네 釋譜ᄅᆞᆯ ᄆᆡᇰᄀᆞ라 飜譯호미 맛당ᄒᆞ니라] ᄒᆞ야시ᄂᆞᆯ (월석, 서:11)
王이 怒ᄒᆞ야 니ᄅᆞ샤ᄃᆡ…[즉자히 그 蓮花ᄅᆞᆯ ᄇᆞ리라] ᄒᆞ시다 (석보 11:31)
부텨 니ᄅᆞ샤ᄃᆡ [자ᄇᆞᆫ 이리 無常ᄒᆞ야 모ᄆᆞᆯ 몯 미듦거시니 네 목수믈 미더 ᄌᆞ랋 時節을 기드리ᄂᆞᆫ다] ᄒᆞ시고 (석보 6:11)
죵ᄋᆞᆯ 돌아보내야 아ᄃᆞᆯᄋᆞᆯ 소겨 닐아 [僧齋ᄅᆞᆯ ᄒᆞ다라] ᄒᆞ니 (월석 23:65, 기 505)
經에 니ᄅᆞ샤ᄃᆡ [사ᄅᆞ미 大海예 드러 沐浴ᄃᆞᆺ ᄒᆞ야 ᄒᆞ마 여러 河水ᄅᆞᆯ ᄡᅳᄃᆞᆺ다] ᄒᆞ시니 (월석 14:71)[38]

<ᄉᆞᆲᄫᅩᄃᆡ [ ] ᄒᆞ->

魔王이 世尊ᄭᅴ ᄉᆞᆲᄫᅩᄃᆡ [瞿曇아 나ᄂᆞᆫ 一切衆生이 다 부텨 ᄃᆞ외야 衆生이 업거ᅀᅡ 菩提心ᄋᆞᆯ 得호리라] ᄒᆞ더라 (석보 6:46)
須菩提ㅣ…ᄉᆞᆯ오ᄃᆡ [아니이다 世尊하 身相ᄋᆞ로 如來ᄅᆞᆯ 시러보ᅀᆞᆸ디 몯ᄒᆞᅀᆞ오리이다] ᄒᆞ니라 (금강 30)

<對答호ᄃᆡ [ ] ᄒᆞ->

舍利弗이 젼ᄎᆞ 업시 우ᅀᅥ늘 須達이 무른대 對答호ᄃᆡ [그듸 精舍지ᅀᅮ려 터흘 ᄀᆞᆺ 始作ᄒᆞ야 되어늘 여ᄉᆞᆺ 하ᄂᆞ래 그듸 가들ᄶᅵ비 볼쎠 이도다] ᄒᆞ고 (석보 6:35)

<무로ᄃᆡ [ ] ᄒᆞ->

(世尊ᄭᅴ) 須達이…묻ᄌᆞᄫᅩᄃᆡ [瞿曇安否ㅣ 便安ᄒᆞ시니잇가] ᄒᆞ더니 (석보 6:20)

---

38) 글에서 (여기에서는 經)인용한 것은 직접인용이다.

내 言信을 무로ᄃᆡ [이제 엇더ᄒᆞᆫ고] ᄒᆞ더라 = 道甫問訊今何如 (두언 22:52-3)

菩薩이 諸天ᄃᆞ려 무르샤ᄃᆡ [엇던 양ᄌᆞ로 ᄂᆞ려가료] ᄒᆞ샤ᄂᆞᆯ 션비 양ᄌᆞ도 니ᄅᆞ며 (월석 2:19)

<盟誓호ᄃᆡ [ ] ᄒᆞ->

(太子ㅣ) 車匿이 돌아보내샤 盟誓ᄒᆞ샤ᄃᆡ [道理 알워ᅀᅡ 도라 :오리라] ᄒᆞ시고 (석보 6:4)

盟誓를 호ᄃᆡ…[내 처엄 모ᄃᆞᆫᄃᆡ 드러 니거든 한 사ᄅᆞ미 날 위ᄒᆞ야 禮數ᄒᆞ리라] ᄒᆞ더라 (석보 6:29)

모다 부텻 教授 듣ᄌᆞᄫᅡ 各各 큰 盟誓ᄒᆞ야 [正法을 護持호리이다] ᄒᆞ거늘 (석보 6:46)

王이 盟誓ᄒᆞ야 [드로리라] ᄒᆞ신대 (월석 2:5)

<出令호ᄃᆡ [ ] ᄒᆞ->

世尊이…出令ᄒᆞ샤ᄃᆡ [人間이며 天上이며 一切 모ᄃᆡᆫ 귓거시 다 모다 부텻 付囑ᄋᆞᆯ 드러 正法을 護持ᄒᆞ라 ᄒᆞ다가 아니오리 잇거든 四天王이 더본 鐵輪을 ᄂᆞᆯ여보내야 다 조차 자바오라] ᄒᆞ시니 (석보 6:46)

王이 大臣안해 出令호ᄃᆡ [이 새올의 ᄒᆞ니ᅀᅡ 夫人ᄋᆞᆯ 사모리라] ᄒᆞ야ᄂᆞᆯ (석보 24:20)

王이 出令ᄒᆞ야 [모ᄃᆡ 사ᄅᆞᆷ 어더 드리라] ᄒᆞ니 (석보 24:13)

부톄 命ᄒᆞ샤 [舍利弗을 和尙이 ᄃᆞ외오 目連이…열가짓 戒를 ᄀᆞᄅᆞ치라] ᄒᆞ시니 (석보 6:10)

<브로ᄃᆡ [ ] ᄒᆞ->

善慧 精誠이 至極ᄒᆞ실씨 고지 소사나거늘 조차 블러 [사아지라] ᄒᆞ신대 (월석 1:10)[39]

---

39) 「블러」에 대한 임자말은 善慧다.

<호ᄃᆡ [ ] ᄒᆞ->

王이 ᄒᆞ샤ᄃᆡ [내 아ᄃᆞ리 어딜써] ᄒᆞ시니 (월석 2:7)[40]

<願호ᄃᆡ [ ] ᄒᆞ->

ᄒᆞᆫ 밧 님자히 ᄡᅵ 비홇저긔 願호ᄃᆡ [즁싱과 어우러 머구리라] ᄒᆞ야ᄂᆞᆯ (월석 2:12)[41]

<드로니 [ ] 호다>

(내) 녜 드로니 [黃金이 하면 아자셔 뉘읏부미 나ᄆᆞᆯ 보ᄂᆞ니라] 호니 = 昔聞黃金多 坐見悔吝生 (두언 22:20)

(내) 아래 드로니…[子孫이 封侯ᄒᆞ리 잇다] 호니 (내훈, 2하:41)

妾(=나)은 드로니…[君臣이 서르 保全호ᄆᆞᆫ 어렵다] 호니 (내훈, 2하:41)

妾(=나)ᄋᆞᆫ 드로니 [賞罰이 公反ᄒᆞ야ᅀᅣ 足히 사ᄅᆞᄆᆞᆯ 降伏히ᄂᆞ다] 호니 (내훈, 2하:53)

위 예문의 속구조를 다음과 같이 설정할 수도 있다.

『내 드로니, (2,3인칭 임자말) 니로ᄃᆡ [인용] ᄒᆞ다』

그러나 이렇게 되면, 「ᄒᆞ-」에 대한 임자말이 「나」가 되지 않으므로, 「ᄒᆞ-」에 일인칭 안맺음씨끝 「-오/우-」가 들어간 것이 설명되지 않는다. 또한 「드로니」도 인용마디를 이끄는 말로 볼 수 없게 된다. 그러나 이러한 문제는 「드로니」를 인용마디를 이끄는 것으로 분석하면 쉽게 해결이 된다. 인용마디에 인용된 말은 바로 내가 들은 말이기 때문에 당연히 그렇게 볼 수 있다. 그렇게 되면 「ᄒᆞ-」에 「-오/우-」가 들어간 것도 설명이 된다.

곧, 「ᄒᆞ-」는 「드로니」의 반복형이기 때문에, 「ᄒᆞ-」에 대한 임자말은

---

40) 인용마디를 이끄는 말이 단순히 「ᄒᆞ-」로 되는 경우이다. 「王이 ᄒᆞ샤ᄃᆡ」는 「王이 말ᄊᆞᆷᄒᆞ샤ᄃᆡ」에서 「말ᄊᆞᆷ」이 생략된 것으로 보아야 한다.

41) 누군가가(3인칭) 원하는 내용을 듣고 인용한 것이다.

「드로니」의 임자말인 「나」가 되어서, 일인칭법의 「-오/우-」가 들어간 것이다.[42)]

다음의 예문은 「ᄒᆞ-」가 「드로니」의 반복형이라는 증거이다.

이웃 ᄆᆞ술힛 사ᄅᆞᆷ돌히 [羅卜이 오ᄂᆞ다] 듣고 (월석 23:74)

다음의 예문은, 「-ㄹ씨」에는 일인칭법의 「-오/우-」가 연결되지 않기 때문에, 「-오/우-」가 들어가지 않은 것이다.

나는 드로니 [겨집도…沙門ㅅ 四道ᄅᆞᆯ 得ᄒᆞᄂᆞ다] ᄒᆞᆯ씨 (월석 10:16)

2-2. '닐오ᄃᆡ [ ] ×' 유형

인용마디를 이끄는 말(닐오ᄃᆡ)은 나타나고, 그것의 반복형인 「ᄒᆞ-」는 생략되는 경우이다. 이러한 「ᄒᆞ-」의 생략은, '잉여'로 설명될 수 있다.

<닐오ᄃᆡ [ ] ×>

給孤獨長者ㅣ ... 婆羅門ᄋᆞᆯ ᄃᆞ려 닐오ᄃᆡ [어듸ᅀᅡ 됴ᄒᆞᆫ ᄯᆞ리 양ᄌᆞ ᄀᆞᄌᆞ니 잇거뇨 내 아기 위ᄒᆞ야 어더 보고려] (석보 6:13)

波斯匿王과 末利夫人괘 부텨 보ᅀᆞᆸ고 과ᄒᆞᅀᆞᄫᅡ 닐오ᄃᆡ [내 ᄯᆞᆯ 이 聰明ᄒᆞ니 부텨옷 보ᅀᆞᄫᆞ면 당다이 得道ᄅᆞᆯ ᄲᆞᆯ리 ᄒᆞ리니 사ᄅᆞᆷ 브려 닐어ᅀᅡ ᄒᆞ리로다] (석보 6:40)

太子ㅣ 닐오ᄃᆡ [그딋냇 말 ᄀᆞᆮ디 아니호니] (월석 21:216)

目連이 닐오ᄃᆡ [몰라 보애라] (월석 23:86)

王이 닐오ᄃᆡ [머리ᄅᆞᆯ 빌오져 ᄒᆞ노니 得ᄒᆞ야려] (남명, 상:53)

모다 닐오ᄃᆡ [舍利弗이 이긔여다] (월석 6:31)

부톄 默然ᄒᆞ신대 外道ㅣ 讚歎ᄒᆞ야 닐오ᄃᆡ [世尊이 大慈大悲로 내 迷雲ᄋᆞᆯ 여르샤 나ᄅᆞᆯ 시러 들에 ᄒᆞ야시이다] (남명, 하:4)

---

42) 허 웅(1989 : 318) 참조.

護彌 닐오ᄃᆡ [소리ᄲᅮᆫ 듣노라] 婆羅門이 닐오ᄃᆡ [舍衛國中에 ᄆᆞᆺ 벼슬 놉고 가ᄉᆞ며루미 이 나라해 그듸 ᄀᆞᄐᆞ니 ᄒᆞᆫ ᄉᆞ랑ᄒᆞᄂᆞᆫ 아기 아ᄃᆞ리 양지며 ᄌᆡ죄 ᄒᆞᆫ 그티니 그듸 ᄯᆞᄅᆞᆯ 맛고져 ᄒᆞ더이다] (석보 6:19-20)
아래 제 버디 주거 하ᄂᆞᆯ해 갯다가 ᄂᆞ려와 須達일 ᄃᆞ려 닐오ᄃᆡ [須達이 뉘읏디 말라 내 아랫 네 버디라니 부텻 法 듣ᄌᆞ온 德으로 하ᄂᆞᆯ해 나아 門神이 ᄃᆞ외야 잇노니…] (석보 6:19-20)
護彌 닐오ᄃᆡ [그리 아닝다] (석보 6:16)
護彌 닐오ᄃᆡ [그리 아니라 부텨와 즁과ᄅᆞᆯ 請ᄒᆞᅀᆞᄫᅡ려 ᄒᆞᄂᆞᇰ다] (석보 6:16)
王이 닐오ᄃᆡ [(보다루를) 어더 보ᅀᆞᄫᆞᆯ까] (석보 24:43)
舍利弗이 닐오ᄃᆡ [ᄆᆞ숧히 멀면 乞食ᄒᆞ디 어렵고 하 갓가ᄫᆞ면 조티 몯ᄒᆞ리니 이 東山이 甚히 맛갑다] (석보 6:23)
太子이 우ᅀᅳ며 닐오ᄃᆡ [내 ᄆᆞᅀᆞ거시 不足ᄒᆞ료 젼혀 이 東山ᄋᆞᆫ 남기 됴ᄒᆞᆯᄊᆡ 노니논 ᄯᅡ히라] (석보 6:24)
須達이 닐오ᄃᆡ [니ᄅᆞ산 양ᄋᆞ로 호리이다] 太子ㅣ 닐오ᄃᆡ 내 롱담ᄒᆞ다라 (석보 6:24)
모다 닐오ᄃᆡ [舍利弗이 이긔여다] (석보 6:31)
王이 須達이 ᄃᆞ려 닐오ᄃᆡ [네 스ᄉᆞ의 弟子ㅣ 엇데 아니 오ᄂᆞ뇨] 須達이 舍利弗ᄭᅴ 가 ᄉᆞᆯ려 닐오ᄃᆡ [大德하 사ᄅᆞ미 다 모다 잇ᄂᆞ니 오쇼셔] (석보 6:29)
師子尊子ᄭᅴ…國王이…묻ᄌᆞ와 닐오ᄃᆡ [師ᄂᆞᆫ 蘊이 부요ᄆᆞᆯ 得ᄒᆞ야 겨시니(잇가)] (남명, 상:53)
王이 닐오ᄃᆡ [ᄒᆞ마 蘊이 뷔면 生死ᄅᆞᆯ 여희시니(잇가)] (남명, 상:53)
俱夷 니ᄅᆞ샤ᄃᆡ [내 願을 아니 從ᄒᆞ면 고졸 몯 어드리라] (월석 1:12)
目連이 ᄃᆞ려 니ᄅᆞ샤ᄃᆡ [도라가 世尊ᄭᅴ 내 ᄠᅳ들 펴아 ᄉᆞᆯᄫᅩ쇼셔] (석보 6:6)
善慧 니ᄅᆞ샤ᄃᆡ [그러면 네 願을 從호리니 ... 내 布施ᄒᆞ논 ᄆᆞᅀᆞᄆᆞᆯ 허디 말라] (월석 1:12)
부톄 니ᄅᆞ샤ᄃᆡ [내 이제 分明히 닐오리라] (석보 19:4)

王이 ᄀᆞ장 붓그려 니ᄅᆞ샤ᄃᆡ [내 그르호라] (내훈, 2하:70)

后ㅣ 묻ᄌᆞ와 니ᄅᆞ샤ᄃᆡ [大學生이 언매나 ᄒᆞ니잇고] 帝 니ᄅᆞ샤ᄃᆡ [數千잉다] (내훈 2하:61)

부톄 阿難ᄃᆞ려 니ᄅᆞ샤ᄃᆡ [如來ㅣ 오ᄂᆞᆳ 나래 眞實ᄒᆞᆫ 말로 너ᄃᆞ려 닐오리니…] (능엄 1:99)

王이 大愛道ᄅᆞᆯ 블러 니ᄅᆞ샤ᄃᆡ [耶輸는 겨지비라 法을 모ᄅᆞᆯᄊᆡ 즐굽드리워 ᄃᆞᆺ온 ᄠᅳ들 몯 ᄡᅳ러 ᄇᆞ리ᄂᆞ니 그ᄃᆡ 가아 아ᄅᆞ듣게 니르라] (석보 6:6)

부톄 羅雲이 ᄃᆞ려 니ᄅᆞ샤ᄃᆡ [부텨 맛:나미 어려ᄫᅳ며 法 드로미 어려ᄫᅳ니 네 이제 사라ᄆᆡ 모ᄆᆞᆯ 得ᄒᆞ고 부텨를 맛나 잇ᄂᆞ니 엇뎨 게을어 法을 아니 듣ᄂᆞᆫ다] (석보 6:10-11)

菩薩이 니ᄅᆞ샤ᄃᆡ…[그 나라해 가 :나리라] (월석 2:11-12)

耶輸ㅣ…世尊ㅅ 安否 묻ᄌᆞᆸ고 니ᄅᆞ샤ᄃᆡ [므스므라 오시니잇고] (석보 6:3)

부톄 目連이 ᄃᆞ려 니ᄅᆞ샤ᄃᆡ…[羅睺羅ㅣ 得道ᄒᆞ야 도라가ᅀᅡ 어미ᄅᆞᆯ 濟度ᄒᆞ야 涅槃 得호ᄆᆞᆯ 나 ᄀᆞᆮ게 ᄒᆞ리라] (석보 6:1)

世尊이 阿難이 ᄃᆞ려 니ᄅᆞ샤ᄃᆡ [뎌…如來 ㅅ 功德을 내 일ᄏᆞᆮᄌᆞᆸᄃᆞᆺ ᄒᆞ야 이 諸佛ㅅ 甚히 기픈 ᄒᆡᇰ뎌기라 아로미 어려ᄫᅳ니 네 信ᄒᆞᄂᆞᆫ다 아니 信ᄒᆞᄂᆞᆫ다] (석보 9:26)

부톄 니ᄅᆞ샤ᄃᆡ [올타 올타 네 말 ᄀᆞᄐᆞ니라] (석보 9:22)

世尊이 니ᄅᆞ샤ᄃᆡ [出家ᄒᆞᆫ 사ᄅᆞᄆᆞᆫ 쇼히 ᄀᆞᆮ디 아니ᄒᆞ니 그에 精舍ㅣ 업거니 어드리 가료] (석보 6:22)

부톄 니ᄅᆞ샤ᄃᆡ [이러ᄒᆞᆫ 妙法은 諸佛如來 時節이어ᅀᅡ 니르시ᄂᆞ니 優曇鉢華ㅣ 時節이어ᅀᅡ ᄒᆞᆫ번 뵈요미 ᄀᆞᆮᄒᆞ니라] (석보 13:47)

그저긔 모ᄃᆡᆺᄂᆞᆫ 大衆ᄃᆞᆯ히…ᄒᆞᆫᄢᅴ 닐오ᄃᆡ [一切衆生ᄃᆞᆯ히 다 버서나과ᄃᆡ여 願ᄒᆞ노이다] (석보 11:3)[43]

그저긔 모ᄃᆡᆺᄂᆞᆫ 大衆이 닐오ᄃᆡ [一切衆生이 다 解脫ᄋᆞᆯ 得과뎌 願ᄒᆞ노

43) 중생이 해탈하기를 대중이 원한다는 뜻이다. 「-과뎌」에 대한 설명은, 허 웅 (1989 : 234-5) 참조.

이다] (월석 21:8)[44]

샹녯 말소매 닐오ᄃᆡ […남글 듧디 아니ᄒᆞ면 ᄉᆞᄆᆞᆺ디 몯ᄒᆞᄂᆞ니라] (박통 상:14)

<ᄉᆞᆯᄫᅩᄃᆡ [ ] ×>

大師ㅣ 王ᄭᅴ ᄉᆞᆯᄫᅩᄃᆡ [瞿曇ᄋᆡ 弟子ㅣ 두리여 몯 오ᄂᆞ이다] (석보 6:29)

目連이 ᄉᆞᆯᄫᅩᄃᆡ [羅睺羅ㅣ 道理ᄅᆞᆯ 得ᄒᆞ야ᅀᅡ 도라와 어마니ᄆᆞᆯ 濟度ᄒᆞ야 네가짓 受苦ᄅᆞᆯ 여희여 涅槃 得호ᄆᆞᆯ 부텨 ᄀᆞᄐᆞ시긔 ᄒᆞ리이다] (석보 6:3-4)

阿難이 ᄉᆞᆯ오ᄃᆡ [如來ㅣ 百寶輪掌ᄋᆞᆯ 衆中에 펴락 쥐락 ᄒᆞ샤ᄆᆞᆯ 내 보ᅀᆞᆸ노이다] (능엄 1:108)

阿難이…부텻긔 ᄉᆞᆯ오ᄃᆡ [내 ᄆᆞᅀᆞ미 實로 몸 밧긔 이쇼ᄆᆞᆯ 알와이다] (능엄 1:52-3)

阿難이 부텨ᄭᅴ ᄉᆞᆯ오ᄃᆡ…[내…부텨 조ᄍᆞ와 머릴 갓고이다] (능엄 1:42)

羅雲이 ᄉᆞᆯᄫᅩᄃᆡ [부텻 法이 精微ᄒᆞ야 져믄 아ᄒᆡ 어느 듣ᄌᆞᄫᆞ리잇고 아래 ᄌᆞ조 듣ᄌᆞᄫᆞᆫ 마ᄅᆞᆫ 즉자히 도로 니저 ᄀᆞᆺ불 ᄡᅳ니니 이제 져믄 저그란 안족 ᄆᆞᅀᆞᆷ ᄭᆞ장 노다가 ᄌᆞ라면 어루 法을 비호ᅀᆞᄫᆞ리이다] (석보 6:11)

大臣이 ᄉᆞᆯᄫᅩᄃᆡ [忍辱太子의 일우샨 藥이이다] (월석 21:218)

須達이 부텨ᄭᅴ ᄉᆞᆯᄫᅩᄃᆡ [如來하 우리나라해 오샤 衆生ᄋᆡ 邪曲ᄋᆞᆯ 덜에 ᄒᆞ쇼셔] (석보 6:21)

須達이 (세존ᄭᅴ) ᄉᆞᆯᄫᅩᄃᆡ [내 어루 이ᄅᆞᅀᆞᄫᆞ리이다] (석보 6:22)

須達이…ᄉᆞᆯᄫᅩᄃᆡ [舍衛國에 도라가 精舍 이ᄅᆞᅀᆞᄫᆞ리니 弟子 하나ᄒᆞᆯ 주어시든 말 드러 이ᄅᆞᅀᆞᄫᅡ지이다] (석보 6:22)

須達이 깃거 太子ᄭᅴ 가 ᄉᆞᆯᄫᅩᄃᆡ [이 東山ᄋᆞᆯ 사아 如來 위ᄒᆞᅀᆞᄫᅡ 精舍ᄅᆞᆯ 이ᄅᆞᅀᆞᄫᅡ지이다] (석보 6:24)

夫人이 ᄉᆞᆯᄫᅩᄃᆡ [나랏 이ᄅᆞᆯ 분별ᄒᆞ야 ᄉᆞᆲ노니 네 아ᄃᆞ리 어디러 百姓ᄋᆡ ᄆᆞᅀᆞᄆᆞᆯ 모도아 黨이 ᄒᆞ마 이러 잇ᄂᆞ니 서르 ᄃᆞ토아 싸호면 나라히 ᄂᆞᄆᆡ그에 가리이다] (월석 2:6)

---

44) 중생들이 벗어나기를 대중들이 원한다는 뜻이다.

仙人이 ᄉᆞᆯᄫᅩᄃᆡ…[이 ᄯᅥᆫ 畜生의 나ᄒᆞᆫ 거시이다] (석보 11:28)

摩耶ㅣ 부텻긔 ᄉᆞᆯᄫᆞ샤ᄃᆡ [죽사릿 어리예 解脫ᄋᆞᆯ 하마 證콰이다] (월석 21:8)

須達이 精舍 다 짓고 王ᄭᅴ 가 ᄉᆞᆯᄫᅩᄃᆡ [내 世尊 위ᄒᆞᄉᆞᄫᅡ 精舍ᄅᆞᆯ ᄒᆞ마 짓ᄉᆞᄫᅩ니 王이 부텨를 請ᄒᆞᄉᆞᄫᆞ쇼셔] (석보 6:38)

須達이…부톄 오나시ᄂᆞᆯ 보ᄉᆞᄫᅡ ᄉᆞᆯᄫᅩᄃᆡ [나ᄅᆞᆯ 죠고맛 거슬 주어시든 샹녜 供養ᄒᆞᄉᆞᄫᅡ지이다] (석보 6:44)

그 나랏 六師ㅣ 듣고 王ᄭᅴ ᄉᆞᆯᄫᅩᄃᆡ [長者 須達이 祇陀太子ㅅ 東山ᄋᆞᆯ 사아 瞿曇沙門 위ᄒᆞ야 精舍를 지수려 ᄒᆞᄂᆞ니 우리 모다 지조ᄅᆞᆯ 겻고아 뎌옷 이긔면 짓게 ᄒᆞ고 몯 이긔면 몯짓게 ᄒᆞ야지이다] (석보 6:26)

大師ㅣ 王ᄭᅴ ᄉᆞᆯᄫᅩᄃᆡ [瞿曇ᄋᆡ 弟子ㅣ 두리여 몯 오ᄂᆞ이다] (석보 6:29)

摩耶夫人이 地藏菩薩ᄭᅴ 다시 ᄉᆞᆯᄫᆞ샤ᄃᆡ [엇데 일후미 無間地獄이잇고] (월석 21:41)

釋迦牟尼佛이 多寶佛ᄭᅴ ᄉᆞᆯᄫᆞ샤ᄃᆡ [이 妙音菩薩이 보ᅀᆞᆸ고져 ᄒᆞᄂᆞ이다] (월석 18:81)

阿難이 부텨ᄭᅴ ᄉᆞᆯ오ᄃᆡ [世尊하 이 ᄀᆞᆮᄐᆡ 愛樂ᄒᆞᄉᆞ오ᄆᆞᆫ 내의 ᄆᆞᅀᆞᆷ과 누늘 ᄡᅮ니이다] (능엄 1:45)

阿難大衆이 다 ᄉᆞᆯ오ᄃᆡ [소리 잇ᄂᆡ이다] (능엄 4:126)

文殊師利 부텻긔 ᄉᆞᆯᄫᆞ샤ᄃᆡ [내 盟誓ᄅᆞᆯ ᄒᆞ노니 像法 轉홇 時節에 種種 方便으로 淨信ᄒᆞᆫ 善男子 善女子ᄃᆞᆯ히 ᄌᆞ옮져기라도 이 부텻 일후므로 들여 ᄭᆡᄃᆞᆯ긔 호리이다] (석보 9:20-1)

耶輸ㅣ…大愛道ᄭᅴ ᄉᆞᆯᄫᅩ샤ᄃᆡ…[太子ㅣ ᄒᆞ마 나가시고 ᄯᅩ 羅睺羅ᄅᆞᆯ 出家히샤 나라 니ᅀᅳ리ᄅᆞᆯ ᄀᆞᆺ게 ᄒᆞ시ᄂᆞ니 엇더ᄒᆞ니잇고] (석보 6:7)

<무로ᄃᆡ [ ] ×>

밧 님자히 무로ᄃᆡ [(네) 눌 위ᄒᆞ야 가져간다] (월석 2:13)

婆羅門이…무로ᄃᆡ [그딧 아바니미 잇ᄂᆞ닛가] (석보 6:14)

무로ᄃᆡ [寂寂호미 일후미 ᄀᆞᆺ거늘 엇데 法身이라 일훔 지ᄒᆞ뇨] (월석, 서:5)

爲頭 도ᄌᆞᄀᆞ 무로ᄃᆡ [너희ᄃᆞᆯ히 므스글 보ᄂᆞᆫ다] (월석 10:28)

須達이…다시 무로듸 [엇뎨 부톄라 ᄒᆞᄂᆞ닛가 그 ᄠᅳ들 닐어쎠] (석보 6:16)

須達이 ᄯᅩ 무로듸 [婚姻 위ᄒᆞ야 아ᅀᆞ미 오나ᄃᆞᆫ 이바도려 ᄒᆞ노닛가] (석보 6:16)

須達이 護彌ᄃᆞ려 무로듸 [主人이 므슴 차바ᄂᆞᆯ 손ᅀᅩ ᄃᆞᆫ녀 ᄆᆡᇰᄀᆞ노닛가 太子ᄅᆞᆯ 請ᄒᆞᅀᆞᄫᅡ 이받ᄌᆞᄫᅩ려 ᄒᆞ노닛가 大臣ᄋᆞᆯ 請ᄒᆞ야 이바도려 ᄒᆞ노닛가] (석보 6:16)

須達이 (舍利弗ᄭᅴ) 무로듸 [여슷 하ᄂᆞ리 어늬ᅀᅡ 뭇 됴ᄒᆞ니잇가] (석보 6:35-6)

須達이 舍利弗 더브러 무로듸 [世尊이 ᄒᆞᄅᆞ 몃里ᄅᆞᆯ 녀시ᄂᆞ니잇고] (석보 6:23)

太子ㅣ 무로듸 [앗가ᄫᆞᆫ ᄠᅳ디 잇ᄂᆞ니여] (석보 6:25)

文殊ㅣ 維摩詰ᄭᅴ 묻ᄌᆞ오샤듸 [어느 不二法門이잇고] (남명, 상:25)

善慧 對答ᄒᆞ샤듸 [부텻긔 (고줄) 받ᄌᆞᄫᅩ리라] (월석 1:10)

俱夷 묻ᄌᆞᄫᅡ샤듸 [므스게 ᄡᅳ시리] (월석 1:10)

<對答호듸 [ ] ×>

舍利佛이…須達이 무른대 對答호듸 [그듸 이 굼긧 개야미 보라…아마도 福이 조ᄉᆞᄅᆞᄫᅵ니 아니 심거 몯홀꺼시라] (석보 37)

婢子이 對答호듸 [산것 주기며 허러 구짓는 두 業으로 報ᄅᆞᆯ 受호라] (월석 21:56)

對答호듸 [잇ᄂᆞ니이다] (석보 6:14)

對答호듸 [(世尊이)ᄒᆞᄅᆞ 二十里ᄅᆞᆯ 녀시ᄂᆞ니 轉輪王의 녀샤미 ᄀᆞᄐᆞ시니라] (석보 6:23)

(師子尊子ㅣ 國王ᄭᅴ) 對答호듸 [ᄒᆞ마 得ᄒᆞ얏노이다] (남명, 상:53)

文殊師利 法王子ㅣ 부텻긔 對答ᄒᆞ샤듸 [類 ᄒᆞᆫ가지 아니이다] (능엄 6:54)

그제 化人이 偈로 對答ᄒᆞ샤듸 [(나ᄂᆞᆫ) 베텨도 모디로미 업고 쓰아도 怒ㅣ 업소니 이 壯올 ᄲᅢ혀리 업스니] (월석 10:30)

地藏이 對答ᄒᆞ샤듸 [地獄罪報 一等ᄲᅮᆫ 아니이다] (월석21:37-8)

<出令호ᄃᆡ [ ] ×>

그저긔 六師ㅣ 나라해 出令호ᄃᆡ [이후 닐웨예 城밧 훤ᄒᆞᆫ ᄯᅡ해 가 沙門과 ᄒᆞ야 지조 겻구오리라] (석보 6:27)

<問訊호ᄃᆡ [ ] ×>

淨華宿王 智佛이 世尊ᄭᅴ 問訊ᄒᆞ샤ᄃᆡ…[安樂行ᄒᆞ시ᄂᆞ니ᅌᅵᆺ가…世間ㅅ 이ᄅᆞᆯ 어루 ᄎᆞᄆᆞ시ᄂᆞ니ᅌᅵᆺ가] (월석 18:79)

子息돌히…아비ᄅᆞᆯ ᄇᆞ리고 問訊호ᄃᆡ [이대 便安히 오시니ᅌᅵᆺ가] (월석 17:17)

<願호ᄃᆡ [ ] ×>

…願호ᄃᆡ [부텨 나ᄅᆞᆯ 어엿비 너기샤 나ᄅᆞᆯ 보ᅀᆞᆸ게 ᄒᆞ쇼셔] (석보 6:40)[45]

2-3. '× [ ] ᄒᆞ-' 유형

인용마디를 이끄는 말은 생략되고, 그것의 반복형인 「ᄒᆞ-」만 나타나는 경우이다. (또는 「니ᄅᆞ-」, 「일ᄏᆞᆮ-」, 「請ᄒᆞ-」 따위의 구체적인 말로 나타나는 경우도 있다.) 이렇게, 인용마디를 이끄는 말이 인용마디의 뒤로 이동한 구조는, 현대말에 가까와 진 인용구조로서, 다른 구조에 비해 늦게 발달된 것으로 생각된다.

<× [ ] ᄒᆞ->

王이 너를 禮로 待接ᄒᆞᇙ딘댄 [모로매 願이 이디 말오라] ᄒᆞ더니 (석보 11:30)

그 아비 그 ᄯᆞ니ᄆᆞᆯ 구짓고 北녁 堀애 ᄇᆞ리ᅀᆞᄫᅡ [블 가져오라] ᄒᆞ야ᄂᆞᆯ (석보 11:25-6)

耶輸ㅣ 보시고 ᄒᆞ녀ᄀᆞ론 분별ᄒᆞ시고 ᄒᆞ녀ᄀᆞ론 깃거 구쳐 니러 절ᄒᆞ시

---

45) 3인칭이 원하는 내용을 말할이가 듣고 인용한 것이다.

고 [안ᄌᆞ쇼셔] ᄒᆞ시고 (석보 6:3)
耶輸ㅣ [靑衣를 브려 긔별 아라오라] ᄒᆞ시니 (석보 6:2)
나를 楊馬ㅅ ᄉᆞᅀᅵ예 보아 [머리 셰ᄃᆞ록 서르 ᄇᆞ리디 마져] ᄒᆞ더라 (두언 16:18)
[光明이 四天下를 비취ᄂᆞ다] ᄒᆞᄂᆞ니 (몽산 53)
[부텨 滅度ᄒᆞ샤미 엇뎨 ᄲᆞᄅᆞ신고] ᄒᆞ더니 (법화 1:22)
[ᄆᆞᅀᆞ미 自在를 得다] ᄒᆞ니 (법화 1:26)
[바롤로 드러가리니 그저긔 佛法이 다 滅ᄒᆞ리라] ᄒᆞ더시이다 (석보 23:36)
피ᄀᆞᆫ 눈이 므싀엽고도…갌 길히 이볼씨 [사ᄅᆞ쇼셔] ᄒᆞ니 (천강곡 상, 기164)
王이 돌해 刻히샤 [南郊애 무더 두라] ᄒᆞ시다 (월석 2:49)
衆生ᄋᆞᆫ…그지업시 受苦ᄒᆞ거니와 부텨는 죽사리 업스실씨 [寂滅이 즐겁다] ᄒᆞ시니라 (월석 2:16)
(부톄) [難陀ᄋᆡ 머리를 가ᄭᆞ라] ᄒᆞ야시ᄂᆞᆯ (월석 7:8)
[七年을 믈리져] ᄒᆞ야 出家를 거스니 (월석 7:1)
國王이 恭敬ᄒᆞᅀᆞ바…眞珠網 펴ᅀᆞᆸ고 [부텨하 드르쇼셔] ᄒᆞ니 (월석 7:24)
韋提希夫人이 [阿彌陀佛에 나가지이다] ᄒᆞ야ᄂᆞᆯ (월석 8:5)
比丘와 王괘 夫人ᄋᆞᆯ 뫼샤 長者ㅣ 지븨 가샤 [겨집죵 사쇼셔] ᄒᆞ야 브르신댄 (월석 8:94)
도ᄌᆞ기 나를 자바다가 겨집 사마 사더니 제 法에 [샹녜 門 자펴 두고 ᄒᆞ다가 ᄡᅳ쳐 오거든 ᄲᆞᆯ리 門을 열라] ᄒᆞ엿더니 (월석 10:25)
婆羅門이 보고 깃거 [이 각시ᅀᅡ 내 얻니는 ᄆᆞᅀᆞ매 맛도다] ᄒᆞ야 (석보 6:14)
내 그제 [ᄇᆞ얌 오ᄂᆞ다] ᄒᆞ야 브르다가 몯호니 (월석 10:24)
十方虛空이 다 그 [내요니라] ᄒᆞ야 = 十方虛空이 咸其生起라 ᄒᆞ야 (능엄 10:52)
[佛法이ᅀᅡ 내 이어긔도 죠고마치 잇다] ᄒᆞ야시ᄂᆞᆯ 어늬 和尙ㅅ 이어긧 佛法이잇고 (남명, 상:14)

[므슷 일로 寒山ᄋᆞᆫ 머리 노뇨ᄆᆞᆯ 즐겨 이제 온 길ᄒᆞᆯ 니제라] ᄒᆞ야시뇨 (남명, 상:28)

房ᄋᆞᆯ 아니 받ᄌᆞ바 法으로 막ᄉᆞᆸ거늘 [龍堂ᄋᆞᆯ 빌이라] ᄒᆞ시니 (천강곡 상, 기100)

衆生이 내 ᄠᅳ들 몰라 生死애 다 便安티 몯게 ᄒᆞᄂᆞ니 [엇뎨어뇨] ᄒᆞ론ᄃᆡ (월석 21:123)

衆生이 보고 [더러ᄫᅳᆯ쎠 엇뎨 이런 더러ᄫᅳᆫ 일 ᄒᆞ거뇨] ᄒᆞᆫ대 그남지니 뉘으처 (월석 1:44)

五百 사ᄅᆞ미 [弟子ㅣ ᄃᆞ외아지이다] ᄒᆞ야 (월석 1:9)

道士ᄃᆞᆯ히 [오ᄂᆞᆯ 朝集을 因ᄒᆞ야 엳ᄌᆞᆸ져] ᄒᆞ고 (월석 2:69)

부톄 [등 알패라] ᄒᆞ샤 [믈 가져오라] ᄒᆞ야시ᄂᆞᆯ (석보 24:2)

舍利弗아 엇뎨 [諸佛世尊이 다ᄆᆞᆫ ᄒᆞᆫ 큰 잀 因緣으로 世間애 나시ᄂᆞ다] ᄒᆞ거뇨 (석보 13:48)

[聖性에 외다] 터시니 (용 107장)

[수를 달라] ᄒᆞ야 먹ᄂᆞ다 (두언 25:18)

[參호ᄃᆡ 모로매 實히 參ᄒᆞ며 見호ᄃᆡ 모로매 實히 見ᄒᆞ라] ᄒᆞ야 (능엄 9:112)

[이ᄂᆞᆫ…差別智慧ᄅᆞᆯ 열 열쇠라] ᄒᆞᄂᆞ니 (몽산 53)

梵志ᄃᆞᆯ히 [仙人ㅅ 道理 닷ᄂᆞ라] ᄒᆞ야 옷바사도 이시며 나못닙도 머그며 (석보 24:25-6)

孤獨長者ㅣ…[며느리ᄅᆞᆯ 어두리라] ᄒᆞ야 (석보 6:13)

須達이 이 말 듣고 [부텻긔 發心ᄋᆞᆯ 니ᄅᆞ와다 언제 새 어든 부텨를 가 보ᅀᆞᄫᅳ려뇨] ᄒᆞ더니 (석보 6:19)

諸佛世尊이…[衆生ᄋᆡ그에 부텻 知見을 뵈요리라] ᄒᆞ샤 世間애 나시며 (석보 13:48-9)

이제 부톄…衆生ᄋᆞ로 [一切 世間앳 信티 어려ᄫᅳᆫ 法을 다 듣ᄌᆞ바 알에 호리라] ᄒᆞ샤 (석보 13:27)

[내 부텨와 ᄒᆞ야 母子 ᄃᆞ왼 後로 즐거ᄫᅳ미 오ᄂᆞᆯ ᄀᆞᄐᆞ니 업다] ᄒᆞ시고 (석보 11:2)

婆羅門이 그 말 듣고 [고ᄫᆞᆫ ᄯᆞᆯ 얻니노라] ᄒᆞ야 (석보 6:13)

淨飯王이 [耶輸의 ᄠᆞ들 누규리라] ᄒᆞ샤 (석보 6:9)

[내 뎌ᄢᅴ ᄒᆞ다가 我相이 잇더든 당다이 瞋恨ᄋᆞᆯ 내리러니라] ᄒᆞ시니 = 我ㅣ 於彼時예 若有我相이러든 應生瞋恨이라 ᄒᆞ시니 (금강삼가 3:29)

二乘이 能히 아디 몯ᄒᆞᆯᄊᆡ [오직 내 이 相ᄋᆞᆯ 아노라] ᄒᆞ시고 (법화 1:157)

어마님 어마님 사라겨싫저긔 [날마다 五百僧齊ᄒᆞ야 香花飮食을 法다ᄫᅵ ᄒᆞ다라] ᄒᆞ시더니 (월석 23:86)

다 ᄀᆞ장 깃거 [네 업던 이를 얻과라] ᄒᆞ더니 (석보 19:40)

사ᄅᆞ미 [福 求ᄒᆞ노라] ᄒᆞ야 (석보 19:3)

사ᄅᆞ미 福을 貪ᄒᆞ야 [如來ᄅᆞᆯ 앗ᅀᆞᄫᅡ 드리ᅀᆞᆸ고 ᄒᆞ오ᅀᅡ 供養ᄒᆞᅀᆞ ᄫᅩ리라] ᄒᆞ야 힘센 사ᄅᆞᄆᆞᆯ 만히 보내야 (석보 23:23)

四天王과 大海神ᄃᆞᆯ히 다 [외오호이다] ᄒᆞ고 各各 도라 니거늘 (석보 23:47)

窮子ㅣ 깃거 [네 업던 이ᄅᆞᆯ 得과라] ᄒᆞ야 (월석 13:19)

王이 뉘으처 블리신대 [디 마니호이다] ᄒᆞ고 다 아니 오니라 (월석 2:7)

釋迦如來 [ᄂᆞ려가아 부텨 ᄃᆞ외요리라] ᄒᆞ시더라 (월석 2:10)

이 모ᄃᆞᆫ 大衆이 [아릐 잇디 아니ᄒᆞᆫ거슬 得과라] ᄒᆞᅀᆞᆸ더라 (능엄 5:4)

(사ᄅᆞᆷᄃᆞᆯ히) [이 ᄀᆞᄐᆞᆫ 法을 내 부텨를 조ᄍᆞ와 듣ᄌᆞ오라] ᄒᆞ니 (능엄 1:23)[46]

그 ᄢᅴ 世尊이…한 사ᄅᆞᆷ 爲ᄒᆞ야 너비 說法ᄒᆞ샤 ᄀᆞ장 利益게 ᄒᆞ시고 석ᄃᆞ리 다ᄋᆞ거늘 [쟝차 도로 ᄂᆞ려 :오리라] ᄒᆞ샤 (월석 21:200)

[(내) 罪 업시 가티노라] ᄒᆞ니라 (월석 13:17)

[우리…ᄒᆞ마 涅槃ᄋᆞᆯ 得ᄒᆞ야 맛ᄃᆞᆯ 이리 업소라] ᄒᆞ고 (월석 13:4)

[(부텨의) 뎡바기를 보디 몯ᄒᆞᅀᆞ오라] ᄒᆞ니 (능엄 7:4)

[내 ᄏᆞ라] ᄒᆞ야 (육조, 상:88)

부텨 니르시논 解脫ᄋᆞᆯ 우리도 得ᄒᆞ야 [涅槃애 다ᄃᆞ론가] ᄒᆞ다소니 (석보 13:43)

---

46) '내 부텨를 조ᄍᆞ와 이 ᄀᆞᄐᆞᆫ 法을 듣ᄌᆞ오라'의 도치문이다.

世尊하 우리…[ᄒᆞ마 究竟滅度ᄅᆞᆯ 得호라] ᄒᆞ다소니 오ᄂᆞᆯᅀᅡ 아로니 智慧 업스니 ᄀᆞᆮ다소이다 (법화 4:36)

우리…[부텻 恩惠 갑ᄉᆞ오ᄆᆞᆯ ᄒᆞ마 得호미 ᄃᆞ외와라] ᄒᆞ다이다 (법화 2:251)

(내) [우리 브즈러니 精進ᄒᆞ야…得혼거시 만호라] ᄒᆞ다니 (월석 13:34)

내 모ᄆᆞᆯ 도라ᄒᆞ니 즉자히 스러디고 男子ㅣ ᄃᆞ외야 灌頂智ᄅᆞᆯ 得ᄒᆞ야 [(내) 부텨 ᄭᅴ 歸依ᄒᆞᅀᆞᄫᅩ라] ᄒᆞ더라 (월석 2:64)

窮子ㅣ 놀라 울어 닶겨 ᄡᅡ해 디여 [이 사ᄅᆞ미 나ᄅᆞᆯ 잡ᄂᆞ니 만ᄃᆞ기 주기리로소니 엇데 옷바ᄇᆞᆯ 뼈 날로 이에 니를어뇨] 커늘 = 何用衣食ᄒᆞ야 使我至此ㅣ어뇨 커늘 (법화 2:240)

[ᄆᆞᄎᆞ매 君臣이 相合호ᄆᆞᆯ 取ᄒᆞ리라] ᄒᆞ디웨 엇디 品命의 달오ᄆᆞᆯ 議論ᄒᆞ료 (두언 24:59)

世尊이…[너희ᄃᆞᆯ히 如來ㅅ 知見寶藏앳 分을 당다이 두리라] ᄒᆞ야 ᄀᆞᆯᄒᆡ야 니ᄅᆞ디 아니ᄒᆞ시고 (월석 13:34)

迦葉이 [도라] ᄒᆞ야 비러늘 (석보 23:40)[47]

[사ᄅᆞ쇼셔] 비니 (석보 6:33)

<× [ ] 니ᄅᆞ->

어느 사ᄅᆞ미 [小微星이 잇다] 니ᄅᆞ던고 (두언 22:7)

처ᅀᅥᆷ [어두라] 니ᄅᆞ샤ᄆᆞᆫ (능엄 6:38)

[智德의 健히 化ᄒᆞ샨 이ᄅᆞᆯ ᄒᆞ마 보ᅀᆞᆸ과라] 니ᄅᆞ시니 (법화 4:169)

내 아릐…[方便說法이 다 ... 菩提ᄅᆞᆯ 爲ᄒᆞ니라] 니ᄅᆞ디 아니터녀 (법화 2:52)

ᄒᆞ다가 한 無明을 衆生이 本來 두숩딘댄 엇던 因緣ㅅ 젼ᄎᆞ로 如來ㅣ ᄯᅩ [本來 成佛이라] 니ᄅᆞ시니잇고 (원각, 상2-3:3)

須達이 病ᄒᆞ얫거늘 부톄 가아보시고 [阿那含ᄋᆞᆯ 得ᄒᆞ리라] 니르시니라 (석보 6:44)

---

47) 「빌-」이 「ᄒᆞ-」의 의미를 보충해 주고 있다. 이러한 구조는 다음 예문처럼, 「ᄒᆞ-」가 없어도 「빌-」이 바로 인용마디를 이끌 수 있다.

須菩提 ᄆᆞᅀᆞᆷ 道理ᄅᆞᆯ 보고 곧 [希有타] 니ᄅᆞ니오 (금강삼가 2:1)
[샹녜 예 잇노라] 니ᄅᆞ시며 또 [녀나ᄆᆞᆫ 고대 잇노라] ᄒᆞ시니 (법화 5:134)
[難히 보ᅀᆞᆸᄂᆞ다] 니ᄅᆞ샤ᄆᆞᆫ (법화 5:148)

<× [ ] 일ᄏᆞᆮ->

平人이 妄量ᄋᆞ로 [帝王이로라] 일ᄏᆞᆮ다가 (법화 7:159)
瞿曇ᄋᆡ 무리 尊卑 업서 五百弟子ㅣ 各各 [(내) 第一이로라] 일ᄏᆞᆮᄂᆞ니 (월석 21:199)

<× [ ] 듣->

諸子ㅣ…[아바니미 ... 菩提ᄅᆞᆯ 일우시다] 듣ᄌᆞᆸ고 다 보ᄇᆡ ᄇᆞ리고 (법화 3:96)
이웃 ᄆᆞᅀᆞᆳ 사ᄅᆞᆷᄃᆞᆯ히 [羅卜이 오ᄂᆞ다] 듣고 (월석 23:74)

<× [ ] 브르->

相師ㅣ 모다 [(부텨) 萬歲ᄒᆞ쇼셔] 브르ᅀᆞᄫᆞ며 (월석 2:46)

<× [ ] 請ᄒᆞ->

[飯 좌쇼셔] 請커늘 (천강곡 상, 기100)
合掌ᄒᆞ야 [머거지이다] 請ᄒᆞ야 (월석 21:168)

<× [ ] 빌->

勞度差ㅣ…舍利弗ㅅ 알ᄑᆡ 옷브리 업슬ᄊᆡ 즉자히 降服ᄒᆞ야 업더이여 [사ᄅᆞ쇼셔] 비니 (석보 6:33)

<× [ ] 일훔ᄒᆞ->

艱難ᄒᆞᆫ 사ᄅᆞ미 간대로 [(내) 帝王이로라] 일훔ᄒᆞ다가 (능엄 6:112)

<× [ ] 소리ᄒᆞ->

밤 中에 [즐거봃쎠] 소리ᄒᆞ거늘 (월석 7:5)[48]

2-4. '× [ ] ×' 유형

인용마디를 이끄는 말이 전혀 없는, 이러한 구조는 그 예가 매우 드물다. 이러한 구조는 인용구조의 특이한 유형이다.

[三界 便安킈 호리라] 發源이 기프실쎠 (월석 2:35, 기21)

[龍이 그엔 이쇼리라 王ㅅ 그엔 :가리라] 이 두 고대 어듸 겨시려뇨 (월석 7:26, 기197)

⇐ 부톄 니ᄅᆞ샤ᄃᆡ [내 龍이…:가리라] ᄒᆞ시-

2-5. 임자말 제약

인용 구조의 임자말 연결은 다음의 네 유형으로 나눌 수 있다.

① 1인칭[2,3인칭] ② 1인칭[1인칭]

③ 2,3인칭[2,3인칭] ④ 2,3인칭[1인칭]

① 안은마디의 임자말은 1인칭이고, 안긴 인용마디의 임자말은 2,3인칭인 경우이다.

안은마디의 임자말이 1인칭이면 일반적으로 간접인용이 되는 것이지만, 여기에서는 이러한 구조가 직접인용이 되는 이유를 밝히고자 한다.

(내) 네 드로니 [黃金이 하면 아자셔 뉘웃부미 나몰 보ᄂᆞ니라]호니 =

48) 「소리」를 [즐거봃쎠]와 동격으로 보고, 「ᄒᆞ-」가 인용마디를 이끌었다고 볼 수는 없다. 여기에서 「소리ᄒᆞ-」는 '소리지르다'는 뜻으로, 단순히 「ᄒᆞ-」가 연결될 때와는 그 뜻이 다르다.

昔聞黃金多 坐見悔吝生 (두언 22:20)
(내) 아래 드로니…[子孫이 封侯ᄒᆞ리 잇다] 호니 (내훈, 2하:41)
妾(=나)은 드로니…[君臣이 서르 保全호ᄆᆞᆫ 어렵다] 호니 (내훈, 2하:41)
妾(=나)ᄋᆞᆫ 드로니 [賞罰이 公反ᄒᆞ야ᅀᅣ 足히 사ᄅᆞᄆᆞᆯ 降伏히ᄂᆞ 다] 호니 (내훈, 2하:53)
나ᄂᆞᆫ 드로니 [겨집도…沙門ㅅ 四道ᄅᆞᆯ 得ᄒᆞᄂᆞ다] ᄒᆞᆯᄊᆡ (월석 10:16)
내 그제 [ᄇᆞ얌 오ᄂᆞ다] ᄒᆞ야 브르다가 몯호니 (월석 10:24)
내 아ᄅᆡ…[方便說法이 다…菩提ᄅᆞᆯ 爲ᄒᆞ니라] 니ᄅᆞ디 아니터녀 (법화 2:52)

위의 예문은 모두, 과거에 자기자신이(1인칭) 들었거나 말했던 내용을, 현재에 와서 회상하여 인용한 것이다.

곧, 이러한 구조가 직접인용이 될 수 있는 것은, 인용마디를 이끄는 풀이말의 때가 '과거'이기 때문이다.

② 안은마디의 임자말은 1인칭이고, 안긴 인용마디의 임자말도 1인칭인 경우이다.

부텨 니ᄅᆞ시ᄂᆞᆫ 解脫ᄋᆞᆯ 우리도 得ᄒᆞ야 [涅槃애 다ᄃᆞᄅᆞᆫ가] ᄒᆞ다소니 (석보 13:43)
世尊하 우리…[ᄒᆞ마 究竟滅度ᄅᆞᆯ 得호라] ᄒᆞ다소니 오ᄂᆞᆯᅀᅡ 아로니 智慧 업스니 ᄀᆞᆮ다소이다 (법화 4:36)
우리…[부텻 恩惠 갑ᄉᆞ오ᄆᆞᆯ ᄒᆞ마 得호미 ᄃᆞ외와라] ᄒᆞ다이다 (법화 2:251)
(내) [우리 브즈러니 精進ᄒᆞ야…得혼거시 만호라] ᄒᆞ다니 (월석 13:34)
내 모ᄆᆞᆯ 도라ᄒᆞ니 즉자히 스러디고 男子ㅣ ᄃᆞ외야 灌頂智ᄅᆞᆯ 得ᄒᆞ야

[(내) 부텨 ᄭᅴ 歸依ᄒᆞᅀᆞᄫᆞ라] ᄒᆞ더라 (월석 2:64)[49]

위의 예문들 역시 말할이 자신이 과거에 했던 말을 회상하여 인용한 것이다. 이것이 직접인용이 되는 이유도, 앞의 '① 1인칭[2,3인칭]' 의 경우와 마찬가지로, 안은마디의 때가 과거이기 때문이다.

③ 안은마디의 임자말은 2,3인칭이고, 안긴 인용마디의 임자말도 2,3인칭인 경우이다. 안은마디의 임자말이 2,3인칭인 유형은 직접인용의 일반적 구조이다.

帝釋이 닐오ᄃᆡ [부텨 아래 ᄒᆞᆫ니ᄅᆞᆯ 몬져 주시니라] ᄒᆞ고 (석보 23:47)
一切大海…닐오ᄃᆡ [셜ᄫᅳᆯ쎠 衆生이 正ᄒᆞᆫ 길ᄒᆞᆯ 일허다] ᄒᆞ며 (석보 23:19)
虛空애셔 닐오ᄃᆡ [이제 부텨 나아 겨시니라] ᄒᆞ야ᄂᆞᆯ (석보 6:12)

위의 예문은 '3인칭[3인칭]' 구조이다. 다음의 '3인칭[2인칭]' 구조에서는, 안긴마디의 임자말은 '들을이' 가 된다.

高聲으로 닐오ᄃᆡ…[너희ᄃᆞᆯ히 당다이 부텨 ᄃᆞ외리라]ᄒᆞ더라 (석보 19:31)
菩薩이 諸天ᄃᆞ려 무르샤ᄃᆡ [엇던 양ᄌᆞ로 ᄂᆞ려가료] ᄒᆞ샤ᄂᆞᆯ 션비 양ᄌᆞ도 니ᄅᆞ며 (월석 2:19)
부텨 니ᄅᆞ샤ᄃᆡ […네 목수믈 미더 ᄌᆞ랋 時節을 기드리ᄂᆞ다] ᄒᆞ시고 (석보 6:11)
그 아비 그 ᄯᆞ니ᄆᆞᆯ 구짓고 北녁 堀애 브리ᅀᆞᄫᅡ [블 가져오라] ᄒᆞ야ᄂᆞᆯ

49) 1인칭 회상법의 「-다-」가 되지 않은 이유는 ; 다른 세계에 있던 자신이 한 말을, 객관화하여 인용했기 때문이다.

(석보 11:25-6)
王이 돌해 刻히샤 [南郊애 무더 두라] ᄒᆞ시다 (월석 2:49)
王獻之ㅣ 盜賊 더브러 닐오ᄃᆡ [⋯두구가라] ᄒᆞ니라 (두언 15:28. 주)
淨飯王이⋯니ᄅᆞ샤ᄃᆡ [⋯그듸내 各各 ᄒᆞᆫ 아ᄃᆞᆯ옴 내야 내 孫子 조차 가게 ᄒᆞ라] ᄒᆞ시니 (석보 6:9)
王이 怒ᄒᆞ야 니ᄅᆞ샤ᄃᆡ⋯[즉자히 그 蓮花ᄅᆞᆯ ᄇᆞ리라] ᄒᆞ시다 (석보 11:31)
比丘와 王괘 夫人ᄋᆞᆯ 뫼샤 長者ㅣ 지븨 가샤 [겨집죵 사쇼셔] ᄒᆞ야 브르신댄 (월석 8:94)

④ 안은마디의 임자말은 2,3인칭이고, 안긴 인용마디의 임자말은 1인칭인 경우이다. 안긴마디의 임자말과 안은마디의 임자말은 동일인이 된다.

護彌 닐오ᄃᆡ [그리 호리라] ᄒᆞ야ᄂᆞᆯ (석보 6:15)
ᄒᆞᆫ 大臣이 닐오ᄃᆡ [내 方便으로 ᄃᆡ로리라] ᄒᆞ고 (월석13:15)
그저긔⋯諸天ᄃᆞᆯ히 닐오ᄃᆡ [우리도 眷屬 ᄃᆞ외ᅀᆞᄫᅡ 法 ᄇᆡ호ᅀᆞᄫᅩ리라] ᄒᆞ고 (월석 2:23-4)
저희 닐오ᄃᆡ [梵天의 이ᄇᆞ로셔 :나라] ᄒᆞ고 (월석 2:46)
도ᄌᆞ기⋯날ᄃᆞ려 닐오ᄃᆡ [⋯네 머리ᄅᆞᆯ 버효리라] ᄒᆞᆯᄊᆡ 두리여 머구니 怒를 잔치니라 (월석 10:25)
아힉 울어든 父母ㅣ⋯닐오ᄃᆡ [내 너를 金 :주료] ᄒᆞ야든 (남명, 상:44-5)
阿育王이 (龍王에게) 닐오ᄃᆡ [내 그런 ᄠᅳ들 몰라 하댕다] ᄒᆞ야ᄂᆞᆯ (석보 24:31-2)
ᄯᅩ 닐오ᄃᆡ [내 無上涅槃ᄋᆞᆯ 得호라] ᄒᆞ고 = 亦言自得無上涅槃호라 ᄒᆞ고 (능엄 9:91)
魔王이 世尊ᄭᅴ ᄉᆞᆯᄫᅩᄃᆡ [瞿曇아 나ᄂᆞᆫ 一切衆生이 다 부톄 ᄃᆞ외야 衆生이 업거ᅀᅡ 菩提心ᄋᆞᆯ 得호리라] ᄒᆞ더라 (석보 6:46)

王이 大闕안해 出令호ᄃᆡ [이 새울의 ᄒᆞ니ᅀᅡ 夫人올 사모리라] ᄒᆞ야ᄂᆞᆯ (석보 24:20)
ᄒᆞᆫ 받 님자히 ᄢᅵ 비흟저긔 願호ᄃᆡ [즁싱과 어우러 머구리라] ᄒᆞ야ᄂᆞᆯ (월석 2:12)
平人이 妄量ᄋᆞ로 [帝王이로라] 일ᄏᆞᆮ다가 (법화 7:159)
瞿曇ᄋᆡ 무리 尊卑 업서 五百弟子ㅣ 各各 [(내) 第一이로라] 일ᄏᆞᆮᄂᆞ니 (월석 21:199)
[三界 便安킈 호리라] 發源이 기프실ᄊᆡ (월석 2:35,기21)
[龍ᄋᆡ 그엔 이쇼리라 王ㅅ 그엔 :가리라] 이 두 고대 어듸 겨시려뇨 (월석 7:26, 기197)
⇐ 부텨 니ᄅᆞ샤ᄃᆡ [내 龍ᄋᆡ…:가리라] ᄒᆞ시-

3. 간접 인용

간접인용은 '추상적 간접인용'과 '변형적 간접인용'으로 나눈다.

추상적 간접인용이란, 그 구조는 직접인용과 같지만, 말할이가 누군가의 말을 듣고 그것을 그대로 인용한 것이 아닌 인용을 뜻한다.

변형적 간접인용이란, 인용 가운데의 어느 한 부분을, 말할이의 입장에서 주관화시킨 인용을 뜻한다. 이것은 일반적 의미로서의 간접인용이다.

3-1. 추상적 간접 인용

추상적 간접인용이 되기 위한 조건은 몇 가지가 있는데, 그에 따라 나누어 설명하기로 한다.

(1) 생각의 인용화

머리 속의 생각을 꺼내서 인용의 방식을 취하는 경우이다. 이 때의 인용마디를 이끄는 풀이말은 「너기-, 싱각ᄒᆞ-, 念ᄒᆞ-, 疑心ᄒᆞ-, 시브-, 젛」 따위가 된다. 이러한 경우의 인용말은, 직접 들었던 말을 그대로 옮긴 것이 아니라 말할이가 추상화시켜 인용한 것이므로, 추상적 간접인용에 속하게 된다. (자기 자신이 생각했던 것을 인용한 경우도 추상적 간접인용에 속하게 되는데, 다른 경우에 비해 추상화가 약하다고 할 수 있다.)

인용마디를 이끄는 풀이말에 따라 나누기로 한다.

「너기-」

부텨 向ᄒᆞᆫ ᄆᆞᅀᆞ물 니ᄌᆞ니 누니 도로 어듭거늘 제 너교ᄃᆡ [바ᄆᆡ 가다가 귓것과 모딘 즁ᄉᆡᆼ이 므싀엽도소니 므스므라 바ᄆᆡ 나오나뇨] ᄒᆞ야 뉘으처 도로 오려 ᄒᆞ더니 (석보 6:19)

사ᄅᆞ미 바ᄆᆡ 녀다가 杌ᄅᆞᆯ 보고 [도ᄌᆞᄀᆡᆫ가] 너겨며 [모딘 귀 써신가] 너겨 두리여 (석보 11:34)

天龍鬼神ᄃᆞᆯ토 다 너교ᄃᆡ [이 부텻 神通ᄒᆞ신 相ᄋᆞᆯ 이제 눌 더브러 무르려뇨] ᄒᆞ더니 (석보 13:15)

太子ㅣ 앗겨 ᄆᆞᅀᆞ매 너교ᄃᆡ [비듣만히 니르면 몯 사ᇝ가] ᄒᆞ야 (석보 6:24)

그 ᄢᅴ 首陀會天이 너교ᄃᆡ [나랏 臣下ㅣ 天子ㅅ 녀글 들면 須達의 願을 몯 일울까] ᄒᆞ야 (석보 6:25)

太子ㅣ 너교ᄃᆡ [부텻 德이 至極ᄒᆞ샤ᅀᅡ 이 사ᄅᆞ미 보비ᄅᆞᆯ 뎌리도록 아니 앗기놋다] ᄒᆞ야 (석보 6:25)

世尊ㅅ 말 ᄉᆞᆲ보리니 千載上ㅅ 말이시나 [귀예 듣논가] 너기ᅀᆞᄫᆞ쇼셔 (월석 1:1, 기2)

世尊ㅅ 일 ᄉᆞᆲ보리니 萬里外ㅅ 일이시나 [눈에 보논가] 너기ᅀᆞᄫᆞ쇼셔 (월석 1:1, 기2)

너희 이 ᄠᅳ를 보고 [더본가] 너기건마ᄅᆞᆫ (월석 10:14)

太子ㅣ [아바ᇝ 勅書ㅣ신가] 너겨 (석보 24:51)

[블근 칠호 門으란 올호니라] 호야 쟈랑호곡 [이 새지브란 외다] 호야 더러이 너기디 말라 (두언 15:5)

世尊하 우리 샹녜 이 念을 호야 내 너교디 [호마 究竟滅度를 得호라] 호다소니 오늘사 아로니 (법화 4:35-6)

쟝차 [나비 희다] 너기다니 또 나비 거므니 잇닷다 (금강삼가 4:22)

내 너교디 [내 이제 得혼 道理로 三乘을 닐어사 호리로다] 호다니 (석보 23:58)

내 너교디…[쳗히 說法마오 涅槃애 어셔 드사 호리로다] 호다가 (석보 13:58)

내 너교디 [(내) 滅度애 시러 니를와라] 타니 (법화 2:23)

이 모므로 아바님 爲호야 病엣 藥올 지수려 호노니 [목수미 몯 이실까] 너겨 여희수방라 오니 願혼둔 어마니미 그려 마루쇼셔 (월석 21:217)

「혜-, 念(을)호-, 스랑호-, 싱각호-」

알픽 [내 物을 두려이 내노라] 혜오 이에 [뎌 나롤 두려이 내니라] 혤씨 이런드로 일후미 갓ㄱ로 두려우미라 (능엄 10:54)

[내 이 識이라] 헤며 [내 色과 달오라] 혜며 (법화 1:189)

世尊하 내 이 念을 호디 [내 이 欲 여흰 阿羅漢이로라] 아니하노이다 (금강 54)

須陀洹이 能히 이 念을 호디 [내 須陀洹果를 得호라] 호느녀 아닌느녀 (금강 49)

아비 每常 아드롤 念호디 [아돌와 여희연디 쉬나무 희어다] 호디 (월석 13:9)

내 스랑호디…[쟝차 아니 믈러 일흟가] 호다니 (능엄 5:72)

感激호야 [거리치디 몯호논가] 스랑호더라 (두언 24:28)

「疑心호-」

[因緣과 自然이 곧혼가] 疑心홀씨 (능엄 2:96)

[믄득 난가] 疑心ᄒᆞ다라 (법화 3:104)

[엇던 因緣으로 得ᄒᆞᆫ고] 疑心ᄒᆞ시니라 (법화 4:56)

도ᄅᆞ혀 疑心호ᄃᆡ [(내) 타樓ㅅ미틔셔 나죗밥 먹고 越ㅅ 中에셔 녀ᄂᆞᆫ가] ᄒᆞ노라 (두언 15:7)

衆生이 믄득 [난가] 疑心ᄒᆞ니라 (월석 14:17)

오직 疑心호ᄃᆡ [淳朴ᄒᆞᆫ ᄯᅡ히 스스로 ᄒᆞᆫ 山川이 잇ᄂᆞᆫ가] ᄒᆞ노라 (두언 15:9)

ᄒᆞ마 갓ᄀᆞᆫ 想ᄋᆞᆯ 스러 法身ᄋᆞᆯ 다 어드란ᄃᆡ [ᄒᆞ마 果ᄅᆞᆯ 得ᄒᆞᆫ가] 疑心ᄃᆞ외어늘 (능엄 3:115)

[도ᄅᆞ혀 이衡을 아철가] 疑心ᄒᆞ노라 (두언 23:4)

[보ᄆᆡ 體 펴며 옮ᄂᆞᆫ가] 疑心ᄒᆞ니 (능엄 2:40)

[샹녜 겨샤미 아니신가] 疑心ᄃᆞᆸ거신마ᄅᆞᆫ (법화 5:135)

[갓가온 자최 ᄀᆞᆮᄒᆞ신가] 疑心ᄃᆞ외시며 (법화 5:135)

緊那羅ᄂᆞᆫ…사ᄅᆞᆷ ᄀᆞ토ᄃᆡ ᄲᅳ리 이실ᄊᆡ [사ᄅᆞ민가] ᄒᆞ야 疑心ᄃᆞᄫᅵ니 (월석 1:15)

「感傷ᄒᆞ-」

甚히 내 感傷호ᄃᆡ [如來ㅅ 無量知見을 일호라] ᄒᆞ다이다 (법화 2:4)

「ᄣᅥ리-, 시름ᄒᆞ-」

부텨 보ᅀᆞᄫᅩᄆᆞᆯ 즐기디 아니ᄒᆞ며 [어즈러본가] ᄣᅥ려 [道理 먼가] 시름ᄒᆞᆯᄊᆡ (월석 14:79)

「分別ᄒᆞ-」

[오래 勤苦ᄒᆞᇙ가] 분별호ᄆᆞᆯ 가ᄌᆞᆯ비니라 (법화 2:197)

佛道ㅣ 길오 머러 [受苦ᄒᆞᇙ가] 分別호ᄆᆞᆯ 가ᄌᆞᆯ비니라 (월석 13:15)

「젛-」

[末學이 그르 앓가] 저ᄒᆞᆫ 젼ᄎᆞ로 (능엄 2:65)

[主守ㅣ…ᄆᆞ숨 ᄠᅳ들 잘 몯 ᄒᆞᄂᆞᆫ가] 오히려 저허 (두언 7:35)

[길히 머러 가다가 泥滯홀가] 저허 사랑칸마ᄅᆞᆫ 興이 기펴 ᄆᆞᄎᆞ매 고티디 몯ᄒᆞ노라 (두언 16:64)

一一히 모로매 觀名을 牒홀디언마ᄅᆞᆫ 이제 [그리 할까] 저허 (원각, 하 2-2:15)

(俱夷) 어엿브신 ᄆᆞᅀᆞ매 [(太子ㅣ) 나가싫가] 저ᄒᆞ샤 太子ㅅ 겨틔 안ᄍᆞᄫᆞ시니 (천강곡 상,기46)

二乘은 [定果를 일흘까] 저흘씨 (법화 2:202)

[거즛 어즈룜 ᄃᆞ욇가] 저흐니라 (능엄 10:24)

[바비 貧乏ᄒᆞᆫ가] 전노라 (두언 22:28)

幽深ᄒᆞᆫ 길헤 [해 길 녈가] 전노라 (두언 25:16)

「두리-」

難陀ㅣ 두리여 [자바 녀흘까] ᄒᆞ야 (월석 7:13)

다음은 인용마디를 이끄는 추상적 풀이말이 속뜻에 숨어 있는 경우이다. 문맥상으로 보아, 숨어 있는 풀이말을 「두리-」로 잡아볼 수 있다.

罪人이…[獄主ㅣ 더 셟본 ᄯᅡ해 옮기싫가] ᄒᆞ야 맛ᄀᆞᆲ디 몯ᄒᆞ다이다 (월석 23:85)

아가 아가 (내) [긴 劫에 몯 볼까] ᄒᆞ디니 오ᄂᆞᆳ날 地獄門 알ᄑᆡ셔 아기와 서르 보관뎌 (월석 23:87)

(2) 미정법 풀이말이 올 때

인용마디를 이끄는 풀이말의 때매김이 미정법이면, 그 인용의 내용은 말할이가 추상적으로 가정한 것이 되므로 '추상적 간접인용'에 속하게 된다.

[내 노포라] ᄒᆞ릴 맛나ᄃᆞᆫ (월석 21:67)
[그 ᄉᆞ랑ᄒᆞ며 어엿비 너교미 어루 至極다] 니ᄅᆞ리언마ᄂᆞᆫ (내훈 3:32-3)
내 오ᄂᆞᆯ [큰 利ᄅᆞᆯ 얻과라] ᄒᆞᆯ디니라 (법화 4:84)
뎌ᄂᆞᆫ 어루 [도ᄌᆞ기 ᄆᆞᄅᆞᆯ 타 도ᄌᆞᄀᆞᆯ ᄧᅩᆺ다] 닐올디오 이ᄂᆞᆫ 어루 [할ᄆᆡ 젹삼 비러 할ᄆᆡ 나ᄒᆞᆯ 절ᄒᆞ다] 닐올디로다 (금강삼가 3:12)
[三이라 一이라] 닐올ᄯᅵ 아니니라 (영가, 하:56)
ᄒᆞ다가 내 [能히 衆生ᄋᆞᆯ 度ᄒᆞ노라] ᄒᆞ며 [내 이 發心ᄒᆞᆫ 사ᄅᆞ미로라] ᄒᆞ야 니ᄅᆞ린댄 (금강삼가 4:3)
(내) [뉘 지ᅀᅳ며 뉘 받ᄂᆞᆫ고] 호리라 (능엄 4:91)
[믈ᄀᆞᆫ 이바디ᄅᆞᆯ 마져] 니ᄅᆞ고져 컨마ᄅᆞᆫ (두언 7:25)
[기피 아ᄅᆞ샤 아ᄅᆡ브터 마ᄌᆞ시다] 어루 ᄉᆞᆯ오리샷다 (법화 4:70)
현마 七寶로 ᄭᅮ며도 (내)[됴타] 호리잇가 法엣 오시ᅀᅡ 眞實ㅅ 오시니 (천강곡 상, 기121)
[옷 디호ᄆᆞᆯ ᄀᆞᆺ브다] 엇뎨 말리오 (두언 25:17)
도로 [보디 몯ᄒᆞᄂᆞ다] 일훔ᄒᆞ려 = 還名不見가 (능엄 2:72)
엇뎨 네게 븓관ᄃᆡ [맛 아ᄂᆞ다] 일훔ᄒᆞ리오 (능엄 3:27)

(3) 가정 · 양보의 뜻을 가진 이음법 씨끝이 올 때

가정이나 양보의 뜻을 가진 이음법 씨끝(「-어도」,「-은둘」, 「-거든」, 「-으면」 따위)이 인용마디를 이끄는 풀이말에 연결되는 경우도 추상적 간접인용에 속하게 된다.

비록 [쿠미 須彌 ᄀᆞᆮ다] 닐어도 불셔 뎌ᄅᆞᆯ 에워 限ᄒᆞ논디며 [量이 大虛 ᄀᆞᆮ다] ᄒᆞ야도 ᄯᅩ 여ᄅᆞᆯ 에워 限ᄒᆞ논디니라 (금강삼가 4:13)
그듸 이제 날 ᄒᆞ야…[주기라] ᄒᆞ야도 그듸ᄅᆞᆯ 거스디 아니호리어늘 이제 엇뎨 怨讐를 니ᄌᆞ시ᄂᆞ니 (석보 11:34)
城 밧긔 브리 비취여 十八子ㅣ 救ᄒᆞ시려니 [가라] ᄒᆞᆫ둘 가시리잇가 (용 69장)
[術法이 놉다] ᄒᆞᆫ둘 (천강곡 상,기99)

王이 호 太子를 호 夫人곰 맛디샤 [젓 머겨 기르라] 호시면 아드리 아니리잇가 (석보 11:33)

[부톄 겨지블 調御호시느다] 호면 (부텨를) 尊重티 아니호시릴씨 [丈夫를 調御호시느다] 호니라 (석보 9:3)[50]

(4) 안은마디가 시킴법일 때

안은마디가 시킴법일 때는, 「네가…라고 하라」는 식이 되므로, 직접 들은 말을 인용한 것이 아니다.

네가…窮子드려 닐오디 [...갑슬 倍히 :주리라] 호라 호다가 (窮子ㅣ) 무로디 [무슷 일 시교려 호는다] 커든 닐오디 [쫑 칠유리니 우리 둘토 호디 호리라] 호라 (월석 13:20)

(5) 부정을 나타내는 말이 올 때

인용을 이끄는 말(「니루-」)을 부정하는 말이 나오면, 간접인용에 속하게 된다.

[속절업시 안잿다] 니루디 말라 (금강삼가 4:30)[51]

世尊이 곧 [須菩提ㅣ 이 阿蘭那行올 즐기느니라] 니루디 아니호시려늘 (금상 55-6)[52]

[故人의 호 書信이 업세라] 니루디 아니호노라 (두언 21:17)

(6) 인용마디가 안은마디 풀이말의 의미상의 목적

---

50) [丈夫…호시느다]는 직접인용이고, [부톄…호시느다]만 간접인용이다. 그리고 위의 두 예문은, 뒤의 미정법 씨끝 「-으리」가 간접인용임을 증명해 주고 있다.

51) '시킴법'도 간접인용에 관여하고 있다.

52) 미정법의 「-으리」도 간접인용에 관여하고 있다.

인용마디 자체가 안은마디 풀이말의 의도나 목적을 나타내는 경우도 추상적 간접인용에 속하게 된다. 이러한 경우에는, 인용마디를 이끄는 말은 나타나지 않고 (앞의 '1.4.×[인용]× 유형'은 이것과 구조는 같지만 의도의 뜻이 없으므로 직접인용이었다), 인용말에는 반드시 1인칭 의도를 나타내는 「-오/우-」가 연결된다.

ᄢᅬ 한 도ᄌᆞᄀᆞᆯ 모ᄅᆞ샤 [:보리라] 기드리시니 (용 19장)
아ᄃᆞᆯ님 成佛ᄒᆞ샤 [아바님 보ᅀᆞᄫᆞ리라] 羅漢優陀耶ᄅᆞᆯ 돌아보내시니 (천강곡 상, 기113)
아기 逃亡ᄒᆞ샤 [아바님 보ᅀᆞᄫᆞ리라] 林淨寺ᄅᆞᆯ 向ᄒᆞ더시니 (월석 8:85, 기239)
[각시 ᄢᅬ노라] 곶 고ᄫᆡ 빗여 드라 (천강곡 상, 기49)
(네) 아라녀리 그츤 이런 이본 길헤 [ᄂᆞᆷ :보리라] 우러곰 온다 (월석 8:86-7, 기244)
(夫妻ㅣ) [그ᅀᅦ 밍ᄀᆞ노라] 집지ᅀᅵᄅᆞᆯ 처ᅀᅥᆷ ᄒᆞ니 (월석 1:44)
多蹊ᄂᆞᆫ 卄子ᄅᆞᆯ 일버ᅀᅥ [ᄡᅳ노라] 길흘 해 ᄇᆞᆯ올시라 (두언 25:16)
(내) [衆生 救호리라] 밥 비러 먹노이다 (천강곡 상, 기122)

이러한 인용구조는에서는, 인용마디 안의 임자말과 안은마디의 임자말이 같고(마지막 예문에서, 「내-」의 임자말과 「가지-」의 임자말은 다 같이 「道士돌」임), 인용마디의 내용이 안은마디의 내용의 의미상의 목적이 될 때(「새 믈」을 내기 위하여 「方珠」를 가진 것임), 이 인용마디의 마침법은 이음법 「고져-」로 대치될 수 있다.(→새 믈 내고져 方珠를 가져…)

「-고져」를 사용하지 않고 인용구조로 만든 이유는, 1인칭의 의지를 덧보태어 나타내기 위한 것이다 (「-고져」로는 '의지'의 뜻은 나타낼 수 없고, '목적'의 의미만 나타낼 수 있다). 따라서, 인용말에 1인칭 의

도를 나타내는 「-오/우-」가 연결되었다.

(7) 안은마디 : 1인칭, 현실법

안은마디의 임자말이 1인칭이고, 풀이말의 때가 현재일 때는, 「나는 지금 …라고 말한다」는 식이 되므로, 자기가 지금 하고 있는 말을 인용의 형식으로 표현한 것이다.

> 내 부텻긔 말ᄊᆞᄆᆞᆯ ᄉᆞᆲᄫᆞᆫᄃᆡ…[내야 받ᄌᆞᄫᆞ리이다] ᄒᆞᅀᆞᄫᆞ이다 (석보 24:31)
> 내 오ᄂᆞᆯ…[…잢간도 말라] ᄒᆞ노니 엇데어뇨 ᄒᆞ란ᄃᆡ (월석 21:105)
> 이럴ᄊᆡ 내 닐오ᄃᆡ…[衆僧供養 아니ᄒᆞ야도 ᄒᆞ리라] ᄒᆞ노라 (월석 17:40)
> 내…이제 實로 滅度 아니호ᄃᆡ 곧 닐오ᄃᆡ [滅度호리라] ᄒᆞ노니 (월석 17:3)
> 나도 머릴 울워러 [셜버이다 救ᄒᆞ쇼셔] 비ᅀᆞᄫᆞ니 (월석 2:52)
> 이럴ᄊᆡ 우리 닐오ᄃᆡ [本來 求ᄒᆞᄂᆞᆫ ᄆᆞᅀᆞᆷ 업다이다] ᄒᆞ노니 (월석 13:37)
> 이런ᄃᆞ로 부톄 닐오ᄃᆡ [一切衆生이 다 食ᄋᆞᆯ 브터 住ᄒᆞᄂᆞ다] ᄒᆞ노라 (능엄 8:3)[53]
> 이런ᄃᆞ로 如來 너와 發明호ᄃᆡ [五陰 本來ㅅ 因이 ᄒᆞᆫ가짓 이 妄想이라] ᄒᆞ노라 (능엄 10:78)[54]

임자말의 인칭과 풀이말의 때매김은, 서로 관련성을 가지고서, 직접인용이냐 추상적 간접인용이냐를 결정해준다.

단, 인용마디를 이끄는 풀이말이, 추상적인 의미를 지니고 있는 경우는 (「너기-」,「젛-」...따위) 이러한 판별이 필요가 없다. 이를 요약하면 다음

53) '닐오ᄃᆡ'의 임자말인 '부톄'는 말할이(나) 자신이다.
54) '如來'는 말할이 자신이다. 그러므로 「ᄒᆞ노라」에 1인칭법의 「-오/우-」가 들어갔다.

과 같다.

	2,3 인칭	1 인칭
현 재	직접인용	간접인용
과 거	직접인용	직접인용
미 래	간접인용	간접인용

과거인 경우는 무조건 직접이 되고, 미래인 경우는 무조건 간접이 된다(이에 대해서는 이미 앞에서 설명했다.)

현재인 경우에만 인칭과 관련을 맺는다. 2,3인칭일 때는 직접인용이 되고, 1인칭일 때는 간접인용이 된다.

(8) 의인법의 표현일 때

그 새 거우루엣 제 그르멜 보고 [우루리라] 호거늘 (석보 24:20)
가마오디 西ㅅ녁 히 비취옛는듸 [날개 물외노라] 고기 잡는 돌해 ᄀ득 ᄒ얏도다 (두언 7:5)

앞의 '(6)인용마디가 안은마디 풀이말의 의미상의 목적'과 비슷한 예문이나, 의인법 표현이라는 점이 다르다. 1인칭법의 「-오/우-」를 연결하여 직접인용의 형식을 취하였다.

3-2. 변형적 간접 인용

변형적 간접인용이란, 인용 가운데의 어느 한 부분을, 말할이의 입장에서 주관화시켜 변형시킨 인용을 뜻한다.

변형적 간접인용은, '성분 변형'과 '말풀이 구조 변형'으로 나눈다.

(1) 성분 변형

직접인용의 성분 중 어떤 것을 변형시켜, 간접인용으로 바꾸는 방법이다.

(1-1) 높임법 변형

(가) 들을이 높임법 변형

자기가 들었던 내용을 인용할 때, 원래는 들어있었던 들을이 높임의 「-으이-」를, 탈락시키는 경우가 있다.[55]

이러한 현상은, 말할이가 들을이에게 인용의 내용만 전달하고자 하는 의도에서 비롯된 것이다.

이 모든 大衆이 [(내) 아릭 잇디 아니혼거슬 得과라] ᄒᆞᅀᆞᆸ더라 (능엄 5:4)

위의 예문에서의 인용말은, 大衆이 부처께 한 말이므로, 직접인용이라면 「得과이다」가 되었을 것이다.

「ᄒᆞᅀᆞᆸ더라」에 「-ᅀᆞᆸ-」이 들어 간 이유는, 大衆이 이 말을 부처께 했기 때문에, 위치말인 「부텨」를 높이기 위해 들어간 것이다. 그러므로 여기에서의 「-ᅀᆞᆸ-」은 인용말에 「-으이-」가 탈락되었다는 명백한 증거이다.

다음의 예문들은 모두 「-으이-」가 탈락된 것이다.

네 무러 닐오ᄃᆡ [地水火風이 本性이 圓融ᄒᆞ야 法界예 周徧홇딘댄 水火性이 서르 侵勞ᄒᆞ야 滅티 아니ᄒᆞ류] 疑心ᄒᆞ며 ᄯᅩ 무로ᄃᆡ [虛空과 모든 大地왜 다 法界예 ᄀᆞᄃᆞᆨ 홇딘댄 서르 드류미 맛당티 아니타] ᄒᆞᄂᆞ니 (능엄 4:39)[56]

---

55) 원래는 없었던 「-으이-」를 삽입시키는 경우는 없는데, 그 이유에 대해서는 뒤의, '(나)주체높임법 변형' 참조.

56) 인용말의 내용은, 富樓那가 부처께 한 말이므로, 「아니ᄒᆞ니잇가」, 「아니ᄒᆞ니이

겨지비 보고 어버싀게 請호딕 [ᄂᆞ미 겨집 ᄃᆞ외노니 출히 뎌 고마 ᄃᆞ외아지라] ᄒᆞ리 열히로딕 (법화 2:28)

⇐ [⋯ᄃᆞ외아지이다]

耶輸ㅣ...靑衣를 브려 긔별 아라오라 ᄒᆞ시니 [羅睺羅 ᄃᆞ려다가 沙彌 사모려 ᄒᆞᄂᆞ다] 홀씨 (석보 6:2)[57)]

目連이⋯淨飯王끠 安否ᄉᆞᆲ더니 耶輸ㅣ [부텻 使者 왯다] 드르시고 (석보 6:2)[58)]

須達이 (世尊끠) [恭敬ᄒᆞᅀᆞᆸᄂᆞᆫ 法이 이러ᄒᆞᆫ 거시로다] ᄒᆞ야 (석보 6:21)

그 比丘ㅣ 두리여 울며 닐오딕 [나룰 ᄒᆞᆫ 돐 ᄉᆞᅀᅵ나 살아 뒷다가 주기쇼셔] 모딘 노미 듣디 아니홀씨 이 양ᄋᆞ로 날 數를 漸漸조려 [닐웻 ᄉᆞᅀᅵ룰 살아지라] ᄒᆞ야ᄂᆞᆯ 모딘 노미 [그리ᄒᆞ라] ᄒᆞ야ᄂᆞᆯ (석보 24:15)[59)]

阿難이⋯結集ᄒᆞᄂᆞᆫ 門밧긔 와 [들아지라] ᄒᆞ야ᄂᆞᆯ 迦葉이 닐오딕⋯(석보 24:3)[60)]

네(=阿難) 몬제 나(=부텨)룰 對答호딕 [(내) 光明 주머귀를 보노라] ᄒᆞ더니 (능엄 1:98)[61)]

阿難아 내 이제 너ᄃᆞ려 묻노니 [네 發心호매 當ᄒᆞ야 네 [如來ㅅ 三十二相올 브토라] 커시니 므스글 가져보며 뉘 愛樂ᄒᆞᆫᄂᆞ뇨] (능엄 1:45)[62)]

그저긔 ᄒᆞᆫ 大臣 優婆吉이 諸王끠 닐오딕 [부텻 舍利를 논호아 供養ᄒᆞᅀᆞᄫᆞᅀᅡ ᄒᆞ리니 엇뎨 兵馬 니르ᄫᅡ다 서르 싸홈호려 ᄒᆞ시ᄂᆞᆫ고] ᄒᆞ야ᄂᆞᆯ (석보 23:54)[63)]

다」에서 「-으이-」가 탈락된 것이다.

57) 靑衣가 耶輸께 한 말이므로, 「-으이-」가 탈락된 것이다.

58) 집안 종이 耶輸께 한 말이므로, 「-으이-」가 탈락된 것이다.

59) 比丘가 애원한 내용이므로, [⋯살아지이다]가 직접인용이다. 그 앞의 인용에서는 「-쇼셔」로써 들을이를 높이고 있다.

60) 阿難이 迦葉에게 한 말이므로, [들아지이다]가 직접인용이다.

61) 阿難이 부처께 한 말이므로, [보노이다]가 직접인용이다.

62) '추상적 간접인용'에 '변형적 간접인용'이 안긴 구조이다. 阿難이 如來께 한 말이므로, [브토이다]가 직접인용이다.

63) 이 예문의 인용말은, 임자말이 2인칭(들을이)인 물음월로서, 들을이를 「-으시-」로 높여주고 있다. 이러한 월에서 「-으시-」는 「-으이-」를 필연적으로 이끌게

위 예문의 인용말은, 임자말이 2인칭(들을이)인 물음월로서, 들을이를 「-으시-」로 높여주고 있다. 이러한 월에서 「-으시-」는 「-으이-」를 필연적으로 이끌게 되므로, 「-으이-」가 탈락되었다는 것이 명백하다.(이러한 「-으이-」의 탈락은 인용마디에서만 가능하다)

다음은, 추상적 간접인용에서 들을이 높임의 변형이 일어난 예이다. 곧,'추상적 간접인용'과 '변형적 간접인용'의 겹침이 일어난 것이다.

> 네…釋迦牟尼佛께 가 내 말 다이 숣오ᄃᆡ [病 져그시며 시름 져그샤 氣力이 安樂ᄒᆞ시며 菩薩聲聞衆도 다 便安ᄒᆞᆫ가 몯ᄒᆞᆫ가] ᄒᆞ라 (법화 4:129)[64]

(나) 주체 높임법 변형

'주체높임의 변형'에서는, 원래는 들어있지 않았던 「-으시-」를 인용마디에 삽입시키는 경우가 일반적으로 나타난다.('들을이 높임의 변형'에서는 이것과 반대였다.)

<×→「-으시-」>

이 경우는, 말할이가 주체를 높이고자 하는 의욕에서 비롯된 것이다.

> 一切 ᄒᆞ논 일 잇논 法이 便安티 몯ᄒᆞᆫ 주를 如來 [뵈시노라] ᄒᆞ시며 人天ᄃᆞᆯ히 [色身에 즐겨 貪著ᄒᆞᆫ 사ᄅᆞᆷ 위ᄒᆞ샤 無常올 뵈시노라] ᄒᆞ샤 涅槃올 ᄒᆞ시니 (석보 23:18)[65]

되므로, 「-으이-」가 탈락되었다는 것이 명백하다.(이러한 「-으이-」의 탈락은 인용마디에서만 가능하다.)

64) '3-1.(4)안은마디가 시킴법일 때' 참조)

65) 「뵈-」,「위ᄒᆞ-」의 임자말은 如來 자신이므로 「-으시-」가 들어갈 수 없다. 그러나 인용을 한 이는 如來를 높이고자 하여 「-으시-」를 삽입한 것이다.

(부톄) [쟝ᄎᆞ 精持ᄅᆞᆯ 나토샤리라] 몬져 이ᄅᆞᆯ 드러 니ᄅᆞ샤ᄆᆞᆫ (월석 17:78)

[ᄯᆞᄅᆞᆯ 두겨시다] 듣고 婚姻을 求ᄒᆞ노이다 (석보 11:28)

<「-으시-」→×>

네 ᄆᆞᅀᆞ매 [내 네 일훔 닐어…菩提 심기디 아니ᄒᆞᄂᆞᆫ가] 너교미 쟝차 업스녀 (법화 4:187)

⇐ 네 [부톄 내 일훔…아니ᄒᆞ시ᄂᆞᆫ가] 너기-

이러한 예는, 인용마디 안의 주체가 말할이 자신일 경우에만 나타난다(말할이=부처). 「-으시-」를 사용하면 자기 자신을 높이는 결과가 되기 때문에 탈락시킨 것이다. 다른 경우에는 이러한 경우가 나타나지 않는데, 그 이유는, 15세기 국어에서는 '압존법'이 지켜졌기 때문이다.

즉, 현대말에 있어서 ; 손자가 할아버지께, "아버님이 가십니다."라고 말했다면, 그것을 들은 할아버지가 다른 사람에게 이 말을 전할 때,"[아범이 간다]고 하더라"는 식으로 바꿀 수 있다. 그러나 15세기에는 '앞존법' 때문에, 손자가 할아버지 앞에서 아버지를 높일 수 없으므로 이러한 경우가 생겨나지 않는다.

그러므로 15세기에는, 원래는 들어있지 않았던 「-으시-」를, 인용마디에 삽입시키는 경우를 원칙으로 삼고, '들을이 높임 변형'과 '주체 높임 변형'이 그 변형의 방향이 반대인 것으로 기술한다.

'들을이 높임 변형'과 '주체 높임 변형'이 그 변형의 방향이 반대인 까닭은 다음과 같다 :

들을이 높임은, 말할이가 들을이를 높여주는, 말하는 환경상의 높임이다. 들을이 높임이 사용되었던 말을 인용할 때, 인용하는 사람은 그 '들을이 높임'을 그다지 중요하게 생각하지 않는다. 들을이 높임이 사용되었던, 그 말하는 환경은 더 이상 남아있지 않기 때문이다. 또한, 말하는 환경이 더 이상 남아있지 않기 때문에, 원래는 없었던 '들을이 높임'을 인용마디에서 인위적으로 사용할 수 없는 것이다.

주체높임은, 월 안에서의 주체를 높여주는 말본상의 높임이다. 그 주체를 높여주는 사람은 그 월을 말하는 사람이다. 그 월을 말하는 사람이 바뀌면, 말하는 사람의 의향에 따라, 주체높임도 바뀌기 마련이다.

(다) 객체 높임법 변형

객체 높임도 주체 높임과 마찬가지로 말본상의 높임이기 때문에, 원래 없었던 객체 높임을 인용마디에서 사용하는 경우만 나타난다. 반대의 예가 나타나지 않는 것은 역시 '압존법' 때문이다. 15세기 에는, 손자가 할아버지 앞에서, "아버님을 모시고 오겠습니다."라는 식의 객체 높임을 사용할 수 없었다

> 比丘ㅣ 對答호ᄃᆡ…[光有聖人이...大王ㅅ 善心ᄋᆞᆯ 드르시고 [찻믈 기릃 치녀를 비ᅀᆞᄫᅡ 오라] ᄒᆞ실ᄊᆡ 오ᅀᆞᄫᅩ이다] (월석 8:91)

위의 예문은 인용마디에 인용마디가 안긴 구조이다.

「비ᅀᆞᄫᅵ」에서의 「 ᅀᆞᆸ- 」은, 比丘가 光有聖人의 말을 인용하는 과정에서, 大王을 높여주기 위해서 사용한 것이다.(大王께 빌리러 왔으므로 객체는 '大王'이다.) 원래 光有聖人이 比丘에게 말했을 때에는 「-ᅀᆞᆸ-」이 들어있지 않았다. 다음의 예문이 그것이다.

> 光有聖人이 沙羅樹大王ᄋᆡ 善心ᄋᆞᆯ 드르시고 弟子…比丘를 보내샤 [찻믈 기릃 치녀를 비러오라] ᄒᆞ야시ᄂᆞᆯ (월석 8:90)

다음의 예문도 光有聖人의 제자가 光有聖人의 말을 沙羅樹大王에게 전하는 내용이다.

[維那ᄅᆞᆯ 삼ᄉᆞᄫᆞ리라] 王ᄋᆞᆯ 請ᄒᆞᅀᆞᆸ노이다 (월석 8:79, 기225)
光有聖人이 ᄯᅩ 나ᄅᆞᆯ 브리샤 [大王 모ᄆᆞᆯ 請ᄒᆞᅀᆞᄫᅡ 오나ᄃᆞᆫ 찻믈 기를 維那ᄅᆞᆯ 삼ᄉᆞᄫᆞ리라] ᄒᆞ실ᄊᆡ 다시 오ᄉᆞᄫᆞ이다 (월석 8:91)

그러나 光有聖人이 직접 말했을 때는 「-ᅀᆞᆸ-」이 들어있지 않았다.

光有聖人이 니ᄅᆞ샤ᄃᆡ [그러커든 다시 가 大王ㅅ 모ᄆᆞᆯ 請ᄒᆞ야 오라 찻믈 기를 維那ᄅᆞᆯ 사모리라] ᄒᆞ야시ᄂᆞᆯ (월석 8:91)

(1-2) 때매김법 변형

직접인용을 간접인용으로 바꿀 때 때매김은 바꾸지 않는 것이 원칙이다. 간접인용의 시점으로 바꾸지 않는 이유는, 만약 이를 바꾸면 들을이가 오히려 혼란에 빠지기 때문이다.

인용할 때, 때매김 씨끝을 탈락시켜 때매김의 표현을 나타내지 않는 경우가 있다. 이는 실지로 말했던 때와 그것을 인용한 때가 다르기 때문에 생겨나는 때매김의 중화현상이다.

다음의 예문들의 풀이말은 모두 움직씨이다. 움직씨에는 때매김 표시가 나타나는 것이 원칙인데, 모두 때매김 씨끝이 탈락되어 있다.

[(부톄) 眞知로 그ᅀᅳ기 化ᄒᆞ시다] 닐어리로다 (월석 13:44)
能히 妄念에 性뷘ᄃᆞᆯ ᄉᆞᄆᆞᆺ 비취면 [大道ᄅᆞᆯ 아다] ᄒᆞ리라 (월석 9:23)
諸子ㅣ …[아바니미...菩提ᄅᆞᆯ 일우시다] 듣다 (월석 14:14)
이 ᄢᅴ 아ᄃᆞᆯᄃᆞᆯ히 [아비 죽다] 듣고 (월석 17:21)
뎌 모ᄃᆞᆫ 魔王도 ᄯᅩ 무리 이셔 各各 제 닐오ᄃᆡ [우업슨 道ᄅᆞᆯ 일우라] ᄒᆞᄂᆞ니라 (능엄 6:86)

諸釋돌히…닐오딕 [王ㅅ 中엣 尊ᄒᆞ신 王이 업ᄉᆞ시니 나라히 威神을 일허다] ᄒᆞ고 (석보 10:9)
動ᄋᆞᆯ 세가지로 닐옳딘댄 [뮈다] 호미 ᄒᆞᆫ가지오 [다 뮈다] 호미 두가지오 [ᄒᆞᆫ가지로 다 뮈다] 호미 세가지니 (월석 2:14)
[ᄒᆞᆫ갓 뮈다] 홀 ᄲᅮᆫ ᄒᆞ면 (월석 2:14)
[ᄯᆞ롤 두겨시다] 듣고 婚姻을 求ᄒᆞ노이다 (석보 11:28)
⇐ [ᄯᆞ롤 뒷ᄂᆞ다]

(1-3) 인칭법「-오/우-」변형

1인칭 의도를 나타내는「-오/우-」가 간접인용으로 바뀔 때 탈락되는 경우가 있다. 이는 인용을 하는 사람이 자신의 입장에서 주관화시켜, 실지로 말한 사람의 의도를 중화시킨 결과이다.

[世尊ㅅ 고돌 求ᄒᆞ야 내 반ᄃᆞ기 부톄 ᄃᆞ외리라] ᄒᆞ야 精進定行ᄒᆞᄂᆞ닌 이는 上藥草ㅣ라 (법화 3:43)
日月燈明佛이 여쉰 小劫을 이 經 니르시고 즉자히 모든 中에 니ᄅᆞ샤딕 [如來 오ᄂᆞᆳ 밦 中에 無餘涅槃애 들리라] (석보 13:34)[66]

이렇게 안긴 인용마디의 임자말이 1인칭(=나)으로 표시되는 경우에만「-오/우-」의 탈락이 가능하다.

같은 내용을 실은 다음의 예문에는「오/우」기 들어기 있다. 그러므로 다음의 예문은 직접인용이다.

日月燈明佛이 이 經 니르시고...衆中에 이 마롤 니ᄅᆞ샤딕 [如來ㅣ 오ᄂᆞᆳ 밦 中에 반ᄃᆞ기 나문 것 업슨 涅槃애 드로리라] (법화 1:107)

---

66) '如來'는 안은마디의 임자말인 '日月燈明佛'과 동일인이다. 그러므로 인용마디의 임자말인 '如來'는 말할이 자신(=나)이다.(부처는 자기 자신을 如來라고 지칭하여 불렀다.)

(1-4) 마침법 변형

원래는 마침법으로 끝난 것을, 인용말로 바꿀 때 이음법으로 바꾸는 경우가 있다.

[외니 올ᄒᆞ니] ᄒᆞ야 是非예 ᄠᅥ러디면 (남명, 상:39)

(1-5) 자리토씨 변형

임자자리 토씨를 부림자리 토씨로 바꾸는 경우이다.

[相과 非相과ᄅᆞᆯ 외다] ᄒᆞ샤ᄆᆞᆫ 뎌의 斷常애 딜가 저헤시니 ᄒᆞ
다가 [부톄 無相ᄒᆞ시다] 너기면 (금강삼가 5:1)[67]
그듸ᄅᆞᆯ 앗겨 오직 심히 주글 ᄲᅮ니언뎡 머믈오져칸마ᄅᆞᆫ [富貴호ᄆᆞᆯ 픐
그텟 이슬와 잇더ᄒᆞ니오] 너기놋다 = 惜君只欲苦死留 富貴何如草頭露
(두언 22:52)
[제 올호라] ᄒᆞ고 [나ᄆᆞᆯ 외다] ᄒᆞ야 (석보 9:14)[68]
[行ᄋᆞᆯ 외다] ᄒᆞ야 닷디 아니ᄒᆞ면 비 빗 업수미 ᄀᆞᆮ거니 내죵내 엇뎨 건
나리오 (법화 5:206)

인용마디의 풀이말이 움직씨이거나 그림씨인, 이러한 예문에서의 부림말을, 「ᄒᆞ-」에 대한 부림말로 볼 수는 없다. 위의 예문들에서 「-ᄅᆞᆯ ~ ᄒᆞ-」는 통어적으로 연결될 수 없는 구조이기 때문이다. (그러나 뒤의 '말풀이의 의미를 가진 인용구조'의 경우는 다르게 설명할 수밖에 없다.)

(1-6) 인칭 이름씨 변형

인칭 이름씨를, 인용을 하는 사람의 입장에서 변형시키는 경우이다.

<1인칭→2인칭>

---

67) 두번째 인용은 임자자리 토씨로 되어있다.
68) 첫째 인용은 임자자리 토씨로 되어 있다.

네 ᄠᅳ디 어린 사ᄅᆞ미 엇뎨 [네 釋子ㅣ로라] ᄒᆞᄂᆞᆫ다 (월석 9:35)

위의 예문을 직접인용으로 바꾸면 [내 釋子ㅣ로라]가 된다. 이렇게 인칭 이름씨를 바꾸는 경우는, 「-오/우-」가 절대로 생략되지 않는다. 만일 「-오/우-」마저 탈락되면, 내용이 완전히 바뀌게 되기 때문이다.

<2인칭→1인칭>

아뫼어나 와 [내 머릿 바기며… 子息이며 도라] ᄒᆞ야도 (월석 1:13)
비록 부텻 音聲이 [우리 부텨 ᄃᆞ외리라] 니ᄅᆞ샤ᄆᆞᆯ 듣ᄌᆞ오나 = 雖聞佛音이 言我等作佛ᄒᆞᅀᆞ오나 (법화 3:65)
⇐ [너희 부텨 ᄃᆞ외리라]

인칭 이름씨를 2인칭에서 1인칭으로 바꾸는 경우는, 인용마디의 풀이말에 「-오/우-」가 없다는 것으로, 그 내용을 알 수 있다. 만약 인용마디의 속구조의 임자말이 1인칭이라면 「-오/우-」가 들어 있어야 하기 때문이다.

<2인칭→3인칭>

2인칭 이름씨(=너)를 3인칭 이름씨로 바꾸는 경우가 있다.

(世尊이) [舍利弗을 須達이 조차 가라] ᄒᆞ시다 (석보 6:22)
⇐ [네 舍利弗을 조차가라]

<1인칭→3인칭>

1인칭 이름씨(=나)를 3인칭 이름씨인 '저, ᄌᆞ갸'로 바꾸는 경우이다. 이 때도 1인칭법의 「-오/우-」는 생략되지 않는다.

그 夫人이 怨望ᄒᆞ고 [제 이리 現露ᄒᆞᇙ가] ᄒᆞ야 [아ᄆᆞ례나 뎌 太子ᄅᆞᆯ 모

ᄢᅴ ᄆᆡᇰᄀᆞ로리라] ᄒᆞ야 (석보 24:49)
⇐ [내 이리 現露ᄒᆞᇙ가]
金利弗이…너교ᄃᆡ [오ᄂᆞᆯ 모ᄃᆡᆺ는 한 사ᄅᆞ미 邪曲ᄒᆞᆫ 道理 ᄇᆡ환디 오라아 [제 노ᄑᆞ라] ᄒᆞ야 衆生ᄋᆞᆯ 프ᅀᅥᆼ귀만 너기ᄂᆞ니 엇던 德으로 降服ᄒᆡ려뇨 세 德으로 호리라] ᄒᆞ고 (석보 6:28)
믈읫 有情ㅣ 비록...그럴ᄊᆡ [제 올호라] ᄒᆞ고 [ᄂᆞᄆᆞᆯ 외다]ᄒᆞ야 (석보 9:14)
[제 올호라] ᄒᆞ고 [나ᄆᆞᆯ 외다] ᄒᆞ야 (석보 9:14)
그 ᄢᅴ 長者ㅣ [쟝ᄎᆞ 제 아ᄃᆞᄅᆞᆯ 달애야 ᅘᅧ:오리라] ᄒᆞ야 (월석 13:20)
小乘法으로 니르와도ᄆᆞᆯ 마락 뎨 [제 瘡 업스니 허리디 말라] ᄒᆞ시니 (원각, 하2-2:46)
太子ㅣ 道理 일우샤 [ᄌᆞ개 慈悲호라] ᄒᆞ시ᄂᆞ니 (석보 6:5)
世尊이 너기샤ᄃᆡ [ᄌᆞ개 손ᅀᅩ (父王ㅅ 棺ᄋᆞᆯ) 메ᅀᆞᄫᅩ리라] ᄒᆞ더시니 (월석 10:10)

다음에 쓰인 '저'는 인칭변형이 아니라, 그 앞의 임자말을 다시 받는, 이른바 '재귀대명사'이다.

내 弟子ㅣ 제 너교ᄃᆡ [(내)阿羅漢辟支佛이로라]ᄒᆞ야 (석보 13:61)
아비…제 念호ᄃᆡ…[子息이 업수니 ᄒᆞᄅᆞᆺ 아ᄎᆞ미 주그면 쳔랴ᇰ올 일허 맛디ᇙ ᄯᅡ히 업스리로다]ᄒᆞ야 (월석 13:10)
ᄉᆞᆫ지 제 너교ᄃᆡ [(내)…賤人이로라]ᄒᆞ더니 (월석 13:25)
제 닐오ᄃᆡ [一切種智를 得호라]ᄒᆞ건마ᄅᆞᆫ (월석21:198)
제 너교ᄃᆡ [모딘 즁ᄉᆡᇰ이 ᄆᆞᅀᆡ엽도소니…]ᄒᆞ야 (석보 6:9)
제 닐오ᄃᆡ [臣은…仙人이로라]ᄒᆞ니라 (두언 15:41)
제 닐오ᄃᆡ [ᄒᆞ마 ᄀᆞ룜업슨 解脫ᄋᆞᆯ 得호라]ᄒᆞ리니 (능엄 9:75)
제 닐오ᄃᆡ [내…得호라]ᄒᆞ리니 (능엄 9:73)
제 닐오ᄃᆡ [이 부톄로라]ᄒᆞ고 (능엄 9:109)
[소ᄂᆞ로 짓ᄂᆞᆫ 賤人이로라] 제 너길ᄊᆡ (법화 2:214)

제 ᄆᆞᅀᆞ미 ᄒᆞ마 [이 盧舍那ㅣ로라] 疑心ᄒᆞ야 (능엄 9:73)

(1-7) 장소 지칭어 변형

인용을 하는 사람이, 자기가 있는 장소를 기준으로 하여 표현하는 방법이다.

獄主ㅣ 무로ᄃᆡ [스승닚 어마니미 이에 잇다] ᄒᆞ야 뉘 니르더니잇가 (월석 23:84)
⇐ [네 스승닚 어마니미 그에 (=地獄) 잇다]
네가 ᄌᆞ녹ᄌᆞᄂᆞ기 窮子ᄃᆞ려 닐오ᄃᆡ [이어긔 일 ᄒᆞᇙ ᄯᅡ히 잇ᄂᆞ니 네 갑ᄉᆞᆯ 倍히 :주리라] ᄒᆞ라 (월석 13:20)
⇐ [그어긔(=부처가 있는 곳)...주리라]

(1-8) 물음말로 변형

인용의 내용 중에 모르는 부분이 있을 때, 그것을 물음말로 대치하여 변형시키는 경우이다.

아디 몯게이다 和尙은 [므슷 이를 ᄒᆞ라] ᄒᆞ시ᄂᆞ니잇가 (육조, 상:8)
네 아래브터 부텨를 뫼ᅀᆞᄫᅡ ᄒᆞ니며 듣ᄌᆞᄫᅡ 잇ᄂᆞ니 [如來ㅅ 正法ㅣ 언세 滅ᄒᆞ리라] ᄒᆞ너시뇨 (석보 23:31)[69]
아라녀리 그츤 이본 길헤 [눌 :보리라] ᄒᆞ야 우러곰 온다 (월석 8:101)

(1-9) 사동을 능동으로 변형

須達이…王ᄭᅴ 가 ᄉᆞᆯᄫᅩᄃᆡ [[六師ㅣ 겻구오려 ᄒᆞ거든 제 ᄒᆞᆯ양ᄋᆞ로 ᄒᆞ라] ᄒᆞ더이다] (석보 6:27)[70]

---

69) '如來'를 '인칭 이름씨 변형'으로 볼 수도 있다.(내 正法…) 그러나 부처는 자신을 如來라 지칭했기 때문에 '변형'으로 보지 않을 수도 있다.

須達이 부처의 말을 王께 전하는 내용이다. 부처가 須達에게 말했을 때는 「ᄒᆞ라」가 아닌, 「ᄒᆞ게ᄒᆞ라」였다.

舍利弗이 닐오ᄃᆡ [분별말라 六師ᄋᆡ 무리 閻浮提예 가ᄃᆞᆨᄒᆞ야도 내 바랫 ᄒᆞᆫ 터리ᄅᆞᆯ 몯 무으리니 므슷 이ᄅᆞᆯ 겻고오려 ᄒᆞᄂᆞᆫ고 제 ᄒᆞᆯ 양ᄋᆞ로 ᄒᆞ게 ᄒᆞ라] (석보 6:27)

(1-10) 변형의 겹침

<자리토씨+때매김법>

그러면 ᄆᆞᅀᆞ문 이 用ᄋᆞᆯ 卽ᄒᆞ녀 이 用ᄋᆞᆯ 여희녀 ᄒᆞ다가 닐오ᄃᆡ [이 用ᄋᆞᆯ 卽다] 홀딘댄컨마ᄅᆞᆫ 相 긋고 일훔 여희며 ᄒᆞ다가 닐오ᄃᆡ [이 用ᄋᆞᆯ 여희다] 홀딘댄컨마ᄅᆞᆫ 諸相ᄋᆞᆯ 막디 아니ᄒᆞ니 (금강삼가 3:32)

<주체높임+때매김법 >

[ᄯᆞᄅᆞᆯ 두겨시다] 듣고 婚姻을 求ᄒᆞ노이다 (석보 11:28)

⇐ [ᄯᆞᄅᆞᆯ 뒷ᄂᆞ다]

<인칭 이름씨+주체높임>

네 ᄆᆞᅀᆞ매 [내 네 일훔 닐어 ...菩提 심기디 아니ᄒᆞᄂᆞᆫ가] 너교미 쟝차 업스녀 (법화 4:187)[71]

⇐ [부텨 내 일훔…아니ᄒᆞ시ᄂᆞᆫ가]

[釋迦牟尼佛ㅅ 法中에 便安ᄒᆞᆫ 이리 만ᄒᆞ시고 셜ᄫᅳᆫ 일둘히 업스시다] 듣ᄌᆞᆸ노라 (월석 10:26)

⇐ [내 法中에 便安ᄒᆞᆫ 이리 만코 셜ᄫᅳᆫ 일둘히 없다] 듣ᄌᆞᆸ-

---

70) 인용마디가 인용마디를 안은 구조이다.

71) 이 월은 부처가 憍曇彌에게 한 말이고, 인용마디는 憍曇彌가 생각할 것을 부처가 '추상적 간접인용'으로 인용한 것이다.

<인칭 이름씨+자리토씨>

世尊하 엇던 젼ᄎᆞ로 [나ᄅᆞᆯ 어리다] ᄒᆞ샤 (월석 9:35하)

⇐ [네 어리다]

<인칭 이름씨+자리토씨+주체높임+때매김>

世尊이…니ᄅᆞ샤ᄃᆡ [내 涅槃호려 ᄒᆞ노니…[나ᄅᆞᆯ 滅度타] ᄒᆞ면 내 弟子 ㅣ 아니며 [나ᄅᆞᆯ 滅度아니타] ᄒᆞ야도 내 弟子ㅣ 아니라] ᄒᆞ야시ᄂᆞᆯ (석보 23:11)

⇐ [부톄 滅度ᄒᆞ시ᄂᆞ다]

(2) 말풀이 구조 변형

인용구조가 말풀이의 의미를 가지는 경우, 그 직접인용의 속구조를 다음과 같이 설정한다.[72]

(임) A를 닐오ᄃᆡ [A이 -이라] ᄒᆞ-[73]

그러나 15세기 인용마디에서, 이러한 직접인용의 구조는 잘 나타나지 않고, 다음과 같이 여러 가지의 간접인용으로 변형되어 나타난다.

① 임자말(A이) 생략

'A를 닐오ᄃᆡ [(A이)-이라] ᄒᆞ-' 유형

이러한 유형은, 앞에서 보였던 직접인용의 구조(A를 닐오ᄃᆡ [A이 -

72) 현대말에서 말풀이의 의미를 가지는 인용구조: 「-을 -이라 하다」;
예1) 사람들은 보통 남녀가 좋아하는 것만을 '사랑'이라고 한다.
예2) 사람의 숨이 끊어지고 모든 신진대사가 멈추는 것을 가르켜 '죽었다'고 한다

73) 잡음씨 줄기 「이-」뒤에서, 「-다」는 「-라」로 변동한다.

이라] ᄒᆞ-)에서, 인용마디의 임자말(「-이라」에 대한 임자말 = A이)이 생략된 경우이다.

> 寂寂體를 술ᄫᅩᄃᆡ 구틔여 法身이라 일ᄏᆞᄅᆞᄫᆞ니라 (월석, 서:5)
> ⇐ 寂寂體를 술ᄫᅩᄃᆡ [寂寂體ㅣ 法身이라] 일ᄏᆞᆮᄌᆞᆸ-
> (迦毘羅國을) 그르 닐어 [迦毘羅衛라]도 ᄒᆞ며 ᄯᅩ [迦維衛라]도 ᄒᆞ며 [迦夷라]도 ᄒᆞᄂᆞ니라 (월석 2:1)[74]
> 그럴ᄊᆡ 六根을 닐오ᄃᆡ 賊媒라 ᄒᆞ니 제 제집 보ᄇᆡ를 도ᄌᆞᆨᄒᆞᆯᄊᆡ니라 (월석 2:21)
> ⇐ 六根을 닐오ᄃᆡ [六根은 賊媒라] ᄒᆞ-

그러나 이러한 예문의 속구조를 꼭 이렇게 볼 수가 있느냐 하는 데에는 문제가 있다. 이러한 인용구조는, 누군가가 "六根은 賊媒라" 고 말한 것을 듣고, 그것을 인용할 때 「六根은」을 생략하여 인용한 것이 아니기 때문이다. (또, 지금부터 들어보일 간접인용의 모든 유형은, 인용마디의 임자말이 거의 나타나지 않는다.) 그렇다고 해서, 「賊媒라」만을 인용으로 보는 데에도 문제가 있다. 누군가가 "賊媒라"고 말한 것을 듣고 그것을 그대로 인용한 것도 아니기 때문이다. 이러한 구조는, 「사람들이 六根을 가리켜 말하기를 '賊媒'라고 한다」는 뜻으로 쓰인 것이다. 그러므로 여기에서 인용된 부분은 '賊媒'뿐이라고 볼 수도 있다. 그럼에도 불구하고, 속구조를 이렇게 설정할 수 있는 근거는 다음과 같다:

첫째, 인용한 사람이 실지로 인용한 부분은 '賊媒'뿐이라 할지라도, 그 속뜻에는 「六根은」과 「-라」가 숨어 있다. 그렇기 때문에 그것을 인용하는 사람이, 「六根을」을 「닐오ᄃᆡ」에 대한 부림말로 내세울 수 있었던 것이다.

---

74) 인용마디에 도움토씨 「-도」가 붙은 예이다.

둘째, 「-라」를 인용마디의 씨끝으로 보지 않는다면, 인용토씨로 볼 수밖에 없다. 그러나 이러한 유형에만 인용토씨를 인정하여, '15세기에는 인용토씨가 없다'는 일반적인 특질을 버릴 수는 없는 일이다. 특히, 다음의 예문은 「-이라」를 풀이말로 볼 수밖에 없는 명백한 증거가 된다.

부텻 道理로 衆生 濟渡ᄒᆞ시는 사ᄅᆞᄆᆞᆯ 菩薩이시다 ᄒᆞᄂᆞ니라 (월석 1:5)
이 부톄 나샳 저긔 몺 ᄀᆞᅀᅢ 光이 燈 ᄀᆞᄐᆞ실씨 燃燈佛이시다도 ᄒᆞᄂᆞ니…또 錠光佛이시다도 ᄒᆞᄂᆞ니 (월석 1:8)

「-이라」를 토씨로 보면, 이러한 예문에 「-으시-」가 들어간 것이 설명되지 않는다. 토씨에는 씨끝이 들어갈 수 없기 때문이다.[75]

다음 예문의 속구조도 'A롤 닐오ᄃᆡ[A이 -이라] ᄒᆞ-'로 설정한다.

일훔 지허 ᄀᆞ로ᄃᆡ [釋譜詳節이라] ᄒᆞ고 = 名之曰 釋譜詳節 (석보, 서:4)
⇐ 일후믈 닐오ᄃᆡ [일후미 釋譜詳節이라] ᄒᆞ-

이러한 구조는 [釋譜詳節]만을 인용으로 보아야 하겠지만, 이론의 통일상 [釋譜詳節이라] 모두를 인용으로 본다.이러한 유형을 보면, 현대말의 인용토씨가 여기서 비롯된 것이 증명된다.

② 「닐오ᄃᆡ」 생략

'A롤 (닐오ᄃᆡ) [(A이)-이라] ᄒᆞ-' 유형[76]

---

75) 현대말의 인용토씨인 「-라고」는, 인용마디의 풀이말이 잡음씨인 이러한 유형에서 발달한 것이다. '-이라 ᄒᆞ-'의 구조는 어디까지가 인용인지가 불확실하기 때문에, 여기에 인용토씨의 필요성을 느끼게 되어 「-고」가 생겨나게 되었다. 그러면 '[-이라]고 ᄒᆞ-'의 구조가 되는데, 여기에서, 맺음씨끝 「-라」와 인용토씨 「-고」가 한데 녹아 붙어, 인용토씨 「-라고」가 생겨나게 된 것이다.(그러므로 현대말의 「-이라고」는 '[-이다]라고'의 변형으로 보는 것이 좋다.)

龍王ᄋᆞᆫ 龍ᄋᆡ 中엣 王이니 대도ᄒᆞᆫ디 사ᄉᆞᄅᆞᆯ [鹿王이라] ᄒᆞ며 즘게남ᄀᆞᆯ 樹王이라 ᄒᆞᄃᆞᆺᄒᆞ야 (월석 1:23)

⇐ 사ᄉᆞᄅᆞᆯ 닐오ᄃᆡ [사ᄉᆞᆷᄋᆞᆫ 鹿王이라] ᄒᆞ-

부텨 法 ᄀᆞᄅᆞ치샤 煩惱 바ᄅᆞ래 건내야 내실ᄊᆞᆯ [濟渡ㅣ라] ᄒᆞᄂᆞ니라 (월석 1:11)

사ᄅᆞ미 ᄃᆞ외락 벌에 즁ᄉᆡᆼ이 ᄃᆞ외락 ᄒᆞ야 長常 주그락 살락ᄒᆞ야 受苦호ᄆᆞᆯ [輪廻라] ᄒᆞᄂᆞ니라 (월석 1:12)

ᄆᆞᅀᆞ미 뷔디 몯ᄒᆞ야 내 몸 닶혜오 ᄂᆞᄆᆡ 몸 닶혜요ᄆᆞᆯ [人相我相이라] ᄒᆞᄂᆞ니라 (월석 2:63)

無煩天브터 잇 ᄀᆞ장ᄋᆞᆯ [不還天이라] ᄒᆞᄂᆞ니 (월석 1:34)

오ᄅᆞ곰 홀씨 疑心ᄒᆞ야 決티 몯ᄒᆞᄂᆞᆫ 사ᄅᆞᄆᆞᆯ [猶豫ㅣ라] ᄒᆞᄂᆞ니 豫ᄂᆞᆫ 미리홀씨라 (법화 1:163-4)

숨튼 거슬 다 [衆生이라] ᄒᆞᄂᆞ니라 (월석 1:11)

열히 ᄃᆞ욇ᄀᆞ장 조료ᄆᆞᆯ [滅이라] ᄒᆞ고 (월석 1:47)

내…方便力으로 다ᄉᆞᆺ 比丘위ᄒᆞ야 說法호니 이ᄅᆞᆯ [轉法輪이라] ᄒᆞᄂᆞ니 (석보 13:59)

六塵과 六根과 六識과ᄅᆞᆯ 모도아 [十八界라] ᄒᆞᄂᆞ니 (석보 13:39)

淫欲ᄋᆞᆫ 더럽고 佛道ᄂᆞᆫ 조커시니 엇뎨 더러ᄫᅳᆫ 이ᄅᆞᆯ [조ᄒᆞᆫ道ㅣ라] ᄒᆞ리잇고 (월석 9:24)

므스글 [道ㅣ라] ᄒᆞᄂᆞ니잇고 (월석 9:24)

如來 샹녜 우리ᄅᆞᆯ [아ᄃᆞ리라] 니ᄅᆞ시ᄂᆞ니이다 (월석 13:33)

⇐ 우리ᄅᆞᆯ 니ᄅᆞ샤ᄃᆡ [너희 아ᄃᆞ리라] 니ᄅᆞ시ᄂᆞ니이다

부텻 道理로 衆生 濟渡ᄒᆞ시ᄂᆞᆫ 사ᄅᆞᄆᆞᆯ [菩薩이시다] ᄒᆞᄂᆞ니라 (월석 1:5)

菩薩이 부텻 法 므르ᅀᆞᄫᅳ미 아ᄃᆞ리 아비 쳔량 믈러가쥬미 ᄀᆞᆮ홀씨 菩薩ᄋᆞᆯ [부텻 아ᄃᆞ리라] ᄒᆞᄂᆞ니라 (석보 13:18)[77]

---

76) 인용마디의 임자말(A이)은, 말풀이의 의미를 가진 인용구조에서는 거의 생략되므로, 앞으로는 논외로 하겠다. 또한 이러한 유형에서는, 인용마디의 풀이말이 잡음씨인 경우가 대부분이다.

← 菩薩ᄋᆞᆯ 니ᄅᆞᄃᆡ [菩薩ᄋᆞᆫ 부텻 아ᄃᆞ리시다] ᄒᆞᄂᆞ니라

엇뎨 네 眞性이 네게 性ᄃᆞ외ᄂᆞᆫ 거슬 [眞實아닌가] ᄒᆞ야 네 疑心ᄒᆞ고 나ᄅᆞᆯ 가져셔 眞實을 求ᄒᆞᄂᆞᆫ다 (능엄 2:38)

幾ᄂᆞᆫ 조가기니 (萬幾ᄅᆞᆯ) [님긊 이리 만ᄒᆞ실ᄊᆡ ᄒᆞᄅᆞᆺ 內예 一萬 조가기시다] ᄒᆞᄂᆞ니라 (월석, 서:16)

祇施ᄅᆞᆯ [祇洹이라]도 ᄒᆞᄂᆞ니 (석보 24:23)[78]

다음의 예문들은 '일후믈 -이라 ᄒᆞ-'의 유형이다.

이 菩薩ㅅ일후믈 [無邊光이라] ᄒᆞ고 (월석 8:38)

← 일후믈 닐오ᄃᆡ [일후미 無邊光이라] ᄒᆞ-

뎌 ᄯᅡ홀 엇던 젼ᄎᆞ로 일후믈 [極樂이라] ᄒᆞ거뇨 (월석 7:63)

몰롤뗸 엇뎨 ᄯᅩ 일후믈 [一切知見이로라] ᄒᆞ려뇨 (월석 21: 210)

두 사ᄅᆞ미 어우러 精舍 지ᅀᅳ란ᄃᆡ 일후믈…[孤獨園이라] ᄒᆞ라 (석보 6:40)

…王이…第一夫人ᄋᆞᆯ 사ᄆᆞ시고 일후믈 [鹿母夫人이라] ᄒᆞ시니 (석보 11:30)

우리나랏 마ᄅᆞᆯ 正히 반ᄃᆞ기 쓰논 그릴ᄊᆡ 일후믈 [正音이라] ᄒᆞᄂᆞ니라 (석보, 서:5)

外六入ᄋᆞᆫ 여스시 疎ᄒᆞᆯᄊᆡ 밧기 屬ᄒᆞ니 識의 노녀 버므리ᄂᆞᆫ ᄯᅡ힐ᄊᆡ 일후믈 [入이라] ᄒᆞ니라 (월석 2:22)

일훔도 업건마ᄅᆞᆫ 구쳐 (일후믈) [法身이라] ᄒᆞ니라 (월석 2:53)

다음은 인용마디의 풀이말이 움직씨인 경우이다.

---

77) 「-으시-」가 들어가는 것이 원칙이다(바로 앞의 예문 참조). 그러므로 이 예문은 '굴곡법 변형' 중 '주체높임의 변형'에도 속하게 된다.

78) 인용마디에 도움토씨 「-도」가 붙은 예이다.

댱가들며 셔방 마조ᄆᆞᆯ 다 [婚姻ᄒᆞ다] ᄒᆞᄂᆞ니라 (석보 6:16)
일후믈 [누니 보ᄂᆞ다] ᄒᆞᇙ딘댄 (능엄 1:101)

③ 마침법 씨끝과 「ᄒᆞ-」의 축약→탈락

'A롤 닐오ᄃᆡ [(A이)-이(라)](ᄒᆞ)-' 유형

인용마디의 마침법 씨끝 「-라」와 안은마디의 풀이말의 줄기 「ᄒᆞ」가 축약되어 탈락되는 경우가 있다.

ᄯᅩ 그ᅀᅳ기 가죠ᄆᆞᆯ 닐오ᄃᆡ 盜ㅣ니 (능엄 4:30)
⇐ 그ᅀᅳ기 가죠ᄆᆞᆯ 닐오ᄃᆡ [그ᅀᅳ기 가죠미 盜이라] ᄒᆞ니
고기 ᄲᅧ에 ᄡᅭᄆᆞᆯ 닐오ᄃᆡ 肯이오 (능엄 4:62)
⇐ A롤 닐오ᄃᆡ [A이 肯이라] ᄒᆞ오

④ 「A롤」 + 「닐오ᄃᆡ 혹은 ᄒᆞ-」 생략

'(A롤) (닐오ᄃᆡ) [(A이)-이라] (ᄒᆞ-)' 유형

앞 부분에 나오는 설명 부분을 함께 보이면, 'B「-은(-이)」 C「-ㄹ씨」 (A롤) [D 이라]ᄒᆞ-'의 구조가 된다. 이 때, B와 D가 다른 이름씨일 때는 생략된 「A」는 「B」가 되고, 같은 이름씨일 때는 「A」는 「C」가 된다.

<A=B 가 되는 경우 (B≠D일때)>

'B「-은(-이)」 C 「-ㄹ씨」, (A롤)[D 이라]ᄒᆞ-'
의미 구조 : B를 D라고 하는 이유는 C이다.

魔ㅣ ᄀᆞ리ᄂᆞᆫ 거실ᄊᆡ [그므리라] ᄒᆞ니라 (석보 9:8)
⇐ 魔롤 닐오ᄃᆡ [魔ㅣ 그므리라] ᄒᆞ-
이 부톄 나싫 저긔 몸 ᄀᆞᅀᅢ 光이 燈 ᄀᆞᄐᆞ실ᄊᆡ [燃燈佛이시다] 도 ᄒᆞᄂᆞ니…ᄯᅩ [錠光佛이시다]도 ᄒᆞᄂᆞ니 (월석 1:8)[79]

⇐ 부텨를 닐오ᄃᆡ [부톄 燃燈佛이시다]도 ᄒᆞ-

迦葉이…威嚴과 德괘 커 天人이 重히 너길씨 [大迦葉이라] ᄒᆞ더니 (석보 6:12)

⇐ 迦葉ᄋᆞᆯ 닐오ᄃᆡ [迦葉이 大迦葉이라] ᄒᆞ-

이 사ᄅᆞᆷᄃᆞᆯ히 다 神足이 自在ᄒᆞ야 衆生ᄋᆡ 福田이 ᄃᆞ욀씨 [衆이라] ᄒᆞᄂᆞ닝다 (석보 6:18)

⇐ 이 사ᄅᆞᆷᄃᆞᆯᄒᆞᆯ 닐오ᄃᆡ [이 사ᄅᆞᆷᄃᆞᆯ히 衆이라] ᄒᆞ-

더본 煩惱ᄂᆞᆫ 煩惱ㅣ 블 ᄀᆞᄐᆡ 다라나ᄂᆞᆫ 거실씨 [덥다] ᄒᆞᄂᆞ니라 (월석 1:18)[80]

⇐ 더본 煩惱를 닐오ᄃᆡ [더본 煩惱ㅣ 덥다] ᄒᆞ-

다음의 예문은 「ᄒᆞ-」가 생략된 대신에, 인용마디 앞의 「닐오ᄃᆡ」는 생략되지 않았다. 「ᄒᆞ-」는 「닐오ᄃᆡ」의 대치형이므로, 둘 중에 하나가 남은 것이다.

首楞三昧ᄂᆞᆫ 千聖이 다 녀시ᄂᆞᆫ 젼ᄎᆞ로 니ᄅᆞ샤ᄃᆡ [ᄒᆞᆫ 門이라] (능엄 1:50)

⇐ 首楞三昧를 니ᄅᆞ샤ᄃᆡ [首楞三昧ᄂᆞᆫ ᄒᆞᆫ 門이라] ᄒᆞ-

<A=C가 되는 경우 (B=D일때)>

'B「-ᄋᆞᆫ(-이)」 C「-ㄹ씨」, (A를)[D 이라]ᄒᆞ-'

의미 구조 : C를 D라고 하는 이유는 C이다.

沙彌ᄂᆞᆫ...慈悲ㅅ 힝뎌글 ᄒᆞ야ᅀᅡ ᄒᆞᆯ씨 [沙彌라] ᄒᆞ니라 (석보 6:2)

⇐ 慈悲ㅅ 힝뎌글 ᄒᆞ야ᅀᅡ ᄒᆞᆯ거슬 닐오ᄃᆡ [慈悲ㅅ 힝뎌글 ᄒᆞ야ᅀᅡ ᄒᆞᆯ거시 沙彌라] ᄒᆞ-

(地獄은) ᄯᅡ 아랫 獄일씨 [地獄이라] ᄒᆞᄂᆞ니 (월석 1:28)

79) 인용마디에 도움토씨 「-도」가 붙은 예문이다.

80) (1-4)유형에서, 인용마디의 풀이말이 그림씨인 유일한 예문이다. (이를 제외하고는 모두 잡음씨이다.)

⇐ ᄯᅡ 아랫 獄ᄋᆞᆯ 닐오ᄃᆡ [ᄯᅡ 아랫 獄이 地獄이라] ᄒᆞ-

(天子ᄂᆞᆫ) ᄒᆞ나히 어디러 즈믄 사ᄅᆞᄆᆞᆯ 당ᄒᆞ릴ᄊᆡ [天子ㅣ라] ᄒᆞᄂᆞ니라 (월석 1:28)

⇐ ᄒᆞ나히 즈믄 사ᄅᆞᄆᆞᆯ 당ᄒᆞᆯ 사ᄅᆞᄆᆞᆯ 닐오ᄃᆡ [ᄒᆞ나히 즈믄 사ᄅᆞᄆᆞᆯ 당ᄒᆞᆯ 사ᄅᆞ미 天子ㅣ라] ᄒᆞ-

(世尊ᄋᆞᆫ) 天上이며 人間이며 모다 尊히 너기ᅀᆞᄫᆞᆯᄊᆡ [世尊이시다] ᄒᆞ니라 (월석 9:17)

⇐ 天上이며...尊히 너기ᅀᆞᆸᄂᆞᆫ 사ᄅᆞᄆᆞᆯ 닐오ᄃᆡ [天上…사ᄅᆞ미 世尊이시다] ᄒᆞ-

(부톄) 三世옛 이ᄅᆞᆯ 아ᄅᆞ실ᄊᆡ [부톄시다] ᄒᆞᄂᆞᅌᅵ다 (석보 6:18)

⇐ 三世옛 이ᄅᆞᆯ 아ᄅᆞ시ᄂᆞᆫ 사ᄅᆞᄆᆞᆯ 닐오ᄃᆡ [三世…사ᄅᆞ미 부톄시다] ᄒᆞ-

典은 尊ᄒᆞ야 여저 둘ᄊᆡ니 經은 尊ᄒᆞ야 여저 뒷ᄂᆞᆫ 거실ᄊᆡ [經典이라] ᄒᆞᄂᆞ니라 (석보 13:17)

⇐ 尊ᄒᆞ야 여저 둘 것과 뒷ᄂᆞᆫ 거슬 닐오ᄃᆡ [尊ᄒᆞ야 여저 둘 것과 뒷ᄂᆞᆫ 거시 經典이라] ᄒᆞ-

⑤ 「닐오ᄃᆡ」생략 + 「Aᄅᆞᆯ」 변형

「닐오ᄃᆡ」가 생략되고, 인용마디의 부림말 「Aᄅᆞᆯ」이 매김마디의 머리말로 빠져나가는 변형이다.

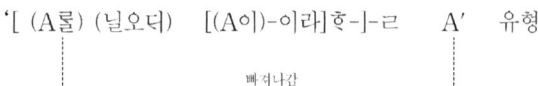

'[(Aᄅᆞᆯ) (닐오ᄃᆡ) [(A이)-이라]ᄒᆞ-]-ㄹ A' 유형

빠져나감

인용마디의 풀이말은 모두 잡음씨이다.

舍衛國에 ᄒᆞᆫ [大臣須達이라] 호리 잇ᄂᆞ니 (석보 6:14)

⇐ 이(=사ᄅᆞᆷ)ᄅᆞᆯ 닐오ᄃᆡ [이(=사ᄅᆞᆷ) 大臣須達이라] ᄒᆞ다

[護彌라] 호리 가ᅀᆞ멸오 (석보 6:14)

⇐ 이(=사ᄅᆞᆷ)ᄅᆞᆯ 닐오ᄃᆡ [이(=사ᄅᆞᆷ) 護彌라] ᄒᆞ-

입시울 비치 븕고 호웍호웍ᄒᆞ야 [頻婆羅ㅣ라] 홀 여르미 ᄀᆞᄐᆞ시며 (월석 2:58)

⇐ 여르믈 닐오ᄃᆡ [여르믄 頻婆羅ㅣ라] ᄒᆞ-

中國西ㅅ녁 ᄀᆞᅀᅢ [蜀이라] 홇 ᄀᆞ올히 잇ᄂᆞ니 (월석 2:20)

⇐ ᄀᆞ올ᄒᆞᆯ 닐오ᄃᆡ [ᄀᆞ올히 蜀이라] ᄒᆞ-

이 香이 [高山이라] 홀 뫼해셔 나ᄂᆞ니 (월석 1:27)

⇐ 뫼ᄒᆞᆯ 닐오ᄃᆡ [뫼히 高山이라] ᄒᆞ-

[善慧라] 홇 仙人 (월석 1:8)

[처ᅀᅥᆷ 佛家애 나다] ᄒᆞᆫ 生이디ᄫᅵ [生死애 나며 드ᄂᆞ다] ᄒᆞᆫ 生이 아니라 (월석 17:27-8)

그 後로 [夫妻ㅣ라] ᄒᆞᆫ 일후미 나니 (월석 1:44)

⇐ 일후믈 닐오ᄃᆡ [일후미 夫妻ㅣ라] ᄒᆞ-

⑥ 「A를」과 「닐오ᄃᆡ」생략

'(A를) (닐오ᄃᆡ) [A이 -이라] ᄒᆞ-' 유형

인용마디의 임자말(A이)은 생략되지 않고, 오히려 「닐오ᄃᆡ」의 부림말(A를)이 생략된 특이한 구조이다.

[乾闥婆ᄋᆡ 아ᄃᆞᆯ 일후미 闥婆摩羅ㅣ라] 호리 七寶琴을 노더니 (월석 21:206)

⇐ [乾闥婆ᄋᆡ 아ᄃᆞᆯ 일후믈 닐오ᄃᆡ [乾闥婆ᄋᆡ 아ᄃᆞᆯ 일후미 闥婆摩羅ㅣ라] ᄒᆞ-]-ㄹ[81]

⑦ 「닐오ᄃᆡ」생략+「A를」이 빠져나가 임자말로 기능

81) 위의 예문은 전체가 매김마디로 기능하는 경우이다. 앞의 (2-6)의 유형과 같은 것으로 착각하기 쉽다.

'Aᄂᆞᆫ [(Aᄅᆞᆯ) (닐오ᄃᆡ) [(A이) -이라] ᄒᆞ-]-ㄴ ᄠᅳ디라' 유형

빠져나감

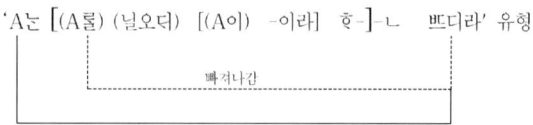

이는 「Aᄅᆞᆯ」이 매김마디의 머리말로 빠져나간 다음((2-6)의 유형과 같아진다 : 「-이라 ᄒᆞᇙ A」), 그 머리말은 「ᄠᅳᆮ,말…」따위로 대치되고, 다시 '[매김마디]-ㄴ ᄠᅳ디라'의 임자말로 기능하게 된 것이다.

佛은 [知者ㅣ라] ᄒᆞᆫ 마리니 知者ᄂᆞᆫ [아ᄂᆞᆫ 사ᄅᆞ미라] ᄒᆞᆫ ᄠᅳ디라 (월석 9:12)
⇐ 佛ᄋᆞᆯ 닐오ᄃᆡ [佛ᄋᆞᆫ 知者ㅣ라] ᄒᆞ-
知者ᄅᆞᆯ 닐오ᄃᆡ [知者ᄂᆞᆫ 아ᄂᆞᆫ 사ᄅᆞ미라] ᄒᆞ-
大導師ᄂᆞᆫ [크신 길 앗외시ᄂᆞᆫ 스스이라] ᄒᆞᆫ 마리라 (월석 9:12)
天人師ᄂᆞᆫ [하ᄂᆞᆯ히며 사ᄅᆞᄆᆡ 스스이시다] ᄒᆞᄂᆞᆫ 마리라 (석보 9:3)
阿蘭若ᄂᆞᆫ [겨르ᄅᆞᆸ고 寂靜ᄒᆞᆫ 處所ㅣ라] ᄒᆞᆫ ᄠᅳ디니 (월석 7:5)
千百億은 百億곰 호니 [一千이라] ᄒᆞᆫ 마리니 (월석 2:54)
緊那羅ᄂᆞᆫ [疑心ᄃᆞᄫᆡᆫ 神靈이라] ᄒᆞᆫ ᄠᅳ디니 (월석 1:15)
摩訶薩ᄋᆞᆫ [굴근 菩薩이시다] ᄒᆞᄂᆞᆫ 마리라 (석보 9:1)
多陀阿伽度ᄂᆞᆫ [如來] ᄒᆞᆫ 마리니 (석보 13:34)
迦樓羅ᄂᆞᆫ [金 ᄂᆞᆯ개라] ᄒᆞᆫ ᄠᅳ디니 (월석 1:14)
刹帝利ᄂᆞᆫ [田地 님자히라] ᄒᆞᄂᆞᆫ 마리니 (석보 9:19)
婆羅羅ᄂᆞᆫ [내 됴ᄒᆞᆫ 고지라] ᄒᆞᄂᆞᆫ 마리라 (석보 19:17)
者ᄂᆞᆫ [사ᄅᆞ미라] ᄒᆞᄃᆞᆺᄒᆞᆫ ᄠᅳ디라 (석보, 서2)
疊은 ᄀᆞᆯ포 ᄊᆞ홀씨니 [ᄎᆞᆼ이라] ᄒᆞᄃᆞᆺᄒᆞᆫ 마리라 (석보 19:11)
이 ᄯᅡ히 [竹林國이라] ᄒᆞᆫ 나라히이다 (월석 8:94)
⇐ 이 ᄯᅡᄒᆞᆯ 닐오ᄃᆡ [이 ᄯᅡ히 竹林國이라] ᄒᆞ-

다음은 인용마디의 풀이말이 움직씨이거나 그림씨인 경우인데, 이러

한 경우가 (2-7)유형에 가장 많이 나타난다.

이러한 경우의 속구조는 다음과 같이 설정하는 것이 좋다.

A롤 닐오딕 [움직.그림] ᄒᆞ-82)

斯陀含ᄋᆞᆫ [ᄒᆞᆫ번 녀러오다] ᄒᆞᆫ ᄠᅳ디니 (월석 2:19)

⇐ 斯陀含ᄋᆞᆯ 닐오딕 [ᄒᆞᆫ번 녀러오다] ᄒᆞ-

沙彌ᄂᆞᆫ 새 出家ᄒᆞᆫ 사ᄅᆞ미니 [慈悲ㅅ ᄒᆡᇰ뎌글 ᄒᆞ다] ᄒᆞᄂᆞᆫ ᄠᅳ디니 (석보 6:2)

⇐ 沙彌ᄅᆞᆯ 닐오딕 [慈悲ㅅ ᄒᆡᇰ뎌글 ᄒᆞ다] ᄒᆞ-

依然은 [이셧다] ᄒᆞᄃᆞᆺᄒᆞᆫ 마리라 (월석, 서:15)

⇐ 依然을 닐오딕 [이셧다] ᄒᆞ-

庶幾ᄂᆞᆫ [그러ᄒᆞ긧고 ᄇᆞ라노라] ᄒᆞᄂᆞᆫ ᄠᅳ디라 (석보, 서:6)

羅睺羅ᄂᆞᆫ [ᄀᆞ리오다] ᄒᆞᆫ ᄠᅳ디니 숝바다ᄋᆞᆯ ᄃᆞ러 ᄒᆡᄃᆞᄅᆞᆯ ᄀᆞ리와든 日月食ᄒᆞᄂᆞ니라 (월석 2:2)

ᄒᆞᆫ 벼스레 ᄆᆡ여쇼ᄆᆞᆫ [眞實로 모ᄆᆞᆯ 갊가라] ᄒᆞᄂᆞᆫ 디라 (두언 21:29)

遂ᄂᆞᆫ ᄇᆞ틀씨니 [아모 다ᄉᆞᆯ ᄇᆞ터 이러타] ᄒᆞᄂᆞᆫ 겨치라 (월석, 서:3)

不能은 [몯ᄒᆞᄂᆞ다] ᄒᆞᄂᆞᆫ ᄠᅳ디라 (석보, 서3)

文은 [ᄂᆞᆷ 어여ᄡᅦ 너기시ᄂᆞ다] ᄒᆞᆫ ᄠᅳ디라 (월석 2:52)

그리ᄒᆞᄂᆞᆫ ᄠᅳ든 [草木이며 벌에며 블ᄫᅡ 주길까] ᄒᆞᄂᆞᆫ ᄠᅳ디라 (석보 11:1)

⇐ 그리ᄒᆞᄂᆞᆫ ᄠᅳ들 닐오딕 [草木이며 벌에며 블ᄫᅡ 주길까] ᄒᆞ-

止ᄂᆞᆫ [마ᄂᆞ다] ᄒᆞᄂᆞᆫ ᄠᅳ디라 (석보, 서:3)

附囑ᄋᆞᆫ [말ᄊᆞᆷ ᄇᆞ텨 아ᄆᆞ례ᄒᆞ고라] 請ᄒᆞᆯ씨라 (석보 6:46)

乾達婆ᄂᆞᆫ [香내 맏ᄂᆞ다] ᄒᆞᆫ ᄠᅳ디니 (월석 1:14)

如是我聞은 [如ᄒᆞ며 是ᄒᆞᆫ 法을 내 부텨ᄭᅴ 듣ᄌᆞᄫᅩ라] ᄒᆞᄂᆞᆫ 마리라 (석보 24:4)

和尙ᄋᆞᆫ [갓가ᄫᅵ 이셔 외오다] ᄒᆞᄂᆞᆫ 마리니 (석보 6:10)

---

82) 의미상으로, 인용마디 안의 임자말로 「A이」를 설정할 수가 없다. 이것이 잡음씨일 때와의 큰 차이점이다.

婆稚는 [얼믜예다] 혼 마리니 (석보 13:9)

難陀는 [깃브다] ᄒᆞ논 마리오 跋ᄋᆞᆫ [어디다] ᄒᆞ논 마리니 [어딘 德이 잇다] ᄒᆞ논 ᄠᅳ디라 和修吉ᄋᆞᆫ [머리하다] ᄒᆞ논 마리오 迦叉迦는 [毒ᄋᆞᆯ 내ᄂᆞ다] ᄒᆞ논 마리오 (석보 13:7)

希有는 [드므리 잇다] 혼 ᄠᅳ디라 (석보 13:15)

安否는 [便安ᄒᆞ신가 아니ᄒᆞ신가] ᄒᆞ논 마리라 (석보 11:4)

悔는 뉘으츨씨니 [아랫 이룰 외오호라] 홀씨라 (석보 6:9)

世尊ᄋᆞᆫ 三界예 ᄆᆞᆺ 尊하시닷 ᄠᅳ디라 (석보, 서:5)

⇐ 世尊ᄋᆞᆯ 닐오ᄃᆡ [三界예 ᄆᆞᆺ 尊하시다] ᄒᆞ-

卽ᄋᆞᆫ 가져셔 ᄒᆞ닷 마리라 (남명 서:1)

⇐ 卽ᄋᆞᆯ 닐오ᄃᆡ [가져셔 ᄒᆞ다] ᄒᆞ-

嗚呼는 한숨 디툿ᄒᆞᆫ 겨치라 (월석, 서:23)

⇐ 嗚呼ᄅᆞᆯ 닐오ᄃᆡ [한숨 딯다] ᄒᆞ-

廣熾는 너비 光明이 비취닷 ᄠᅳ디오 陶師는 딜엇굽는 사ᄅᆞ미라 (월석 2:9)

⇐ 廣熾ᄅᆞᆯ 닐오ᄃᆡ [너비 光明이 비취다] ᄒᆞ-

사는 히여 ᄒᆞ논 마리라 (훈, 언해)

다음의 예문들은, 인용마디가 마침법으로 끝나지 않고 이음법 씨끝으로 끝나는, 특이한 예문이다. 말풀이의 의미를 가진 인용구조이기 때문에 이러한 현상이 생겨나는 것이다.

使는 [히여] ᄒᆞ논 마리라 (훈, 언해)

人非人ᄋᆞᆫ [사ᄅᆞᆷ과 사ᄅᆞᆷ 아닌 것과] ᄒᆞ논 마리니 (석보 9:1)

乃는 [ᅀᅡ] ᄒᆞ논 겨치라 (월석, 서:13)

卽欲死는 [너모 ᄉᆞ랑ᄒᆞ얏] 마리라 (두언 18:8)

⑧ 「ᄒᆞ-」가 「니ᄅᆞ-」로 대치→「닐오ᄃᆡ」탈락→매김마디로 변형

A룰 닐오ᄃᆡ [(A이)-이라] ᄒᆞ- →

A롤 (닐오딕) [(A이)-이라] 니르- →
A롤 닐온 [-이라]

「ᄒᆞ-」가 「니르-」로 대치된 다음(「ᄒᆞ-」는 「닐오딕」의 반복형이다), 「닐오딕」는 잉여적이 되어 탈락되고(A롤[-이라] 니르-), 이것을 매김마디로 변형시킨 것이다.

제 허므리 잇거든 젼ᄎᆞ 즁이 드러내에 홀쌀 닐온 [自恣ㅣ라] (능엄 1:29)
⇐ 젼ᄎᆞ 즁이 드러내에 홀쌀 닐오딕 […이 自恣ㅣ라] ᄒᆞ-

⑨ 「닐오딕」생략+'[-이라]ᄒᆞ-'가 임자말로 변형+「A롤」이 「A이다」로 변형

A롤 닐오딕 [(A이)-이라] ᄒᆞ- →
A롤 [-이라] ᄒᆞ- →
[-이라] ᄒᆞ는 것이 A이다

'A롤 [-이라]ᄒᆞ-'의 구조가, '[-이라]ᄒᆞ는 것이 A이다'의 구조로 바뀐 것이다. 물론 의미에는 변화가 조금도 없다.

[不生이라] ᄒᆞᄂᆞ니 나디 아니탓 ᄠᅳ디니…(일석 2:19)
⇐ 나디 아니탓 ᄠᅳ들 닐오딕 […이 不生이라] ᄒᆞ-

⑩ ⑨유형의 자리 바꿈

'[-이라] ᄒᆞ는 것이 A이다'(⑨유형) →
'A이 [-이라] ᄒᆞ다' 혹은 'A이 닐오딕 [-이라]'

다음의 예문은, 'A이 [-이라] ᄒᆞ다'의 유형에서, 「ᄒᆞ-」가 생략되고

「닐오딕」가 다시 살아난 것이다.

心言이 자최 그츨씨 니르샤딕 [妙道이라] (영가, 하:35)

⇐ 心言이 자최 그츨쏠 니르샤딕 [心言이 자최 그츨씨 妙道이라] ᄒᆞ-

⑪ 변형의 겹침

지금까지 들어보인 변형 중의 몇가지가 겹치는 일이 있다.

<②+③의 겹침>

「닐오딕」생략 + 마침법 씨끝과 「ᄒᆞ-」의 축약→탈락

'A롤 (닐오딕) [(A이)-이(라)](ᄒᆞ)-' 유형

앞의 ③유형에서, 「닐오딕」가 생략된 것이다.

塵에 이쇼딕 塵올 여흴쏠 禪이오 (몽산 63)

⇐ 塵올 여흴쏠 닐오딕 [塵올 여흴씨 禪이라] ᄒᆞ오

<⑧→⑨→⑩의 겹침>

여기에는 차례가 지켜져야 한다. 그래야만 올바른 표면구조가 나오게 된다.

A롤 닐오딕 [ ]ᄒᆞ- → ⑧

A롤 닐온 [ ] → ⑨

닐온[ ]이 A이다 → ⑩

A이 닐온[ ]

나외야 다시 滅티 아니ᄒᆞ실씨 이 니르샨 [常滅이라] = 不復更滅ᄒᆞ실씨 是謂常滅이라 (법화 3:158)

⑩⇐ 니르샨 [常滅이라]「-이」 나외야 다시 滅티 아니ᄒᆞ실씨라

⑨⇐ 나외야 다시 滅티 아니ᄒᆞ실쏠 니르샨 [常滅이라]

⑧⇐ 나외야 다시 滅티 아니ᄒᆞ실ᄊᆞᆯ 니ᄅᆞ샤ᄃᆡ [常滅이라] ᄒᆞ-

<③→⑧→⑨→⑩의 겹침>

耳識이 골히야 알씨 닐온 [知]오 (능엄 3:40)
⑩⇐ 닐온 [知]이 耳識이 골히야 알씨라
⑨⇐ 耳識이 골히야 알ᄊᆞᆯ 닐온 [知]오
⑧⇐ 耳識이 골히야 알ᄊᆞᆯ 닐오ᄃᆡ [知]오
③⇐ 耳識이 골히야 알ᄊᆞᆯ 닐오ᄃᆡ [知이라]ᄒᆞ오

4. 특이한 구조의 인용마디

4-1. '말풀이 구조'가 낳은 특이한 인용구조

<제 1유형>

몯 得ᄒᆞᆫ 法을 [得호라] ᄒᆞ며 (석보 9:13)
이 무리 罪 깁고 增上慢ᄒᆞ야 몯 得ᄒᆞᆫ 이ᄅᆞᆯ [得호라] 너기며 몯 證ᄒᆞᆫ 이ᄅᆞᆯ [證호라] 너겨 (석보 13:46)
⇐ 이 무리…[내 그 이ᄅᆞᆯ 得호라] 너기-

위의 예문은, 「이 무리가 (사실은 得하지도 못한 일을)"내가 得했다"고 생각하며」란 뜻이다.(이러한 구조를 현대말로 예를 들면; 「그는 고문에 못 이겨서 자기가 죽이지도 않은 사람을 [죽였다]고 말했다」)

이러한 구조에서, 「몯 得ᄒᆞᆫ 이ᄅᆞᆯ」은 [得호라]에 대한 의미상의 부림말이면서도, 인용구조의 안으로는 들어갈 수가 없다. (「이ᄅᆞᆯ」만 들어갈 수 있고, 「몯 得ᄒᆞᆫ」은 들어갈 수가 없다.) 이러한 특이한 인용구조가 생겨난 이유는 다음과 같다.

15세기에 '말풀이의 의미를 가진 인용구조'는, 다른 인용구조에 여러 방면으로 영향을 끼쳤다.

<제 2유형>

댱가들며 셔방 마조뫌 다 [婚姻ᄒᆞ다] ᄒᆞᄂᆞ니라 (석보 6:16)

⇐ 댱가…마조뫌 닐오ᄃᆡ [婚姻ᄒᆞ다] ᄒᆞ-

이러한 '말풀이의 의미를 가진 인용구조' 에서는, 「댱가 들며 셔방 마조뫌」은 「婚姻ᄒᆞ다」에 대한 의미상의 부림말이 아니다. 위의 예문은, 「사람들은 장가들며 서방 맞는 것을 가르켜서 말하기를 "혼인한다"고 한다」라는 뜻을 가진 것이다. 그러므로, 「댱가…마조뫌」은 「ᄒᆞ-」에 대한 부림말이다.

이러한 구조는 먼저, 다음과 같은 인용구조에 영향을 끼친다.

<제 3유형>

[나ᄆᆞᆯ 외다] ᄒᆞ야 (석보 9:14)

⇐ [나ᄆᆡ 외다]ᄒᆞ-

위의 예문은 앞에서 '자리토씨의 변형' 으로 풀이했었다. 이렇게 풀이할 수 있는 근거는, 「나ᄆᆞᆯ」에서, 부림자리 토씨를 임자자리토씨로 바꾸기만 하면 인용구조 안으로 들어갈 수 있기 때문이다.

다시 말하면, 「남」은 「외다」에 대한 의미상의 임자말이기 때문이다. ('말풀이의 의미를 가진 인용구조' 에서의 「...셔방 마조뫌」은 「婚姻ᄒᆞ다」에 대한 의미상의 부림말도, 임자말도 아니었다). 그러므로 '말풀이의 의미를 가진 인용구조' 와는 통어상으로 완전히 다른 구조이다.

그러나 말하는 사람은 이러한 말을 할 때, 「남을 가르켜 말하기를 "틀렸다"고 한다」는 의미구조를 가지고 말을 하게 된다. 이것은 바로,

'말풀이의 의미를 가진 인용구조'의 영향을 입은 결과이다.

'말풀이의 의미를 가진 인용구조'는 다음과 같은 구조에도 영향을 끼친다.

<제 4유형>

一切 ᄒᆞ논 일 잇논 法이 便安티 몯ᄒᆞᆫ ᄌᆞ를 如來 [뵈시노라] ᄒᆞ시며 人天돌히 色身에 즐겨 貪着ᄒᆞᆫ 사ᄅᆞᆷ 위ᄒᆞ샤 無常을 [뵈시노라] ᄒᆞ샤 涅槃을 ᄒᆞ시니 (석보 23:18)

⇐ 如來 [내 一切...몯ᄒᆞᆫ ᄌᆞ를 뵈노라] ᄒᆞ시-

위의 예문에서의 「一切...몯ᄒᆞᆫ ᄌᆞ를」은 아무런 변형도 필요없이,그대로 인용마디의 안으로 들어갈 수 있다. 인용구조의 안에 들어있던 부림말을 이렇게 인용구조의 밖으로 끌어낸 것도, '말풀이의 의미를 가진 인용구조'의 영향을 받은 결과이다.

즉 말할이는 다음과 같은 의식구조를 가지고 말을 하게 된다 ;

「如來 一切…ᄌᆞ를 니ᄅᆞ샤ᄃᆡ [뵈노라] ᄒᆞ-」

이러한 구조가 생겨나게 되어, 결국은 다음과 같은 제1유형의 구조가 생겨나게 된 것이다.

몯 得ᄒᆞᆫ 法을 [得호라] ᄒᆞ며

⇐ [내 法을 得호라] ᄒᆞ-

이 무리 罪 깁고 增上慢ᄒᆞ야 몯 得ᄒᆞᆫ 이ᄅᆞᆯ [得호라] 너기며

⇐ 이 무리…[내 그 이ᄅᆞᆯ 得호라] 너기-

이러한 구조가 생겨난 경과는 다음과 같다.

①'제2유형'의 영향을 받아, 원래는 인용구조의 안에 있었던 「그이

를」을 '제4유형'에서처럼, 인용구조의 밖으로 끌어낸다 :

'이 무리…그 이를 [내 得호라]너기-'

② 말할이는 「그 이를」을 「너기-」에 대한 부림말로 인식하여(원래 인용구조의 밖에 있었던 것으로 인식하여), 「일」을 꾸며 주는 「그」를, 말할이의 「일」에 대한 판단인, 「몯 得혼」으로 대치한다.

'이 무리 몯 得혼 이를 [내 得호라] 너기-

③ 「몯 得혼 이를」은 「得호라」에 대한 의미상의 부림말이므로, 그 가운데 끼게 된 「내」는 탈락되었다.(간접인용으로 바뀌었기 때문에, 「내」가 그대로 남아 있으면, 그것이 무엇에 대한 임자말인지 판단하기 어렵게 된다).

즉, 다음과 같은 변형을 거친 것이다.

이 무리... 몯 得혼 이를 [得호라] 너기며
③⇐ 이 무리...몯 得혼 이를 [내 得호라] 너기-
②⇐ 이 무리...그 이를 [내 得호라] 너기-
①⇐ 이 무리...[내 그 이를 得호라] 너기-

4-2. 인용마디의 풀이말 생략 구조

大衆이 念을 호ᄃᆡ [부텻 座ㅣ 놉고 머르시니 오직 願ᄒᆞᅀᆞ오ᄃᆡ [如來ㅣ 神通力으로 우리 무를 다 虛空애 잇게 ᄒᆞ시과뎌]] ᄒᆞ더니 (법화 4:133-4)
⇐ 大衆이 念을 호ᄃᆡ [(우리)...願ᄒᆞᅀᆞ오ᄃᆡ [如來ㅣ…ᄒᆞ시과뎌 ᄒᆞ노이다]] ᄒᆞ-[83]

83) 인용마디에 인용마디가 안긴 구조이다. 안은 인용마디는 '念호ᄃᆡ[ ]ᄒᆞ-'의 구조이고, 안긴 인용마디는 '願ᄒᆞᄃᆡ[ ]×'의 구조이다.

위의 예문에서, 「ᄒᆞ시과뎌」에서의 「과뎌」는 이음법 씨끝이다.

인용마디는 하나의 완전한 월의 형식이 되어야 하므로, 마침법 씨끝으로 끝나야 하는 것이 원칙이다. 그러므로 이렇게 이음법 씨끝으로 끝나는 인용마디는 매우 특이한 구조이다.[84]

이러한 비문법적인 구조가 생겨난 이유를 다음과 같이 설명할 수 있다.

먼저, 구조적인 이유(동일 풀이말 생략) 때문이다.

안긴 인용마디의 풀이말(「ᄒᆞ노이다」)과 안은 인용마디의 풀이말(「ᄒᆞ더니」)이 꼭 같이 「ᄒᆞ-」이기 때문에, 일종의 '동일 풀이말 생략'이 일어난 것이다. 그러나 이것만으로는 이러한 비문법적인 구조를 설명할 수가 없다. 「ᄒᆞ노이다」와 「ᄒᆞ더니」는, 그것이 나타내는 굴곡범주가 완전히 다르기 때문이다.[85]

이러한 비문법적인 인용구조를 설명하기 위해서는, 말할이의 의식구조를 함께 고려해야 한다.

즉, 인용말의 앞 부분에서는 그것이 인용임을 분명히 인식했다가, 뒤에 가서는 인용임이 흐릿해져 버리는 그러한 의식구조를 가지고 말을 하기 때문에, 이러한 비문법적인 인용구조가 생기게 된 것이다. (물론, 동일 풀이말이기 때문에 이러한 의식이 생겨난 것이다.) 이러한 의식구조는 우리말 인용구조에 공통으로 나타나는 특징이라서, 우리말에 간접

---

84) 그렇다고, 「ᄒᆞ더니」를 인용마디의 풀이말로 볼 수는 없다. 大衆이 願하는 내용인 「如來ㅣ…잇게 ᄒᆞ시과뎌」에 회상법의 「-더-」가 연결될 수 없기 때문이다. (위의 예문은 「如來가 神通力으로 우리들을 다 虛空에 있게 해 주시기를 願합니다」라는 뜻이다.) 또한, 무리하게 「ᄒᆞ더니」까지를 인용마디로 보면, 인용마디가 이음법 씨끝 「-으니」로 끝난 것을 설명할 도리가 없게 된다.

85) 「ᄒᆞ노이다」 : 「-ᄂᆞ-」(현실)+「-오/우-」(인칭)+「-으이-」(들을이높임)+「-다」(마침)

「ᄒᆞ더니」 : 「-더-」(회상법) + 「-으니」(이음법)

인용이 매우 발달하게 된 근본적인 이유가 되었다.

지금까지의 4-1.과 4-2.의 '특이한 구조의 인용마디'는 '변형적 간접인용'에 속한다.

5. 안긴마디에 안긴 인용마디

인용마디는 그것이 하나의 완전한 월의 형식이 되는 것이 원칙이므로, 인용마디가 다른 마디를 안고 있는 구조를 분석하는 것은 무의미하다. 그러므로 여기에서는, 인용마디가 다른 마디에 안기어 있는 구조를 분석한다.

5-1. 이은마디에 안김

[이은 [인용마디] 마디]

이은마디가 인용마디를 안고 있는 구조는, 인용마디를 이끄는 말인 「ᄒᆞ-」에 이음법 씨끝이 붙는 경우이다.

耶ㅣ라 호리…닐오ᄃᆡ [내…布施ᄒᆞᅀᆞᄫᅡ지라] ᄒᆞ야ᄂᆞᆯ (석보 24:8)
⇐ [耶ㅣ라 호리...닐오ᄃᆡ] [耶ㅣ라 호리 [내…布施ᄒᆞᅀᆞᄫᅡ지라] ᄒᆞ야ᄂᆞᆯ]
獄卒이…닐오ᄃᆡ [[됴ᄒᆞᆯ써…] ᄒᆞ고] (월석 23:82)
ᄒᆞᆫ 梵天이 諸天ᄃᆞ려 닐오ᄃᆡ [[象ᄋᆡ 양ᄌᆡ 第一이니 엇데어뇨] ᄒᆞ란ᄃᆡ] (월석 2:19)
도ᄌᆞ기…날ᄃᆞ려 닐오ᄃᆡ [[…네 머리롤 버효리라] ᄒᆞᆯᄊᆡ] (월석 10:25)
父母ㅣ…닐오ᄃᆡ [[우디마라…] ᄒᆞ야ᄃᆞᆫ] (남명, 상:44-5)
…닐오ᄃᆡ [[…보디 몯ᄒᆞ리라] ᄒᆞ니] (금강삼가 4:59)
一切大海…닐오ᄃᆡ [[…길ᄒᆞᆯ 일허다] ᄒᆞ며] (석보 23:19)

5-2. 인용마디에 안김

[인용 [인용마디] 마디]

이에는 네가지 유형이 있을 수 있다.

①직접인용⊃직접인용　②직접인용⊃간접인용

③간접인용⊃간접인용　④간접인용⊃직접인용

(1) 직접인용 ⊃ 직접인용

耶輸ㅣ 니르샤ᄃᆡ [如來…盟誓ᄒᆞ샤ᄃᆡ [道理 일워ᅀᅡ 도라:오리라] ᄒᆞ시고] (석보 6:4)

須達이 (舍利弗ᄭᅴ) 닐오ᄃᆡ [[내 正히 그 하ᄂᆞ래 :나리라] ᄒᆞᆫ 그말 다ᄒᆞ니 녀느 하ᄂᆞᆳ 지븐 업고 네찻 하ᄂᆞᆳ 지비 잇더라] (석보 6:36)

世尊이…龍王ᄃᆞ려 니ᄅᆞ샤ᄃᆡ [됴타 됴타 네 이제 [衆生ᄃᆞᆯ홀 爲ᄒᆞ야 利益을 지ᅀᅮ리라] ᄒᆞ야 如來ㅅ거긔 이러ᄐᆞᆫ 이ᄅᆞᆯ 能히 묻ᄂᆞ니 子細히 드러 이대 思念ᄒᆞ라] (월석 10:69)

世尊이…告ᄒᆞ야 니ᄅᆞ샤ᄃᆡ [如來 샹네 닐오ᄃᆡ…[體ㅣ 이ᄂᆞ니라] ᄒᆞ노니] (능엄 1:87)

부텨…善宿ᄃᆞ려 니ᄅᆞ샤ᄃᆡ [네 ᄠᅳ디 어린 사ᄅᆞ미 엇뎨 네 [釋子ㅣ로라] ᄒᆞᄂᆞ다] (월석 9:32)[86]

對答호ᄃᆡ [부텨 成道ᄒᆞ야시ᄂᆞᆯ 梵天이 [轉法ᄒᆞ쇼셔] 請ᄒᆞᅀᆞᄫᆞᄂᆞᆯ…] (석보 6:18)

世尊이...耶輸ᄭᅴ 니ᄅᆞ샤ᄃᆡ [네 디나건 네 뉫 時節에 盟誓發願ᄒᆞᆫ 이ᄅᆞᆯ 혜ᄂᆞᆫ다 모ᄅᆞᄂᆞᆫ다 釋迦如來 그ᄢᅴ [菩薩ㅅ 道理 ᄒᆞ노라] ᄒᆞ야 네손ᄃᆡ 五百銀도ᄂᆞ로 다ᄉᆺ줄깃 蓮花ᄅᆞᆯ 사아 錠光佛ᄭᅴ 반ᄌᆞᄫᆞᆯ쩌긔 네 發願을 호ᄃᆡ [世世예 妻眷이 ᄃᆞ외져] ᄒᆞ거늘 내 닐오ᄃᆡ [菩薩이 ᄃᆞ외야 劫劫에 發願行ᄒᆞ노라] ᄒᆞ야 一切 布施ᄅᆞᆯ ᄂᆞᄆᆡ ᄠᅳᆮ 거스디 아니하거든 네 [내 마ᄅᆞᆯ 드를따]ᄒᆞ야ᄂᆞᆯ 네 盟誓ᄅᆞᆯ 호ᄃᆡ [世世예...뉘읏븐 ᄆᆞᅀᆞᆷ ᄆᆞᆯ 아니호리라] ᄒᆞ

86) 「네」를 그 앞에 나오는 「네」의 되풀이로 본 것인데, 그렇게 보지 않고, 「네」를 「내」의 변형으로 보아, '직접⊃간접'의 유형으로 볼 수도 있다.

더니 이제 엇데 羅睺羅를 앗기는다] (석보6:7-8)[87]

(2) 직접인용⊃간접인용

직접인용 안에 간접인용이 안긴 구조이다. 여기에서의 간접인용을 '추상적 간접인용'과 '변형적 간접인용'으로 나누어 기술한다.

(2-1) 직접인용⊃추상적 간접인용

추상적 간접인용이 되는 이유에 따라 나누어 기술한다.

① 추상적 의미의 풀이말이 올 때

對答호ᄃᆡ [그리 아니라 내 ᄉᆞ랑호ᄃᆡ [어누 藏ㅅ 金이ᅀᅡ 마치 잘이려뇨] ᄒᆞ노이다 (석보 6:25)

阿難이 (부텨끠) ᄉᆞᆲ보ᄃᆡ […世尊하...諸佛ㅅ 甚히 기픈 힝뎍 니르거시든 듣잡고 너교ᄃᆡ [어듸 쩐...如來 ᄒᆞᆫ 부텻 일훔 念ᄒᆞᆯ ᄲᅮᆫ네 이런 功德 됴ᄒᆞᆫ 利를 어드리오] ᄒᆞ야...모딘 길헤 ᄠᅥ러디여 그지업시 ㄱ우니ᄂᆞ니이다] (석보 9:26-7)

鬼王이 부텻긔 ᄉᆞᆲ보ᄃᆡ […내…오직 願호ᄃᆡ [衆生ᄃᆞᆯ히…큰 利益을 얻과뎌 ᄒᆞ노이다]] (월석 21:128)

② 가정의 뜻을 가진 이음법 씨끝이 올 때

迦葉이 닐오ᄃᆡ [ᄒᆞ마 [無學올 得호라] ᄒᆞ거든 門ᄢᅴᄆᆞ로 들라] ᄒᆞ야늘 (석보 24:3)

③ 시킴법일 때

王이 須達이 블러 닐오ᄃᆡ [六師ㅣ 이리 니르ᄂᆞ니 그듸 沙門弟子ᄃᆞ려

---

87) [내 마롤 드를때]는 '인칭이름씨 변형'의 간접인용이다. 나머지는 모두 직접인용으로 안기어 있다.

[어루 겻굴따] 무러보라] (석보 6:26)

이 ᄢᅴ 諸佛이...니ᄅᆞ샤ᄃᆡ [···부텨ᄭᅴ...이 말 ᄉᆞᆲ오ᄃᆡ [···이 寶塔으로 ᄒᆞᆫ가지로 여ᅀᆸ고져 ᄒᆞ시ᄂᆞ이다] ᄒᆞ라] (법화 4:129)

④ 부정을 나타내는 말이 올 때

和尙이 니ᄅᆞ샤ᄃᆡ [네 더ᄃᆞ려 [어미 나하신젠 므스글 닙더시니] ᄒᆞ야 엇뎨 아니 므른다]] (남명, 상:31)

⑤ 의인법의 표현일 때

舍利弗이···對答호ᄃᆡ [그듸 이 굼긧 개야미 보라···제 ᄒᆞᆫ가짓 모ᄆᆞᆯ 몯 여희여 [죽사리도 오랄쎠] ᄒᆞ노라 아마도 福이 조ᅀᆞᄅᆞᄫᆡ니 아니 심거 몯홀꺼시라] (석보 6:36-7)

(2-2) 직접인용⊃변형적 간접인용

변형적 간접인용을 '성분변형'과 '말풀이의 의미를 가진 인용구조의 변형'으로 나누어 설명한다.

① 성분변형

<들을이높임 변형>

世尊이 니ᄅᆞ샤ᄃᆡ [됴타 文殊師利여 네 [大悲로 니ᄅᆞ고라] 請ᄒᆞᄂᆞ니] (월석 9:9)

⇐ [大悲로 니ᄅᆞ쇼셔]

<주체높임 변형>

婆羅門ᄃᆞᆯ히 어엿비 너겨 닐오ᄃᆡ [[釋迦牟尼佛ㅅ 法中에 便安ᄒᆞᆫ 이리 만ᄒᆞ시고 셜ᄫᅳᆫ 일ᄃᆞᆯ히 업스시다] 듣ᄌᆞᆸ노라] ᄒᆞ야ᄂᆞᆯ (월석 10:26)

⇐ [만코···없다]

<객체높임 변형>

比丘ㅣ 對答호ᄃᆡ…[光有聖人이…大王ㅅ 善心ᄋᆞᆯ 드르시고 [찻믈 기릃 치녀를 비ᅀᆞᄫᅡ 오라] ᄒᆞ실ᄊᆡ 오ᅀᆞᄫᅩ이다] (월석 8:91)

⇐ [비러오라]

<인칭 이름씨 변형>

世尊이…니ᄅᆞ샤ᄃᆡ […네 [내 마ᄅᆞᆯ 다 드를따] ᄒᆞ야ᄂᆞᆯ…] (석보 6:7-8)

⇐ [世尊ᄋᆡ 마ᄅᆞᆯ 다 드를따]

<사동을 능동으로 변형>

須達이…王ᄭᅴ 가 ᄉᆞᆯᄫᅩᄃᆡ [[六師ㅣ 겻구오려 ᄒᆞ거든 제 홀양ᄋᆞ로 ᄒᆞ라] ᄒᆞ더이다] (석보 6:27)

⇐ [ᄒᆞ게ᄒᆞ라]

<인칭변형 + 들을이높임>

婆羅門이 닐오ᄃᆡ [[내 보아져 ᄒᆞᄂᆞ다] ᄉᆞᆯᄫᅡᄡᅧ] (석보 6:14)

⇐ [婆羅門이 보아져 ᄒᆞᄂᆞ이다]

<주체높임 + 때매김법>

王이 니ᄅᆞ샤ᄃᆡ [[ᄯᆞᄅᆞᆯ 두겨시다] 듣고 婚姻을 求ᄒᆞ노이다] (석보 11:28)

⇐ [ᄯᆞᄅᆞᆯ 뒷ᄂᆞ다]

② 말풀이 구조 변형

四禪天이…自中에 닐오ᄃᆡ […이 劫 일후므란 [賢法이라] ᄒᆞ져] (월석 1:40)

對答호ᄃᆡ […이 사ᄅᆞᆷᄃᆞᆯ히 다 神足이 自在ᄒᆞ야 衆生ᄋᆡ 福田이 ᄃᆞ욀ᄊᆡ

[쥬이라] ᄒᆞᄂᆞ닝다] (석보 6:18-9)

부톄 後에 阿難이ᄃᆞ려 니ᄅᆞ샤ᄃᆡ [⋯두 사ᄅᆞ미 어우러 精舍 지ᅀᆞ란ᄃᆡ 일후믈 [⋯孤獨園이라] ᄒᆞ라 (석보 6:39-40)

(3) 간접인용 ⊃ 간접인용

[[엇뎨 修行이 이시리오] 홇가] 저ᄒᆞ샤 (원각, 상2-1:10)[88]

舍利弗이⋯너교ᄃᆡ [오ᄂᆞᆯ 모댓ᄂᆞᆫ 한 사ᄅᆞ미⋯[제 노포라] ᄒᆞ야 衆生ᄋᆞᆯ 프ᅀᅥᆼ귀만 너기ᄂᆞ니 엇던 德으로 降服히려뇨 세 德으로 호리라] ᄒᆞ고 (석보 6:28)[89]

⇐ [내 노포라]

그 ᄢᅴ 六師ㅣ 너교ᄃᆡ [ᄯᅩ 엇던 因緣으로 이 寶塔이 잇거뇨 ᄒᆞ다가 무르리 이시면 내 모ᄅᆞ려시니 몰롫뎬 엇뎨 ᄯᅩ 일후믈 [一切智見이로라] ᄒᆞ려뇨] (월석 21:210)[90]

阿難아 내 이제 너ᄃᆞ려 묻노니 [네 發心호매 當ᄒᆞ야 네 [如來ㅅ 三十二相ᄋᆞᆯ 브토라] 커시니 ᄆᆞᅀᆞ글 가져보며 뉘 愛樂ᄒᆞ뇨] (능엄 1:45)

⇐ [如來ㅅ 三十二相ᄋᆞᆯ 브토이다][91]

大衆이 念ᄅᆞᆯ 호ᄃᆡ [부텻 座ㅣ 놉고 머르시니 오직 願ᄒᆞᅀᆞ오ᄃᆡ [如來ㅣ 神通力으로 우리 무를 다 虛空애 잇게 ᄒᆞ시과뎌]] ᄒᆞ더니 (법화 4:133-4)

⇐ 大衆이 念을 호ᄃᆡ [(우리)⋯願ᄒᆞᅀᆞ오ᄃᆡ [如來ㅣ⋯ᄒᆞ시과뎌 ᄒᆞ노이다]] ᄒᆞ-[92]

(4) 간접인용 ⊃ 직접인용

이러한 유형은 찾지 못했다. 현대말에도 이러한 유형은 잘 나타나지 않는데, 15세기에도 마찬가지였던 모양이다.

---

88) '미정법 때매김'의 추상적 간접 ⊃ '추상적 풀이말'의 추상적간접
89) 추상적 간접⊃인칭 이름씨 변형
90) 추상적 간접⊃말풀이 의미를 가진 인용구조의 변형
91) '임자말 인칭과 때매김'의 추상적 간접⊃들을이 높임법 변형
92) 추상적 간접⊃동일 풀이말 생략 변형

5-3. 이름마디에 안김

[이름 [인용마디] 마디]

[[눈화 주마] 호미] 일 期約이 잇ᄂᆞ니라 (두언 7:39)

[[難히 보숩ᄂᆞ다] 니ᄅᆞ샤ᄆᆞᆫ] (법화 5:148)

[비록 부텻 音聲이 [우리 부텨 ᄃᆞ외와라] 니ᄅᆞ샤ᄆᆞᆯ] 듣ᄌᆞ오나 (법화 3:65)

[[보미 네 알퓌 잇다] 호미] 이 ᄠᅳ디 實티 아니타 (능엄 2:47)

[[보미 펴며 움추미 잇다] 호미] 올티 아니ᄒᆞ니라 (능엄 2:41)

[[너븐 智로 너비 濟渡ᄒᆞ시ᄂᆞ다] 술오ᄆᆞᆫ] (법화 3:127)

[[어느 이롤 念ᄒᆞᄂᆞᆫ고] ᄒᆞ샴]ᄃᆞᆯᄒᆞᆫ (월석 13:55)

열 여슷자히ᄂᆞᆫ [[나 釋迦ㅣ로라] ᄒᆞ샤미]라 (월석13:31)

사라쇼ᄆᆞᆯ 니조ᄆᆞᆫ 圓覺애 니ᄅᆞ샨 [[믄득 내몸 닛다] ᄒᆞ샤미] ᄀᆞᆮᄒᆞ니 (능엄2:113)

三昧ᄂᆞᆫ 이엣 말론 正定이니 圓覺애 닐오ᄃᆡ [[三昧正受ㅣ라] 호ᄆᆞᆫ] 正定中에 受用ᄒᆞᄂᆞᆫ 法을 닐어 邪受에 ᄀᆞᆯ히디ᄫᅵ 梵語三昧 이엣 마래 [[正定ㅣ라] 호미] 아니라 (월석 18:68)

[[오래 勤苦 受홀까] 분별호ᄆᆞᆯ] 가줄비니라 (법화 2:197)

ᄆᆞᅀᆞ매 샹녜 사ᄅᆞᆷ을 가비야이 너겨 [[내로라]호ᄆᆞᆯ] ᄀᆞᆺ디 몯ᄒᆞ면 (육조, 상:88)

[[보ᄂᆞ다] 닐오미] 몯ᄒᆞ리니 (능엄 1:65)

[[몸 아뇨미 잇다] 닐오미] 몯ᄒᆞ리니 (능엄 2:83)

[[몰래라] ᄒᆞ샤미] 올ᄒᆞ니 (월석 23:85)

[[목숨 주쇼셔] 願호ᄆᆞᆫ] 橫邪애 夭閼티 말오져 ᄇᆞ랄씨라 (월석 17:18)

[[道樹에 았다] ᄒᆞ샤ᄆᆞᆫ] ᄒᆞ마 道애 거싀여 成佛이 머디 아니호ᄆᆞᆯ 니ᄅᆞ시니 (월석 17:43)

世尊하 엇던 젼ᄎᆞ로 나ᄅᆞᆯ 어리다 ᄒᆞ샤 [[釋子ㅣ로라] 호ᄆᆞᆯ] 몯ᄒᆞ리라 ᄒᆞ시ᄂᆞ니잇고 (월석 9:35)

仁은 우희 [[仁者ㅣ라] 호미] ᄒᆞᆫ가지니 (석보 13:25)

[[上大人이라] 닐오ᄆᆞᆫ] 世예셔 孔聖ᄋᆞᆯ 일ᄏᆞᆮᄌᆞᆸᄂᆞᆫ 마리라 (금강삼가 4:11)

5-4. 매김마디에 안김

[매김 [인용마디] 마디]

[[처ᅀᅥᆷ 佛家애 나다] ᄒᆞᆫ] 生이디ᄫᅵ [[生死애 나며 드ᄂᆞ다] ᄒᆞᆫ] 生이 아니라 (월석 17:27-8)

[[ᄒᆞ마 비 오려다] ᄒᆞᇙ] 저긔 (월석 10:85)

[[나다] ᄒᆞ논] 마론 [[사라나다] ᄒᆞ논] 마리 아니라 [[다ᄅᆞᆫ 地位예 올마가다] ᄒᆞ논] ᄠᅳ디라 (석보 6:36)

[[無色界옛 ᄂᆞᆭᄆᆞ리 ᄀᆞᄅᆞᄫᅵ ᄀᆞᄐᆡ ᄂᆞ리다] ᄒᆞᆫ] 말도 이시며 [[無色이 머리 좃다] ᄒᆞᆫ]말도 이시며 (월석 1:36-7)

[[ᄒᆞ마 그리호마] ᄒᆞᆫ] 이리 分明히 아니ᄒᆞ면 (내훈 3:21)

庶幾ᄂᆞᆫ [[그러ᄒᆞ긧고 ᄇᆞ라노라] ᄒᆞ논] ᄠᅳ디라 (석보, 서:6)

[[내 노포라] ᄒᆞ릴] 맛나ᄃᆞᆫ (월석 21:216)

不能은 [[몯ᄒᆞᄂᆞ다] ᄒᆞ논] ᄠᅳ디라 (석보,서1-2)

[[ᄀᆞᄅᆞᆷ 업다] ᄒᆞᆫ] 업수미 滅ᄒᆞ야 (능엄 9:26)

無色諸天이 世尊ᄭᅴ [[저ᅀᆞᆸ다] ᄒᆞᆫ] 말도 이시며 (월석 1:36)

[[외다] ᄒᆞ샤ᄆᆞᆯ 듣ᄌᆞᄫᆞᆫ] 젼ᄎᆞ로 (능엄 1:86)

和尙ᄋᆞᆫ [[갓가ᄫᅵ 이셔 외오다] ᄒᆞᄂᆞᆫ] 마리니 (석보 6:10)

疊ᄋᆞᆫ ᄌᆞᆯ포 ᄡᅡ훌씨니 [[층이라] ᄒᆞ돗 ᄒᆞᆫ] 마리라 (석보 19:11)

이 [[잇다 업다] ᄒᆞᆫ] 無도 아니며 [[眞實로 업다] ᄒᆞᆫ] 無도 아니라 ᄒᆞ니 = 不是有無之無ㅣ며 不是眞無之無ㅣ라 ᄒᆞ니 (몽산 55-6)

그러나 [[내라] ᄒᆞᆫ] 아래ᄂᆞᆫ...實로 두 相 업수믈 볼기시도다 (능엄 2:59)

이 ᄯᅡ히 [[竹林國이라] ᄒᆞᆫ] 나라히이다 (월석 8:94)

[[善慧라] ᄒᆞᇙ] 仙人 (월석 1:8)

그 後로 [[夫妻ㅣ라] ᄒᆞᆫ 일후미 나니 (월석 1:44)

我慢ᄋᆞᆫ [[내로라] 자바 제 노폰양 ᄒᆞᆯ]씨라 (법화 1:195)

遂는 브틀씨니 [[아모 다술 브터 이러타] ᄒᆞ논] 겨치라 (월석, 서:3)

乃는 [[ᅀᅡ] ᄒᆞ논] 겨치라 (월석, 서:13)

多陀阿伽度는 [[如來라] ᄒᆞᆫ] 마리라 (석보 13:34)

使는 [[ᄒᆡᅇᅧ] ᄒᆞ논] 마리라 (훈, 언해)

佛은 [[知者ㅣ라] ᄒᆞᆫ] 마리니 知者는 [[아는 사ᄅᆞ미라] ᄒᆞᆫ] ᄠᅳ디라 (월석 9:12)

止는 [[마ᄂᆞ다] ᄒᆞ논] ᄠᅳ디라 (석보, 서:3)

斯陀含은 [[ᄒᆞᆫ번 녀러오다] ᄒᆞᆫ] ᄠᅳ디니 (월석 2:19)

迦樓羅는 [[金 놀개라] ᄒᆞᆫ] ᄠᅳ디니 (월석 1:14)

緊那羅는 疑心ᄃᆞᄫᆡᆫ 神靈이라] ᄒᆞᆫ] ᄠᅳ디니 (월석 1:15)

羅睺羅는 [[ᄀᆞ리오다] ᄒᆞᆫ] ᄠᅳ디니 (월석 2:2)

乾達婆는 [[香내 맏ᄂᆞ다] ᄒᆞᆫ] ᄠᅳ디니 (월석 1:14)

그 後로 [[夫妻라] ᄒᆞᆫ] 일후미 나니 (월석 1:44)

처섬 道場애 안ᄌᆞ시니 [[부톄라] ᄒᆞᆫ] 일후미 겨시고 (석보 13:59)

世尊은 三界예 뭇 尊ᄒᆞ시닷 ᄠᅳ디라 (석보, 서:5)

⇐世尊은 [[三界예 뭇 尊ᄒᆞ시다] ㅅ]ᄠᅳ디라

衆生 濟渡ᄒᆞ노랏 ᄆᆞᅀᆞ미 이시면 (금강삼가 2:13)

⇐ [[衆生 濟渡ᄒᆞ노라] ㅅ]ᄆᆞᅀᆞ미 이시면

디나간 無量劫에 修行이 니그실씨 [[몯 일우옳가]ㅅ]疑心이 업스시나 (천강곡 상,기53)

다음은 속구조에 매김마디가 있는 예문이다.

ᄒᆞ나ᄒᆞᆫ [부톄 다시 니러 說法ᄒᆞ시는가] 疑心이오 둘흔 [地方佛이 오신가] 疑心이오 (원각, 상1-2:23)

⇐ [[부톄 다시 니러 說法ᄒᆞ시는가]ᄒᆞ는] 疑心이오

[[地方佛이 오신가]ᄒᆞ는] 疑心이오

5-5. 어찌마디에 안김

[어찌 [인용마디] 마디]

가ᄌᆞᆯ비건댄...[[亭主ㅣ라] ᄒᆞᄃᆞᆺ] ᄒᆞ니 (능엄 2:24)
그럴ᄊᆡ 니ᄅᆞ샤ᄃᆡ [···며 大雲이 [一切예 비 오ᄃᆞᆺ]다] ᄒᆞ시니라 (법화 3:22)[93]

5-6. 안음의 겹침

<이름마디⊃매김마디⊃인용마디>

[[[ᄀᆞᄅᆞᆷ 업다]ᄒᆞᆫ]업수미] 滅ᄒᆞ야 (능엄 9:26)

<매김마디⊃이름마디⊃인용마디>

[[[외다]ᄒᆞ샤ᄆᆞᆯ]듣ᄌᆞ온] 젼ᄎᆞ로 (능엄 1:86)

<매김마디⊃매김마디⊃인용마디>

則은 [[[아ᄆᆞ리 ᄒᆞ면]ᄒᆞᄂᆞᆫ]겨체 ᄡᅳᄂᆞᆫ] 字ㅣ라 (훈,언해12)
乎ᄂᆞᆫ [[[아모 그에]ᄒᆞᄂᆞᆫ]겨체 ᄡᅳᄂᆞᆫ] 字ㅣ라 (훈, 언해1)

<매김마디⊃어찌마디⊃인용마디>

辭ᄂᆞᆫ [[[하ᄃᆞᆨ이라] ᄒᆞᄃᆞᆺ] ᄒᆞᆫ] 마리라 (석보 6:22)
精氣ᄂᆞᆫ [[[넉시라] ᄒᆞᄃᆞᆺ] ᄒᆞᆫ] ᄠᅳ디라 (석보 9:22)
依然은 [[[이셧다] ᄒᆞᄃᆞᆺ] ᄒᆞᆫ] 마리라 (월석, 서:15)

<인용마디⊃이름마디⊃인용마디>

世尊하 엇던 젼ᄎᆞ로···[[[釋子ㅣ로라]호ᄆᆞᆯ]몯ᄒᆞ리라] ᄒᆞ시ᄂᆞ니잇고]

---

93) 「오ᄃᆞᆺ다」는 「오ᄃᆞᆺᄒᆞ다」에서 「ᄒᆞ」가 생략된 것이다.

(월석 9:35하)

<인용마디⊃매김마디⊃인용마디>

[[[이 잇다 업다] 혼] 無도 아니며 [[眞實로 업다]혼] 無도 아니라]
ᄒᆞ니 (몽산 55-6)

<이름마디⊃인용마디: 풀이마디의 큰 임자말>

'이름마디⊃인용마디'의 구조가 풀이마디의 큰 임자말로 기능하는 경우이다.

[華嚴에 [十地菩薩이 能히 多百佛이며 多百千億那由他佛에 니르리 보ᄉᆞᆸᄂᆞ다] ᄒᆞ샤미] 그 ᄠᅳ디 이 ᄀᆞᆮᄒᆞ니라 (월석 18:55)
⇐[華嚴에 [⋯보ᄉᆞᆸᄂᆞ다] ᄒᆞ샤미] 그 ᄠᅳ디 이 ᄀᆞᆮᄒᆞ니라

<매김마디⊃인용마디: 풀이마디의 큰 임자말>

'매김마디⊃인용마디'의 구조가 풀이마디의 큰 임자말로 기능하는 경우이다.

[[나다]ᄒᆞᄂᆞᆫ] 마ᄅᆞᆫ 사라나다 ᄒᆞᄂᆞᆫ 마리 아니라 (석보 6:36)

<매김마디⊃인용마디: 풀이마디의 작은 임자말>

'매김마디⊃인용마디'의 구조가 풀이마디의 작은 임자말로 기능하는 경우이다.

나다 ᄒᆞᄂᆞᆫ 마ᄅᆞᆫ [[사라나다]ᄒᆞᄂᆞᆫ] 마리 아니라 (석보 6:36)

<[매김] [이[인용]름]>

매김마디가 이름마디에 안긴 인용마디만을 꾸며주는 구조이다.

사라쇼ᄇᆞᆯ 니조ᄆᆞᆫ [圓覺애 니ᄅᆞ샨] [[ᄆᆞᆫ득 내 몸 닛다]ᄒᆞ샤미] ᄀᆞᆮᄒᆞ니
(능엄 2:113)

<'풀이마디'와 '말풀이 의미의 인용구조'의 합성>

淨飯王 아ᄃᆞ님 (일후미) 悉達이라 ᄒᆞ샤리 나실 나래 (석보 6:17)

ᄒᆞᆫ 菩薩 摩訶薩 일후미 救脫이라 ᄒᆞ샤리 座애셔 니르샤 (석보 9:29)

스승 사ᄆᆞ샨 부톄 ᄯᅩ 일후미 觀音이라 ᄒᆞ샤ᄆᆞᆫ 因果ㅣ 서르 마ᄌᆞ시며 古今이 ᄒᆞᆫ 道ㅣ실씨라 (능엄 6:2)

이러한 구조는 한 평면 위에서는 설명되지 않고, 두 구조의 합성으로 설명하여야 한다.

즉, 풀이마디의 구조 : 부톄 일후미 觀音이라

말풀이의 의미를 가진 인용구조' : 일후믈 [觀音이라] ᄒᆞ시다

이 두 구조가 합성된 것이다.

Ⅱ.4. 어찌마디

어찌마디는 어찌법 씨끝에 의해 만들어지는 경우, 파생 어찌씨에 의해 만들어지는 경우, 매인이름씨에 의해 만들어지는 경우의 세 종류가 있다.

그리하여 어찌마디의 하위분류를 다음과 같이 한다.

중세국어 어찌마디의 공통적인 통어적 특징은, 안은마디의 풀이말에 잡음씨가 올 수 없다는 점이다. 어찌마디는 어찌말과 마찬가지로 움직씨, 그림씨, 어찌씨만을 꾸며줄 수 있기 때문이다.[94]

1. 어찌법 씨끝에 의한 어찌마디

어찌마디를 만드는 어찌법 씨끝을 「-듯」,「-드록」,「-게」 로 설정한다.[95]

1-1. 「-듯/덧/드시/듯/드시」

다른 것과 흡사함, 혹은 비유를 나타낸다.

---

94) 이는 문헌의 제약 때문일 수도 있다. 현대말에 있어서는 어찌말이 잡음씨를 꾸며주는 예가 보인다 ; 「그는 아주 바보이다」

그러나 여기에 있어서의 「바보이다」는 「그」의 '속성'을 나타내는, 그림씨의 성격을 강하게 나타내고 있다. 즉 「그는 아주 바보스럽다」의 뜻을 나타내고 있다. 잡음씨 본연의 성격인 '지정'의 뜻을 나타낼 때는, 이러한 연결이 불가능하다 ; 「*그는 아주 사람이다」

현대 국어에서 어찌마디가 잡음씨를 꾸며줄 수 있는 경우는, 어찌마디의 풀이말도 잡음씨일 때만 가능하다 ; 「그가 사람이듯이 나도 사람이다」

95) 이는 「허웅 : 15세기 우리옛말본」에서는 '이음법' 중 '흡사법'과 '미침법'에 해당하는 것이며, 「16세기 우리옛말본」에서는 '어찌법'으로 설정한 것이다.

(1) 문법정보의 제약

「-ᄃᆞᆺ」이 이끄는 어찌마디의 풀이말에 나타날 수 있는 문법정보는 어찌법을 제외하고는, 때매김법 중 완결법의 「-아시(앗)-」과, 주.객체 높임법 뿐이다.

<완결법>

(내) [기운 盖 폇ᄃᆞᆺ] 호ᄆᆞᆯ 기들오노라 (두언 18:14)[96]
麒麟閣앳 그륜 양ᄌᆞᄂᆞᆫ [그려기 버렷ᄃᆞᆺ] ᄒᆞ니 (두언 25:48)[97]
金鑛이 精金에 섯겟ᄃᆞᆺ ᄒᆞ니 (능엄 4:37)[98]
孝子ᄂᆞᆫ [玉ᄋᆞᆯ 자밧ᄃᆞᆺ] ᄒᆞ며 [ᄀᆞ독ᄒᆞᆫ 것 받ᄃᆞᆺ] ᄒᆞ야 (소학 2:9)

<주체 높임법>

普賢으로 [長子 사ᄆᆞ시ᄃᆞᆺ] ᄒᆞ니 (법화 4:61)[99]

<객체 높임법>

내 太子ᄅᆞᆯ 섬기ᅀᆞᄫᅩᄃᆡ [하ᄂᆞᆯ 섬기ᅀᆞᆸᄃᆞᆺ] ᄒᆞ야 (석보 6:4)[100]
禮ᄅᆞᆯ [님금 받ᄌᆞᆸ덧] ᄒᆞᄂᆞᆺ다 (두언중간 17:3)
특별히 받ᄌᆞ오ᄆᆞᆯ [위두손끠 받ᄌᆞᆸᄃᆞ시] 호ᄃᆡ (여향 25)

(2) 임자말 제약

안은마디의 임자말과 어찌마디의 임자말은 다른 것이 원칙이다. 흡사

96) 펴잇ᄃᆞᆺ→폣ᄃᆞᆺ→폇ᄃᆞᆺ
97) 버려잇ᄃᆞᆺ→버렛ᄃᆞᆺ→버렷ᄃᆞᆺ
98) 섯거잇ᄃᆞᆺ→섯겟ᄃᆞᆺ
99) 주체높임이 연결된 경우는 15세기 예문 하나뿐이다.
그러므로 중세 국어에서는, 주체높임법이 「-ᄃᆞᆺ」 어찌마디에서 상당한 제약을 받았다는 것을 알 수 있다.
100) 「ᄒᆞ-」에도 「-ᅀᆞᆸ-」이 연결되는 것이 원칙이다. 이렇게 「ᄒᆞ-」에 「-ᅀᆞᆸ-」이 생략되는 현상은, 인용마디에서도 볼 수 있었다.

함, 혹은 비유를 나타낼 때는, 다른 것과 비유를 하는 것이 원칙이기 때문이다.

다음의 예문에서는, 안은마디의 임자말과 생략된 어찌마디의 임자말이 같은 것으로 생각하기 쉬우나, 그렇지 않다.

百姓이 [져재 가듯] 모다 가 서너힛 ᄉᆞᅀᅵ예 큰 나라히 ᄃᆞ외어늘 (월석 2:7)

어찌마디의 임자말을, 안은마디의 임자말과 같은 「百姓」으로 잡을 수 있을 것 같지만 그렇지 않다. 안은마디의 임자말(「모다 가」에 대한 주체)인, 그 한정된 인원의「百姓」이 「져재」에 가는 것에 비유한 것이 아니기 때문이다.

① 어찌마디의 임자말이 일반인일 경우는, 그 임자말은 생략된다.

病ᄒᆞ닌 넉시 도로 ᅀᅳᆯ저긔 [ᄭᅮ므로셔 ᄭᅢ듯] ᄒᆞ야 (석보 9:31)
내 太子ᄅᆞᆯ 셤기ᅀᆞᄫᅩᄃᆡ [하ᄂᆞᆯ 셤기ᅀᆞᆸ듯] ᄒᆞ야 (석보 6:4)
[ᄀᆞᄆᆞ니 잇ᄂᆞᆫ 그르세 담듯] ᄒᆞ니 (능엄 4:88-9)
[잢간 우ᄂᆞᆫ 활시울 ᄃᆞᆯ이야 소ᄃᆞ시] 가고져 너기노라 (두언 20:11)
요주ᅀᅮᆷ [누녯 가ᄉᆡ 아ᅀᆞ ᄇᆞ리ᄃᆞ시] 그 샤옹ᄋᆞᆯ 벙으리와ᄃᆞ니 (두언 25:9)

② 어찌마디의 임자말이 일반인이 아닐 경우, 그 임자말은 생략되지 않는 것이 원칙이다.

새와 새왜 머므디 아니호미 [ᄇᆞ리 지 ᄃᆞ외듯] ᄒᆞ야 (능엄 2:4)
뎌 大雲이 [一切예 비 오듯]다 (법화 3:22)
(내) [기운 盖 폇듯] 호몰 기ᄃᆞᆯ오노라 (두언 18:14)

文殊普賢돌히 [돌ᄒᆞᆰ긔 구룸 몯듯]더시니 (천강곡 상,기83)
法이...너비 펴아가미 [술위ᄢᅵ 그우듯] 홀ᄊᆡ (석보 13:4)
새집과 살빠기 門이 [별 흗드시] 사ᄂᆞ니 (두언 25:23)
[말왐 뼛ᄃᆞ시] 돋뇨믄 버므렛ᄂᆞᆫ듯 ᄒᆞ도다 (두언 20:3)

(3) 씨범주 제약

어찌마디 풀이말의 씨범주와 안은마디 풀이말의 씨범주는 같은 종류라야 한다.

안은마디 풀이말의 내용을, 어찌마디 풀이말에서 다른 씨범주로 비유할 수 없기 때문이다.(의미적으로 연결이 불가능하다.)

단, 남움직씨와 제움직씨의 연결은 가능한데, 이는 [움직임]이라는 같은 의미자질을 가지고 있기 때문이다.

그러나 이러한 예도 매우 드물어서, 다음의 한 예밖에 찾지 못했다.

[잠간 우는 활시울 돌ᄋᆡ야 소ᄃᆞ시] 가고져 너기노라 (두언 20:11)

이 예를 제외하고는, 「-듯」이 이끄는 어찌마디 풀이말의 씨범주와 안은마디 풀이말의 씨범주가 모두 완전히 동일하다.(16세기 예문 참조함.)

[움직씨] 움직씨

눈므리 [비 오듯] 두 구미틔 흐ᄅᆞ거든 (무덤편지 73)
[피 나ᄃᆞ시] 우룸을 三年을 ᄒᆞ야 (소학 4:23)
⇐ [피 나ᄃᆞ시] 울-
술이 [대궐의셔 빗ᄃᆞ시] 아니 ᄒᆞ거나 (번소 10:33)
⇐ [… 빗ᄃᆞ시] 아니 빚어지-

[그림씨] 그림씨

그 嚴홈이 [이러틋] ᄒᆞ더라 (소학 6:6)

⇐ [이러틋] 嚴ᄒᆞ-

(4) 안은마디 풀이말의 대치

어찌법 씨끝이 「-ᄃᆞᆺ,-덧」일 때는, 안은마디의 풀이말이 「ᄒᆞ-」로 대치되는 경우가 대부분이다.

이렇게 대치된 「ᄒᆞ-」를 속구조로 되돌릴 때, 어찌마디의 풀이말로 되돌려질 때가 있고, 다른 것으로 되돌려질 때가 있다.

<어찌마디의 풀이말로 되돌려질 때 >

病ᄒᆞ닌 넉시 도로 ᄭᆞ저긔 [ᄭᅮ므로셔 ᄭᆡᄃᆞᆺ] ᄒᆞ야 (석보 9:31)

⇐ [ᄭᅮ므로셔 ᄭᆡᄃᆞᆺ] ᄭᆡ-

圓光이며 化佛이며 寶蓮花ᄂᆞᆫ [우희 니르ᄃᆞᆺ]ᄒᆞ니라 (월석 8:45)

⇐ [우희 니르ᄃᆞᆺ] 니르-

麒麟閣앳 그륜 양ᄌᆞᆫ [그려기 버렷ᄃᆞᆺ] ᄒᆞ니 (두언 25:48)

⇐ [그려기 버렷ᄃᆞᆺ] 벼렷-

[渴ᄒᆞᆫ제 ᄧᆞᆫ 믈 먹덧] ᄒᆞ야 (월석 7:18)

⇐ [⋯먹덧] 먹-

가ᄌᆞᆯ비건댄... [[亭主ㅣ라] ᄒᆞᄃᆞᆺ] ᄒᆞ니 (능엄 2:24)[101)]

⇐ [[亭主ㅣ라] 니ᄅᆞᄃᆞᆺ] 니ᄅᆞ-

뎌 大雲이 [一切예 비 오ᄃᆞᆺ]다 (법화 3:22)

⇐ [⋯비 오ᄃᆞᆺ]오-

사ᄅᆞ미 [大海예 드러 沐浴ᄃᆞᆺ]ᄒᆞ야 ᄒᆞ마 [여러 河水ᄅᆞᆯ ᄡᅳᄃᆞᆺ]다 ᄒᆞ시니 (월석 14:71)

⇐ [⋯沐浴ᄒᆞᄃᆞᆺ]沐浴ᄒᆞ야⋯[⋯ᄡᅳᄃᆞᆺ]ᄡᅳ다

文殊普賢ᄃᆞᆯ히 [ᄃᆞᆯ닚긔 구룸 몯ᄃᆞᆺ]더시니 (천강곡 상,기83)

⇐ [⋯몯ᄃᆞᆺ]몯-

---

101) 인용마디를 이끄는 「ᄒᆞ-」는 「니ᄅᆞ-」의 대치형이다.

위의 예문들에서, 「-ᄃᆞᆺ다」는 「-ᄃᆞᆺ ᄒᆞ다」에서 「ᄒᆞ」가 생략된 것이다.

<이름마디의 풀이말로 되돌려질 때>

안은마디의 임자말이 이름마디일 경우, 「ᄒᆞ-」는 이름마디의 풀이말로 되돌려진다.[102)]

法이…너비 펴아가미 [술위ᄣᅵ 그우ᄃᆞᆺ] ᄒᆞᆯᄊᆡ (석보 13:4)
⇐ 法이…너비 펴아가미 [술위ᄣᅵ 그우ᄃᆞᆺ] 펴아가-

15세기 「-ᄃᆞ시/드시」 어찌마디의 경우에는 안은마디의 풀이말이 「ᄒᆞ-」로 대치되지 않는다. 「-ᄃᆞ시」는 원래 「-ᄃᆞᆺ ᄒᆞ다」에서 파생된 파생어찌씨이기 때문이다.

[잢간 우ᄂᆞᆫ 활시울 ᄃᆞᆯᄋᆡ야 소ᄃᆞ시] 가고져 너기노라 (두언 20:11)
요ᄌᆞᅀᆞᆷ [누넷 가ᄉᆡ 아ᅀᅡ ᄇᆞ리ᄃᆞ시] 그 샤옹ᄋᆞᆯ 벙으리와ᄃᆞ니 (두언 25:9)
[말왐 ᄠᅥᆺᄃᆞ시] ᄃᆞᆮ뇨ᄆᆞᆫ 버므렛ᄂᆞᆫᄃᆞᆺ ᄒᆞ도다 (두언 20:3)
새집과 살ᄢᅡ기 門이 [별 흗드시] 사ᄂᆞ니 (두언 25:23)

1-2. 「-ᄃᆞ록(애)/도록」

'어떠한 상태에 이름'이란 뜻을 나타낸다.

(1) 문법정보의 제약

102) 안은마디의 부림말이 이름마디인 경우는 찾지 못했는데, 이런 경우의 「ᄒᆞ-」도, 이름마디의 풀이말로 되돌려진다.
현대말의 예를 들면 ;
그는 굶기를 [밥먹듯] 한다 ⇐ 그는 굶기를 [밥먹듯] 굶는다

「-ᄃᆞ록」이 이끄는 어찌마디의 풀이말에 나타날 수 있는 문법정보는 '어찌법' 뿐이다.

(2) 임자말 제약

안은마디의 임자말과 어찌마디의 임자말은 같을 수도 있고 다를 수도 있다.

<같은 경우>

어찌마디의 임자말은 반드시 생략된다.

百姓ᄃᆞᆯ히 [죽ᄃᆞ로개] 조차 ᄃᆞᆫ녀 供養ᄒᆞ며 (석보 19:21-2)
⇐ 百姓ᄃᆞᆯ히 [百姓ᄃᆞᆯ히 죽ᄃᆞ로개] 조차 ᄃᆞᆫ녀
내 반ᄃᆞ기 [終身ᄐᆞ록] 供給ᄒᆞ야 (법화 4:154)
人民이 [목숨 ᄆᆞᆾᄃᆞ록] 조차 뫼셔 供養ᄒᆞ리며 (월석 17:69)
⇐ 人民이 [人民이 목숨 ᄆᆞᆾᄃᆞ록]...供養ᄒᆞ리며
(내) [목숨 ᄆᆞᆾᄃᆞ록] 受苦ᄅᆞᆯ 아니 디내리라 (월석 9:56)[103]
⇐ 내 [내 목수미 ᄆᆞᆾᄃᆞ록]…디내리라

<다른 경우>

어찌마디의 임자말은 생략되지 않는 것이 원칙이다.

내 이제 [未來劫 ᄆᆞᆾᄃᆞ록] 몯 니ᄅᆞ 혫 劫에… (월석 21:18)
이웃집 브른 [바미 깁ᄃᆞ록] 불갯도다 (두언 7:6)

---

103) 이 예문에서, 「목수미 ᄆᆞᆾ다」를 풀이마디로 보면 임자말은 「人民」,「나」가 되고, 어찌마디의 속구조를 「人民의 목숨」,「내 목숨」처럼 소유격으로 보면 어찌마디의 임자말은 「목숨」이 된다.
후자의 경우에 있어서도 「목숨」은 「人民」,「나」의 것이기 때문에, '임자말이 같은 경우'에서 다룰 수 있다.

(내) [한 劫이 남ᄃᆞ록] 닐어도 몯다 니르리어니와 (석보 9:10)

아뫼나 [淨信한 善男子 善女人ᄃᆞᆯ히 죽ᄃᆞ록] 녀나ᄆᆞᆫ 하ᄂᆞᄅᆞᆯ 셤기디 아니코 (석보 9:25)

그 아비...[그 ᄯᆞ니미 몯 보ᄃᆞ록] 가ᄃᆡ (석보 11:29)

[나리 져므ᄃᆞ록] (내) 밥 몯 머거슈믈 놀라노니 (두언 25:7)

ᄒᆡᄅᆞᆯ 브터 劫을 ᄆᆞ차 [數ㅣ 那由他ㅣ ᄃᆞ록] 苦楚ㅣ 서르 니ᅀᅥ (월석 21:45)

(나리) [아ᄎᆞ미 ᄆᆞᆺ도록] 서늘호미 버므릿ᄂᆞ니 (두언 16:66)

(3) 씨범주 제약

안은마디가 잡음씨인 경우만 제외하고는, 제약없이 연결될 수 있다. 예가 나타나지 않는 경우는 문헌의 한계 때문이라고 생각된다.

[움직씨]움직씨

百姓ᄃᆞᆯ히 [죽ᄃᆞ로개] 조차 ᄃᆞᆫ녀 供養ᄒᆞ며 (석보 19:21-2)

내 반ᄃᆞ기 [終身ᄐᆞ록] 供給ᄒᆞ야 (법화 4:154)

人民이 [목숨 ᄆᆞᆺᄃᆞ록] 조차 뫼셔 供養ᄒᆞ리며 (월석 17:69)

(내) [목숨 ᄆᆞᆺᄃᆞ록] 受苦ᄅᆞᆯ 아니 디내리라 (월석 9:56)

내 이제 [未來劫 ᄆᆞᆺᄃᆞ록] 몯 니ᄅᆞᇙ 劫에… (월석 21:18)

(내) [한 劫이 남ᄃᆞ록] 닐어도 몯다 니르리어니와 (석보 9:10)

아뫼나 [淨信한 善男子 善女人ᄃᆞᆯ히 죽ᄃᆞ록] 녀나ᄆᆞᆫ 하ᄂᆞᄅᆞᆯ 셤기디 아니코 (석보 9:25)

그 아비...[그 ᄯᆞ니미 몯 보ᄃᆞ록] 가ᄃᆡ (석보 11:29)

[나리 져므ᄃᆞ록] (내) 밥 몯 머거슈믈 놀라노니 (두언 25:7)

[움직씨]그림씨

(나리) [아ᄎᆞ미 ᄆᆞᆺ도록] 서늘호미 버므릿ᄂᆞ니 (두언 16:66)

[그림씨]움직씨

내 새배 밥 머근 후에 [이 늣도록] 다ᄃᆞ라도 바블 먹디 몯ᄒᆞ야시니 (노걸 상:53)

[그림씨]그림씨

이웃집 브른 [바미 깁ᄃᆞ록] 불갯도다 (두언 7:6)

[잡음씨]움직씨

ᄒᆡᄅᆞᆯ 브터 劫을 ᄆᆞ차 [數ㅣ 那由他ㅣᄃᆞ록] 苦楚ㅣ 서르 니ᅀᅥ (월석 21:45)

1-3. 「-게(에)/긔(의)/기(ᄋᆡ)/거」

'장차 어떤 지경에 이름'이란 뜻을 나타낸다.

(1) 문법정보의 제약

어찌법을 제외하고는, 주・객체 높임법만 나타난다.

<주체높임>

大臣이 모디라 (太子ᄋᆡ) 得을 새오ᅀᆞᄫᅡ [(太子ㅣ) 업스시긔] ᄭᅬᄅᆞᆯ ᄒᆞ더니 (월석 21:211;기226)

[菩薩이 어느 나라해 ᄂᆞ리시게] ᄒᆞ려뇨 (월석 2:10)

이 藥곳 [아바닚 病을 됴ᄒᆞ시게] ᄒᆞᇙ딘댄 (월석 21:216)

<객체높임>[104]

부톄 나ᄅᆞᆯ 어엿비 너기샤 [나ᄅᆞᆯ 보ᅀᆞᆸ게] ᄒᆞ쇼셔 (석보 6:40)

수픐 神靈이…[世尊ᄋᆞᆯ 아ᅀᆞᆸ게] ᄒᆞ니이다 (천강곡 상,기86)

願ᄒᆞᆫᄃᆞᆫ 世尊이…[未來世衆生이 부텻 바ᄅᆞᆯ 머리로 받ᄌᆞᆸ게] ᄒᆞ쇼셔 (월

---

104) 15세기 예문에만 연결된다.

석 21:84)
善男子 善女人돌히 [이…如來ㅅ 일후믈 듣ᄌᆞᆸ긔] ᄒᆞ며 (석보 9:20)

(2) 임자말 제약

안은마디의 임자말과 어찌마디의 임자말은 같을 수도 있고 다를 수도 있다.

<같은 경우>

向公이 [피나게] 우러 = 向公泣血 (두언 25:47)
⇐ 向公이 [向公이 피나게] 우러
旌旗예 ᄒᆡ [덥게] ᄢᅬ니 = 旌旗日暖 (두언 6:4)
⇐ ᄒᆡ [ᄒᆡ 덥게] ᄢᅬ-
어려운 ᄇᆞᄅᆞ미 [키 업듣게] 부놋다 = 狂風大放顚 (두언 25:21)
제 宮殿에 光明이 [ᄇᆞᅀᆞ와 ᄆᆡ의] 비취여 (월석 14:25)
梵天宮殿에 光明이 [ᄇᆞᅀᆞ와 ᄆᆡ에] 비취여 (월석 14:18)
그우리 부러 가지 것비쳐 (남기) [드트리 ᄃᆞ외의] ᄇᆞᆺ아디거늘 (석보 6:30-1)
王이 그제ᅀᅡ 太子ㅣ 고돌 아ᄅᆞ시고…[오시 ᄌᆞᄆᆞ기] 우르시 (월석 8:101)
⇐ 王이 [王이 오시 ᄌᆞᄆᆞ기] 우르시고
[오시 젓게] 우러 (두언 8:16)
⇐ 사ᄅᆞ미 [사ᄅᆞ미 오시 젓게] 우러
그 ᄯᆞ리 듣고 ᄯᅡ해 [모미 다 헐에] 디여 (월석 21:22)
⇐ ᄯᆞ리 [ᄯᆞ리 모미 다 헐에] ᄯᅡ해 디여

<다른 경우>

그듸 가아 [아라듣게] 니르라 (석보 6:6)
⇐ 그듸 [그 사ᄅᆞ미 아라듣게] 니르라
(내) [一切有情이 나와 다ᄅᆞ디 아니케] 호리라 (석보 9:4)

(내) 百千萬億 사ᄅᆞᆷ을 濟渡ᄒᆞ야 [涅槃樂에 니를의] ᄒᆞ노니 (석보 11:8)

⇐ 내 […사ᄅᆞ미 涅槃樂에 니를의] ᄒᆞ노니

둙가히를…됴히 쳐 [술찌거] ᄒᆞ야 두고 (월석 23:73)

⇐ (사ᄅᆞ미) [둙가히 술찌거] ᄒᆞ야 두고

羅睺羅를 달애야 [샹재 ᄃᆞ외에] ᄒᆞ라 (석보 6:1)

⇐ 네 [羅睺羅ㅣ 샹재 ᄃᆞ외에] ᄒᆞ라

(네) [사ᄅᆞ미 ᄒᆞ오ᅀᅡ 滅度 得게] 마라 (법화 2:99)

(3) 씨범주 제약

어찌마디에는 제약이 없고, 안은마디에는 움직씨인 경우만 나타난다.[105]

[움직씨]움직씨

向公이 [피나게] 우러 = 向公泣血 (두언 25:47)

어러운 ᄇᆞᄅᆞ미 [키 업듣게] 부놋다 = 狂風大放顚 (두언 25:21)

그우리 부러 가지 것비쳐 (남기) [드트리 ᄃᆞ외의] 붓아디거늘 (석보 6:30-1)

王이 그제ᅀᅡ 太子ㅣㄴ 고돌 아ᄅᆞ시고…[오시 ᄌᆞᄆᆞ기] 우르시고 (월석 8:101)

---

105) 현대말에서는, 안은마디가 그림씨인 경우가 있다 :

「[몸서리 쳐지게] 무서운 밤이었다」

이러한 표현이 나타나지 않는 이유를 다음의 두가지 방법으로 설명할 수 있다. 첫째, '문헌의 제약'으로 설명하는 방법이다. 둘째, 이러한 표현에는 「-게」를 쓰지 않고 「-ᄃᆞ록」을 썼다고 설명하는 방법이다. 둘째 방법을 따른다면, 「-게」는 움직씨만을 꾸며줄 수 있다는 결론에 도달하게 된다. 이러한 설명이 가능한 이유는, 「-게」는 주로 「ᄒᆞ-」와 더불어 '사역'의 뜻을 나타내기 때문이다.

더욱이 옛말 연구에는 문헌에 나타나는 현상을 더 중요시하므로 둘째 방법을 따르기로 한다.

[오시 젓게] 우러 (두언 8:16)
그 ᄯᅩ리 듣고 ᄯᅡ해 [모미 다 헐에] 디여 (월석 21:22)
그듸 가아 [아라듣게] 니ᄅᆞ라 (석보 6:6)

[그림씨]움직씨

旌旗예 ᄒᆡ [덥게] ᄢᅬ니 = 旌旗日暖 (두언 6:4)
제 宮殿에 光明이 [ᄇᆞᄉᆞ와 ᄆᆡ의] 비취여 (월석 14:25)
(내) [一切有情이 나와 다ᄅᆞ디 아니케] 호리라 (석보 9:4)
이 약둘홀 [흑게] 사ᄒᆞ라 (벽온 7)
네 德을 잘 삼가ᄒᆞ면 [눈썹이 길에] 댱슈홈을 萬年을 ᄒᆞ야 (소학 6:50)

[잡음씨]움직씨

能히 [모매 卽ᄒᆞ야 곧 ᄆᆞᄉᆞ미에] 몯홀ᄊᆡ (능엄 10:18)
四面에 各各 靑幡 닐굽곰 ᄃᆞ로ᄃᆡ [기릐 ᄒᆞᆫ 丈이에] ᄒᆞ고 (월석 10:119)

이러한 구조는 15세기에만 나타나는 특이한 구조이다. 16세기부터는 어찌마디에 잡음씨가 오지 못한다. 어찌마디의 풀이말에 잡음씨가 제약되는 이유는 다음과 같다.

어찌마디는 어찌말과 마찬가지로 '어찌' 혹은 '어떻게'의 의미를 가져야 하는데, 「A는 B이다」라는 논리적 명제 구조는 이러한 의미를 가지지 못한다. 그러므로 다음의 예문에서처럼, 어찌마디의 풀이말이 잡음씨인 경우는 안은마디의 풀이말(움직씨, 그림씨)을 꾸며주지 못한다.

그는 [눈썹이 휘날리게] 뛰었다.
*그는 [발이 비행기이게] 뛰었다.

그는 [배가 터지게] 밥을 먹었다.
*그는 [배가 풍선이게] 밥을 먹었다.

산이 [보기에도 아찔하게] 높다.
*산이 [높이가 하늘이게] 높다.

안은마디의 풀이말에 그림씨가 오지 않는다. 이렇게 되는 이유를, '[움직씨]그림씨', '[그림씨]그림씨'의 경우로 나누어, 의미적으로 풀이하기로 한다.

[움직씨]그림씨

'[움직씨]그림씨'는 {동작성}이 {상태성}을 꾸미는 의미구조가 된다. {상태성}은 {정도성}의 꾸밈을 받는 것이 일반적이므로, 이와 같은 구조는 어색한 표현이 된다.

이러한 구조에서는 어찌법 씨끝 「-게」를 「-도록」으로 바꾸어야 좀 더 자연스러운 표현이 된다. 「-도록」은 '어떤 동작이나 상태가 어디에 이르기까지'라는 의미를 가진, {정도성}을 가진 씨끝이기 때문이다. 「-게」는 '어떤 목표나 행동의 미침'이라는 의미를 가지므로, {정도성}의 의미가 매우 희박하다.

[그림씨]그림씨

앞에서 설명한 바와 같이, 그림씨는 {정도성}의 꾸밈을 받는 것이 자연스럽다. 그림씨는 대부분 {상태성}을 지니기 때문에 '[그림씨]그림씨'의 연결을 허용하지 않은 것이다.

(4) 「-게」어찌마디의 변형

<제 1유형>

三乘ᄋᆞᆯ [크게] 여ᄅᆞ시며 (월석, 서:7)
⇐ 三乘ᄋᆞᆯ [三乘이 크게] 여ᄅᆞ시며

龍王올 [ᄒᆞᆫ 모미오 세 머리에] 그리고 (월석 10:118)
⇐ 龍王올 [龍王이 ᄒᆞᆫ 모미오 세 머리에] 그리고

위의 '제1유형'은 안은마디의 풀이말은 남움직씨이고, 어찌마디의 풀이말은 그림씨이거나 잡음씨인 예이다.

이럴 때는 반드시, 안은마디의 부림말(「三乘」,「龍王」)이 어찌마디의 임자말이 된다.(그러므로 어찌마디의 임자말은 '겹침'에 의해생략이 된다.) 안은마디 풀이말(남움직씨)의 움직임은 부림말 객체에 미치게 되고, 어찌마디는 그 남움직씨의 움직임을 꾸며주기 때문이다. 곧, 어찌마디 풀이말의 그림씨나 잡음씨는 안은마디의 부림말(=어찌마디의 임자말)객체의 '상태'를 표시해 준다.

다음은 그러한 과정을 보인 것이다.

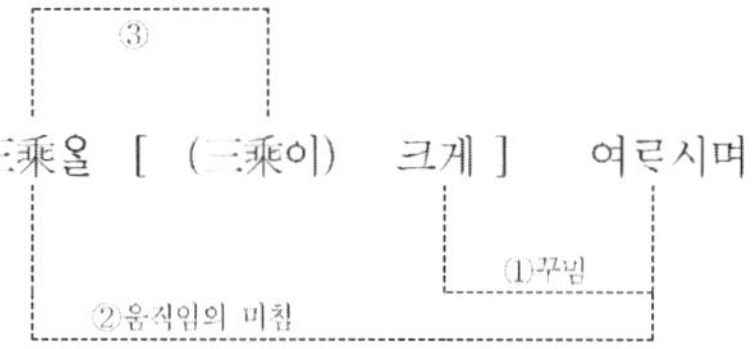

① 「크-」는 「열-」을 꾸밈.
② 「열-」의 동작은 「三乘」에 미침. 「크-」도 「三乘」에 함께 미치게 되어, 「三乘」은 「크-」라는 상태를 지니게 됨.
③ 「三乘」은 「크-」라는 상태를 지니게 되었으므로, 어찌마디의 풀이말 「크-」에 대한 임자말은 「三乘」이 됨.

<제 2유형>

그러면, 안은마디의 풀이말이 남움직씨이고, 어찌마디의 풀이말도 남

움직씨인 경우는 어떻게 될까.[106]

'제3유형'의 속구조로 삼고자 하는 다음의 구조로써 설명하고자 한다.(15세기 문헌에 이러한 예가 보이지 않으므로, 이해를 돕기 위해, 현대말로 예를 든다).

내가 그를 [그가 그것을 먹게] 시키-

앞의 '제1유형'에서 설명한 것과 마찬가지 이유로, 어찌마디의 임자말은 안은마디의 부림말인 「그」가 된다.

말할이가, 「시키-」 의 의미를 그다지 중요시하지 않고, 「받줍-」의 의미에 치중하게 되면, 안은마디의 풀이말인「시키-」는 「ᄒᆞ-」로 대치되어, '제3유형'이 된다. 그러나 「ᄒᆞ-」는 「시키-」가 가지고 있던 '사역'의 의미를 그대로 지니고 있다.

<제 3유형>

願ᄒᆞᆫ둔 世尊이…[未來世衆生이 부텻 바롤 머리로 받줍게] ᄒᆞ쇼셔 (월석 21:84)

⇐ 世尊이 衆生울 [衆生이 부텻 바롤 머리로 받줍게] 시키쇼셔

이렇게 「ᄒᆞ-」로 변형이 되면, 「ᄒᆞ-」의 의미는 어찌마디 풀이말의 의미에 합류가 된다. 그렇게 되면, 「ᄒᆞ-」는 남움직씨의 통어기능을 상실

---

106) 어찌마디의 풀이말이 움직씨인 경우는 안은마디의 풀이말도 움직씨가되어야 한다. 그림씨가 될 수 없는 이유는, '상태성'이 '움직임'의 꾸밈을 받을 수 없기 때문이다. 다음의 예문은 '[움직씨]그림씨'의 경우이다.

[아ᄎᆞ미 못도록] 서늘호미 (두언 16:66)

그러나 「-도록」을 「-게」로 대치하면 비문이 된다는 것을 알 수 있다. 「-도록」은 '…때 까지'의 의미를 가질 수 있으나, 「-게」는 그러한 의미를 가질 수 없기 때문이다.

하게 되어(매인 풀이씨처럼 기능하게 되어 「만들-」의 의미를 가지게 됨), 안은마디의 부림말(衆生ᄋᆞᆯ)은 탈락이 된다.[107]

<제 4유형>

마침내 「-게 ᄒᆞ-」는 마치 하나의 풀이말인 것처럼 의미기능을 하게 되는데, 「-게 시키-」의 구조에서 발달한 「-게 ᄒᆞ-」는 당연히 '사역'의 의미를 가지게 된다.

그리하여 다음과 같은, 「…으로 하여금…하게하다」의 '사역'의 구조가 생겨나게 된다.

> 서리와 이슬로 ᄒᆡ여 [사ᄅᆞ미 오ᄉᆞᆯ 저지게] 마롤디니라 = 無使霜露沾人衣 (두언 15:44)

<제 5유형>

> 慈悲ᄂᆞᆫ 衆生ᄋᆞᆯ 便安케 ᄒᆞ시ᄂᆞᆫ 거시어늘 (석보 6:5)

원래 어찌마디의 풀이말이 남움직씨인 구조에서 발달한 「-게 ᄒᆞ-」 유형이, 어찌마디의 풀이말이 그림씨인 '제1유형'에 영향을 미치게 된다.

「ᄒᆞ-」는 「-게」어찌마디의 풀이말이 그림씨일 때는 원칙적으로 쓰일 수가 없다. 「-게 ᄒᆞ-」는 '사역'의 뜻을 가지고 있는데, 그림씨는 '시킴'이나 '사역'의 의미기능을 담당할 수 없기 때문이다.

> *「문이 크게 했다」 : 그림씨 : 비문법적
> 「문을 열게 했다」 : 남움직씨 : 문법적

---

107) 「ᄒᆞ-」를 매인 풀이씨로 보게 되면, 「-게」는 한자격법의 이음법 씨끝이 된다. 그러나 여기서는 두자격법의 어찌법으로 본다.

「문이 열리게 했다」: 제움직씨 : 문법적

그러므로 위의 제5유형의 속구조를 「衆生이 便安해지게 ᄒᆞ-」로 설정을 한다.

말할이는 「-게 ᄒᆞ-」를, '사역'을 나타내는 하나의 남움직씨 풀이말로 인식하고, 「衆生」을 「便安해지게 ᄒᆞ-」전체의 부림말로 인식하여, 임자자리토씨「-이」를 부림자리토씨「-ᄋᆞᆯ」로 변형시킨다.

어찌마디 풀이말이 그림씨인 '제1유형'에 유추되어, 움직씨「便安해지-」를 그림씨「便安ᄒᆞ-」로 잘못 돌이키게 된다.

이러한 구조의 생성과정을 다음과 같이 기술한다.

衆生ᄋᆞᆯ 便安케 ᄒᆞ-

②⇐ [衆生ᄋᆞᆯ 便安해지게] ᄒᆞ-

①⇐ [衆生이 便安해지게] ᄒᆞ-

① 「-게 ᄒᆞ-」를, '사역'을 나타내는 하나의 남움직씨 풀이말로 인식하고, 「衆生」을 「便安해지게 ᄒᆞ-」전체의 부림말로 인식하여,임자자리토씨「-이」를 부림자리토씨「-ᄋᆞᆯ」로 변형.

② 어찌마디 풀이말이 그림씨인 '제1유형'에 유추되어, 움직씨「便安해지-」를 그림씨「便安ᄒᆞ-」로 잘못 돌이키게 된다.

현대말의 예로 이해를 돕는다.

문을 크게 하-

⇐문을 커지게 하-

⇐문이 커지게 하-

다음은 제5유형의 예문이다.

이 藥곳 [아바ᄂᆞᇝ 病을 됴ᄒᆞ시게] ᄒᆞᇙ딘댄 (월석 21:216)

이제 도르혀 [느미 어ᅀᅵ 아ᄃᆞᄅᆞᆯ 여ᄒᆡ에] ᄒᆞ시ᄂᆞ니 (석보 6:5-6)

<제 6유형>

[새 소남ᄀᆞᆯ 즈믄 자히에] 놉디 몯호ᄆᆞᆯ 츠기너기ᄂᆞ니 (두언 21:5)

父母ㅅ 顔色ᄋᆞᆯ 바다 [손바ᄅᆞᆯ 부르게] ᄃᆞ니고 (두언 21:33)

위의 예문들은 안은마디의 풀이말이 「ᄒᆞ-」가 아님에도 불구하고,어찌마디의 임자말을 부림말로 변형시켰다.

첫째 예문의 「소남ᄀᆞᆯ」은 「츠기너기-」의 부림말로 인식하여 생긴 구조이지만, 둘째 예문의 「손바ᄅᆞᆯ」은 그것을 부림말로 받아줄 남움직씨가 없다.

이러한 유형은 「-게 ᄒᆞ-」의 구조가 낳은 어찌마디 구조이다.

곧, 「-게 ᄒᆞ-」의 어찌마디 구조는, 어찌마디의 임자말을 부림말로 변형시키는 강력한 힘을 가지고 있다.

<제 7유형>

부톄 나ᄅᆞᆯ 어엿비 너기샤 나ᄅᆞᆯ [보ᅀᆞᆸ게] ᄒᆞ쇼셔 (석보 6:40)

②⇐ 부톄 [내 부텨ᄅᆞᆯ 보ᅀᆞᆸ게] ᄒᆞ쇼셔

①⇐ 부톄 나ᄅᆞᆯ [내 부텨ᄅᆞᆯ 보ᅀᆞᆸ게] 시키쇼셔

①: 제3유형으로 변형이다.(「나ᄅᆞᆯ」 탈락, 「시키-」→「ᄒᆞ-」변형)

②: ①에서 탈락된 「나ᄅᆞᆯ」을 다시 되살림. 이는 「-게 ᄒᆞ-」구조가 부림말을 이끄는 다른 유형(제5,6유형)에 잘못 이끌린 것이다.

통어적으로, 「나ᄅᆞᆯ」을 「보ᅀᆞᆸ-」의 부림말로 보기 쉬운 구조가 되었다.

'제1유형～제7유형'을 요약한다.(제4,6유형은 제외한다)

<제1유형> :기본형

어찌마디의 풀이말=그림씨.잡음씨
안은마디의 풀이말=남움직씨

三乘올 [크게] 여르시며 (월석, 서:7)

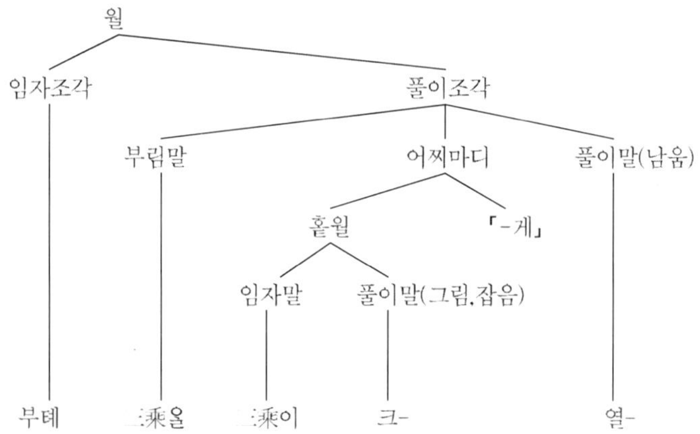

<제2유형> :기본형

어찌마디의 풀이말=남움직씨
안은마디의 풀이말=남움직씨
내가 그를 [그가 그것을 먹게] 시켰다

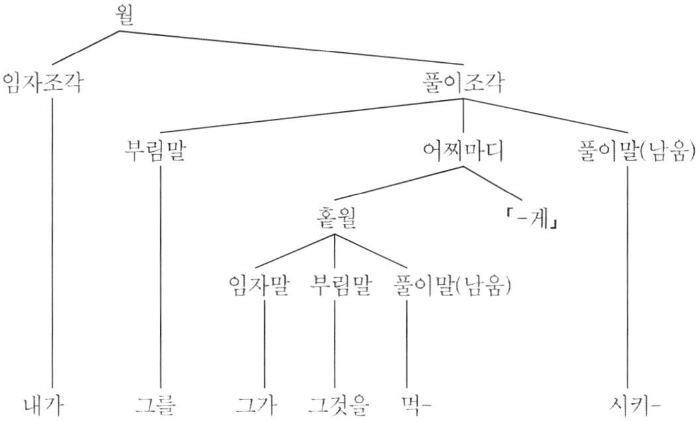

<제3유형> :제2유형에서 「시키-」를 「ᄒᆞ-」로 변형. 안은마디의 부림말 탈락

어찌마디의 풀이말=남움직씨

안은마디의 풀이말=「ᄒᆞ-」

世尊이…[…衆生이 부텻 바ᄅᆞᆯ...받ᄌᆞᆸ게] ᄒᆞ쇼셔 (월석 21:84)

⇐ 世尊이 衆生ᄋᆞᆯ [衆生이 부텻 바ᄅᆞᆯ...받ᄌᆞᆸ게] 시키쇼셔

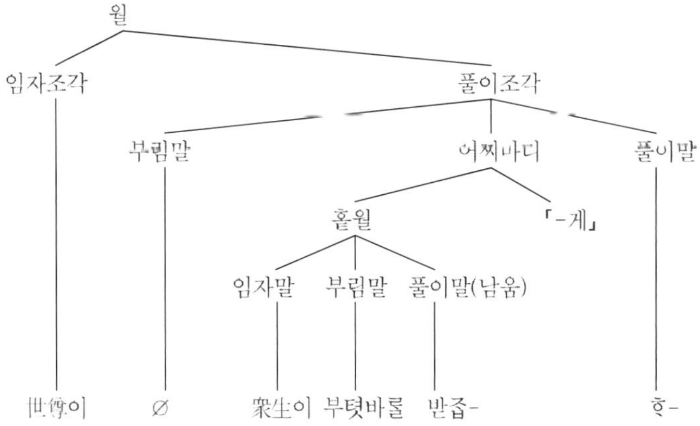

<제 5유형> :제1유형 + 제3유형

어찌마디의 풀이말=제움직씨→그림씨

안은마디의 풀이말=「ᄒᆞ-」

慈悲는 衆生올 便安케 ᄒᆞ시는 거시어늘 (석보 6:5)

②⇐ [衆生올 便安해지게] ᄒᆞ-

①⇐ [衆生이 便安해지게] ᄒᆞ-

① 제3유형의 영향: 임자자리토씨「-이」를 부림자리토씨「-올」로 변형

② 제1유형의 영향: 움직씨를 그림씨로 잘못 돌이킴

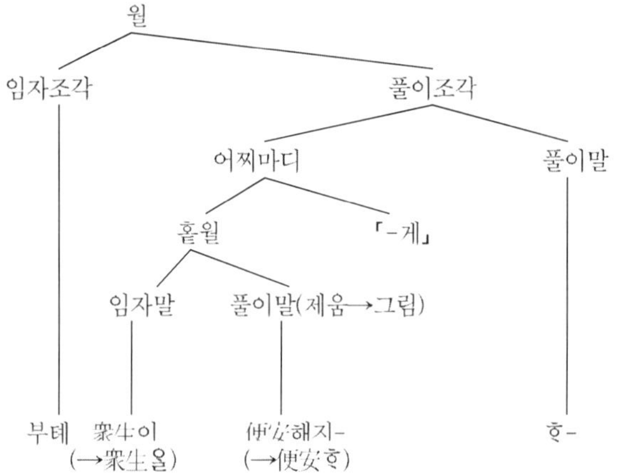

<제 7유형> : 제3유형 + 제5유형

어찌마디의 풀이말=남움직씨

안은마디의 풀이말=「ᄒᆞ-」

부톄 나롤 어엿비 너기샤 나롤 [보숩게] ᄒᆞ쇼셔 (석보 6:40)

②⇐ 부톄 [내 부텨롤 보숩게] ᄒᆞ쇼셔

①⇐ 부톄 나롤 [내 부텨롤 보숩게] 시키쇼셔

① 제3유형의 영향: 안은마디의 부림말 탈락. 안은마디의 풀이말을 「ᄒᆞ-」로 변형

② 제5유형의 영향: 안은마디의 부림말을 되살림

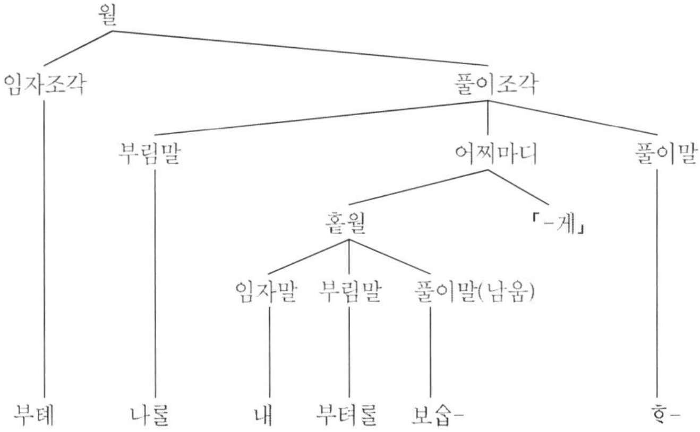

2. 파생 어찌씨에 의한 어찌마디

풀이씨에, 파생의 뒷가지 「-이」나 「-오/우-」가 붙어서 만들어진 어찌씨가, 어찌마디를 이끄는 경우가 있다.

15세기는 「-이」를 파생 뒷가지로 처리하여, 「-이」가 만드는 어찌마디를 '파생 어찌씨에 의한 어찌마디'로 기술한다. 이는 허웅 님의 기술을 따른 것인데, 「우리 옛말본, 82-83쪽」에서는 다음 두 가지 이유 때문에 「-이」를 굴곡가지로 보지 않았다.

첫째, 국어에서 「-이」는 일반적으로 파생가지 역할을 하는데, 어찌마디를 만드는 경우에 한하여 굴곡가지로 인정한다면, 이는 한 형태소를 두 갈래로 나누어 기술하는 결과가 된다.

둘째, 「-오」가 어찌마디를 만드는 경우가 있다.

龍ᄋᆞᆯ 조초 잇도다 (두언 16:31)

위의 예문에서 「조초」는 「龍ᄋᆞᆯ」을 부림말로 취하고 있으므로 「龍ᄋᆞᆯ 조초」는 어찌마디이다. 앞의 「-이」를 굴곡가지로 처리한다면, 여기에서의 「-오」도 굴곡가지로 처리해야 할 것이다. 그러나 이 한 예 때문에 「-오」를 굴곡가지로 다룰 수는 없는 일이다.

물론, 단 하나의 예문 때문에 「-오」를 굴곡가지로 처리할 수는 없는 일이다. 그래서 필자 역시 15세기 어찌마디를 기술하는 자리에서는 「-이」, 「-오」를 모두 파생가지로 처리하였다.

그러나 16세기에는 「-오」가 어찌마디를 만드는 예문이 없으므로 사정은 달라진다. 다만, 「-이」를 한편으로는 파생가지로, 다른 한편으로는 굴곡가지로 처리하는 것이 문제인데, 이는 형태보다 통어적 기능에 비중을 더 두면 해결되는 문제이다.

문법 기술에 있어서, 하나의 형태를 둘로 나누어 기술해야 할 때가 있는데, 이는 통어적 기능이 다르기 때문이다. 이에 대한 대표적 예가 「-과/와」이다. 「나는 그와 함께 놀았다」 「나는 그와 다르다」에서의 「-과/와」는 견줌자리토씨로, 「나와 그는 함께 놀았다」 「나와 그는 다르다」에서의 「-과/와」는 이음토씨로 기술하는데, 이렇게 하나의 형태를 다른 토씨로 기술하는 이유는, 그 통어적 기능이 다르기 때문이다.

따라서 16세기부터는, 「밥을 많이 먹었다」에서의 「-이」는 파생가지로, 「그는 생각도 없이 산다」에서의 「-이」는 어찌법 씨끝으로 처리한다.

「ᄀᆞ티」 (「ᄀᆞᆮᄒᆞ-」+「-이」)

견줌말을 이끌고 어찌마디를 만든다.

단, 「…과 함께」라는 뜻의 「ᄀᆞ티」는 속구조의 임자말이 없기 때문에 어찌마디를 만들지 못하고, 「…과 마찬가지로, …처럼」의 뜻을 가진 「ᄀᆞ티」는 속구조의 임자말을 설정할 수 있기 때문에 어찌마디를 만들 수 있다.108)

아랫 恩惠를 니저ᄇᆞ리샤 [길녏 사ᄅᆞᆷ과 ᄀᆞ티] 너기시니 (석보 6:5) ⇐ [내 길녏 사ᄅᆞᆷ과 ᄀᆞᇀᄒᆞ-]
부텻 거름 보ᅀᆞᄫᆞᆫ돌 本來ㅅ 性이 모디라 나도(調達도) [(부텨와) ᄀᆞ티] 術을 호려ᄒᆞ니 (천강곡, 기126)
⇐ [調達이 부텨와 ᄀᆞᇀᄒᆞ-]
그저긔 ᄲᅡᆺ 마시 [ᄢᅮᆯ ᄀᆞ티] ᄃᆞᆯ오 비치 ᄒᆡ더니 (월석 1:42)
⇐ [마시 ᄢᅮᆯ와 ᄀᆞᇀᄒᆞ-]
五百 夫人이…어버ᅀᅵ ᄀᆞ티 ᄒᆞ야 (석보 11:35)
⇐ [五百 夫人이 어버ᅀᅵ와 ᄀᆞᇀᄒᆞ-]

「달이」(「다ᄅᆞ-」+「-이」)

부림말을 이끌고 어찌마디를 만든다. 안은마디 풀이말에는 「ᄒᆞ-」가 온다. 이는 '사역'의 뜻을 나타내는 「-게 ᄒᆞ-」의 통어구조와 일치한다.

秘密히 님금 ᄠᅳ들 받ᄌᆞ와 [恩惠를 당당이 달이] ᄒᆞ시리로다 (두언 8:23)
五百 夫人이...어버ᅀᅵ ᄀᆞ티 ᄒᆞ야 [기르논 太子를 나흔 게셔 달이] 아니터라 (석보 11:35)

---

108) 이를 현대말로 설명하면 다음과 같다 :
「나는 그와 같이 놀았다」에서는 [나는 그와 같다] 가 성립되지 않는다. 곧, 임자말을 세울 수가 없으므로 어찌마디를 만들 수 없다. 이러한 예는 홑월로 본다. 「같이」는 뒤의 풀이말을 꾸미는 어찌씨이고, 이러한 풀이말 구조는 견줌말을 이끄는 것으로 분석한다.
반면에, 「밥이 꿀(과)같이 달다」에서는 「밥이 [밥이 꿀과 같-]-이 달다」가 성립하므로 어찌마디를 만들 수 있다.

寬이 [ᄂᆞ고촐 달이] 아니ᄒᆞ야 (번역소학 10:2)
⇐ 寬이 [ᄂᆞᆾ고치 다ᄅᆞ-]-이 아니ᄒᆞ-

어찌마디 속구조에서의 임자말이 부림말로 변형되었다. 이러한 경우는 안은마디의 임자말이 「ᄒᆞ-」인 경우에 한정되는데, 이는 말할이가 「ᄂᆞᆾ곶」을 「ᄒᆞ-」에 대한 부림말로 인식한 결과이다. 이와 꼭 같은 현상을 우리는 「-게」 어찌마디에서 본 바 있다.

「니르리」(「니를-」+「-이-」)

위치말을 이끌고 어찌마디를 만든다.

[欲界六天 니르리] 다 뷔여 (월석 1:48)
⇐ 欲界六天이 다 뷔-

위와 같은 예문에서는, 어찌마디의 위치말 내용이 안은마디 풀이말의 의미상 임자말이 된다. 이는, 안은마디 풀이말이 그림씨(편안ᄒᆞ-)인 경우이다.

[子息이며 내 몸 니르리] 布施ᄒᆞ야도 그듸 혼 조초ᄒᆞ야 뉘읏븐 ᄆᆞᅀᆞᄆᆞᆯ 아니호리라 (석보 6:8-9)
⇐ 내 子息, 내 모몰 布施ᄒᆞ-
혜 길오 너브샤 [구믿 니르리] ᄂᆞ촐 다 두프시며 (월석 2:41)
⇐ 구미틀 둪-
楞嚴이 [唐브터 宋애 니르리] 科ᄒᆞ며 判ᄒᆞ며 (능엄 1:16)

어찌마디의 위치말 내용이 안은마디 풀이말의 의미상 부림말이 되었다. 안은마디의 풀이말이 남움직씨인 경우이다.

「조초」(「좇-」+「-오/우-」)

부림말을 이끌고 어찌마디를 만든다.

그 가온ᄃᆡ 구룸 氣運이 [ᄂᆞᄂᆞᆫ 龍ᄋᆞᆯ 조초] 잇도다 (두언 16:31)
⇐ [구름 氣運이 ᄂᆞᄂᆞᆫ 龍ᄋᆞᆯ 좇다]

다음의 예들에서는 「조초」를 통어상으로는 '매인 이름씨'로 보아야 하겠지만 형태상으로는 풀이씨에서 파생된 것이므로 여기에 분류해 놓는다.

[그딋 ᄒᆞᆫ 조초]ᄒᆞ야 뉘읏븐 ᄆᆞᅀᆞᄆᆞᆯ 아니호리라 (석보 6:8)
十月에 ᄀᆞᄅᆞ미 平ᄒᆞ야 安穩커든 가ᄫᆡ야ᄫᆞᆫ ᄇᆡᄅᆞᆯ [제 갈 조초] 나ᅀᅡ가리라 (두언 10:39)
ᄒᆞ웍ᄒᆞ며 서의호ᄆᆞᆯ [제 ᄒᆞᆫ 조초]ᄒᆞ야 (몽산 16)
믌 가온ᄃᆡ 곳니플 [잇ᄂᆞᆫ 조초] 노ᄏᆞ (능엄 7:12)
[ᄆᆞᅀᆞᆷ 조초]ᄒᆞ야 (석보 6:29)
어드ᄫᅳᆫ ᄃᆡᆺ 衆生도 다 ᄇᆞᆯ고ᄆᆞᆯ 어더 [ᄆᆞᅀᆞᆷ 조초] 이ᄅᆞᆯ ᄒᆞ긔 호리라 (석보 9:5)
[十方애 ᄆᆞᅀᆞᆷ 조초] 變化ᄅᆞᆯ 뵈야 佛事ᄅᆞᆯ 하ᄂᆞ니 (월석 8:20)

3. 매인 이름씨에 의한 어찌마디

「자히」

ᄆᆞᆯ 톤 자히 건너시니이다 (용 34장)
世尊이 龍王堀애 안존 자히 겨샤ᄃᆡ (월석 7:52)
제 모미 누ᄫᅳᆫ 자히셔 보ᄃᆡ (석보 9:30)

「ᄃᆞᆺ/듯」

안은마디의 풀이말에는 주로 「ᄒᆞ-」가 오고, 「ᄒᆞ」가 줄어들 때도 있다.

[잇ᄂᆞᆫ듯] 호ᄃᆡ 잇디 아니ᄒᆞ며 [다ᄋᆞᆫ 듯] 호ᄃᆡ 다ᄋᆞ디 아니ᄒᆞᆫ 고디니 (능엄 9:30)

中士ᄂᆞᆫ 道 드르면 [잇ᄂᆞᆫ듯 업슨듯] ᄒᆞ고 (법화 3:147)

이ᄂᆞᆫ [서르 섯근듯] 疑心 ᄃᆞ외도다 (능엄 2:98)

[낡듯] 호ᄃᆡ 몯 나미 (능엄 8:41)

指揮ㅣ [定홀듯]더니 (두언 6:32)

[시우를 아ᄂᆞᆫ듯]도다 (두언 20:6)

[여슷 用이 斷滅ᄒᆞᆫ듯]다 疑心ᄒᆞ야 (능엄 4:123)

「ᄃᆞ시/드시/디시」

새려 시름호매 [누니 둘올ᄃᆞ시] ᄇᆞ라노라 (두언 20:18)

사ᄅᆞ미 時急ᄒᆞᆫ 저글 도오ᄃᆡ [몯 미처 홀ᄃᆞ시] ᄒᆞ더라 (내훈,2하:34)

文章이 [짜홀 ᄡᅳ론ᄃᆞ시] 업도다 (두언 24:58)

네흔...[듣고도 몯 드른ᄃᆞ시] ᄒᆞ며 [보고도 몯 본ᄃᆞ시] 홀씨오 (월석 10:20)

양지 [두리본 일 잇ᄂᆞᆫᄃᆞ시] ᄒᆞ야 (월석 13:22)

[제 모맷 고기를 바혀 내논ᄃᆞ시] 너겨ᄒᆞ며 (석보 9:12)

左右를 擧薦ᄒᆞ샤ᄃᆡ [몯 미츨드시] ᄒᆞ샤 (내훈,2상:43)

죵이 오ᄂᆞᆫ돌 알오 幢幡을 내야 ᄃᆞ라 [僧齋를 ᄒᆞ단디시] ᄒᆞ니 (월석 23:63,기505)

4. 안음의 겹침

<어찌마디⊃인용마디>

가줄비건댄…[[亭主ㅣ라] ᄒᆞ듯] ᄒᆞ니 (능엄 2:24)[109)]

⇐ [[亭主ㅣ라] 니ᄅᆞ듯] 니ᄅᆞ-

---

109) 인용마디를 이끄는 「ᄒᆞ-」는 「니ᄅᆞ-」의 대치형이다.

그럴씨 니ᄅᆞ샤ᄃᆡ [...뎌 大雲이 [一切에 비 오ᄃᆞᆺ]다] ᄒᆞ시니라 (법화 3:22)

<어찌마디⊃매김마디>

[[ᄀᆞᄆᆞ니 잇ᄂᆞᆫ] 그르세 담ᄃᆞᆺ] ᄒᆞ니 (능엄 4:88-9)

<어찌마디⊃풀이마디>

새와 새왜 머므디 아니호미 [브리 지 ᄃᆞ외ᄃᆞᆺ] ᄒᆞ야 (능엄 2:4)
⇐ [브리 지 ᄃᆞ외-]「-ᄃᆞᆺ」
羅睺羅ᄅᆞᆯ 달애야 [샹재 ᄃᆞ외에] ᄒᆞ라 (석보 6:1)
⇐ [羅睺羅ㅣ 샹재 ᄃᆞ외다]「-게」
그 ᄯᆞ리 듣고 ᄯᅡ해 [모미 다 헐에] 디여 (월석 21:22)
⇐ [ᄯᆞ리 모미 헐-]「-게」
人民이 [목숨 ᄆᆞᆺᄃᆞ록] 조차 뫼셔 供養ᄒᆞ리며 (월석 17:69)
⇐ [人民이 목숨 ᄆᆞᆺ-]「-ᄃᆞ록」
(내) [목숨 ᄆᆞᆺᄃᆞ록] 受苦ᄅᆞᆯ 아니 디내리라 (월석 9:56)
⇐ [내 목수미 ᄆᆞᆺ-]「-ᄃᆞ록」
王이 ... [오시 ᄌᆞᄆᆞ기] 우르시고 (월석 8:101)

<어찌마디⊃어찌마디>

어드본 ᄃᆡ 衆生도 다 ᄇᆞᆰ고ᄆᆞᆯ 어더 [[ᄆᆞᅀᆞᆷ 주ᄎᆞᆫ] 이ᄅᆞᆯ ᄒᆞ긔] 호리라 (석보 9:5)

<이름마디⊃어찌마디>

(내) [[기운 蓋 폇ᄃᆞᆺ] 호ᄆᆞᆯ] 기들오노라 (두언 18:14)
[[새 소남ᄀᆞᆯ 즈믄 자히에] 놉디 몯호ᄆᆞᆯ] ᄎᆞ기너기노라 = 新松恨不高千尺 (두언 21:5)
[[디새 ᄇᆞᆺ아디ᄃᆞᆺ게] 몯호ᄆᆞᆯ] 恨ᄒᆞᄂᆞ니 (남명, 하:32)

<매김마디⊃어찌마디>

變은 長常 固執디 아니ᄒᆞ야 [[맛긔] 고틸]씨라 (석보 13:38)

硏은 [[다ᄃᆞᆮ게] 알]씨라 (월석, 서:18)

化人ᄋᆞᆫ [[世尊ㅅ 神力으로 ᄃᆞ외의] ᄒᆞ샨] 사ᄅᆞ미라 (석보 6:7)

致ᄂᆞᆫ [[니를에] ᄒᆞᆯ] 씨라 (월석, 서:19)

兩舌ᄒᆞᆫ 두가짓 혜니 [[ᄂᆞᄆᆡ ᄉᆞᅀᅳ예 싸호게] ᄒᆞᆯ] 씨라 (월석 21:60)

敎化ᄂᆞᆫ [가ᄅᆞ쳐 [어딜에] ᄃᆞ외올] 씨라 (월석 1:19)

[[智와 悲왜 둘히 아니에] ᄒᆞᆯ]씨 일후미 廻向이니 (능엄 8:34)

네흔...[[듣고도 몯 드른ᄃᆞ시] ᄒᆞ며 [보고도 몯 본ᄃᆞ시] ᄒᆞᆯ]씨오 (월석 10:20)

<인용마디⊃어찌마디>

[사ᄅᆞ미 [大海예 드러 沐浴ᄃᆞᆺ]ᄒᆞ야 ᄒᆞ마 [여러 河水ᄅᆞᆯ ᄡᅳᄃᆞᆺ]다] ᄒᆞ시니 (월석 14:71)

⇐ [⋯沐浴ᄒᆞᄃᆞᆺ]沐浴ᄒᆞ야⋯[⋯ᄡᅳᄃᆞᆺ]ᄡᅳ다

<매김마디⊃어찌마디⊃인용마디>

精氣ᄂᆞᆫ [[[넉시라] ᄒᆞᄃᆞᆺ] ᄒᆞᆫ] ᄠᅳ디라 (석보 9:22)

辭ᄂᆞᆫ [[[하딕이라] ᄒᆞᄃᆞᆺ] ᄒᆞᆫ] 마리라 (석보 6:22)

依然은 [[[이셧다] ᄒᆞᄃᆞᆺ] ᄒᆞᆫ] 마리라 (월석, 서:15)

Ⅱ.5. 풀이마디

여기에서는 풀이마디 풀이말의 씨범주에 따라 풀이마디를 하위분류하고, 큰 임자말과 작은 임자말의 통어적 제약을 살필 것이다.

작은 임자말과 큰 임자말의 소유 여부가 풀이마디의 통어적 특성을 나타내는 중요한 요인이므로, 이에 따라 나누어 살피기로 한다.

풀이마디의 구조는 다음과 같다.

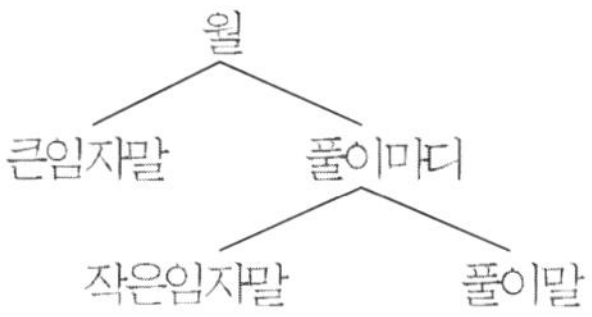

풀이말의 씨범주에 따라 나누고, 큰 임자말과 작은 임자말의 관계에 따라, 다시 나누기로 한다.

1. 풀이말의 씨범주 제약

1-1. 그림씨

그림씨는 풀이마디의 풀이말에 거의 제약없이 쓰일 수 있다. 곧, 그림씨는 풀이마디에 대하여 매우 생산적이다.

풀이말이 그림씨일 때는 ; 작은 임자말이 큰 임자말의 소유인 경우와 그렇지 않은 경우로 나뉜다.

(1) 작은 임자말이 큰 임자말의 소유일 때

풀이말이 그림씨일 때, 대부분은, 작은 임자말이 큰 임자말의 소유인, 이 유형에 속한다.[110](풀이말이 다른 씨범주일 때는 더욱 더 그렇다.)

110) 「코끼리는 코가 길다」「그 사람은 키가 크다」에서 「코」,「키」는 「코끼리」,「그

이러한 유형의 의미구조는 다음과 같다.(설명의 편이상, 현대말로 예를 든다).

「코끼리는 코가 길다」

「길다」라는 ‘상태’의 주체는 「코」. 그러므로 「코가 길다」는 ‘상태성’을 지님. 「코」는 「코끼리」의 소유이므로 「코끼리」는 「코가 길다」라는 ‘상태’를 그대로 이어 받아, 그 ‘상태’의 주체가 됨.

참고로, 풀이말의 종류에 따라 나누기로 한다.

(太祖ㅣ) [聖化ㅣ 기프샤] (용 9장)[111]

ᄒᆞ믈며 그듸 ᄒᆞ마 [位ㅣ 노ᄑᆞ니] (두언 22:23)

우리 [나히 ᄒᆞ마 늘거] (월석 13:5)

(唐 太宗이) [聲教ㅣ 너브실ᄊᆡ] (용 56장)

ᄂᆞᄆᆞᆫ [ᄠᅳᆮ 다ᄅᆞ거늘]…아ᅀᆞᆫ [ᄠᅳᆮ 다ᄅᆞ거늘] (용 24장)

이 經 닐긇 사ᄅᆞᄆᆞᆫ…[솑가락 자ᄫᆞ며 筆 두미 ᄀᆞ장 슬ᄒᆞ니라] (월석, 서:22)[112]

淨飯王이 [病이 되더시니] (월석 10:3)

두 兄弟 [꾀 하건마ᄅᆞᆫ] (용 90장)

우리ᄃᆞᆯ히 지븨 이싫 저긔 [受苦ㅣ 하더이다] (월석 10:23)

聖聰이 ᄒᆞ믈며 [仁心이 하시거니ᄯᆞ녀] (두언 24:24)

(임자말) [죵이며 臣下ㅣ며 百姓이 만ᄒᆞ며] (월석 13:7-8)

아랫 세 하ᄂᆞᄅᆞᆫ [煩惱ㅣ 만ᄒᆞ고] (석보 6:35)

내 지븨 이싫 저긔 [受苦ㅣ 만타라] (월석 10:23)

(임자말) [모딘 이리 만코] 월석 21:121)

엇뎨라 옷과 밥과애 窮困ᄒᆞ야 [ᄂᆞᆾ비치 ᄆᆞᅀᆞ매 맛게 인 이리 져그니오] (두언 16:19)

사람」의 소유이다.

111) 「聖化」는 「太祖」의 것이다.

112) 작은임자말은 큰임자말의 행동을 나타내므로, ‘소유’에 속한다.

⇐ (임자말) [···이리 적-]

大乘엣 사ᄅᆞ문 [法行이 ᄀᆞ줄씨며] (법화 6:145)

(太祖ㅣ) [變化ㅣ 無窮ᄒᆞ실씨] (용 60장)

이 道士ㅣ [精誠이 至極ᄒᆞ단다면] (월석 1:7)

내···나히 ᄌᆞ라매 니르런 [血氣 ᄀᆞ독ᄒᆞ더니] (능엄 2:5)

이 施主ㅣ···[功德이 그지업스니] (석보 19:4)

셜흔 사ᄅᆞ미···[목수미 실 ᄀᆞᆮ호라] (두언 8:36)

長史ᄂᆞᆫ [이리 ᄒᆞᆫ집 ᄀᆞᄐᆞ니] (내훈 1:67)

ᄒᆞ몰며 空이 ᄯᅩ [밧기 잇디 아니커니ᄯᆞ녀] (능엄 3:34)

ᄒᆞ다가 내의 니ᄅᆞ논 法音 分別ᄒᆞ요ᄆᆞ로 네 ᄆᆞᅀᆞᆷ 사ᄆᆞᆶ딘댄 이 ᄆᆞᅀᆞ미 제 반ᄃᆞ기 소리 分別ᄒᆞ논것 여희오 [分別ᄒᆞ논 性이 이셔ᅀᅡ ᄒᆞ리어니ᄯᆞᆫ] (능엄 2:24)

緊那羅ᄂᆞᆫ···[ᄡᅳ리 이실씨] (월석 1:15)

王이 [威嚴이 업서] (월석 2:11)[113]

그ᄃᆡ [子息 업더니] (월석 1:7)

(사ᄅᆞ미) ᄒᆞ다가 [아로미 업술딘댄] ᄆᆞᄎᆞ매 草木 ᄀᆞᆮ거니ᄯᆞᆫ (능엄 3:41)

네 아ᄃᆞ리···[허믈 업스니] (월석 2:6)

부텻 ᄯᅡ히···[겨지비 업스며] (석보 9:10)

ᄒᆞ마 내 [눈붓 업스면] 내 보미 이디 몯ᄒᆞ리니 (능엄 1:99)[114]

地獄 罪報ㅣ [그 이리 엇더터뇨] (월석 21:56)

불휘 기픈 남ᄀᆞᆫ···[곶 됴코 여름 하ᄂᆞ니] (용 2장)

⇐ 남ᄀᆞᆫ [곶 돟-] , 남ᄀᆞᆫ [여름 하-]

사ᄅᆞ미···[입내 업스며] [혓病 업스며] [입病 업스며] [니 검디 아니ᄒᆞ며 누르며 성긔디 아니ᄒᆞ며···굽디 아니ᄒᆞ며] [입시우리···기우디 아니ᄒᆞ며 두텁디 아니ᄒᆞ며 크디 아니ᄒᆞ며 검디 아니ᄒᆞ야] [믈읫 아치얻븐 야이 업스며] [고히 平코 엷디 아니ᄒᆞ며 좁고 기디 아니ᄒᆞ며···굽디 아니ᄒᆞ야] [一切 믜본 相이 업서] [입시울와 혀와 엄과 니왜 다 됴ᄒᆞ며] [고히

---

113) 「없-」 때문에 「威嚴」이 「王」의 것은 아니지만, 앞의 「잇-」의 경우와 구조가 일치하므로 여기에 분류한다.

114) 「내」를 매김말로 볼 수도 있지만, 임자말로 볼 수도 있다.

길오 놉고 고드며] [누치 두렵고 추며] [눈서비 놉고 길며] [니마히 넙고 平正후야]… (석보 19:6-7)

(2) 작은 임자말이 큰 임자말의 소유가 아닐 때

이러한 예는 드물다. 하나의 풀이말에, 별개의 둘의 주체가 동시에 있다는 것은 논리상 맞지 않기 때문이다.(그러므로 이러한 예는 그림씨에만 나타난다.)

이러한 유형의 의미구조는 다음과 같다.(현대말로 예를 든다).

「나는 꽃이 좋다」

「좋다」라는 상태의 주체는 「꽃」. 그러므로 「꽃이 좋다」는 '상태성'을 지님. 「나」는 「꽃」의 소유자가 아니기 때문에, 이러한 '상태성'을 그대로 이어 받지는 않는다. 「나」는 「꽃이 좋다」라는 '상태'를 느끼는 주체임.

부텨는…[寂滅이 즐겁다]후시니라 (월석 2:16)
⇐ 부텨는 [나는 [寂滅이 즐겁다]] 후-115)

1-2. 잡음씨

작은 임자말이 큰 임자말의 소유인 경우만 나타난다. 의미구조는 다음과 같다.(현대말로 예를 든다.)

「코끼리는 코가 손이다」

「코가 손이다」는 '상태성'을 지님. 「코끼리」는 「코」의 소유자이므로, 그 '상태'를 그대로 이어 받음. 「코끼리」는 「코가 손이다」라는 '상태'의 주체가 됨.

115) 인용마디에 풀이마디가 안겨 있다.

져믄 壯ᄒᆞᆫ 사ᄅᆞ미 [나히 처ᅀᅥᆷ 二十五ㅣ라셔] (법화 5:120)
四天王 [목수미 人間앳 쉰 ᄒᆡᄅᆞᆯ ᄒᆞᄅᆞ옴 혜여 五百 ᄒᆡ니] (월석 1:37-8)[116]
⇐ 四天王이 [목수미 五百 ᄒᆡ니]
羅睺羅ㅣ [나히 ᄒᆞ마 아홉 빌씨] (석보 6:3)
經이…[일후미 法華ㅣ니] (석보 19:6)
스승 사ᄆᆞ샨 부톄 또 [일후미 觀音이라] (능엄 6:2)
부톄…[일후미 釋迦牟尼시고] (월석 2:9)

풀이말이 「아니-」인 경우는 의미적으로는 풀이마디로 인정하기 어렵지만, 그 구조가 풀이마디 구조와 일치하므로 여기에 분류해 놓는다.

구룸 올옴과...사ᄅᆞᆷ과 즁생괘…[너 아니니라] (능엄 2:34)
이 모ᄃᆞᆫ 物ㅅ 中에 어늬 [見 아니오] (능엄 2:51)
죽사리ᄂᆞᆫ 므슷 일로 갈아 [ᄒᆞᆫ가지 아니오] (남명, 하:42)
이제 나ᄂᆞᆫ…[病 아니로라] (남명, 상:30)
四衆의 ᄒᆡᇰ뎌기 [ᄒᆞᆫ가지 아니어늘] (월석 17:83)
佛과 法괘 [둘히 아니라ᅀᅡ] 道ㅣ 비르서 알ᄑᆡ 現ᄒᆞ리라 (금강삼가 4:11)

1-3. 제움직씨

작은 임자말이 큰 임자말의 소유인 경우만 나타난다. 의미구조는 다음과 같다.(현대말로 예를 든다).

「나는 마음이 흔들린다」

「흔들리다」라는 움직임의 주체는 「마음」. 「마음이 흔들리다」는 '동작성'을 지님. 「나」는 「마음」의 소유자이므로, 「나」는 「마음이 흔들린다」라는 '동작성'을 그대로 이어 받아, 그 '동작'의 주체가 됨.

---

116) 「四天王」을 매김말로 볼 수도 있으나, 임자말로 볼 수도 있다.

ᄀᆞᅀᆞᆯ히 霜露ㅣ 와 草木이 이울어든 [슬픈 ᄆᆞᅀᆞ미 나ᄂᆞ니] (월석, 서:16)

⇐ (임자말) [ᄆᆞᅀᆞ미 나-]

내…[ᄆᆞᅀᆞ미 샹녜 ᄒᆞ터 뮈여] = 我ㅣ…心常散動ᄒᆞ야 (능엄 5:56)

사ᄅᆞ미…[니…이저디며 셥듣디 아니ᄒᆞ며 그르나며…] [입시우리 드리디 아니ᄒᆞ며 읎디 아니ᄒᆞ며 디드디 아니ᄒᆞ며 헐믓디 아니ᄒᆞ며 이저디디 아니ᄒᆞ며…] [고히…ᄢᅥ디여] (석보 19:6-7)

풀이말이 「ᄃᆞ외-」,「일-」인 경우도 「아니-」의 경우와 마찬가지로, 의미적으로는 풀이마디로 인정하기 어렵지만, 그 구조가 풀이마디 구조와 일치하므로 여기에 분류해 놓는다.

뉘 ᄯᆞᄅᆞᆯ ᄀᆞᆯᄒᆡ야ᅀᅡ [며늘이 ᄃᆞ외야 오리야] (천강곡 상,기36)

⇐ ᄯᆞ리 [며늘이 ᄃᆞ외-]

人間애 나고도 [쇠어나 ᄆᆞ리어나 약대어나 라귀어나 ᄃᆞ외야] (석보 9:15)

⇐ 人間이 […라귀 ᄃᆞ외-]

사ᄅᆞ미…[百千萬世예 버워리 아니ᄃᆞ외며] (석보 19:6)

(임자말) [赤眞珠ㅣ ᄃᆞ외야 잇ᄂᆞ니라] (월석 1:23)

네 發願을 호ᄃᆡ [世世예 妻眷이 ᄃᆞ외져] ᄒᆞ거늘 (석보 6:8)

⇐ 내 [妻眷이 ᄃᆞ외져]

ᄉᆡ미 기픈 므른…[내히 이러] (용 2장)

1-4. 남움직씨

풀이마디의 풀이말에 남움직씨가 오는 예가 나타나지 않는다.

그 이유는 다음과 같이 설명할 수 있다.

작은 임자말이 큰 임자말의 소유인 경우는, 이러한 유형이 이론적으로는 가능하다. 곧, 다음과 같은 예가 이론적으로는 가능하다.

「*그는 손이 탁자를 두드린다」

풀이말이 '남움직씨' 인 이러한 경우에는, 「손」이 '움직임' 의 주체가 아닌, '도구' 가 된다 : 「그는 손으로 탁자를 두드린다」

현대 국어에 있어서는 이러한 구조가 드물게 나타난다.(15세기에도 이러한 월은 있었으리라 생각된다.)

「그는 키가 하늘을 찌른다」

그러나 이 월의 의미구조는 「키가 매우 크다」 혹은 「키가 하늘을 찌를듯이 크다」이다. 곧, 풀이말은 '상태성' 을 나타내고 있다. 이렇게 풀이말이 '상태' 를 나타내는 경우를 제외하고는, 현대 국어에서도 이러한 유형은 나타나지 않는다.

2. 이음과 안음의 겹침

<이음마디ᄀ풀이마디>

풀이마디의 풀이말에 이음법 씨끝이 연결된 것이다.

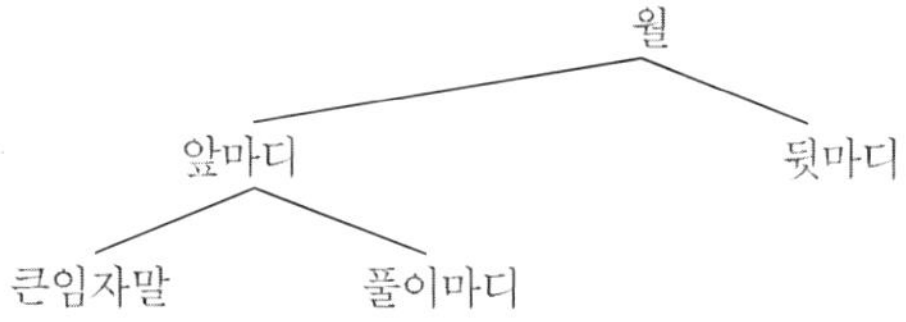

(太祖ㅣ) [聖化ㅣ 기프샤] (용 9장)

⇐ [太祖ㅣ [聖化ㅣ 기프시-]]「-어」

ᄒᆞ물며 그듸 ᄒᆞ마 [位ㅣ 노ᄑᆞ니] (두언 22:23)

⇐ [그듸 [位ㅣ 높-]]「-ᄋᆞ니」

우리 [나히 ᄒᆞ마 늘거] (월석 13:5)

⇐ [우리 [나히 늙-]]「-어」

(唐 太宗이) [聲教ㅣ 너브실씨] (용 56장)

⇐ [太宗이 [聲教ㅣ 너브시-]]「-ㄹ씨」

ᄂᆞᄆᆞᆫ [ᄠᅳᆮ 다ᄅᆞ거늘] (용 24장)

⇐ [ᄂᆞᄆᆞᆫ [뜯 다ᄅᆞ-]]「-거늘」

<이름마디가 큰 임자말로 기능>

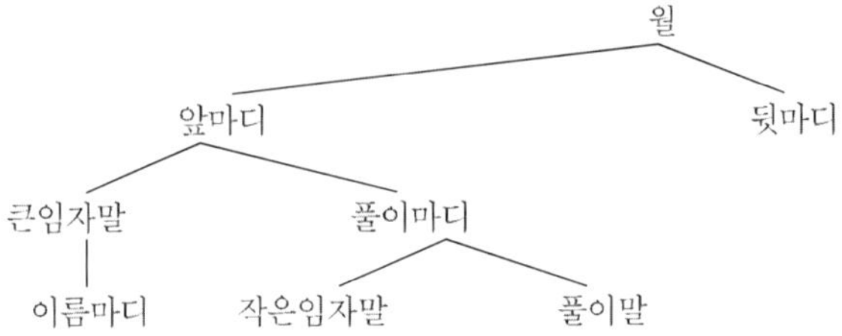

和尙 니ᄅᆞ샤미 [達磨大師ㅅ 宗旨 아니잇가] (육조, 상:85)
龍王 위ᄒᆞ야 說法ᄒᆞ샤미 [부텻 나히 셜흔 둘히러시니] (석보 6:1)

<이름마디가 작은 임자말로 기능>

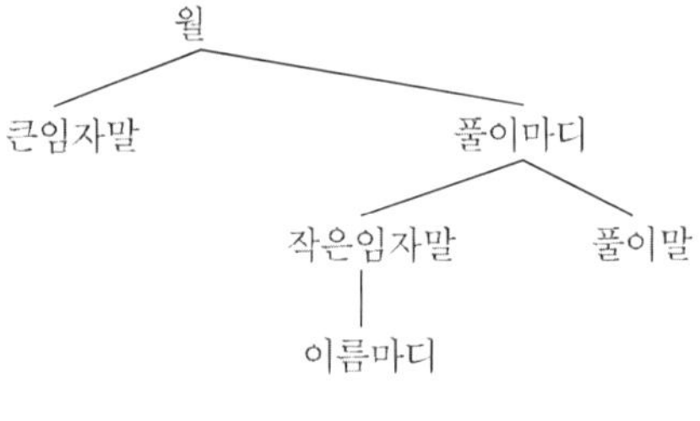

(부톄) [[悲로 衆生ᄋᆞᆯ 敎化ᄒᆞ샤미] 곧 업디 아니ᄒᆞ시나컨마ᄅᆞᆫ] (금강삼가 2:13)
第一婆羅蜜이...差別의 브터 나ᄂᆞᆫ 배니 아ᄃᆞᆨ히 幽奧ᄒᆞ야 기퍼 [[測量호미] 어려우나컨마ᄅᆞᆫ] (금강삼가 3:27-8)
⇐ 第一婆羅蜜이 [測量호미 어렵-]
바ᄅᆞᆯ 다텨든 머리ᄂᆞᆫ [[아로미] 잇고] 바ᄅᆞᆫ 반ᄃᆞ기 [[아로미] 업스리어ᄂᆞᆯ] (능엄 1:68)
(임자말) [[보미] 업스리며] (능엄 3:94)
둘희 히미 [[ᄃᆞᆯ오미] 업더니] (천강곡 상,기39)

내 ᄒᆞᆫ 일후미 [[뎌 모ᄃᆞᆫ 한 일훔과 달옴] 업수믄] (능엄 6:35)

(임자말) 누비옷 니브샤 [[붓그료미] 엇뎨 업스신가] (천강곡 상,기 120)

(임자말) [[드로미] 이시면] (능엄 3:6)

비 비록 ᄒᆞᆫ 마시나 [[가지 달오미] 이실ᄊᆡ] = 雨雖一味나 而種有差別故로 (법화 3:3)

如來와 聖王괘…[[어긔요미] 업스시거니와] (금강삼가 4:63)

工巧ᄒᆞ신 方便은 [[다오미] 업스리라] (석보 9:29)

<이름마디⊃풀이마디>

[큰임자말 [작은임자말 ~]]-ㅁ

풀이마디의 구조 전체가 이름마디에 안기는 구조이다.

[一切衆生이…[生死ㅣ 서르 니수미]]…妄想ᄋᆞᆯ ᄡᅳ논 다실ᄊᆡ니 (능엄 1:43)

⇐ [一切衆生이…生死ㅣ 서르 닛-]-ㅁ
풀이마디

<이름마디⊃풀이마디⊃이름마디>

보샤ᄆᆞᆯ 기튜미 업스샤 (영가, 서:6)

⇐ (부톄) [[보시다]-ㅁ「-ᄋᆞᆯ」 기티다]-ㅁ「-이」 업스샤
<큰 임자말> <작은 임자말>
<풀이마디>

<풀이마디⊃매김마디>

풀이마디의 작은임자말이 매김마디의 꾸밈을 받는 구조이다.

ᄇᆡᄂᆞᆫ [[고기 낛ᄂᆞᆫ] 그르시 ᄃᆞ외얏고] (금강삼가 3:60)

ᄒᆞ다가 내의 니ᄅᆞ논 法音 分別ᄒᆞ요ᄆᆞ로 네 ᄆᆞᅀᆞᆷ 사ᄆᆞᇙ딘댄 이 ᄆᆞᅀᆞ미 제 반ᄃᆞ기 소리 分別ᄒᆞ논것 여희오 [[分別ᄒᆞᄂᆞᆫ] 性이 이셔ᅀᅡ ᄒᆞ리어니ᄯᆞᆫ] (능엄 2:24)

사ᄅᆞ미…[[아치얻븐] 아ᅙᅵ 업스며]…[一切 [믜본] 相이 업서](석보 19:6-7)

(임자말) [[두리본] 이리 만커든] (월석 21:170)

如來ㅣ ... 法에 [[得혼] 고디 잇ᄂᆞ녀 아니녀] (금강 56-7)

沙羅樹王이…[[앗가ᄫᅳᆫ] ᄠᅳ디 업더녀] (월석 8:91)

너희 [[디마니혼] 이리 잇ᄂᆞ니] ᄲᆞᆯ리 나가라 (월석 2:6)

어듸ᅀᅡ 됴ᄒᆞᆫ ᄯᆞ리 [양ᄌᆞ ᄀᆞᄌᆞ니 잇거뇨] (석보 6:13)

⇐ ᄯᆞ리 [[양ᄌᆞ ᄀᆞᄌᆞᆫ] 이 잇거뇨]

衆生이…[信올 내리 이시리잇가] (금강 32)

⇐ 衆生이 [[信올 낼] 이 이시리잇가]

엇뎨 모미 [[니ᅀᅳᆯ] 주리 업스리오마ᄅᆞᆫ] (월석 13:59)

<풀이마디⊃매김마디⊃매김마디>

우리 [[[큰] 法 즐기ᄂᆞᆫ] ᄆᆞᅀᆞ미 잇던댄] (월석 13:36)

<풀이마디⊃이름마디⊃이은겹월>

풀이마디의 작은임자말로 기능하는 이름마디가 이은겹월에서 변형된 구조이다.

이 經 닐긇 사ᄅᆞ믄…[[숤가락 자ᄇᆞ며 筴 두미] ᄀᆞ장 슬ᄒᆞ니라] (월석, 서:22)

⇐ 사ᄅᆞ믄 [[숤가락 자ᄇᆞ며 筴 두-]-ㅁ「-이」 슬ᄒᆞ니라]

(임자말) ᄒᆞ마 [[나며 업수미] 업거니] 엇뎨 [[가며 오미] 이시리오] (월석, 서:2)

佛身法性은 本來 [[그 ᄉᆞᅀᅵ예 더으며 듀미] 업스니라] (월석 13-62)

法身은 [[나며 드르샤미] 업스시니라] (석보 23:44)

前塵은 크며 젹거니와 보ᄆᆞᆫ [[펴며 움추미] 업스니라] (능엄 2:41)[117]

117) 큰 임자말도 이름마디로 되어 있다.

<풀이마디⊃매김마디⊃어찌마디>

엇뎨라 옷과 밥과애 窮困ᄒᆞ야 [[[ᄂᆞ비치 ᄆᆞᅀᆞ매 맛게] 인] 이리 져그니오] (두언 16:19)
⇐ (임자말) [[[⋯맛게] 일-]-ㄴ 이리 젹-]

<풀이마디⊃매김마디⊃풀이마디>

우리 祖師ㅣ 허믈 겨샨디 아니시니라 (육조, 상88)
⇐ 祖師ㅣ [[[허믈 겨시-]]-ㄴ ᄃᆞ「-이」 아니-]
衆生ᄋᆡ ᄒᆞ며 말며 念 뮈우미⋯罪 아니니 업스니 (월석 21:98)
⇐⋯뮈우미 [[[罪 아니-]]-ㄴ 이「-이」 없-]

<매김마디의 속구조에서의 풀이마디>

임자말이 빠져나간 매김마디에서, 빠져나간 머리말이 속구조에서 큰 임자말이 되는 경우이다.

孤ᄂᆞᆫ [져머셔 어버ᅀᅵ 업슨] ᄉᆞᄅᆞ미로 (석보 6:13)
⇐ ᄉᆞᄅᆞ미 [어버ᅀᅵ 없-]
불휘 기픈 남ᄀᆞᆫ , ᄉᆡ미 기픈 ᄆᆞᄅᆞᆫ (용 2장)
⇐ 남기 [불휘 깊-] , ᄆᆞᄅᆡ [ᄉᆡ미 깊-]
이 智慧 업슨 比丘ㅣ (석보 3:56)
⇐ 比丘ㅣ [智慧 없-]

Ⅲ. 이은 겹월

이음마디에서 제약이 일어날 가능성이 있는 문법범주는 ; 인칭법, 때매김법, 마침법(의향법), 앞마디와 뒷마디의 씨범주 제약, 앞마디와 뒷마디의 임자말 제약, 높임법제약이다.

이 중에서 높임법은 제약이 일어나지 않는다.(단, 들을이 높임의 「-으이-」는 앞마디에 연결될 수 없다.) 즉 모든 이음씨끝에는 높임법의 「-으시-」,「-숩-」이 제약 없이 연결될 수 있으며, 뒷마디의 높임법과도 아무런 통어적 제약이 일어나지 않는다.

그러나 나머지의 경우는 통어적 제약이 일어난다.

1. 인칭법 제약

1인칭을 나타내는 「-오/우-」가 연결될 수 있는 이음씨끝은 「-으니」뿐이다.(「-으나」,「-은댄」,「-은딘」 따위도 인칭 대립을 보이기는 하지만, 그 예가 극히 적으므로, 논외로 한다.[118]

인칭법은 높임법과 상호 제약관계를 가지게 된다. 즉 1인칭을 나타내는 「-오/우-」와 주체높임의 「-으시-」는 공존할 수 없다. 이는 말할이가 자기자신을 높이는 결과가 되기 때문이다.[119]

「-노니」(←「-ᄂᆞ-」+「-오/우-」+「-으니」)

내 이제 너를 놀노니 ᄠᅳ들 조차 가라 (월석 13:19)

내 너의 깃구믈 돕노니 네 能히 오라건 劫엣 큰 盟誓 發願을 일워 너비 濟渡호ᄆᆞᆯ 거의 ᄆᆞᄎᆞ면 즉자히 菩提를 證ᄒᆞ리라 (석보 11:9-10)

---

118) 허 웅(1975 : 742-6) 참조.

119) 강조・영탄법의 안맺음씨끝 「-가-」:「-거-」도 인칭법 대립을 보이지만, 그것이 별다른 문법범주를 실현하지 않으므로, 논외로 한다.

내 이제 너ᄃᆞ려 묻노니 (능엄 1:45)

「-ᄉᆞᆸ노니」(←「-ᄉᆞᆸ-」+「-ᄂᆞ-」+「-오/우-」+「-으니」)

내 이제 諸佛 니ᄅᆞ시논 陀羅尼句를 엳ᄌᆞᄫᅡ 請ᄒᆞᄉᆞᆸ노니…이 神呪를 외오면 즉자히 비롤 누리오며 (월석 10:84)

「-오리니」(←「-오/우-」+「-으리-」+「-으니」)

내...반ᄃᆞ기 涅槃애 드로리니 (법화 1:121)

「-ᅀᆞ보리니」(←「-ᄉᆞᆸ-」+「-오/우-」+「-으리-」+「-으니」)

舍衛國에 도라가 精舍 이ᄅᆞᅀᆞ보리니 (석보 6:22)

「-다니」(←「-더-」+「-오/우-」+「-으니」)[120]

고ᄫᆞ니 몯 보아 ᄉᆞᆯ읏 우니다니 님하 오ᄂᆞᆳ나래 넉시라 마로리어다 (월석 8:102)

(내) 두ᅀᅥ 나롤 ᄒᆞ오ᅀᅡ 뭀ᄀᆞᅀᅢ 잇다니 그 ᄆᆞ리 漸漸 젹거늘 (월석 10:24)

우리 나히 ᄒᆞ마 늘거…ᄒᆞᆫ 念도 즐기논 ᄆᆞᅀᆞ몰 아니 내다니 우리 오ᄂᆞᆯ…듣ᄌᆞᆸ고 (월석 13:5-6)

天子ㅅ ᄆᆞ리 千里를 ᄃᆞᆮᄂᆞ니라 내 듣다니 이젯 그리미 아니 이가 - 吾聞天子之馬走千里 今之畵圖無乃是(두언 16:40)

내…그저긔 됴ᄒᆞᆫ 瓔珞을 가졧다니 ᄒᆞᆫ 사ᄅᆞ미 밤ㅅ中 後에 파내야 (월석 10:25)

내…舍衛國 사ᄅᆞ미라니 父母ㅣ 나롤 北方 ᄡᅡᄅᆞ몰 얼이시니 (월석 10:23)

如來 겨실쩌긔…우리ᄃᆞᆯ히 甚히 어려ᄫᅥ ᄒᆞ다소니 이제 涅槃ᄒᆞ시니 싁싁

120) 「-더-」+「-오/우-」를 「-다-」로 보는 것은, 「-으샤-」를 「-으시-」+「-오/우-」로 보는 것과 다를 바가 없다.

ᄒᆞᆫ 法이 ᄒᆞ마 업스리로다 (석보 23:42)

「-숩다니」(←「-숩-」+「-더-」+「-오/우-」+「-으니」)

妻眷이 ᄃᆞ외ᅀᆞᄫᅡ 하ᄂᆞᆯ ᄀᆞᆮ 셤기숩다니 三年이 몯 차 世間 ᄇᆞ리시니 (천강곡 상.기140)

이 뎌를 다시 지ᅀᅥ 福 비ᅀᆞᄫᆞᆯ ᄯᅡ홀 삼고져 ᄒᆞ숩다소니 (상원사 권선문)

<앞마디와 뒷마디의 인칭법 통솔 관계>

앞마디와 뒷마디의 임자말이 1인칭이면서 동일한 경우, 뒷마디의 풀이말에 「-오/우-」가 실현되지 않을 때가 있다. 이는 앞마디의 인칭법이 뒷마디의 인칭법을 통솔한 결과이다.

내 이제 世尊ᄋᆞᆯ ᄆᆞᄌᆞ막 보ᅀᆞᄫᆞ니 측ᄒᆞᆫ ᄆᆞᅀᆞ미 업거이다 (월석 10:8)

「업소이다」혹은 「업가이다」로 실현되어야 할 것이, 「-업거이다」로 실현되었다.

2. 때매김법 제약

이음마디에 있어서 때매김법은 제약이 매우 심하다. 때매김법이 실현될 수 있는 이음씨끝을 차례로 보이기로 한다. 나머지 이음씨끝에는 때매김법이 전혀 실현되지 않는다. 이는 문헌의 제약 때문일 수도 있지만, 때매김법은 대체로 뒷마디에 실현된다는 이유가 더 클 것이다.(이는 현대 국어에 있어서도 마찬가지이다.)

확정법의 「-으니-」, 「-과-」는 시간에 대한 판단이라기보다는, 어떠한 사실에 대하여 말할이의 확언하는 마음가짐을 나타내는 문법범주이기 때문에, 이음법씨끝 앞에서는 실현되지 않고 마침법씨끝 앞에서만 실현된다. 그러므로 이음법의 '때매김법 제약'에 있어서는 '확정법'을 때매김법으로 간주하지 않는다.

2-1. 「-으니」

원인, 조건, 이유, 설명의 계속 등의 의미를 가지며, 인칭법이 실현된다. 「-으니」에는 모든 때매김법이 실현될 수 있다.

(1) 현실법 「-ᄂᆞ-」

大德하 사ᄅᆞ미 다 모다 잇ᄂᆞ니 오쇼셔 (석보 6:29)
衆生이 내 ᄠᅳ들 몰라 生死애 다 便安티 몯게 ᄒᆞᄂᆞ니 엇뎨어뇨 ᄒᆞ란ᄃᆡ (월석 21:123)
내 이제 너를 놓노니 ᄠᅳ들 조차 가라 (월석 13:19)
내 너의 깃구믈 돕노니 네 能히 오라건 劫엣 큰 盟誓 發願을 일워 너비 濟渡호ᄆᆞᆯ 거싀 ᄆᆞᄎᆞ면 즉자히 菩提ᄅᆞᆯ 證ᄒᆞ리라 (석보 11:9-10)
내 이제 너ᄃᆞ려 묻노니 (능엄 1:45)
오ᄂᆞᆳ나래 世尊이 神奇ᄅᆞᄫᆡᆫ 造化ㅅ 相ᄋᆞᆯ 뵈시ᄂᆞ니 엇던 因緣으로 이런 祥瑞 잇거시뇨 (석보 13:14-5)
이제 ᄯᅩ 내 아ᄃᆞᄅᆞᆯ ᄃᆞ려가려 ᄒᆞ시ᄂᆞ니 (석보 6:5)
太子ㅣ ...ᄌᆞ개 慈悲호라 ᄒᆞ시ᄂᆞ니 (석보 6:5)
ᄒᆞᆫ게 도라가 자최 업스시ᄂᆞ니 (법화 4:65-6)
赤島 안ᄒᆡᆺ 움흘 至今에 보ᅀᆞᆸᄂᆞ니 王業艱難이 이러ᄒᆞ시니 (용 5장)
大王이…百姓을 어엿비 너기실ᄊᆡ 十方앳 사ᄅᆞ미 다 아ᅀᆞᆸᄂᆞ니 오ᄂᆞᆳ나래 엇디 시르믈 ᄒᆞ시ᄂᆞ니잇고 (월석 10:4)
내 이제 諸佛 니ᄅᆞ시논 陀羅尼句ᄅᆞᆯ 엳ᄌᆞᄫᅡ 請ᄒᆞᅀᆞᆸ노니…이 神呪ᄅᆞᆯ 외오면 즉자히 비ᄅᆞᆯ ᄂᆞ리오며 (월석 10:84)

(2) 미정법 「-으리-」

ᄇᆞᆯ곰과 어드움과ᄅᆞᆯ 아디 몯ᄒᆞ리니 엇뎨어뇨 (능엄 2:23)

衆生이 드러든 뎌 나라해 나고져 發願ᄒᆞ야ᅀᅡ ᄒᆞ리니 엇뎨어뇨 ᄒᆞ란ᄃᆡ 이러ᄒᆞᆫ 몯 어딘 사ᄅᆞᆷ돌콰 ᄒᆞᆫᄃᆡ 이시릴씨니라 (월석7:70)

네 어미 열세히 ᄆᆞᄎᆞ면 이 報 ᄇᆞ리고 梵志 ᄃᆞ외야 나 목수미 百歲리니 (월석 21:58)

내…반ᄃᆞ기 涅槃애 드로리니 (법화 1:121)

如來 당다이 六乘經을 니르시리니 일후미 妙法蓮華ㅣ니 (석보 113:36)

佛은…얼구를 象ᄋᆞ로 아디 몯ᄒᆞᅀᆞᄫᆞ리니 (월석 9:13)

舍衛國에 도라가 精舍 이ᄅᆞᅀᆞᄫᆞ리니 (석보 6:22)

(3) 회상법 「-더/다-」

子息돌히…ᄡᅡ해 그우더니 이 ᄣᅴ 그 아비 지븨 도라오니 (월석 17:17)

長者ㅣ 닐굽 아ᄃᆞ리러니 여슷 아ᄃᆞᆯ란 ᄒᆞ마 갓 얼이고 (석보 6:13)

내 지븨 이셔 環刀ㅣ며 막다히롤 두르고 이셔도 두립더니 (월석 7:5)

五百 도ᄌᆞ기…도ᄌᆞᆨᄒᆞ더니 (월석 10:27)

淨飯王이 病이 되더시니 한 臣下돌히 모다 ᄉᆞᆯᄫᆞᄃᆡ (월석 10:3)

龍鬼 위ᄒᆞ야 說法ᄒᆞ샤미 부텻 나히 셜흔 둘히러시니 穆王 여슷찻ᄒᆡ 乙酉ㅣ라 (석보 6:1)

곧 이 ᄡᅡ해 塔ᄋᆞᆯ 세여 供養ᄒᆞ시더니 내 이제 成佛ᄒᆞᆯ씨 (월석 21:221)

須彌山王이 大海예 잇ᄂᆞᆫ ᄃᆞᆺ ᄒᆞ시더니 그ᄣᅴ…(월석 21:210)

하ᄂᆞᆳ 寶華聚로...釋迦牟尼佛ㅅ 우희 빗습더니 (법화 4:132)

그 ᄣᅴ 衆中에 열두 夜叉大將이 모든 座애 잇더니…이 열두 夜叉大將이 各各 七千 夜叉롤 眷屬 사맷더니 ᄒᆞᆫᄣᅴ 소리 내야 ᄉᆞᆯᄫᆞᄃᆡ (석보 9:39)

고ᄫᆞ니 몯 보아 ᄉᆞᆯᄫᆞᆺ 우니다니 님하 오ᄂᆞᇗ나래 넉시라 마로리어다 (월석 8:102)[121]

(내) 두ᅀᅥ 나롤 ᄒᆞ오ᅀᅡ 뭀ᄀᆞᅀᆡ 잇다니 그 ᄆᆞ리 漸漸 젹거늘 (월석

---

121) 「-다-」를 「-더-」+「-오/우-」로 본다. 이는 「-으샤-」를 「-으시-」+「-오/우-」로 보는 것과 다를 바가 없다.

10:24)

우리 나히 ᄒᆞ마 늘거...ᄒᆞᆫ 念도 즐기논 ᄆᆞᅀᆞᄆᆞᆯ 아니 내다니 우리 오ᄂᆞᆯ…듣ᄌᆞᆸ고 (월석 13:5-6)

天子ㅅ ᄆᆞ리 千里롤 ᄃᆞᆮᄂᆞ니라 내 듣다니 이젯 그리미 아니 이가 = 吾聞天子之馬走千里 今之畵圖無乃是(두언 16:40)

내…그저긔 됴ᄒᆞᆫ 瓔珞을 가젯다니 ᄒᆞᆫ 사ᄅᆞ미 밤ㅅ中 後에 파내야 (월석 10:25)

내…舍衛國 사ᄅᆞ미라니 父母ㅣ 나ᄅᆞᆯ 北方 ᄡᆞᄅᆞᆯ 얼이시니 (월석 10:23)

如來겨실ᄊᆡ…우리돌히 甚히 어려ᄫᅥ ᄒᆞ다소니 이제 涅槃ᄒᆞ시니 ᄉᆞᆨᄉᆞᆨᄒᆞᆫ 法이 ᄒᆞ마 업스리로다 (석보 23:42)

妻眷이 ᄃᆞ외ᅀᆞᄫᅡ 하ᄂᆞᆯ ᄀᆞᆮ 셤기ᅀᆞᆸ다니 三年이 몯 차 世間 ᄇᆞ리시니 (천강곡 상.기140)

이 뎌를 다시 지ᅀᅥ 福 비ᅀᆞ올 ᄯᅡ홀 삼고져 ᄒᆞᅀᆞᆸ다소니 (상원사 권선문)

(7) 때매김법 통솔 관계

앞마디와 뒷마디의 때매김의 연결 여부:122)

앞마디	뒷마디	
○	○	…①
○	×	…②
×	○	…③

<앞마디와 뒷마디의 때가 일치하는 경우>

① 앞마디와 뒷마디에 동일한 때매김이 연결됨

大王이…百姓을 어엿비 너기실ᄊᆡ 十方앳 사ᄅᆞ미 다 아ᅀᆞᆸᄂᆞ니 오ᄂᆞᆳ나래 엇디 시르믈 ᄒᆞ시ᄂᆞ니잇고 (월석 10:4)

122) 앞으로 모든 때매김 통솔관계는 이 표에 의함.

光明이 하 盛ᄒᆞ야 몯다 보ᅀᆞᄫᆞ리러니 百千閻浮檀金ㅅ 비치 몯 가ᄌᆞᆯ비ᅀᆞᄫᆞ리러라 (월석 8:17)

② 앞마디의 때매김이 뒷마디의 때매김을 통솔함.(뒷마디의 때가 앞마디의 때를 따름.) 뒷마디에 때매김이 표시되지 않은 것은, ①에서 때매김의 잉여가 일어났다고 볼 수 있다.

앞마디와 뒷마디의 때가 일치할 때는 앞의 ①처럼 뒷마디에도 같은 때매김이 실리기도 하지만, 다음과 같이 뒷마디에는 생략되는 경우도 있다.

龍鬼 위ᄒᆞ야 說法ᄒᆞ샤미 부텻 나히 셜흔 둘히러시니 穆王 여슷찻ᄒᆡ 乙酉ㅣ라 (석보 6:1) ⇐『 乙酉ㅣ더라 』
子息둘히…ᄡᅡ해 그우더니 이ᄢᅴ 그 아비 지븨 도라오니 (월석 17:17) ⇐『 도라오더니 』

③ 뒷마디에 확정법의 「-으니-」가 연결되는 경우뿐이다. 이는 부득이 뒷마디가 앞마디를 통솔한다.(앞마디에는 「-으니-」가 연결될 수 없기 때문)

狐ᄂᆞᆫ 엿이니 그 性이 疑心 하니라 (능엄 2:3)
道理로 몸 사ᄆᆞ시니 이 부톄시니 이 經 닐긇 사ᄅᆞᄆᆞᆫ…ᄀᆞ장 슬ᄒᆞ니라 (월석, 서:22)

<앞마디와 뒷마디의 때가 일치하지 않는 경우>

① 앞마디와 뒷마디의 때가 다르면, 당연히 뒷마디의 풀이말에도 때매김이 실현된다.

고ᄫᆞ니 몯 보아 ᄉᆞᆯᄫᅳᆺ 우니다니 님하 오ᄂᆞᆳ나래 넉시라 마로리어다 (월

석 8:102)
우리돌히 甚히 어려버 ᄒᆞ다소니…싁싁ᄒᆞᆫ 法이 ᄒᆞ마 업스리로다 (석보 23:42)
내 상네…菩提롤 敎化ᄒᆞ노니 이 사름돌히…佛道애 들리라 (월석 14:55)
내 너의 깃구믈 돕노니 네 能히...菩提롤 證ᄒᆞ리라 (석보 11:9-10)

② 앞마디와 뒷마디의 때가 다르면, 앞의 경우와 같이 뒷마디에도 때매김을 나타내는 것이 원칙이지만, 말할이가 때매김의 표현을 적극적으로 나타내지 않을 때는 때매김법이 연결되지 않는다.

妻眷이 ᄃᆞ외ᅀᆞᄫᅡ 하늘 ᄀᆞᆮ 셤기ᅀᆞᆸ다니 三年이 몯 차 世間 ᄇᆞ리시니 (천강곡 상.기140)
ᄒᆞ다가 아비옷 겨시던댄 우릴 어엿비 여겨 能히 救護ᄒᆞ시리러니 오늘날 ᄇᆞ리고 다룬 나라해 머리 가 업스니 (법화 5:158)

③ 이 경우는 말할이가 앞마디에서 때매김을 적극적으로 표현하지 않은 경우이다.

네 아ᄃᆞ리…허믈 업스니 어드리 내티료(리+오) (월석 2:6)

<결론>

앞마디와 뒷마디의 때가 일치할 경우에는, 확정법의 「-으니-」만 제외하고는, 앞마디가 뒷마디의 때매김을 통솔한다.

앞마디와 뒷마디의 때가 일치하지 않는 경우에는, '통솔'이란 개념이 무의미하다. 그러므로 앞으로는, 앞마디의 때와 뒷마디의 때가 일치하지 않는 경우는 논외로 한다.

2-2. 「-을씨」

때매김은 미정법만 연결된다.

(1) 미정법

반ᄃᆞ기 비체 ᄒᆞᆫ가지릴씨 반ᄃᆞ기 空올 아디 몯ᄒᆞ리로다 (능엄 3:37)
ᄒᆞ다가 ᄆᆞᅀᆞ매 卽홇딘댄 法이 드트리 아니릴씨…엇뎨 고디 이런 젼ᄎᆞ로 이 네 가짓 거시 아모 저긔 始作디 몯ᄒᆞ며 아모 저긔 ᄆᆞᄎᆞ리라 몯ᄒᆞ릴ᄉᆡ 모도와 닐오ᄃᆡ 일후믈 阿彌陀佛리라 ᄒᆞᄂᆞ니라 (칠대 18)
五品이 슌티 아니ᄒᆞ릴ᄉᆡ 네 司徒ㅣ 되옛ᄂᆞ니 (소학 1:9)

(3) 때매김법 통솔 관계

① 앞마디에 다른 때매김이 실리지 않으므로, 「-으리-」~「-으리-」가 연결되는 경우뿐이다.

반ᄃᆞ기 비체 ᄒᆞᆫ가지릴씨 반ᄃᆞ기 空올 아디 몯ᄒᆞ리로다 (능엄 3:37)
ᄒᆞ다가 ᄆᆞᅀᆞ매 卽홇딘댄 法이 드트리 아니릴씨…엇뎨 고디 일리오 (능엄 3:32)

② 예가 없다.

「-을씨」의 경우는, 앞마디의 때매김이 뒷마디를 통솔하지 않는다. 이는 「-으니」와는 반대되는 현상이다.

③ 뒷마디에 「-으리-」를 제외한 다른 때매김 씨끝이 연결되는 경우는, 앞마디에 그와 같은 때매김이 연결되지 않는다. 곧, 미정법이 아닌 때매김에서는, 뒷마디의 때가 앞마디의 때를 '통솔'한다.

世尊하 내 佛如來 威神力을 받ᄌᆞᄫᆞᆯ씨…一切 業報 衆生올 救ᄒᆞ야 ᄢᅢ혀노니 (월석 21:47)

性土롤브터 듣즈ᄫᆞ실씨 八百萬億等偈 잇ᄂᆞ니 (월석 18:35)
奉天討罪실씨 四方 諸侯ㅣ 몯더니 (용 9장)

앞마디와 뒷마디가 미정법으로 일치하면서, 앞마디에는 「-으리-」가 연결되지 않고, 뒷마디에만 「-으리-」가 연결되는 예는 보이지 않는다. 곧, 앞마디와 뒷마디가 모두 미정법일 때는, 뒷마디의 때매김이 앞마디의 때매김을 통솔하지 않는다. 이러한 경우는 반드시 ①의 경우처럼 「-으리-」~「-으리-」가 연결된다.

<결론>

앞.뒤마디가 미정법이 아니면서 일치할 때에는, 뒷마디의 때가 앞마디의 때를 '통솔' 한다. 앞마디와 뒷마디가 모두 미정법일 때는, 뒷마디의 때매김이 앞마디의 때매김을 통솔하지 않는다. 이러한 경우는 반드시 ①의 경우처럼 「-으리-」~「-으리-」가 연결된다.

「-을씨」에 미정법「-으리-」만 연결되는 이유는 다음과 같이 설명될 수 있다.

「-을씨」 에서의 「을」은 원래 미정법 매김씨끝에서 온 것이다. 그런데 이것이 하나의 이음씨끝으로 굳어지자, 여기에는 때매김의 뜻이 중화되었다. 「-을씨」에 미정법의 「-으리-」 만 연결되는 이유는, 그것이 원래 미정법에서 온 것이므로, 미정법의 때매김을 다시 살리려는 의도에서 비롯된 것이며, 또 「-을씨」가 이끄는 앞마디의 때가 미정법일 때, 「-으리-」를 생략하지 않는 이유도 그러한 이유 때문일 것이다.

2-3. 「-은댄/-ㄴ덴/-ㄴ딘/-딘」

회상법의 「-더-」와 미정법의 「-으리-」만 연결된다.

(1) 회상법

ᄒᆞ다가 우리 ... 菩提ᄅᆞᆯ 일우리런댄 반ᄃᆞ기 大乘으로 度脫ᄋᆞᆯ 得ᄒᆞ리어늘 = 若我等이…成就…菩提者ㅣ런댄…(법화 2:6)

軍容이 녜와 다ᄅᆞ샤 아ᅀᆞᆸ고 믈러가니 나ᅀᅡ오던덴 목숨 기트리잇가 (용 51장)

ᄒᆞ다가 能히 ᄆᆞᅀᆞ매 서르 體信ᄒᆞᅀᆞᆸ던된 이에 어루 맛나 得ᄒᆞ야 잠깐도 어려우미 업스리어늘 (법화 2:224,6)

(2) 미정법

내 말ᄋᆞᆺ 거츨린댄 닐웨ᄅᆞᆯ 몯 디나아 阿鼻地獄애 뻐러디리라 (월석 23:66)

ᄒᆞ다가 ᄒᆞ얌직디 몯다 니ᄅᆞ시린댄…다시 엇던 道ᄅᆞᆯ 닷ᄀᆞ료 = 若道

(3) 때매김법 통솔 관계

<앞마디와 뒷마디의 때가 일치하는 경우>

① 앞마디가 미정법일 때는, 뒷마디에도 미정법의 「-으리-」가 연결된다.[123)]

내 말ᄋᆞᆺ 거츨린댄 닐웨ᄅᆞᆯ 몯 디나아 阿鼻地獄애 뻐러디리라 (월석 23:66)

ᄒᆞ다가 ᄒᆞ얌직디 몯다 니ᄅᆞ시린댄…다시 엇던 道ᄅᆞᆯ 닷ᄀᆞ료 = 若道不堪인댄 枉向山中ᄒᆞ야 數年을 受人禮拜호니 更修何道ㅣ리오(육조,상:15)

② 없음

앞마디의 때가 뒷마디의 때를 통솔하지 못한다.

---

123) '「-더-」~「-더-」'의 연결이 없다. 앞마디에 회상법 「-더-」가 연결될 때는, 뒷마디에 반드시 「-으리-」가 연결되어, 앞마디와 뒷마디의 때는 일치하지 않게 된다.

③ 없다.

뒷마디의 때도 앞마디의 때를 통솔하지 못한다.

※ 때매김이 일치하는 경우는 「-으리-」~「-으리-」의 연결뿐이다.

<앞마디와 뒷마디의 때가 일치하지 않는 경우>

① 앞마디에는 회상법 「-더-」가 연결되고, 뒷마디에는 미정법의 「-으리-」가 연결되는 경우 뿐이다.

> ᄒᆞ다가 우리…菩提를 일우리런댄 반ᄃᆞ기 大乘으로 度脫올 得ᄒᆞ리어늘 = 若我等이…成就…菩提者ㅣ런댄…(법화 2:6)
>
> 軍容이 네와 다ᄅᆞ샤 아ᅀᆞᆸ고 믈러가니 나ᅀᅡ오던댄 목숨 기트리잇가 (용 51장)
>
> 置陳이 ᄂᆞᆷ과 다ᄅᆞ샤 아ᅀᆞᄫᆞᄃᆡ 나ᅀᅡ오니 믈러가던댄 목숨 ᄆᆞᄎᆞ리잇가 (용 51장)
>
> ᄒᆞ다가 能히 ᄆᆞᅀᆞ매 서르 體信ᄒᆞᅀᆞᆸ던ᄃᆞᆫ 이에 어루 맛나 得ᄒᆞ야 잠깐도 어려우미 업스리어늘 (법화 2:224,6)
>
> ᄒᆞ다가…달애디 아니ᄒᆞ시던ᄃᆞᆫ 내죵애…四生五道애 窮困ᄒᆞ리러니 (법화 2:224,6)
>
> 岩頭옷 아니런든 德山ㅅ 喝올 몰 알리랏다 (몽산 32)

② 뒷마디가 시킴월일 때를 제외하고는 예가 없다

> 王ᄭᅴᆺ 너를 ᄉᆞ랑티 아니ᄒᆞ시린댄 커니와 王이 너를 禮로 待接ᄒᆞᅀᆞᆸ딘댄 모로매 願이 이디 말오라 (석보 11:30)

즉 뒷마디에서는 때매김을 적극적으로 표시한다.

③ 앞마디에서 때매김을 적극적으로 나타내지 않은 경우이다.[124]

ᄒᆞ다가 보미 이 物인댄 네 또 어루 내 보ᄆᆞᆯ 보리라 = 若見이 是物인댄 則汝ㅣ 亦可見吾之見ᄒᆞ리라 (능엄 2:35)

<결론>

때매김의 통솔은 일어나지 않는다. 앞마디에 「-으리-」가 연결되면 뒷마디에도 「-으리-」가 연결되고, 앞마디에 「-더-」가 연결되는 경우에도 뒷마디에는 「-으리-」가 연결된다. 즉 앞마디에 때매김 표시가 있으면(연결될 수 있는 때매김은 회상법과 미정법이다), 뒷마디에는 반드시 「-으리-」가 연결된다.

그 이유는 다음과 같다.

뒷마디에 나타나는 「-으리-」는 단순한 미래 사실의 서술이 아니라, 말할이의 강한 추측을 나타낸다.(1인칭에 연결되면 당연히 말할이의 의도를 나타낸다.) 이음법 「-은댄」 은 '가정'이라는 의미를 나타내므로, 뒷마디에는 추정법(미정법) 「-으리-」가 연결되는 것이 당연하다. 즉 다음과 같은 월이 된다.

「만약…라면…일 것이다」[125]

이러한 이유 때문에, 앞마디에 때매김 표시가 없을 때에도 뒷마디에는 거의 모든 경우 「-으리-」가 연결된다.

앞마디에 「-더-」가 연결될 때, 뒷마디에 추정-회상의 「-리러-」가 연결되는 경우가 있다. 이는 현대말로 「…했더라면…했을 것이다」 의 의미가 된다.

---

124) 앞의 ②와 비교해 보면, 앞마디보다 뒷마디에서 때매김을 적극적으로 표시한다는 것을 알 수 있다.

125) 한문 번역을 보면 「-은댄」이 '若'과 호응되는 것을 확인할 것.

ᄒᆞ다가 우리 큰 法 즐기는 ᄆᆞᄉᆞ미 잇던댄 부톄 우리 爲ᄒᆞ야 大乘法을 니ᄅᆞ시리라ᄉᆞ이다 (월석 13:36)

※ 이상에서 살펴본 「-은댄」에서의 때매김 제약을 '가정법'이라는 범주를 세워 요약해 본다.('가정법'이란, 앞마디의 때와 관계없이 뒷마디에 미정법의 「-으리-」가 연결되는, 이음법의 하위범주로 설정한다.)

<가정법 「-은댄」의 때매김>

가정법 미래

미래 사실을 가정한다 : 「-으리-」+「-으리-」

내 말옷 거츨린댄 닐웨를 몯 디나아 阿鼻地獄애 ᄢᅥ러디리라 (월석 23:66)

가정법 과거

과거 사실을 가정 : 「-더-」+「-으리-」,「-으리러-」

軍容이 녜와 다ᄅᆞ샤 아ᅀᆞᆸ고 믈러가니 나ᅀᅡ오던댄 목숨 기트리잇가 (용 51장)

ᄒᆞ다가 우리 큰 法 즐기는 ᄆᆞᄉᆞ미 잇던댄 부톄 우리 爲ᄒᆞ야 大乘法을 니ᄅᆞ시리라ᄉᆞ이다 (월석 13:36)

가정법 현재

현재 사실을 가정하거나, 때매김의 개념을 뛰어 넘어서 가정 : 「×」+「-으리-」

ᄒᆞ다가 보미 이 物인댄 네 ᄯᅩ 어루 내 보ᄆᆞᆯ 보리라 (능엄 2:35)

2-4. 「-ㄹ뎬(뎐)」

여기에는 아무런 때매김 씨끝이 연결되지 않는다. 그러나 이는 앞의 「-은댄」의 미래형이므로, 이 이음씨끝에는 미정법의 「-으리-」가 연결되어 있는 것으로 본다. 그러나 이 이음법 씨끝은 미래의 때를 적극적으로 나타내지는 않으므로(때매김의 중화), 뜻은 「-은댄」과 비슷하다.

「-ㄹ뎬」은 「-은댄」에 「-으리-」가 연결된 것과 같기 때문에, 뒷마디에는 미정법만 실현된다. 그러므로 이 씨끝도 가정법의 범주에 든다.

몰롫뗀 엇뎨 ᄯᅩ 일후믈 一切知見이로라 ᄒᆞ려뇨 (월석 21:210)
너비 사겨 닐옳뎬 劫이 다아도 몯다 니ᄅᆞ리이다 (월석 21:81)
ᄆᆞᅀᆞᆷ 닷골뗸 모로매 觀애 드로리니 (영가,하:22)
ᄒᆞ다가…사ᄅᆞ미 일로 갓ᄀᆞ로ᄆᆞᆯ 사ᄆᆞᇙ뎬 곧…므스글 가져 正ᄋᆞᆯ 사ᄆᆞ료 (능엄 2:13)
ᄒᆞ다가 이 ᄯᅡ해 英俊ᄒᆞᆫ 지죄 업다 닐올뗸 엇뎨 시러곰 뫼헤 屈原의 지비 이시리오 (두언 25:47)
作法홀뗸 네 이리 ᄀᆞ자ᅀᅡ ᄒᆞ리니 (육조 ,서:12)

2-5. 「-으란ᄃᆡ」

때매김이 실리지 않지만, 뒷마디의 때매김은 미정법의 「-으리-」만 연결된다. 그러므로 가정법의 범주에 들며, 「-ㄹ뎬」처럼 그 자체에 미정법을 가지고 있는 듯 하다.

ᄒᆞ마 色ᄋᆞᆯ브터 나란ᄃᆡ 반ᄃᆞ기 虛空ᄋᆡ 잇논 ᄃᆡᆯ 아디 몯ᄒᆞ리로다 (능엄 3:37)
ᄒᆞ마 空ᄋᆞᆯ브터 오란ᄃᆡ 도로 空ᄋᆞᆯ브터 드롫디니 (능엄 2:110)
내 ᄒᆞ마 證ᄒᆞ란ᄃᆡ 너도 證ᄒᆞ야ᅀᅡ ᄒᆞ리라 (월석 14:31)
匡山ㅅ 글닑던 ᄯᅡ해 머리 셰란ᄃᆡ 됴히 도라올디니라 (두언 21:42)
내 衆生ᄋᆡ 아비 ᄃᆞ외야시란ᄃᆡ 그 苦難ᄋᆞᆯ ᄲᅡᅘᅧ…노녀 노ᄅᆞᆺ게 호리라 (법화 2:86)
(어마니ᄆᆞᆯ) 天宮에 몯 보ᅀᆞᄫᆞ란ᄃᆡ 地獄애 겨실가 ᄒᆞ니 (월석 23:81)

2-6. 「-(거)든」

(1) 회상법

ᄒᆞ다가…그 어려우믈 니ᄅᆞ디 아니ᄒᆞ더든 말ᄉᆞ미 시러 圓티 몯ᄒᆞ리러니 (금강삼가 3:20)
그듸옷 나그내를 ᄉᆞ랑티 아니ᄒᆞ더든 그몸나래 ᄯᅩ 시르믈 더으리랏다 (두언 15:31)

(2) 미정법

나 滅度後에 내 全身 供養코져 ᄒᆞ리어든 ᄒᆞᆫ 큰 塔ᄋᆞᆯ 세욜띠니라 (법화 4:114)
나ᄒᆞᆯ 혜여 반ᄃᆞ기 주그리어든 그 形이 化티 아니ᄒᆞ야셔 = 計年應死ㅣ어든 其形이 不化ᄒᆞ야셔 (능엄 9:110)

(3) 때매김 통솔 관계

① 앞마디에 회상법의 「-더-」가 연결될 때는, 반드시 뒷마디에 「-으리-」,「-으리러-」 가 연결된다. 이는 가정법의 때매김 제약과 같다. 즉 「-든」에 회상법의 「-더-」가 연결되면, 가정의 뜻을 가지게 되어, 가정법의 범주에 든다.

ᄒᆞ다가…그 어려우믈 니ᄅᆞ디 아니ᄒᆞ더든 말ᄉᆞ미 시러 圓티 몯ᄒᆞ리러니 (금강삼가 3:20)

그듸옷 나그내를 ᄉᆞ랑티 아니ᄒᆞ더든 그몸나래 ᄯᅩ 시르믈 더으리랏다 (두언 15:31)

萬一에 ᄒᆡ여곰 나라히 배디 아니터든 엇데 큰 唐ᄋᆡ 두미 ᄃᆞ외리오 (두언 6:2)

ᄒᆞ다가 두 사ᄅᆞ미 我ᄅᆞᆯ 뒷더든 ᄒᆞ나ᄒᆞᆫ 靑山애 잇고 ᄒᆞ나ᄒᆞᆫ 길헤 이

시리라 (금강삼가 4:17)

ᄒᆞ다가 부톄 相ᄋᆞᆯ 묻더시든 ᄯᅩ 能히 相ᄋᆞ로 對答ᄒᆞᅀᆞ오리라 (금강삼가 3:12)

내 아랫뉘예…ᄂᆞᆷᄃᆞ려 니르디 아니ᄒᆞ더든 三菩提ᄅᆞᆯ ᄲᆞᆯ리 得긔 몯ᄒᆞ리러니라 (석보 19:34)

② 미정법의 「-으리-」가 연결 될 때는, 가정의 뜻을 나타낼 때도 있고, 조건의 뜻을 나타낼 때도 있다. 단, 이 때는 반드시 「-거-」가 연결이 되어서, 「-으리어든」이 된다.

<가정> 나 滅度後에 내 全身 供養코져 ᄒᆞ리어든 ᄒᆞᆫ 큰 塔ᄋᆞᆯ 셰욜띠니라 (법화 4:114)

<조건> 나ᄒᆞᆯ 혜여 반ᄃᆞ기 주그리어든 그 形이 化티 아니ᄒᆞ야셔 = 計年應死ㅣ어든 其形이 不化ᄒᆞ야셔 (능엄 9:110)

③ 「-든」에 아무런 때매김씨끝이 연결되지 않고, 「-거-」나 「-아/어-」가 연결되면, 가정의 뜻보다는 주로 조건,이유의 뜻(…하므로, …하매)을 가지게 되어, 뒷마디에는 여러 때매김이 실현된다.

바다히 잇거든 龍王이 위두ᄒᆞ야 잇ᄂᆞ니 (월석 1:23)

큰 法을 니르거든 沙彌 듣더니 (월석 7:33)

時節이 ᄀᆞᆯ어든 어버ᅀᅵᄅᆞᆯ 일흔ᄃᆞᆺ ᄒᆞ니라 (월석, 서:16)

ᄀᆞᅀᆞᆯ히 菰ㅣ 거믄 ᄡᆞ리 ᄃᆞ외어든 精히 디허 ᄒᆡᆫ ᄡᆞ래 어울우리라 (두언 7:37)

<때매김의 통솔 관계>

가정의 뜻 : 통솔 관계 없음.

조건,이유의 뜻 : 뒷마디가 앞마디를 통솔.[126]

2-7. 「-관ᄃᆡ(곤ᄃᆡ)/완ᄃᆡ」

15세기에 연결될 수 있는 때매김 씨끝은 「-으리-」뿐이다. 16세기에는 때매김이 연결되지 않는다.

<앞마디와 뒷마디의 때가 일치하는 경우>

① 엇뎨 어로 著ᄒᆞ리완ᄃᆡ 著디 아니타 니ᄅᆞ료 (능엄 1:74)

② 없음. 앞마디의 때가 뒷마디를 통솔하지 못함

③ 뒷마디의 때가 앞마디의 때를 통솔.

이 엇던 神靈ㅅ 德이시관ᄃᆡ 내 시르믈 주기시ᄂᆞᆫ고 (월석 21:21)

이 菩薩이 엇던 三昧예 住ᄒᆞ시관ᄃᆡ 能히…衆生ᄋᆞᆯ 度脫ᄒᆞ시ᄂᆞ니잇고 (법화 7:32)

2-8. 「-(거)늘/ᄂᆞᆯ」

15세기에는 미정법만 연결된다.

功德이 그지 업스리어늘 ᄒᆞ물며…得긔호미 ᄯᅳ니잇가 (월석 17:49)

心意識을 여희리어ᄂᆞᆯ… (능엄 10:14)

거스디 아니호리어늘 엇뎨 怨讐를 니ᄌᆞ시ᄂᆞ니 (석보 11:34)

2-9. 「-(건)마ᄅᆞᆫ」

(1) 미정법

---

126) 앞마디와 뒷마디의 때가 일치하면서, 뒷마디에만 때매김이 실현된 예

바다히 잇거든 龍王이 위두ᄒᆞ야 잇ᄂᆞ니 (월석 1:23)

큰 法을 니르거든 沙彌 듣더니 (월석 7:33)

미정법만 연결된다.

여희요미 ᄆᆞᄎᆞ매 오라디 아니ᄒᆞ리언마ᄅᆞᆫ 아ᅀᆞᄆᆞᆯ ᄎᆞ마 서르 ᄇᆞ리리아 (두언 8:60)

ᄀᆞᄅᆞ치샤ᄆᆞᆯ 듣ᄌᆞ오면 제 어로 ᄆᆞᅀᆞᄆᆞᆯ 보련마ᄅᆞᆫ 솑가라ᄀᆞᆯ 여희여ᅀᅡ 能히 ᄃᆞᄅᆞᆯ 알리라 (능엄 2:23)

(2) 때매김법 통솔 관계

<앞마디와 뒷마디의 때가 일치하는 경우>

① 여희요미 ᄆᆞᄎᆞ매 오라디 아니ᄒᆞ리언마ᄅᆞᆫ 아ᅀᆞᄆᆞᆯ ᄎᆞ마 서르 ᄇᆞ리리아 (두언 8:60)
ᄀᆞᄅᆞ치샤ᄆᆞᆯ 듣ᄌᆞ오면 제 어로 ᄆᆞᅀᆞᄆᆞᆯ 보련마ᄅᆞᆫ 솑가라ᄀᆞᆯ 여희여ᅀᅡ 能히 ᄃᆞᄅᆞᆯ 알리라 (능엄 2:23)

② 없음. 앞마디의 때가 뒷마디를 통솔하지 못함

③ 뒷마디의 때가 앞마디의 때를 통솔.
第一寂滅을 알어신마ᄅᆞᆫ 方便力으로 니ᄅᆞ시ᄂᆞ다 (법화 1:227)

2-10. 「-으며」

(1) 미정법

눌 더브러 무러ᅀᅡ ᄒᆞ리며 뉘ᅀᅡ 能히 對答ᄒᆞ려뇨 (석보 13:15)

녯 비도 시혹 어루 파내리며 새 비도 ᄯᅩ 수이 어드리언만ᄅᆞᆫ (두언 6:45)

므ᅀᅴ여ᄫᅳᆫ 이리 이셔도…뎌 부텨를 ...恭敬ᄒᆞᅀᆞᄫᆞ면 다 버서나리어며…도ᄌᆞ기 ᄀᆞᆯ외어나 ᄒᆞ야도 뎌 如來를…恭敬ᄒᆞᅀᆞᄫᆞ면 다 버서나리라 (석보 9:24-5)

(2) 때매김법 통솔 관계

<앞마디와 뒷마디의 때가 일치하는 경우>

① ᄂᆞᆷ 더브러 무러ᅀᅡ ᄒᆞ**리**며 뉘ᅀᅡ 能히 對答ᄒᆞ려뇨 (석보 13:15)

녯 빋도 시혹 어루 파내리며 새 빋도 ᄯᅩ 수이 어드리언만ᄅᆞᆫ (두언 6:45)

므ᅀᅴ여ᄫᅳᆫ 이리 이셔도 ...뎌 부텨를 ...恭敬ᄒᆞᅀᆞᄫᆞ면 다 버서나리어며…도ᄌᆞᄀᆡ ᄀᆞᆯ외어나 ᄒᆞ야도 뎌 如來를…恭敬ᄒᆞᅀᆞᄫᆞ면 다 버서나리라 (석보 9:24-5)

② 없음. 앞마디의 때가 뒷마디의 때를 통솔하지 못함.

③ 뒷마디의 때가 앞마디의 때를 통솔.

動으로 몸 사ᄆᆞ며 動ᄋᆞ로 境 삼ᄂᆞ니라 (능엄 2:2)

2-11. 「-고/오」, 「-곡/옥」

미정법만 연결된다.

그 數ㅣ 算ᄋᆞ로 몯내 알리오 오직 無量無邊阿僧祇로 닐옳디니 (월석 7:70)

事 아니면 俗애 버므디 몯ᄒᆞ리오 理 아니면 眞애 맛디 몯ᄒᆞ리니 (법화 5:7)

ᄒᆞ다가 ᄯᅩ 안해셔 날딘댄 도로 몸ᄉᆞᄇᆞᆯ 보리옥 ᄒᆞ다가 밧ᄀᆞᆯ 브터 올딘댄 몬져 당다이 ᄂᆞᄎᆞᆯ 보려니ᄯᆞᆫ (능엄 1:64)

2-12. 「-으나」

미정법만 연결된다.

비록 얼굴 暈의 크며 져고ᄆᆞᆯ 닐오미 몯ᄒᆞ리나 證ᄒᆞ샴과 브트샨 身올브터 (원각,상 1-2:61)

英雄의 버혀 브터슈미ᅀᅡ 바록 말리나 文彩와 風流ᄂᆞᆫ 이제 오히려 잇도다 (두언 16:25)

2-13. 「-다가」

미정법만.

알퓐 다 我相이 이셔 功ᄋᆞᆯ 펴디 몯ᄒᆞ리라가 이젠 ᄒᆞ마 障이 더러 (원각, 하 3-1:76)

2-14. 「-곤/ᄋᆞᆫ」

미정법만.

반ᄃᆞ기 菩提 일우리온 ᄒᆞ물며…그 사ᄅᆞ미 더욱 尊ᄒᆞ야 부텨 ᄃᆞ외요미 一定토다 (법화 4:75)

듣글 업다 ᄒᆞ닐 衣鉢 傳호ᄆᆞᆯ 許티 몯ᄒᆞ리온 그르메 놀이린 수이 보디 몯호ᄆᆞᆯ 모로매 아로리라 (남명, 하:29)

2-15. 「-(거)니와」

(1) 미정법

미정법만.

내 나ᄂᆞᆫ ᄂᆞ몰 그츄믄 ᄆᆞᄎᆞᆷ내 고티디 아니호려니와 술 勸호맨 닐울 마리 업도다 (두언 23:54)

色ᄋᆞᆫ 오히려 어루 빼혀리어니와 空ᄋᆞᆯ 엇데 어울오리오 (능엄 3:70)

劫은 섈리 다ᄋᆞ려니와 뎌 부텻...工巧ᄒᆞ신 方便은 다오미 업스리라 (석보 9:29)

모롤젠 스승이 건네시려니와 아란 내 건너리이다 (육조, 상:33)

2-16. 「-ᄃᆡ」

(1) 미정법

미정법만.

世間애 드르며 디니리 혜디 몯ᄒᆞ리로ᄃᆡ 果然 能히...種智' 낸 사ᄅᆞ미 누고 (월석 17:34)

2-17. 「-은대(ᄃᆡ)」

「-은대-」는 자체적으로 때매김을 표시한다고 할 수 있다. 곧, 「-은대」에서의 「-은-」은 움직씨에 연결되면 확정을, 그림씨에 연결될 때는 현실을 나타낸다.(그러나 여기에서는 '확정'을 때매김으로 간주하지 않았었다.)

2-18. 요약

15, 16세기 이음마디에서 연결될 수 있는 때매김법을 대조하여 표로 보이면 다음과 같다.

때매김이 연결될 수 있는 이음법	실현되는 때매김법
-으니	현실, 회상, 미정
-을씨	미정
-은댄/-ㄴ뎬/-ㄴ딘/-딘	회상, 미정
-(거)든	회상, 미정
-관ᄃᆡ	미정
-늘/ᄂᆞᆯ	미정
-으나	미정
-거니와/-어니와	미정
-건마른/-언마른	미정
-고	미정
-으며	미정
-다가	미정
-곤	미정
-ᄃᆡ	미정

위의 표를 풀이하면 다음과 같다.

① 「-으니」에만 때매김법이 자유롭게 연결되고, 나머지 씨끝들은 제약을 받는다.

② 15세기에는 미정법이 가장 자유롭게 연결되었다.(때매김이 연결되는 모든 이음마디에 미정법이 연결되었음.),

③ 앞마디와 뒷마디가 모두 미정법일 때는, 앞마디의 「-으리-」는 생략되지 않는다. 곧 뒷마디가 앞마디를 '통솔'하지 못한다.

④ 앞마디와 뒷마디가 '현실법'이나 '회상법'으로 일치할 때는, 뒷마디가 앞마디를 통솔하여, 앞마디의 때매김은 실현되지 않는다.

⑤ 「-으니」는 앞마디가 뒷마디를 통솔하고, '가정법'은 통솔이 일어나지 않고(원칙적으로 뒷마디에 「-으리-」만 연결되기 때문), 나머지는 모두 뒷마디가 앞마디를 통솔한다(미정법이 아닐 때).

3. 마침법(의향법) 제약

뒷마디의 의향법을 제약하는 이음법은 「-관ᄃᆡ/완ᄃᆡ」 하나뿐이다.[127]

「-관ᄃᆡ/완ᄃᆡ」

원인, 조건의 뜻을 나타내는데, 앞마디에는 반드시 물음말이 와서, 뒷마디의 의향법은 물음법이 된다.

---

127) 나머지 이음법에는 '의향법'이 제약된다고 단정할 수가 없다. 15세기문헌의 예문들에서는, 하나의 월에 여러 이음법이 실현되기 때문에, 어떤 이음씨끝이 의향법을 제약했는지를 판단하기 어렵기 때문이다.(제약된 문헌자료와, 그 당시 말에 대한 직관이 없다는 것도 그 이유가 된다.) '시킴법'과 '꾀임법'이 잘 나타나지 않는 것은, 이것이 움직씨만을 요구하기 때문이다.(이는 현대 국어에 있어서도 한가지이다.)

엇뎨 어로 著ᄒᆞ리완ᄃᆡ 著디 아니타 니ᄅᆞ료 (능엄 1:74)

뉘 修行ᄒᆞ리완ᄃᆡ 엇뎨 幻 ᄀᆞᄐᆞᆫ호ᄆᆞᆯ 다시 니ᄅᆞ시니잇고 (원각, 상 2-1:8)

이 엇던 神靈ㅅ 德이시관ᄃᆡ 내 시르믈 주기시ᄂᆞᆫ고 (월석 21:21)

이 菩薩이 엇던 三昧예 住ᄒᆞ시관ᄃᆡ 能히…衆生ᄋᆞᆯ 度脫ᄒᆞ시ᄂᆞ니잇고 (법화 7:32)

뉘 修行ᄒᆞ리완ᄃᆡ 엇뎨 幻 ᄀᆞᄐᆞᆫ호ᄆᆞᆯ 다시 니ᄅᆞ시니잇고 (원각, 상 2-1:8)

네 엇던 아히완ᄃᆡ 허튀를 안아 우는다 (월석 8:85)

현대 국어에서의 「-거든」은 서술법을 제약하지만, 중세국어에서는 허용된다. 이는, 「-거든」이 현대 국어의 '가정'의 뜻 말고도, '조건, 이유'의 뜻(…으므로, …으니까, …으매)을 더 가지고 있기 때문이다).

아뫼나 와 가지리 잇거든 주노라 (월석 7:3)

東西南北과 네 모콰 아라우히 다 큰 브리어든 罪人을 그에 드리티ᄂᆞ니라 (월석 1:29)[128]

ᄀᆞ술히 菰ㅣ 거믄 ᄡᆞ리 ᄃᆞ외어든 精히 디허 흰 ᄡᆞ래 어울우리라 (두언 7:37)

大王 모ᄆᆞᆯ 請ᄒᆞᅀᆞᄫᅡ 오나ᄃᆞᆫ 찻믈 기를 維那를 삼ᄉᆞᄫᅩ리라 (월석 8:92)

侍病은 病ᄒᆞ얫거시든 뫼ᅀᆞᄫᅡ 이실씨라 (월석 10:15)

4. 씨범주 제약

「-라」

이 이음씨끝은 잡음씨에만 붙는다. 이 씨끝은 원래 서술법 씨끝인 「

128) 「-거-」의 /ㄱ/이 딴이 밑에서 줄어진 것이다.

-다」에서 온 것이기 때문이다.

내 겨지비라 가져가디 어려ᄫᅳᆯᄊᆡ (월석 1:13)
우리ᄂᆞᆫ 罪 지ᅀᅳᆫ 모미라 하ᄂᆞᆯ해 몯 가ᄂᆞ니 (월석 21-201)
내 如來…佛世尊이라 度 몯ᄒᆞ니ᄅᆞᆯ 度ᄒᆞ며 (월석 13:48-9)
내…佛子ㅣ라 부텻 이블 졷ᄌᆞ와 나며 (법화 2:8)
쳔량 업슨 艱難이 아니라 福이 업슬ᄊᆡ 艱難타 ᄒᆞ니라 (석보 13:56-7)
下根ᄋᆞᆫ 모로매 세히라ᅀᅡ ᄒᆞ리오 (월석 14:31)

5. 임자말 제약

5-1. 반드시 같은 경우(동일 임자말 요구)

「-으라」

'목적'을 나타내는 「-으라」가 연결될 때는, 앞마디와 뒷마디의 임자말은 반드시 일치하며, 뒷마디에서는 임자말이 반드시 생략된다. 또 뒷마디의 풀이말에는 반드시 「오-」,「가-」가 온다.

우리 出家ᄒᆞ라 오니 (월석 7:3)
⇐ 우리 出家ᄒᆞ라 우리 오니
故人이 시름ᄒᆞ야 보라 오니 (두언 23:47)
⇐ 故人이 시름ᄒᆞ야 故人이 보라 오니
金輪王 아ᄃᆞ리 出家ᄒᆞ라 가ᄂᆞ니 (석보 6:9)
王이 처ᅀᅥᆷ 舍利 얻ᄌᆞᄫᆞ라 옳 저긔 (석보 23:57)
(임자말) 밥 머그라 믈러올 저긔 (두언 6:6)

「-고져/오져」

앞마디와 뒷마디의 임자말은 반드시 일치하며, 뒷마디에서는 임자말이 반드시 생략된다.

뒷마디에는 '願ᄒᆞ-, ᄉᆞ랑ᄒᆞ-,너기-' 따위의 추상적 희망의 뜻을 나타내는 말이 오거나, 도움풀이씨 「ᄒᆞ-」가 온다.

善男子 善女人이 더 부텻 世界예 나고져 發願ᄒᆞ야ᅀᅡ ᄒᆞ리라 (석보 9:11)
諸佛 讚歎ᄒᆞ시논 乘ᄋᆞᆯ 得고져 願ᄒᆞ리도 이시며 (석보 13:19)
모미 늙고 時節이 바ᄃᆞ라온 저긔 ᄂᆞᄎᆞᆯ 맛보고져 ᄉᆞ랑하ᄂᆞ니 (두언 21:7)
내 외로왼 무더믈 가 울오져 ᄉᆞ랑칸마ᄅᆞᆫ (두언 24:17)
번ᄃᆞ기 마켜 쉬오져 願ᄒᆞᄂᆞᆫ 사ᄅᆞᄆᆞᆯ (법화 3:83)
世尊하 우리 이 부텻 모ᄆᆞᆯ 보ᅀᆞᆸ고져 원ᄒᆞᅀᆞᆸᄂᆞ이다 (법화 4:116)
겨지븨 모ᄆᆞᆯ ᄇᆞ리고져 ᄒᆞ거든 (석보 9:7)
이 光明ㅅ 因緣을 알오져 ᄒᆞ더니 (석보 13:32)
이러호미 諸佛돌히...衆生ᄋᆞᆯ 뵈오져 ᄒᆞ시며 (석보 13:55)

5-2. 반드시 다른 경우

「-과뎌(과ᄃᆡ여)」

「-고져」와 마찬가지로, 뒷마디에는 '願ᄒᆞ-, ᄉᆞ랑ᄒᆞ-,너기-' 따위의 추상적 희망의 뜻을 나타내는 말이 오거나, 도움풀이씨 「ᄒᆞ-」가 연결된다.

「-고져」는 자신이 자신의 일을 바랄 때 쓰이지만, 「-과뎌」는 남의 일을 바랄 때 쓰이므로, 앞마디와 뒷마디의 임자말은 반드시 다르다.

一切衆生이 다 解脫ᄋᆞᆯ 得과뎌 願ᄒᆞᄂᆞ이다 (월석 21:8)
⇐ 一切衆生이…得과뎌 내 願ᄒᆞᄂᆞ이다[129]

129) 「願ᄒᆞ-」의 임자말이 「나」인 것은, 「願ᄒᆞ-」에 1인칭법의 「-오/우-」가 연결되

닷가 나ᅀᅡ가리 번드기 쉬이 알와뎌 ᄇᆞ라노니 (능엄 8:44)
魔說을 아라 제 ᄲᅥ디디 마와뎌 ᄇᆞ라노라 (능엄 9:112-3)
一切衆生이 다 버서나과뎌여 願ᄒᆞ노이다 (석보 11:3)
나는 너희 무리…이베 어루 시러 니ᄅᆞ디 몯과뎌여 ᄒᆞ노라 (내훈 1:37)130)
오직 願호ᄃᆡ 衆生돌히…큰 利益을 얻과뎌 ᄒᆞ노이다 (월석 21:128)
건너고져 ᄒᆞ야 ᄆᆞ리 ᄡᅥ와뎌여 ᄒᆞ야 願ᄒᆞ노라 (두언중간 13:9)

5-3. 같을 수도 있고 다를 수도 있는 경우

일반적으로, 임자말[1]과 임자말[2]는 같을 수도 있고, 다를 수도 있다.

(1) 같은 경우

① 임자말이 같은 경우는 임자말[2]가 생략되는 것이 보통이다.

내 이제 世尊올 ᄆᆞᄎᆞ막 보ᅀᆞᄫᆞ니 측ᄒᆞᆫ ᄆᆞᅀᆞ미 업거이다 (월석 10:8)
내 至極ᄒᆞᆫ 말ᄊᆞᄆᆞᆯ 듣ᄌᆞᄫᆞ니 ᄆᆞᅀᆞ미 물가 (월석 2:64)
열두 夜叉大將이 各各 七千 夜叉를 眷屬 사ᄆᆞᆺ더니 ᄒᆞᆫᄢᅴ 소리 내야 ᄉᆞᆯᄫᆞᄃᆡ (석보 9:39)
大德하 사ᄅᆞ미 다 모다 잇ᄂᆞ니 오쇼셔 (석보 6:29)
(사ᄅᆞ미) 모딘 길헤 ᄯᅥ러디면 恩愛를 머리 여희여 (석보 6:3)
(내) ᄒᆞ마 體 업수믈 알면 엇데 ᄲᅧ ᄆᆞᅀᆞ매 너기료 (능엄 2:84)
(부톄) 出家ᄒᆞ시면 正覺올 일우시리로소이다 (월석 2:23)
羅睺羅ㅣ 나히 ᄒᆞ마 아호빌씨 出家ᄒᆞ여 聖人ㅅ 道理 비화ᅀᅡ ᄒᆞ리니 (석보 6:3)
父王이 淸淨ᄒᆞᆫ 사ᄅᆞ미실씨 淨居天으로 가시니라 (월석 10:15)

어 있는 것을 보면 알 수 있다.
130) 「ᄒᆞ노라」의 임자말(「나는」)이, 앞마디에 나와 있다.

② 두 임자말이 같더라도 임자말[2]가 생략되지 않는 경우도 있다.

우리 나히 ᄒᆞ마 늘거…ᄒᆞᆫ 念도 즐기논 ᄆᆞᅀᆞᄆᆞᆯ 아니 내다니 우리 오ᄂᆞᆯ…듣ᄌᆞᆸ고 (월석 13:5-6)

(2) 다른 경우

두 임자말이 다른 경우에는, 임자말[2]가 생략되지 않는 것이 당연할 듯 하지만, 실제로는 생략되는 경우도 많다.

① 뒷 마디가 시킴법인 경우:

임자말[2]가 2인칭이 되므로, 생략되는 것이 오히려 당연하다.

내 이제 너를 놋노니 ᄠᅳ들 조차 가라 (월석 13:19)

첫소리를 아울워 ᄡᅳᇙ디면 ᄀᆞᆯᄫᅡ쓰라 (훈, 언해)

② 문맥을 통하여 알 수 있는 경우:

다음은 앞마디의 부림말이 뒷마디의 임자말이 되는 경우이다. 이러한 경우, 말할이는, 들을이가 생략된 임자말을 앞마디를 통하여 문맥상으로 파악해 낼 수 있다고 판단하는 경우이다.

婢 ᄒᆞᆫ 아ᄃᆞᆯ 나ᄒᆞ니 사ᄋᆞᆯ 본 차셔 말ᄒᆞ며 (월석 21:55)

善慧 다ᄉᆞᆺ 고ᄌᆞᆯ 비ᄒᆞ시니 다 空中에 머므러 (월석 1:13-4)

다음도 문맥상으로 생략된 임자말을 파악할 수 있는 경우이다.

내 이제 諸佛 니ᄅᆞ시논 陀羅尼句를 엳ᄌᆞᄫᅡ 請ᄒᆞᅀᆞᆸ노니…이 神呪를 외오면 즉자히 비ᄅᆞᆯ ᄂᆞ리오며 (월석 10:84)

네 아ᄃᆞ리…허믈 업스니 어드리 내티료 (월석 2:6)

大士이…百姓을 어엿비 너기실ᄊᆡ 十方앳 사ᄅᆞ미 다 아ᅀᆞᆸᄂᆞ니 오ᄂᆞᆳ 나래 엇더 시르믈 ᄒᆞ시ᄂᆞ니잇고 (월석 10:4)

妻眷이 ᄃᆞ외ᅀᆞᄫᅡ 하ᄂᆞᆯ 곧 셤기ᅀᆞᆸ다니 三年이 몯 차 世間 ᄇᆞ리시니 (천강곡 상.기140)

다음의 예문은, 앞마디에는 「-으시-」가 있고, 뒷마디에는 「-으시-」가 없으므로 임자말이 다르다는 것을 알 수 있는 경우이다.

子息 업스실ᄊᆡ 몸앳 필 뫼화 그르세 담아 男女를 내ᅀᆞᄫᆞ니 (월석 1:2)

부텨옷 ᄃᆞ외시면 ... 이 열가짓 號ᄅᆞᆯ 씃ᄂᆞ니라 (석보 9:3)

如來ㅅ 大慈力곳 아니시면 이런 變化ᄅᆞᆯ 能히 짓디 몯ᄒᆞ리이다 (월석 21:48)

(3) 「-으니」~「-으니」가 연결되는 경우

이러한 말투는 현대말에서는 쓰이지 않는데, 15세기 말에서는 많이 나타난다.

舍利佛이 ᄒᆞᆫ 獅子ㅣ를 지ᅀᅥ내니 그 쇼ᄅᆞᆯ 자바 머그니 모다 닐오ᄃᆡ (석보 6:32)

如來ᄅᆞᆯ 念ᄒᆞ야 一日一夜ᄅᆞᆯ 디내니 忽然히 보니 제 모미 ᄒᆞᆫ 바ᄅᆞᆳ ᄀᆞᅀᅢ 다ᄃᆞᄅᆞ니 그 ᄆᆞ리 솟글코 (월석 21:23)

이러한 경우는 임자말[2]가 임자말[1]과 같은 경우는 임자말[2]가 생략되었고, 다른 경우는 생략되지 않았다.

그러나 다음의 예문은 「涅槃ᄒᆞ시니」의 임자말은 「우리돌」이 아닌, 「如來」이다.

如來겨실쩌긔 ...우리돌히 甚히 어려벼 ᄒᆞ다소니 이제 涅槃ᄒᆞ시니 ᄉᆡᆨᄉᆡᆨᄒᆞᆫ 法이 ᄒᆞ마 업스리로다 (석보 23:42)

이러한 생략이 가능한 이유는, 「涅槃ᄒᆞ시니」에 주체높임의 「-으시-」가 연결되어 있기 때문이다. 그리하여 「涅槃ᄒᆞ시니」의 임자말은 월의 앞에 등장한 「如來」가 되는 것이다.

참고문헌

강범모(1983), <한국어 보문 명사의 의미 특성>, 어학연구 19-1, 서울대학교 어학연구소.

강인선(1997), <15세기 국어의 인용구조 연구>, 서울대 언어학과 석사논문.

고영근(1982), 중세국어의 사상과 서법, 탑출판사.

고영근(1987), 표준 중세국어 문법론, 탑출판사.

권재일(1977), <현대 국어의 동사구 내포문 연구>, 서울대 언어 학과 석사논문.

권재일(1980), <현대 국어의 관형화 내포문 연구>, 한글 167, 한글학회.

권재일(1981), <현대 국어의 {기}-명사화 연구>, 한글 171, 한글학회.

권재일(1985), 국어의 복합문 구성 연구, 집문당.

권재일(1985), <중세 한국어의 접속문 연구>, 역사 언어학, 전예원.

권재일(1986), <형태론적 구성으로 인식되는 복합문 구성에 대하여>, 국어학 15, 국어학회.

권재일(1987), <의존구문의 역사성 - 통사론에서 형태론으로->, 말 12. 연세대 한국어학당

권재일(1988), <접속문 구성의 변천 양상>, 언어13-2, 한국언어학회

권재일(1992), 한국어 통사론, 민음사

김봉모(1978), <매김말의 기능>, 한글162, 한글학회.

김봉모(1979), <매김말의 변형 연구>, 동아논총 16, 동아대.

김봉모(1983), <국어 매김말 연구> , 부산대학교 문학박사 학위논문.

김석득(1971), 국어 구조론 - 한국어의 형태 통사 구조론 연구, 연세대학교 출판부

김송원(1988), <15세기 중기국어의 접속월 연구>, 건국대 문학 박사 학위논문.

김승곤(1969), <관형격 조사고>, 문호 5, 건국대학교.

김승곤(1986), 한국어 통사론, 아세아 문화사.

김승곤(1987), 우리말 토씨 연구, 건국대학교 출판부.

김영송(1973), <관형 변형 연구>, 부산대학교 논문집.

김영송(1971), <국어의 변형 구조>, 연구보고서, 문교부.

김영태(1972), <관형사고>, 경남학보 5, 경남대학교.

김영태(1973), <관형 변형 연구>, 논문집 16, 부산대학교.

김영희(1988), 한국어 통사론의 모색, 탑출판사.

김영희(1978), <겹주어론>, 한글 162, 한글학회.

김완진(1959), <-n ,-l 동명사의 통사론적 기능과 발달에 대하여>, 국어 연구 2, 국어 연구회.

김인택(1988), <15세기 국어의 임자마디 표지 연구>, 국어 국문학 25,

부산대학교.

김주원(1984), <통사변화의 한 양상>, 언어학 7, 한국언어학회.

김태한(1976), The Grammar of Korean Nominalization and Realativizations, 한신문화사.

김흥수(1975), <중세국어의 명사화 연구>, 국어연구 34. 국어 연구회.

남윤진(1989), <15세기 국어의 접속어미에 대한 연구-{-아},{-고},{-며}를 중심으로>, 국어연구 93, 서울대학교 국어연구회

리의도(1982), <매김말의 기능>, 국제어문 3, 국제대학.

리의도(1990), 우리말 이음씨끝의 역사, 어문각.

박성현(1989), <국어의 부사화소 {-이}와 {-게}에 대한 사적 연구: 기능과 분포를 중심으로>, 언어학 연구 3, 서울대 대학원 언어학과.

서정목(1982), <15세기 국어 동명사 내포문의 국어의 격에 대하여>, 진단학보 53,54 , 진단학회.

서정수(1978), 국어 구문론 연구, 탑출판사

서정수(1971), <국어의 이중 주어문제>, 국어국문학 52, 국어 국문학회

서태룡(1979), <내포와 접속>, 국어학 8, 국어학회.

서태룡(1980), <동명사와 후치사 {은} {을}의 기저의미>, 진단학보 50, 진단학회.

심재기(1979), <동명사의 통사적 기능에 대하여>, 문법연구 4, 문법연구회.

안병희.이광호(1990), 중세국어 문법론, 학연사.

안주호(1991), <후기 근대국어의 인용문 연구>, 자하어문논집 8, 상명여대 국어교육과

양동휘(1978), <국어 관형절의 시제>, 한글 162, 한글학회.

왕문용(1988), 근대 국어의 의존명사 연구, 한샘.

이광호(1991), <중세국어 부동사 어미 '-게'와 '-긔'의 의미 기능>, 어문학논총 10, 국민대 어문학연구소.

이기갑(1981), <씨끝'-아'와 '-고'의 역사적 교체>, 어학연구 17-2, 서울대 어학연구소.

이기백(1977), <격조사의 생략에 대한 고찰>, 어문논총 11, 경북대.

이남순(1987), <명사화소 '-ㅁ'과 '-기'의 교체>, 홍익어문 7, 홍익대 국어교육학과.

이맹성(1968), <Nominalizations in Korean>, 서울대 어학연구소.

이상춘(1947), 국어 문법, 조선국어학회.

이석규(1987), <현대 국어 정도 어찌씨의 의미 연구>, 건국대학교 문학박사 학위논문.

이승욱(1989), <중세어의 '-(으)ㅁ', '-기' 구성 동명사의 사적 특성>, 국어국문학논총III - 국어학 일반 (정연찬 선생 회갑 기념), 탑출판사.

이필영(1981), <국어의 관계 관형절에 대한 연구>, 국어연구 48,국어 연구회.

이현규(1986), <명사화 어미 「-(으)ㅁ, -기」의 사적 고찰>, 논문집 5, 한

국사회사업대학.

이현희(1986), <중세 국어의 내적 화법의 성격>, 한신논문집 3,한신대학.

이현희(1989), <국어 문법사 연구 30년(1959-1989)>, 국어학19, 국어학회.

이현희(1990), <중세국어 명사구 확장의 한 유형 - 형식명사 '이'와 관련된 몇 문제>, 국어학논문집(강신항 교수 회갑기념), 태학사.

이현희(1991), <중세국어 명사문의 성격>, 국어학의 새로운 인식과 전개(김완진 선생 회갑기념논총), 민음사.

임홍빈(1974), <명사화의 의미 특성에 대하여>, 국어학 2,국학회.

전정례(1990), <중세국어 명사구 내포문에서의 '-오-'의 기능과 변천>, 서울대 언어학과 문학박사학위논문.

정인승(1956), 표준 고등 말본, 신구문화사.

정호완(1987), 후기 중세어 의존명사 연구, 학문사.

차현실(1981), <중세국어의 응축보문 연구:'-오/우-'의 통사기능을 중심으로>, 이화여대 문학박사학위논문.

채 완(1979), <명사화소 '-기'에 대하여>, 국어학 8. 국어학회.

최남희(1991), <고대국어의 이음법에 대한 연구>, 한글212,한글학회.

최현배(1978), 우리말본, 정음사.

허 웅(1963), 중세국어 연구, 정음사.

허 웅(1975), 우리 옛말본, 샘문화사.

허　웅(1985), 국어 음운학, 샘문화사.

허　웅(1981), 언어학, 샘문화사.

허　웅(1983), 국어학, 샘문화사.

허　웅(1987), 국어 때매김법의 변천사, 샘문화사.

허　웅(1989), 16세기 우리 옛말본, 샘문화사.

허　웅(1995), 20세기 우리말의 형태론.

허　웅(1999), 20세기 우리말의 통어론.

• 저자 •

허원욱 • 프로필

건국대학교 국어국문학과 교수
한글학회 평의원
한말연구학회 이사

• 논저

『16세기 국어 통어론』(2004)
「16세기 국어 이음마디 때매김법 제약」
「16세기 어찌마디의 통어론적 연구」
「변형적 간접인용에서의 필수적 · 수의적 변형」
「17세기 국어 이름마디의 통어론적 연구-임자말로 기능」
외 다수

15세기 국어 통어론

• 초판인쇄 2005년 9월 30일
• 초판발행 2005년 9월 30일

• 지 은 이 허원욱
• 펴 낸 이 채종준
• 펴 낸 곳 한국학술정보㈜
경기도 파주시 교하읍 문발리 526-2
파주출판문화정보산업단지
전화 031) 908-3181(대표) · 팩스 031) 908-3189
홈페이지 http://www.kstudy.com
e-mail(e-Book사업부) ebook@kstudy.com
• 등 록 제일산-115호(2000. 6. 19)
• 가 격 30,000원

ISBN 89-534-4154-4 93810 (Paper Book)
89-534-4155-2 98810 (e-Book)